VIOLINO

Anne Rice

VIOLINO

Tradução de
MARIO MOLINA

Título original
VIOLIN

Copyright © 1999 *by* Editora Rocco Ltda.

Copyright © 1997 *by* Anne O'Brien Rice
Todos os direitos reservados, incluindo os de reprodução
no todo ou em parte sob qualquer forma

Direitos desta edição reservados à
EDITORA ROCCO LTDA.
Avenida Presidente Wilson, 231, 8º andar
20030-021 – Rio de Janeiro, RJ
Tel.: (21) 3525-2000 – Fax: (21) 3525-2001
rocco@rocco.com.br
www.rocco.com.br

Printed in Brazil/Impresso no Brasil

preparação de originais
JOSÉ MAURO FIRMO

CIP-Brasil. Catalogação-na-fonte
Sindicato Nacional dos Editores de Livros, RJ

R381v	Rice, Anne, 1941-
	Violino / Anne Rice; tradução de Mario Molina. – Rio de Janeiro: Rocco, 1999.
	Tradução de: Violin
	ISBN 85-325-0892-8
	1. Ficção norte-americana. I. Molina, Mario. II. Título.
98-0971	CDD - 813
	CDU - 820(73)-3

PARA
Annelle Blanchard, M.D.

PARA
Rosario Tafaro

PARA
Karen
e como sempre e para sempre

PARA
Stan, Christopher e Michele Rice,
John Preston
e
Victoria Wilson
e
em tributo
ao talento de
Isaac Stern
e
Leila Josefowicz

*E o Anjo do Senhor revelou-se a Maria,
e ela concebeu do Espírito Santo.*

PRÓLOGO

O que procuro fazer aqui talvez não possa ser feito em palavras. Talvez só possa ser feito em música. Quero tentar fazê-lo em palavras. Quero dar à história uma arquitetura que só uma narrativa pode proporcionar – o começo, o meio e o fim, o denso desenrolar de eventos em frases que reflitam fielmente seu impacto sobre o escritor.

Não creio que se precise conhecer os compositores que menciono freqüentemente nestas páginas, Beethoven, Mozart, Tchaikovsky, nem o arranhar selvagem dos que tocam rabeca na música country ou a música lúgubre dos violinos gaélicos. Minhas palavras devem ser capazes de transmitir a essência mesma do som.

Se isso não acontecer, é porque existe aqui alguma coisa que efetivamente não pode ser escrita.

Mas como é a história de que faço parte, a história que sou forçada a desenrolar — minha vida, minha tragédia, meu triunfo e seu preço —, a única saída é tentar fazer este registro.

Ao começarmos, não procure ligar os acontecimentos passados de minha vida em uma cadeia coerente como as contas de um rosário. Não fiz assim. As cenas aparecem em explosões, em desordem, como contas atiradas tumultuadamente para a luz. E fossem elas unidas, formando um rosário (e minha idade tem exatamente o mesmo número das contas do rosário, 54), o passado não formaria uma fileira de mistérios: A Agonia, O Júbilo, A Glória – nada disso. Nenhum crucifixo na ponta redime esses 54 anos. Por isso dou-lhes a chama dos momentos realmente importantes, aqui.

Não precisa me ver como uma velha senhora. Hoje em dia 54 anos não é nada. Tente me imaginar, se for o caso, como uma mulher de 1,55m de altura, gorducha, com um tronco sem curvas que tem sido a ruína de minha vida adulta, mas com um rosto de menina, cabelo preto e solto, farto e comprido, com pulsos e tornozelos finos. A gordura não alterou a expressão facial de meus 20 anos. Quando me cubro com roupas leves, de bom caimento, pareço uma pequena jovem na forma de um sino.

Minha fisionomia foi uma generosa dádiva de Deus, ainda que não de todo extraordinária. É tipicamente teuto-irlandesa, quadrada. Tenho olhos grandes, castanhos, e o cabelo, cortado reto logo acima das sobrancelhas (minhas franjas, se preferirem), disfarça o pior traço — uma testa pequena. "Que belo rosto", é o que costumam dizer de mulheres atarracadas como eu. Escondidos pela carne, meus ossos são visíveis apenas para reluzirem discretamente sob a luz. Minhas feições são insignificantes. Consigo chamar a atenção do passante pela agudeza visível em meu olhar, uma sagacidade penetrante e cultivada: porque, quando sorrio, nesse exato instante, pareço verdadeiramente jovem.

Não é incomum, na época de hoje, ser tão jovem aos 54 anos, mas é bom lembrar isso aqui porque, quando eu era criança, uma pessoa que tivesse vivido mais de meio século era considerada velha. Agora não é mais assim.

Na faixa dos 50, dos 60, não importa a idade, todos nós circularemos por aí enquanto a saúde deixar: livres, firmes, vestidos, se preferirmos, como gente jovem, sentando com os pés para cima, descontraídos. Somos os primeiros beneficiários de um surto de saúde sem precedentes, preservando com freqüência até o verdadeiro fim da vida uma fé na descoberta de coisas novas.

Essa é, então, a heroína, se é que serei mesmo uma heroína.

E o herói? Ah, ele tinha vivido um século antes.

A história começa quando ele chega, como a imagem que uma jovem faz do sedutor atormentado e sombrio (Lord Byron num penhasco sobre o abismo), como a melancólica e furtiva encarnação de um romance – o que ele de fato era, mais do que merecidamente. Era fiel a esse tipo, encantador e misterioso, trágico e cativante, como uma Mater Dolorosa. E pagou por tudo que foi. Ele pagou.

Foi isso... que aconteceu.

1

Ele chegou um dia antes de Karl morrer.

Era um final de tarde e a cidade tinha uma aparência sonolenta, cinzenta, o tráfego na avenida St. Charles roncava como sempre e, lá fora, as grandes folhas da magnólia haviam coberto as lajotas porque eu não saíra para varrê-las.

Vi-o descer a avenida e, quando chegou à minha esquina, não atravessou a Third Street. Parou diante da floricultura, virou-se, empinou a cabeça e olhou para mim.

Eu estava na janela da frente, atrás das cortinas. Nossa casa tem muitas dessas janelas compridas e varandas amplas, muito abertas. Estava apenas parada ali, como tenho feito a vida inteira, contemplando a avenida, as pessoas, os carros, sem nenhum motivo especial.

Dificilmente alguém me veria. A esquina é movimentada e a renda das cortinas, embora rasgada, torna-se grossa aos olhos daquele mundo que está sempre ali, fluindo bem à volta de quem passa.

Aparentemente, ele não trazia qualquer violino, apenas um saco atirado no ombro. Só parou e olhou para a casa; depois se virou, como se tivesse chegado ao fim do passeio e fosse voltar, lentamente, a pé como viera. Mais um que gostava de passear à tarde na avenida.

Era alto e magro, mas sem dúvida não de um jeito desagradável. O cabelo preto, despenteado, comprido como o de um músico de rock, estava amarrado em duas tranças para não bater no rosto, e lembro que, quando deu meia-volta, gostei do modo como elas caíram em suas costas. Lembro do casaco por causa disso – um velho casaco preto empoeirado, tremendamente empoeirado, como se ele tivesse dormido em algum lugar no meio do pó. Lembro disso por causa do brilho do cabelo preto e da forma como ele brotava áspero e desgrenhado, comprido, tão bonito.

Apesar da distância até a esquina, reparei que tinha olhos escuros, de um tipo profundo, esculpidos no rosto, debaixo de sobrancelhas em arco, olhos para serem furtivos até que se chegue realmente perto e veja o calor dentro deles. Era magricela, mas tinha seu encanto.

Olhou para mim e olhou para a casa. Depois foi embora, com o passo tranqüilo, regular demais, eu acho. Mas na época, o que sabia eu sobre fantasmas? Ou sobre o modo de caminharem quando atravessam um lugar?

Não voltou até duas noites após a morte de Karl. Eu não dissera a ninguém que Karl morrera e a secretária eletrônica estava mentindo por mim.

Aqueles dois dias foram só meus.

Nas primeiras e poucas horas depois da partida de Karl, isto é, depois que ele se fora de verdade, realmente, com o sangue esvaindo-se para baixo do corpo, com o rosto, as mãos, as pernas ficando muito brancos, eu experimentara o tipo de exaltação que se pode experimentar após uma morte: eu tinha dançado e dançado Mozart.

Mozart foi sempre meu alegre guardião, o "Pequeno Gênio", como eu o chamava, "Maestro de Seu Coro de Anjos", esse é Mozart; mas Beethoven é o "Maestro de Meu Coração Sombrio", o capitão de minha vida despedaçada e de todos os meus fracassos.

Naquela primeira noite, quando Karl tinha morrido há apenas cinco horas, depois que troquei os lençóis, depois que limpei o corpo de Karl e estendi-lhe as mãos ao lado do corpo, não consegui mais ouvir os anjos de Mozart. Que Karl estivesse com eles, por favor, depois de tanto sofrimento. E o livro que Karl compilara... Quase terminado, mas não de todo; as páginas, as ilustrações espalhadas na mesa dele. Que o livro esperasse. Tanto sofrimento.

Voltei-me para meu Beethoven.

Deitei-me no chão da sala de estar no andar de baixo — a sala do canto, que recebe a luz da avenida pela frente e pelo lado, e botei para tocar a *Nona* de Beethoven. Toquei a parte da tortura. Toquei o Segundo Movimento. Mozart não conseguiria me transportar além da morte e para fora dela; era tempo de angústia, e Beethoven sabia, e o Segundo Movimento da sinfonia sabia.

Não importa quem morre ou quando, o Segundo Movimento da *Nona Sinfonia* sempre funciona.

Quando eu era criança, adorava o último movimento da *Nona Sinfonia* de Beethoven, como acontece com todo mundo. Adorava o coro cantando a "Ode à Alegria". Não posso contar quantas vezes fui assisti-lo — uma vez aqui, outra em Viena, várias em San Francisco durante os anos frígidos, quando eu estava longe da minha cidade.

Mas nesses últimos poucos anos, mesmo antes de conhecer Karl, foi o Segundo Movimento que realmente me acompanhou.

É como uma música caminhante, a música de alguém que sobe obstinadamente, quase raivoso, uma montanha. É ir em frente, sempre em frente, em frente, como se a pessoa nunca fosse parar. Então a música chega a um lugar tranqüilo, como se entrasse nos Bosques de Viena, como se a pessoa ficasse repentinamente imóvel e exultante e tivesse a vista que esperava da cidade e pudesse atirar os braços para o alto – dançar em círculos. A trompa está lá, o que sempre nos faz pensar em bosques, vales e pastores; podemos sentir a paz, a quietude dos bosques, o platô de felicidade daquela pessoa ali parada, mas de repente...

... de repente entra o tambor. E a caminhada recomeça, montanha acima, a determinação de andar e andar. De andar e andar.

Quem quiser pode dançar essa música, jogando o corpo a partir da cintura de um lado para o outro (é o que faço), como se estivesse maluco, até ficar tonto, deixando o cabelo bater à esquerda e depois à direita. Pode-se marchar, dando voltas e voltas na sala, num feroz círculo marcial, os punhos cerrados, o passo cada vez mais e mais rápido. Pode-se também interromper a marcha de vez em quando e rodopiar. Pode-se jogar com força a cabeça para frente e para trás, para frente e para trás, deixando o cabelo voar para cima, para o lado, para baixo, e escuro diante de seus olhos, antes de desaparecer e enxergar-se novamente o teto.

É uma música implacável. E a pessoa não vai desistir. Para a frente, para o alto, avante, isso não importa agora (bosques, árvores, não importam). Tudo que importa é que se caminha... e quando vem outra vez aquele pedaço pequeno de felicidade — a doce e exultante felicidade do platô — ela é alcançada, desta vez, no meio do avanço dos passos. Porque não há parada.

Não antes de a música parar.

Esse é o fim do Segundo Movimento. E agora posso rolar no chão, e bater de novo no botão, e arquear a cabeça, e deixar o movimento continuar, independente de tudo o mais, mesmo das grandiosas, imponentes garantias que Beethoven, ao que parece, tentava dar a todos nós, a certeza de que tudo seria um dia compreendido e esta vida valia a pena.

Naquela noite, a noite após a morte de Karl, toquei o Segundo Movimento por muito tempo, entrando pela manhã, até a sala ficar cheia de sol e o parquete do assoalho começar a brilhar. O sol atirava grandes raios através dos buracos nas cortinas. Lá no alto, o teto, com aqueles faróis perdidos do tráfego da longa noite, transformou-se num branco suave, como uma nova página onde não há nada escrito.

Uma vez, à meia-noite, deixei a sinfonia ir até o fim. Fechei os olhos. A noite estava vazia, só tinha os carros do lado de fora, os carros que não terminam, que aceleram e reduzem na avenida St. Charles, carros demais para as pistas estreitas, rápidos demais para os velhos carvalhos e os lampiões ligeiramente curvos da rua. Eles abafam, com seu exótico trovão, até o belo e regular estrépito do velho bonde. Um clangor. Um fragor. Um barulho que poderia ser de festa, e foi o que uma vez achei que fosse. Em toda minha vida, que já passa de meio século, não me lembro de ter visto uma única vez a avenida verdadeiramente silenciosa, exceto nas primeiras horas da madrugada.

Fiquei em silêncio naquele dia porque não conseguia me mexer. Não conseguia fazer nada. Só fui para o andar de cima quando escureceu de novo. Os lençóis ainda estavam limpos. O corpo estava duro; eu sabia que era *rigor mortis*. Havia pouca alteração no rosto dele. Para mantê-lo de boca fechada, eu amarrara em muitas voltas um pano branco e limpo no rosto dele. Eu mesma tinha fechado os olhos. Ficar ali a noite inteira, enroscada perto dele, com a mão naquele peito frio, não foi a mesma coisa de antes, quando ele era macio.

A maciez voltou no meio da manhã. Um simples relaxamento do corpo inteiro. Os lençóis ficaram sujos. Havia cheiros fétidos. Mas eu não tinha a menor intenção de identificá-los. Foi fácil, agora, levantar os braços dele. Lavei-o de novo. Troquei tudo como faria uma enfermeira, rolando o corpo para o lado e estendendo uma parte do lençol limpo, depois trazendo o corpo de volta para acabar de cobrir a cama, prendendo o lençol limpo debaixo do colchão.

Ele estava branco, e tétrico, mas outra vez maleável. Embora a pele estivesse afundando, afastando-se dos traços do rosto, aqueles ainda eram os traços dele, os de meu Karl; pude ver, inalteradas, as minúsculas rachaduras nos lábios e as pontas claras, descoradas das pestanas quando o sol as atingiu.

O quarto de cima, o quarto do poente – era lá que ele queria que dormíssemos (e foi onde morreu), pois o sol atravessa tarde as pequenas janelas embutidas no telhado.

Esta imensa casa de um chalé, com seis colunas coríntias e grades de ferro. Realmente só um chalé, com grandes espaços num único andar e pequenos quartos improvisados num sótão, que antigamente era cavernoso. Quando eu era muito pequena havia apenas o sótão, que cheirava muito gostoso, sempre como bosque, como bosque e sótão. Os quartos vieram quando minhas irmãs mais novas chegaram.

Esse quarto da esquina do poente era um belo quarto. Ele teve razão em escolhê-lo, em prepará-lo com tanta liberalidade, em arrumar tudo. Fizera tudo de modo muito natural.

Eu nunca soube onde guardava o dinheiro, quanto dinheiro ou o que seria feito dele mais tarde. Estávamos casados há poucos anos. Não parecia conveniente perguntar. Estava velha demais para ter filhos. Além disso Karl me dava tudo com muita generosidade – qualquer coisa que eu desejasse. Ele era assim.

Passava os dias trabalhando nas descrições, nos comentários em torno de um santo, um santo que tomava conta de sua imaginação: São Sebastião. Esperava acabar o livro antes de morrer. E quase conseguiu. Tudo que faltava eram retoques eruditos. Eu pensaria nisso mais tarde.

Telefonaria para Lev e lhe pediria conselho. Lev foi meu primeiro marido. Lev ia ajudar. Lev era professor universitário.

Fiquei um longo tempo ao lado de Karl e pensei quando a noite chegou: "Bem, ele já está morto há dois dias e provavelmente você já transgrediu a lei."

Mas isso tem realmente alguma importância? O que podem fazer? Sabem do que morreu, sabem que estava com AIDS e que não havia esperanças; quando chegarem, destruirão tudo. Vão levar o corpo e queimá-lo.

Acho que foi essa a principal razão que me levou a conservá-lo por tanto tempo. Não tive medo dos fluidos ou de qualquer coisa do gênero, e ele próprio tinha sido sempre muito cuidadoso nos últimos meses, exigindo máscaras e luvas. Mesmo com a sujeira após sua morte, eu ficara a seu lado num grosso robe de veludo, com minha pele intacta fechando-me dentro dela e me protegendo de qualquer vírus que ainda continuasse por perto.

Nossos momentos eróticos haviam sido manuais, pele contra pele, tudo isso podia ser lavado – nunca houve a temerária união.

A AIDS nunca me pegara. E só após os dois dias, quando achei que devia avisá-los, que devia informá-los, só então percebi que desejava que ela tivesse me pegado. Ou pelo menos foi o que pensei.

É tão fácil desejar a morte quando não há nada errado com você! É tão fácil apaixonar-se pela morte. Em toda minha vida tive essa paixão, mas vi seus mais fiéis devotos fraquejarem no fim, esbravejarem simplesmente para viver, como se todos os véus escuros, os lírios, o cheiro das velas e as grandiosas promessas do túmulo nada significassem.

Eu sabia disso. Mas sempre desejei estar morta. Era um meio de continuar vivendo.

A noite chegou. Observei algum tempo, pela pequena janela, como os lampiões se acendiam na rua. Como as luzes da floricultura foram ligadas exatamente quando suas portas se fecharam para o público.

Vi o chão ainda mais coberto pelas folhas grossas e crespas da magnólia. Vi como as lajotas ao longo da grade estavam quebradas; era preciso consertar a calçada antes que alguém tropeçasse. Vi os carvalhos cobertos com a fuligem que saía dos carros barulhentos.

Bem, dê um beijo nele e diga adeus, foi o que pensei. Sabe-se o que vem a seguir. Se está mole é porque entrou em decomposição, e tem um cheiro que nada tem a ver, que nada deve ter a ver com ele.

Curvei-me e beijei-o nos lábios. Beijei, beijei e beijei aquele parceiro de não mais que poucos e curtos anos, que definhou tão generosamente rápido. Beijei-o e, embora quisesse voltar para a cama, desci, abri um pão de forma, comi algumas fatias, tirei uma lata da embalagem de papelão que havia no chão e tomei a soda diet, que estava quente; tudo com absoluta indiferença, ou melhor, com a certeza de que o prazer, sob qualquer forma, estava proibido.

Música. Podia experimentar de novo. Só mais uma noite sozinha, ouvindo meus discos, todos só para mim, antes que eles chegassem, aos berros. Antes que a mãe dele telefonasse soluçando de Londres: "Graças a Deus o bebê nasceu! Ele esperou, esperou até o bebê da irmã nascer!"

Eu sabia que era exatamente isso o que ia dizer, e era verdade, eu acho; tinha esperado pelo bebê da irmã, mas não o suficiente para ela voltar para casa. Essa era a parte que faria sua mãe continuar chorando desesperada por mais tempo do que eu tinha paciência de ouvir. Pobre senhora. Você iria para o lado da cama de quem, da filha em Londres, dando à luz, ou do filho agonizante?

A casa estava coberta de lixo.

Ah, que liberdade eu tomara. De qualquer modo os enfermeiros não queriam mesmo vir nos últimos dias. Há santos por toda parte, santos que ficam com os moribundos até o último momento, mas neste caso eu estava lá e não havia necessidade de santos.

Todo dia meus velhos empregados, Althea e Lacomb, batiam aqui, mas eu não alterava o bilhete na porta: "Está tudo bem. Deixe um recado."

E assim o lugar ficou cheio de lixo, migalhas de biscoito, latas vazias, poeira e até folhas, como se houvesse uma janela aberta em algum lugar (provavelmente no quarto principal, que nunca usamos) e o vento tivesse trazido as folhas até o tapete laranja.

Fui para a sala da frente e me deitei no assoalho. Quis estender o braço para tocar no botão e dar início, outra vez, ao Segundo Movimento (só Beethoven comigo, o capitão desta dor), mas não consegui.

Talvez para Mozart, o "Pequeno Gênio", tudo parecesse estar bem, com o clarão brilhante e tranqüilizador de anjos batendo as asas, rindo e dando saltos mortais sob a luz celeste. Eu quis estender... Mas não consegui me mexer... durante horas. Ouvia Mozart em minha cabeça; ouvia seu violino disparando. Comigo era sempre o violino, o violino acima de tudo, que eu amava.

Ouvia Beethoven de vez em quando. A carga mais intensa de felicidade de seu único *Concerto para Violino*, que há muito eu decorara — as fáceis melodias solo, é claro. Mas nada tocou na casa onde eu jazia com o morto no andar de cima. O assoalho estava frio. Era primavera e, naqueles dias, o tempo variava de muito calor a uma friagem de inverno. Bem, está ficando frio, pensei comigo, e isso vai conservar melhor o corpo, não?

Alguém bateu. Foram embora. O tráfego alcançou seu pico. Veio uma paz. A secretária eletrônica dizia uma mentira atrás da outra, da outra, da outra... Clique e clique e clique clique.

Então adormeci, talvez pela primeira vez.

E o mais belo dos sonhos tomou conta de mim.

2

Sonhei com o mar em plena luz do sol, mas um mar que nunca conhecera. A terra era um grande berço onde este mar se movia, como o mar em Waikiki ou ao longo da costa sul de San Francisco. Isto é, eu podia ver distantes braços de terra à esquerda e à direita, estendendo-se desesperadamente para conter a água.

Que mar selvagem e cintilante era ele, sob um sol tão imenso, tão puro, embora eu não pudesse ver o sol propriamente dito, apenas sua luz. As grandes ondas vinham rolando, imbricando-se umas nas outras, enchendo-se de claridade verde um instante antes de quebrarem. E então cada onda executava uma dança (uma dança) a que eu nunca assistira.

De cada onda que morria vinha uma grande e frágil quantidade de espuma, mas a espuma se dividia aleatoriamente em grandes picos, cerca de seis a oito para cada onda, e esses picos pareciam nada menos que pessoas (pessoas feitas das borbulhas cintilantes da espuma) estendendo os braços para a verdadeira terra, para a praia, para o sol, talvez.

Não parava de ver o mar em meu sonho. Sabia que estava olhando de uma janela. Estava maravilhada e tentava contar os vultos que oscilavam antes que eles se dissipassem, como inevitavelmente ocorria. Estava assombrada por ver como ficavam bem formados de espuma, com cabeças que acenavam, com braços em desespero, antes de se desintegrarem, como que atingidos por um golpe mortal do ar, para que tudo fosse lavado, para que, no enrolar da próxima onda verde, houvesse uma coleção inteiramente nova de graciosos movimentos suplicantes.

Gente de espuma, fantasmas saídos do mar — é assim que eles apareciam para mim. Estavam em toda a extensão da praia, pois até onde eu podia ver, da segurança de minha janela, todas as ondas faziam o mesmo; enrolavam-se, verdes e cintilantes, depois quebravam, transformando-se nas figuras em súplica. Algumas ondas se enroscavam entre si, outras ficavam à parte; depois recuavam todas, dobrando sobre si mesmas em direção ao grande e violento oceano.

Mares eu vi, mas nunca um mar onde as ondas formassem dançarinos. E mesmo quando o sol de fim de tarde caiu, uma claridade artificial inundou a areia lisa e os dançarinos continuaram a vir, com as cabeças erguidas, com as longas espinhas e os braços arremessados para a terra num gesto de rogo.

Oh, aqueles seres espumantes me pareciam muito com fantasmas – espíritos fracos demais para adquirirem uma forma no mundo concreto, ainda que suficientemente fortes para se revestirem, por um momento, de uma espuma selvagem e dissolvente, forçando-a a tomar um contorno humano antes que a Natureza a levasse embora.

Como gostei daquilo. Ao longo de toda a noite vi a coisa acontecer, ou pelo menos foi o que o sonho me revelou, do modo como fazem os sonhos. E então vi a mim mesma no sonho e era dia claro. O mundo estava vivo e atarefado. Mas o mar era decididamente tão vasto e azul que quase chorei ao olhar para ele.

Vi a mim mesma na janela! Em meus sonhos, um ponto de vista desses quase nunca acontece. Nunca! Mas lá estava eu, eu me conheço, meu próprio rosto frágil e quadrado, meu próprio cabelo preto com franjas num corte rude, e todo o resto comprido, reto. Estava numa janela quadrada, na fachada branca do que parecia ser um grande prédio. Vi minhas próprias feições, pequenas, ainda não definidas por um sorriso, não interessantes; só ordinárias e sem qualquer traço de perigo ou desafio, o rosto com franjas caindo quase até as pestanas e os lábios que sorriam com tanta facilidade. Tenho um rosto que vive nos sorrisos. E mesmo no sono eu pensei: "Ah, Triana, você deve ser muito feliz!" Mas na realidade nunca foi preciso muita coisa para me fazer sorrir. Conheço intimamente a angústia e a felicidade!

Pensei tudo isto no sonho. Pensei em ambos, na angústia e na felicidade. E estava feliz. Vi, no sonho, que eu estava na janela segurando com o braço esquerdo um grande buquê de rosas vermelhas e que, com meu braço direito, acenava para as pessoas lá embaixo.

Mas onde podia ser isso, pensei, chegando cada vez mais perto da beirá da vigília. Nunca durmo muito tempo. Nunca tenho o sono muito profundo. A terrível suspeita já se tinha dado a conhecer. Isto é um sonho, Triana! Você não está lá. Você não está num lugar luminoso e quente com um vasto mar. Você não tem rosas.

Mas o sonho não se quebrava, nem ia se apagando, nem mostrava a menor falha ou ruptura.

Eu me via lá em cima, na janela, sempre acenando, sorrindo, segurando o grande buquê de hastes caídas. Então reparei que acenava para rapazes e moças que estavam parados na calçada lá embaixo — apenas crianças altas, não mais que isso, garotos de 25 anos ou menos, só garotos, e percebi que eles é que tinham me mandado as rosas. Eu os amava. Dava adeus e adeus e eles também, pulando de um lado para o outro em sua exuberância. Depois atirei beijos.

Com os dedos da mão direita, atirei um beijo atrás do outro àqueles admiradores, enquanto atrás deles o grande mar azul brilhava e a noite chegava, severa e repentina. Além daqueles jovens dançarinos, nas lajotas com motivos em preto e branco, dançava mais uma vez o mar, os flocos de formas se erguendo na espuma das ondas. Aquilo parecia um mundo tão real que eu não conseguia afirmar que fosse apenas um sonho.

"Está acontecendo com você, Triana. Você está lá."

Tentei ser esperta. Conhecia esses truques hipnagógicos que os sonhos podem fazer, conhecia os demônios que ficam frente a frente com você na própria margem do sono. Eu sabia e me virei e tentei ver o quarto onde me encontrava. "Onde fica isso? Como eu podia imaginar isso?"

Mas vi apenas o mar. E o escuro da noite estava cheio de estrelas. O delírio dos fantasmas de espuma estendia-se até onde eu podia ver.

Oh, Alma, oh, Almas Perdidas, entoei em voz alta, oh, vocês estão felizes, estão mais felizes que na vida com suas pontas tão duras e tamanha agonia? Não deram resposta aqueles fantasmas; esticavam os braços e logo eram puxados novamente para a água ofuscante e corrediça.

Acordei. Tão bruscamente.

Karl dizia em meu ouvido: "Não desse jeito! Você não compreende. Pare com isso!"

Sentei-me. Era chocante recordar dessa maneira a voz dele, imaginar a voz tão perto de mim. Mas a coisa não chegou a ser terrivelmente incômoda. Não havia medo dentro de mim.

Estava sozinha na sala da frente grande e suja. Os faróis atiravam a renda por todo o teto. Na pintura de São Sebastião, sobre o console da lareira, a auréola dourada cintilava. A casa rangia e o tráfego se arrastava perto dela, roncando em segundo plano.

"Você está aqui. E estava, estava, era um sonho vivo, Karl estava bem ali a meu lado!"

Pela primeira vez percebi um aroma no ar. Estava sentada no chão, com as pernas cruzadas e tudo ainda continuava cheio até a borda com o sonho e a exatidão da voz de Karl: "Não desse jeito! Você não compreende. Pare com isso!" E com tudo cheio disso, percebi um cheiro na casa indicando que seu corpo começava a apodrecer.

Conhecia o cheiro. Todos nós o conhecemos. Mesmo se nunca estivemos em necrotérios ou campos de batalha nós o conhecemos. Percebemos quando o rato morre dentro da parede e ninguém consegue encontrá-lo.

Reconheci-o naquele momento... Fraco, mas enchendo tudo, na casa inteira, todos os grandes aposentos decorados, sem excluir aquela sala de visitas, onde São Sebastião sobressaía da moldura dourada e a caixa acústica se encontrava a poucos centímetros. O telefone fazia mais uma vez aquele clique, hora da mentira, clique. Uma mensagem talvez.

Mas o fato, Triana, é que você sonhou. E esse cheiro não seria admissível. Não, não este, porque não era Karl, esse cheiro medonho. Esse não era seu Karl. Era apenas um corpo morto.

Achei que devia me mexer. Então alguma coisa me prendeu. Era música, mas não vinha dos discos espalhados no chão e era uma música que eu não conhecia, embora conhecesse o instrumento.

Só um violino podia soar assim, só um violino podia suplicar e se lamentar na noite assim. Oh, como eu ansiava, quando era criança, ser capaz de fazer aquele som num violino.

Alguém, lá fora, tocava um violino. Eu ouvia. Ouvi-o se erguer suavemente por cima dos sons confusos da avenida. Ouvi-o desesperado e pungente, como se Tchaikovsky estivesse regendo; ouvi uma perfeita torrente de notas, tão rápidas e ágeis que pareceram mágicas.

Equilibrei-me nos pés e fui para a janela do canto.

Ele estava lá. O sujeito alto com o cabelo preto brilhante de músico de rock e o casaco empoeirado. O homem que eu vira antes. Agora estava parado no meu lado da esquina, na calçada de lajotas quebradas diante da grade de ferro. Estava tocando o violino quando baixei os olhos sobre ele. Empurrei a cortina para o lado. Tive vontade de soluçar com a música.

"Vou morrer disso", pensei. Vou morrer da morte e do fedor nesta casa e da beleza cabal dessa música.

Por que ele tinha vindo? Por que para mim? Por quê — e para tocar dentre todas as coisas o violino, que eu amava tanto, com o qual lutara com tanta determinação quando era criança (mas quem não ama o violino)? Por que viera tocá-lo junto de minha janela?

Ah, minha garota, você está sonhando! É ainda e apenas a mais pastosa, a pior das armadilhas, a mais hipnotizante. Ainda está sonhando. Você absolutamente não acordou. Volte, encontre a si mesma, sinta-se onde você sabe que está: deitada no chão. Encontre-se.

"Triana!"

Rodopiei.

Karl estava na porta. A cabeça estava enrolada no pano branco, mas o rosto era uma pedra branca e o corpo quase um esqueleto no pijama de seda preta com que eu o vestira.

"Não, não faça isso!", disse ele.

O som do violino cresceu. O arco veio com estardalhaço para as cordas mais graves, o ré, o sol, provocando aquela palpitação veemente e dolorosa, quase dissonante, que se tornou naquele momento a mais pura expressão do meu desespero.

– Ah, Karl! – clamei. Acho ter dito isso.

Mas Karl se fora. Não havia mais Karl. O violino continuava cantando; cantava e cantava e vi-o de novo quando me virei e olhei pela janela — o cabelo preto lustroso, os ombros largos, o violino marrom e sedoso na luz da rua. Ele fez o arco descer com tamanha violência que senti os calafrios me subindo na nuca e descendo pelos braços.

– Não pare, não pare! – gritei.

Ele brandiu o arco como se estivesse fora de si, sozinho na esquina, no clarão vermelho das luzes da floricultura, nos raios foscos dos lampiões curvos da rua, na sombra dos galhos da magnólia emaranhados sobre as lajotas. Tocou. Tocou o amor, a dor, a perda e tocou e tocou todas as coisas em que eu mais queria acreditar neste mundo. Comecei a chorar.

Pude sentir outra vez o mau cheiro.

Estava acordada. Tinha de estar. Bati no vidro, mas não com a força necessária para quebrá-lo. Olhei para ele.

Ele se virou em minha direção, o arco parado no ar, e então, levantando os olhos e me olhando de frente por sobre a grade, iniciou uma canção mais suave, num tom muito baixo, quase abafada pelos carros que passavam.

Um ruído alto me fez estremecer. Alguém batendo na porta dos fundos. Alguém batendo com a força necessária para quebrar o vidro.

Fiquei ali, não queria me mexer, mas sabia que, quando as pessoas batem daquele jeito, estão decididas a entrar. Com certeza alguém percebera que Karl havia morrido. Eu teria de atender e manter uma conversa sensata. Não havia tempo para música.

Não havia tempo para aquilo? Ele tirava notas baixas das cordas, mas de repente o gemido se tornava novamente alto e áspero, depois agudo, lancinante.

Afastei-me da janela.

Havia um vulto na sala; mas não era Karl. Era uma mulher. Vinha do vestíbulo e eu a conhecia. Era minha vizinha. Seu nome era Hardy. Miss Nanny Hardy.

– Triana, querida, aquele homem está aborrecendo você? – ela perguntou. Foi até a janela.

Miss Hardy era tão alheia à canção dele. Reconheci minha vizinha com uma pequena parte da mente, pois todo o resto movia-se com ele e, de um modo radicalmente brusco, percebi que ele era real.

Ela acabava de me dar a prova.

– Triana, querida, durante dois dias você não atendeu à porta. Mas só tive de empurrar com força. Estava preocupada com você, Triana. Com você e com Karl. Quer que eu faça esse homem horrível ir embora? Quem ele pensa que é? Olhe para ele. Não saiu da frente da casa. Está ouvindo? Tocando violino a esta hora da noite. Não sabe que aqui há um homem doente...

Mas esses sons, essas palavras, eram muito pequenos, minúsculos. Como pedrinhas caindo da mão de alguém. A música continuava, doce, discreta, ganhando intensidade para um final patético. "Eu conheço sua dor. Conheço. Mas a loucura não é para você. Nunca foi. Você é aquela que nunca enlouquece."

Olhei fixamente para ele e depois de novo para miss Hardy. Ela usava um penhoar. Viera de chinelos. Nada mau para uma senhora tão distinta. Miss Hardy me olhou. Depois olhou em volta da sala, discreta e circunspecta, como fazem as pessoas bem-educadas, mas certamente viu os discos espalhados, as latas de soda vazias, o saco amassado do pão de forma, a correspondência sem abrir.

Não foi isso, porém, que fez sua expressão se alterar quando olhou de novo para mim. Alguma coisa a pegava desprevenida; alguma coisa a assaltava. Alguma coisa desagradável de repente a tocava.

Tinha sentido o cheiro. O corpo de Karl.

A música parou. Eu me virei.

– Não o deixe ir embora! – pedi.

Mas o homem alto e magro, com o cabelo preto sedoso, já começara a se afastar, carregando nas mãos o violino e o arco. Depois de atravessar a Third Street, ainda parou diante da floricultura, virou a cabeça, olhou para mim e acenou. Acenou. Então pôs cuidadosamente o arco na mão esquerda, que já segurava o braço do violino, e levantando a direita me atirou um beijo, estudado, carinhoso.

Atirou-me um beijo como aqueles garotos tinham feito no sonho, os garotos que me trouxeram rosas.

Rosas, rosas, rosas... Quase cheguei a ouvir alguém dizendo essas palavras, e numa língua estrangeira, o que quase me fez rir ao pensar que uma rosa, mesmo falada em qualquer outra língua, é sempre uma rosa.

– Triana – miss Hardy falava muito suavemente, a mão estendida para tocar-me no ombro. – Deixe eu chamar alguém – acrescentou, e isso não era um pedido.

– Sim, miss Hardy, eu devia participar às pessoas – tirei a franja dos olhos. Pisquei, tentando puxar um pouco mais de luz da rua para vê-la melhor no penhoar florido, muito elegante. – É o cheiro, não é? A senhora pode senti-lo.

Ela concordou muito devagar com a cabeça.

– Por que, em nome de Deus, a mãe dele a deixou aqui sozinha!

– Um bebê, miss Hardy, nascido há poucos dias em Londres. Pode saber de tudo ouvindo a secretária eletrônica. A mensagem está lá. Insisti para que a mãe dele fosse embora. Ela não queria sair de perto de Karl. As coisas são assim, a senhora entende, ninguém pode dizer exatamente quando um homem agonizante vai morrer ou um bebê vai nascer. Era o primeiro da irmã de Karl e Karl também disse que ela podia ir, e eu insisti que ela fosse, e então... então eu simplesmente fiquei cansada de ver tanta gente vindo aqui.

Não consegui decifrar sua expressão. Não consegui sequer imaginar seus pensamentos. Talvez ela própria ainda não os conhecesse num momento como aquele. Achei que estava bonita de penhoar; era branco, com flores claras, pregueado na cintura, e os chinelos também eram de cetim, exatamente como uma dama do Garden District devia se apresentar. Era muito rica, sempre diziam isso. O cabelo grisalho estava cuidadosamente cortado em pequenos anéis em volta do rosto.

Virei-me e olhei para a avenida. O homem alto e magro tinha saído de vista. Ouvi de novo aquelas palavras. "Você é aquela que nunca enlouquece!" Não conseguia lembrar a expressão do rosto dele. Tinha sorrido? Tinha mexido os lábios? E a música. Só em pensar nela eu sentia as lágrimas correrem.

Para falar francamente, era a mais vergonhosamente sentimental das músicas, assim como a de Tchaikovsky. Mas ao diabo com o que as pessoas acham e que continuasse jorrando a dor mais doce, a mais triste, de um jeito que meu Mozart e meu Beethoven jamais se permitiriam.

Contemplei o quarteirão deserto, as casas ao longe. Um bonde vinha sacolejando lentamente em direção à esquina. Por Deus, ele estava lá! O violinista. Tinha atravessado para o canteiro central e estava parado no ponto do bonde, mas não subiu no bonde. Estava muito longe para que eu pudesse ver seu rosto ou mesmo ter certeza que ele ainda poderia me ver. Agora se virava e se distanciava ainda mais.

A noite era a mesma. O fedor era o mesmo.

Miss Hardy continuava em alarmante imobilidade.

Parecia tão triste. Pensava que eu estava louca. Ou talvez simplesmente odiasse o fato de ter sido ela a me encontrar naquele estado, a pessoa que teria, talvez, de fazer alguma coisa. Não sei.

Ela saiu, em busca do telefone, imaginei. Não teve mais nada para me dizer. Pensou que eu estava fora de mim e não valia a pena insistir numa conversa sensata. Quem poderia censurá-la?

Pelo menos eu falara a verdade sobre o bebê nascido em Londres. Mas teria deixado o corpo de Karl estendido lá em cima mesmo se a casa estivesse cheia de gente. Ia ser mais difícil, é claro.

Dei meia-volta, saí apressada da sala de visitas, cruzei a sala de jantar. Depois atravessei a pequena copa e subi correndo a escada. É pequena essa escada — não é uma escadaria como nas casas de dois andares de antes da guerra, mas um conjunto de degraus pequenos e curvos, delicados, levando até o ático de um chalé neoclássico.

Bati a porta do quarto onde ele estava e virei a chave dourada. Ele insistia sempre para que cada porta estivesse com a chave correta no lugar e pela primeira vez isso me alegrou.

Agora ela não poderia entrar. Ninguém podia.

No quarto fazia um frio glacial, pois as janelas estavam escancaradas. O cheiro impregnava tudo, mas eu tragava profundamente o ar, prendia a respiração, soltava e tragava de novo. Foi assim que rastejei por baixo dos cobertores e me deitei pela última vez ao lado dele, só mais uma vez, só alguns minutos a mais antes que queimassem todos e cada um dos dedos das mãos e dos pés, seus lábios, seus olhos. Que eu ficasse em paz ao lado dele.

Que eu ficasse ao lado de todos eles.

De muito longe lá fora veio o clamor da voz de miss Hardy e mais alguma coisa. Era a pavana reverente e abafada de um violino. "Você lá fora, tocando."

"Para você, Triana."

Enrosquei-me contra o ombro de Karl. Estava radicalmente morto, muito mais morto do que na véspera. Fechei os olhos e puxei sobre nós o grande acolchoado dourado (ele tinha tanto dinheiro, gostava tanto de coisas bonitas) nessa nossa cama de quatro colunas, naquela cama estilo Príncipe de Gales que Karl me deixara possuir e onde agora eu sonhava com ele pela última vez: o sonho do túmulo.

A música estava no sonho. Tão débil que eu não podia ter certeza se não seria apenas uma lembrança do andar de baixo, mas estava lá. A música.

Karl. Pousei a mão nas faces ossudas, onde toda a suavidade se desfazia.

Uma última vez deixem-me chafurdar na morte e desta vez com a música de meu novo amigo. Ela chegava até mim como se o Demônio, para atender àqueles que estão realmente "quase apaixonados pelo conforto da Morte", tivesse mandado aquele homem do Inferno, o violinista.

Pai, mãe, Lily, dêem-me seus ossos. Dêem-me o túmulo. Levemos Karl para dentro dele conosco. O que interessa para nós, para aqueles dentre nós que estão mortos, o fato dele ter morrido de uma doença maligna; estamos todos juntos aqui, na terra úmida; estamos juntos na morte.

3

Cave fundo, fundo, minha alma, para encontrar o coração — o sangue, o calor, o lugar de veneração e repouso. Cave fundo, sempre fundo, no solo úmido até onde estão aqueles que eu amo; ela, mãe, que se fora com o cabelo preto e solto, os ossos há muito tempo lançados no fundo do ossário, enquanto outros caixões vêm repousar no lugar dela (mas neste sonho eu arranjo os ossos perto de mim e eles se apresentam como se ela, mãe, estivesse ali, num vestido vermelho-escuro, com o cabelo preto...) — e ele, meu pai, recentemente morto, provavelmente ainda cera, enterrado sem uma gravata porque não quis nenhuma e eu a tirei bem ali, do lado do caixão, desabotoando a camisa, sabendo que ele não suportava as gravatas, e seus membros estavam inteiros e limpos pelos fluidos dos agentes funerários embora, quem sabe, já houvesse vida por dentro deles, com todas as bocas ternas da terra, vindas para prantear, devorar e depois ir embora – e ela, a menor de todas, minha menininha, calva pelo câncer e ainda adorável como um anjo nascido perfeito e sem cabelos; deixe-me devolver-lhe o longo cabelo dourado que caiu por causa dos remédios, um cabelo tão gostoso de pentear e pentear, louro-avermelhado, a mocinha mais bonita do mundo, carne de minha carne, minha filha morta há tantos anos, que seria uma mulher feita se estivesse viva...

Cave fundo... Deixem-me ficar com vocês, deixem-nos ficar aqui, todos nós, juntos.

Fique conosco, com Karl e comigo. Karl já é um esqueleto!

Aberto fica este túmulo, com todos alegre e carinhosamente juntos. Não há palavras para descrever uma união tão meiga e total; nossos corpos, nossos cadáveres, nossos ossos tão intensamente enroscados.

Não conheço qualquer separação. Nem da mãe, nem do pai, nem de Karl, nem de Lily, nem de todos os vivos e todos os mortos, já que somos uma só família neste túmulo viscoso e esfarelante, neste lugar que nos pertence, íntimo e secreto, nesta câmara que penetra na terra, onde podemos apodrecer e nos misturar quando as formigas vierem, quando a pele estiver coberta de fungos.

Isso não importa.

Fiquemos juntos, nenhum rosto esquecido e o riso de cada um com a nitidez de 20 anos atrás ou o dobro disso, um riso feliz e melodioso como a música de um violino fantasma, um violino incerto, um violino perfeito, nosso riso nossa música que combina mentes e almas e nos ata, a todos, para sempre.

Cai suavemente nesse grande, macio, secreto e aconchegante túmulo minha chuva quente e melodiosa. O que seria este túmulo sem chuva? Nossa doce chuva que vem do sul.

Cai com carinho, com beijos, para não dispersar este abraço em que estamos vivendo — eu e eles, os mortos, como uma coisa só. Esta fenda é nossa casa. Que as gotas sejam lágrimas e canção, que sejam antes som e estiagem do que água, pois quero que tudo aqui, entre vocês todos, seja eternamente amável e purificador, jamais motivo de perturbação. Lily, enrosque-se agora em mim, e mãe deixe eu esconder o rosto em seu pescoço. Logo seremos uma só coisa e Karl tem os braços em volta de todos nós, assim como o pai.

Flores chegando. Não é preciso espalhar os caules quebrados nem as pétalas rubras. Não é preciso trazer grandes buquês bem amarrados com fitas brilhantes.

A própria terra celebrará esse túmulo; trará sua relva silvestre e delicada, suas flores pendendo de simples ranúnculos, e as margaridas, as papoulas; tudo colorido de azul, de amarelo, de cor-de-rosa e das ricas gradações de um jardim luxuriante, selvagem, eterno.

Que eu me enrosque em você, repouse em seus braços e lhe assegure que, em comparação com o amor, nenhum sinal exterior da morte tem para mim qualquer significado. Se eu vivia com você quando nós dois, quando todos éramos vivos, onde poderia estar agora senão aqui, a seu lado, nessa lenta, pegajosa e definitiva corrupção?

A consciência me acompanhar até este abraço final é uma bênção! Sou íntima da morte e vivo para conhecê-la, saboreá-la.

Que as árvores se curvem para esconder este lugar, que as árvores formem sobre meus olhos uma teia espessa, que se torne cada vez mais densa, não verde mas negra, como se tivesse capturado a noite, tapando de vez o último olhar à espreita, ou ponto de observação, quando a vegetação crescer diante dela. Para que possamos ficar sozinhos, só nós, você e eu, e aqueles que eu tanto adorava e sem os quais não posso viver.

Afunde. Mergulhe profundamente na terra. Sinta a terra envolvê-lo. Que os torrões de terra selem nossa quietude. Nada mais quero.

E agora, segura e atada a você, posso falar: para o Inferno com todos que tentam se intrometer entre nós.

Passos de gente estranha subindo na escada.

Quebrem a fechadura, sim, quebrem a porta, puxem as mangueiras e bombeiem o ar com fumaça branca. Não vão machucar meus braços porque não estou aqui, mas no túmulo. Só perturbarão uma rígida e indignada imagem de mim. Sim, como vêem os lençóis estão limpos, eu podia ter dito isso a vocês!

Enrolem-no completamente, enrolem firme, firme nos lençóis, não tem importância nenhuma — estão vendo, não há sangue, nem coisa maligna que possa sair dele e apanhá-los; ele não morreu de feridas abertas, definhou por dentro, como os que têm AIDS costumam fazer, que lhe custava até mesmo tomar fôlego. O que acham que sobrou agora para temer?

Não estou com vocês nem com os que fazem perguntas sobre tempo e lugar, sangue, sanidade e números a serem chamados; não posso responder aos que querem prestar socorro. Estou a salvo no túmulo. Aperto os lábios contra o crânio de meu pai. Estendo o braço para a mão descarnada de minha mãe. Deixe-me segurá-la!

Ainda posso ouvir a música. Oh, Deus, que este violinista solitário atravesse o mato denso, a chuva caindo e a densa fumaça da noite imaginada, da visionária escuridão, para continuar comigo e tocar a cantiga de pesar, dando voz a estas palavras dentro de minha cabeça, enquanto o solo fica cada vez mais úmido, enquanto todas as coisas que nele vivem comecem a parecer muito naturais, benignas e não de todo feias.

Todo o sangue em nosso túmulo escuro e doce sumiu, sumiu e sumiu, exceto o meu. Em nossa morada de terra eu sangro tão simplesmente como suspiro. Se o sangue, por qualquer razão, for agora exigido sob a vontade de Deus, tenho o bastante para todos nós.

O medo não chegará aqui. O medo sumiu. Remexam nas chaves e empilhem as xícaras. Batam com as panelas no fogão de ferro lá embaixo. Encham, se quiserem, a noite com sirenes. Deixem a água correr, correr, correr e encher a banheira. Não vejo vocês. Não os conheço.

Nem a menor preocupação chegará aqui, não a este túmulo onde jazemos. Como a própria juventude e toda aquela antiga angústia, o medo se foi quando vi como vocês foram entregues à terra, caixão após caixão — o do pai de uma madeira tão boa, o da mãe, que não consigo lembrar, o de Lily, tão pequeno e branco (e o cavalheiro idoso não querendo nos cobrar um tostão porque era só uma menininha). Não, toda essa preocupação foi embora.

A preocupação nos fecha os ouvidos para a verdadeira música. A preocupação não nos deixa curvar os braços ao redor dos ossos daqueles que amamos.

Estou viva e com vocês agora. Realmente só agora percebo o que isto significa: que terei vocês sempre comigo!

Pai, mãe, Karl, Lily, segurem-me!

Oh, parece um pecado pedir compaixão aos mortos, aos que pereceram na dor, aos que não pude salvar, àqueles para quem não tive os gestos adequados de despedida nem os sortilégios para afastar o pânico ou a agonia, àqueles que, nos momentos descuidados e dissonantes do fim, talvez não tenham visto lágrimas nem ouvido qualquer promessa de que eu os prantearia para sempre.

Estou aqui agora! Com vocês! Sei o que significa estar morto. Deixo o lodo me cobrir, deixo o pé avançar profundamente para o lado esponjoso do túmulo.

Isto é uma visão, minha casa. Eles não importam.

– Essa música, não estão ouvindo?

– Acho que ela devia entrar de novo no chuveiro! Acho que devia ser inteiramente desinfetada!

– Tudo que há naquele quarto devia ser queimado...

– Oh, não aquela bonita cama de quatro colunas, isso é ridículo. Não explodem um quarto de hospital quando alguém morre assim, não é mesmo?

– ... e não toque no manuscrito dele.

Não, não se atreva a tocar no manuscrito!

– Xiii, não na frente...

– Ela está louca, não está vendo?

– ... a mãe dele está no avião que sai de manhã de Gatwick.

– ... absolutamente desvairada e ensandecida.

– Oh, por favor, vocês duas, se gostam de sua irmã, pelo amor de Deus, fiquem caladas. A senhora chegou a conhecê-la bem, miss Hardy?

– Beba isso, Triana.

Esta é minha visão; minha casa. Estou em meu living, lavada, esfregada, como se quem iria ser queimada fosse eu, a água pingando de meu cabelo. Deixem o sol da manhã bater nos espelhos. Abram a urna prateada e espalhem pelo assoalho as penas brilhantes do pavão. Não cubram com um véu horroroso todas as coisas claras. Olhem no fundo para encontrar o fantasma no espelho.

Esta é minha casa. E este é meu jardim, minhas rosas trepando naquelas grades do lado de fora e também em nosso túmulo. Estamos aqui, estamos lá e somos um só.

Estamos no túmulo e estamos na casa; o resto é falta de imaginação.

Neste reino ameno e chuvoso, onde a terra cai lá de cima, das beiradas fora de nível, e a água canta ao cair das folhas que vão murchando, sou a noiva, a filha, a mãe; tenho todos os títulos veneráveis a formarem as preciosas expectativas que coloco diante de mim.

Tenho sempre vocês! Que eu nunca, nunca, deixe vocês me abandonarem, nunca, nunca, os deixe partir.

Tudo bem. E assim cometemos novamente um erro. Assim fizemos nosso jogo. Demos um toque na loucura, como se ela fosse uma porta grossa, e depois nos atiramos com violência sobre ela, como eles se atiraram contra a porta de Karl, mas a porta da loucura não quebrou e esse túmulo não localizado é o sonho.

Bem, posso ouvir a música através dele.

Realmente não acho que possam escutá-la. Isso é minha voz em minha cabeça e o violino é a voz dele lá fora. Juntos guardamos o segredo de que este túmulo é uma visão e que, na verdade, não posso estar agora com vocês, meus mortos. Os vivos precisam de mim.

Os vivos precisam de mim agora, precisam mesmo de mim, porque sempre precisam dos desolados pela morte, precisam muito dos que administraram a parte mais dura e ficaram o maior tempo possível no silêncio. Estão cheios de perguntas, sugestões, afirmações, declarações e documentos a serem assinados. Precisam que eu levante os olhos para os sorrisos mais estranhos e encontre um meio de receber com elegância os mais desastrados gestos de solidariedade.

Mas chegarei a tempo. Vou chegar. E quando eu chegar, o túmulo vai abraçar a todos nós. E sobre todos nós a relva vai crescer.

Amor, amor, amor eu dou a vocês. Que a terra seja úmida. Que meus membros vivos afundem. Dêem-me crânios, para fazerem pressão como pedras contra meus lábios, ossos para meus dedos segurarem. Não faz mal se o cabelo foi embora como seda fina e esfiapada — tenho cabelos compridos para amortalhar a todos, não acham? Olhem para ele, este longo cabelo. Que eu cubra a todos nós.

A morte não é a morte como eu achava antigamente, quando o medo era esmagado com os pés. Corações partidos fazem isso melhor batendo eternamente contra as vidraças no inverno.

Segurem-me aqui — segurem, segurem. Não me deixem nunca, nunca tardar em outra parte.

Esqueça a renda extravagante, as paredes habilidosamente ornamentadas, as incrustações reluzentes da escrivaninha aberta, as porcelanas que levam agora com tanto cuidado, peça por peça, para cobrir toda a mesa com elas, xícaras e pires decorados com rendilhados azuis e motivos dourados. Coisas de Karl. Vire para o outro lado. Não sinta esses braços vivos.

A única coisa importante sobre o café sendo despejado de um bico prateado é o modo como as primeiras luzes do dia brilham de encontro a ele, o modo como o marrom-escuro do café se torna âmbar, dourado, amarelo, serpenteando e girando como um dançarino enquanto enche a xícara, parando depois, como um gênio recolhido à lâmpada.

Vá de novo até onde o jardim avança para a ruína. Vamos nos encontrar todos juntos. Você nos encontrará por lá.

De memória, um retrato perfeito: crepúsculo, capela do Garden District — Nossa Senhora do Perpétuo Socorro —, nossa pequena igreja dentro de uma velha casa. Só é preciso andar uma quadra de meu portão da frente até lá. Fica na rua Prytania. As janelas altas estão cheias de luz cor-de-rosa. Há velas pequenas e gotejantes numa redoma vermelha. Estão na frente de um santo com expressão sorridente, que amamos e reverenciamos como "A Pequena Flor". Nesse lugar, a escuridão é densa como a poeira. Mas ainda é possível se mover dentro dele.

Eu, a mãe e minha irmã Rosalind nos ajoelhamos no mármore frio diante do parapeito do altar. Depositamos nossos buquês, pequenas flores que colhemos nos muros aqui e ali e em grades como a nossa: a selvagem flor-de-noiva, a plumbagina de bonito azul, a pequena lantana dourada e marrom. Nunca as flores dos jardineiros. Apenas o livre emaranhado que ninguém podia deixar escapar num portão vináceo. São nossos buquês e não temos com que amarrá-los, salvo nossas mãos. Pousamos os buquês sobre o parapeito do altar e, ao fazer o sinal-da-cruz e dizer nossas preces, eu tive uma dúvida.

– Você tem certeza que Jesus e Nossa Senhora vão pegar essas flores?

Embaixo do altar à nossa frente, as figuras da Santa Ceia, esculpidas em madeira, estão colocadas em seu nicho envidraçado e fundo. No alto, sobre o pano adornado, ficam os buquês normais da capela, aqueles de prestígio, tamanho definido, flores com botões brancos como neve e caules gigantescos que lembram lanças. São flores convincentes! Tão convincentes quanto as velas altas de cera.

– Oh, sim – diz a mãe. – Depois de sairmos, vem o Irmão, leva nossas pequenas flores e as coloca num vaso. Depois coloca o vaso na frente de Nossa Senhora ou do Menino Jesus ali.

O Menino Jesus fica na ponta direita, escuro agora, ao lado da janela. Mas ainda consigo ver o mundo que Ele segura nas mãos, o ouro que reluz em sua coroa e sei que seus dedos estão erguidos numa bênção, e que ele é o Menino Jesus de Praga, com sua exuberante e chamejante capa rosada e bochechas encantadoras e viçosas.

Mas com relação às flores, não acho que seja assim. São flores humildes demais. Quem vai se interessar por flores assim, largadas desse jeito num final de tarde, com a capela cheia das sombras que percebo porque minha mãe está com um pouco de medo? Ela está segurando a mão de suas duas meninas, Rosalind e Triana, vamos, enquanto elas fazem a genuflexão antes de se virarem para sair. Eu e minha irmã estamos usando aqueles sapatos Mary Janes que estalam num assoalho de sinteco preto. A água benta está quente na pia. A noite respira com luzes, mas ainda não o bastante para penetrar lá dentro entre os bancos.

Estou preocupada com as flores.

Bem, não estou mais preocupada com coisas desse tipo.

Acalento apenas a memória de que estivemos lá. Mas se posso ver e sentir a coisa, se posso ouvir o violino tocando esta canção, então estou lá de novo e é como eu disse: mãe, estamos juntas.

Todo o resto não me aflige. Teria ela, minha filha, sobrevivido se eu tivesse movido céus e terra para levá-la a uma clínica longínqua? Será que ele, meu pai, não teria morrido se o oxigênio tivesse sido regulado desse jeito e não de outro? Será que minha mãe estava com medo quando disse "estou morrendo" às primas que cuidavam dela? Queria um de nós a seu lado? Bom Deus, faça isso parar!

Não vou desenterrar as recriminações. Nem pelos vivos, nem pelos mortos, nem pelas flores de 50 anos atrás!

Na meia luz da capela, os santos não respondem. A imagem de Nossa Senhora do Perpétuo Socorro só bruxuleia numa sombra solene. O Menino Jesus de Praga conserva a majestade com uma coroa cheia de jóias e olhos com glória não menor.

Mas vocês, meus mortos, minha carne, meus tesouros, a quem eu amei de forma completa e absoluta, todos vocês estão comigo agora, no túmulo (sem olhos, sem carne para esquentar-me); vocês estão do meu lado!

Todas as separações eram ilusórias. Tudo é perfeito.

– A música parou.

– Graças a Deus.

– Pensa mesmo assim? – era a voz ligeiramente grave de Rosalind, minha irmã, que falava sem rodeios. – O sujeito era incrível. Aquilo não era uma música qualquer.

– Ele é muito bom. Tenho de admitir isso – era Glenn, marido dela e meu cunhado querido.

– Estava aqui quando eu cheguei – miss Hardy falando. – Na verdade, se ele não tivesse aparecido tocando o violino, eu jamais a teria encontrado. Podem vê-lo lá fora?

Minha irmã Katrinka:

– Acho que agora ela devia ser levada para o hospital e ser submetida a uma bateria de testes; temos de ter certeza absoluta que ela não contraiu...

– Cale a boca, não vou admitir que fale desse jeito! – obrigada, perfeita estranha.

– Triana, é miss Hardy, querida, pode me ver? Perdoe, querida, por eu falar assim com sua irmã. Perdoe, querida. Mas agora quero que beba isso. É só uma xícara de chocolate. Lembra daquela tarde em que foi me visitar e tomamos chocolate e você disse que adorava chocolate? Tem muito creme e eu gostaria que você bebesse...

Ergui os olhos. Como a sala estava bonita e fresca no primeiro sol da manhã. Como a porcelana brilhava em cima da mesa! Mesas redondas. Sempre gostei de mesas redondas. Todos os discos, pacotes de biscoito e latas tinham sido tirados dali. No teto, as flores brancas de gesso formavam sua admirável grinalda, não mais degradadas por detritos.

Levantei, fui até a janela e puxei a cortina pesada, que ia amarelando. O grande mundo estava do lado de fora, subindo para o céu, e as folhas rolavam na varanda seca bem à minha frente.

A corrida matutina para o centro da cidade havia começado. Caminhões faziam barulho. Vi as folhas do carvalho tremerem sob o trovão de tantas rodas. Senti a própria casa vibrar. Mas ela já vibrava há 100 anos ou mais; não cairia. As pessoas sabiam disso agora. Não havia mais ninguém disposto a reduzir a cinzas as esplêndidas casas com colunas brancas. Já não vomitariam mentiras sobre ser impossível salvar essas casas ou restaurá-las. Lutariam para preservá-las.

Alguém me sacudiu. Era minha irmã Katrinka. Parecia muito agitada, com a raiva estampada no rosto. A raiva era sua eterna companheira; pulava de um lado para o outro dentro dela, esperando a menor oportunidade para explodir. E a oportunidade chegara. Mal conseguia falar, estava furiosa.

– Quero que suba agora.

– Para quê? – indaguei friamente. Há anos e anos não tenho medo de você, pensei. Acho que desde a partida de Faye. Faye era nossa irmã caçula. Faye era aquela que todos nós amávamos.

– Quero que tome outro banho, um banho completo, e depois vá para o hospital.

– Você é uma tola – retruquei. – Sempre foi. Não tenho de aturá-la.

Olhei para miss Hardy.

A certa altura daquela noite longa e cheia de dissonâncias, ela fora em casa e vestira um de seus bonitos conjuntos de saia e blusa. O cabelo tinha sido penteado há pouco tempo. O sorriso estava cheio de consolo.

– Já o levaram? – perguntei a miss Hardy.
– Seu livro, o livro sobre São Sebastião, guardei todo ele, exceto as últimas páginas. Elas estavam na mesa perto da cama. Elas...
– Eu as trouxe para baixo – disse Glenn, meu amável cunhado. – Estão a salvo, junto com o resto.

Está certo. Eu tinha mostrado a Glenn onde o trabalho de Karl ficava guardado, para o caso de... *queimarem tudo no quarto!*

Atrás de mim, as pessoas discutiam. Pude ouvir Rosalind tentando acalmar a mais jovem e sempre ansiosa Katrinka, que não parava de reclamar trincando os dentes. Um dia ela ainda ia quebrar os dentes no meio de uma briga.

– Está louca! – exclamava Katrinka. – E provavelmente pegou o vírus.
– Agora pare, Trink, por favor, estou implorando a você. – Rosalind não sabia mais ser indelicada. Qualquer rudeza que tivesse aprendido na infância fora há muito suprimida e substituída.

Virei-me e olhei para Rosalind. Estava sentada à mesa, de cabeça baixa, com olhos sonolentos pousados em mim, as sobrancelhas pretas erguidas. Acenou levemente com a cabeça e falou em tom franco e grave.

– Vão cremá-lo – suspirou. – É a lei. Não se preocupe. Já me assegurei que não vão desmontar o quarto e carregá-lo tábua por tábua – riu, um riso vistoso, convencido, que pareceu perfeito. – Se deixasse Katrinka tomar a frente, ela faria demolir todo o quarteirão – Rosalind tremia de rir.

Katrinka começou a resmungar.

Sorri para Rosalind. Tive vontade de saber se ela estava preocupada com dinheiro. Karl fora tão generoso. Todos, sem dúvida, estavam pensando em dinheiro. Nos fáceis donativos de Karl.

Haveria uma discussão em torno dos preparativos para o funeral. É o que sempre acontece, não importa o que tenha sido feito antes, e Karl tinha feito tudo. Cremação. Não podia conceber uma coisa dessas! Em meu túmulo, entre aqueles que eu amo, não existem cinzas indiferenciadas.

Rosalind nunca o confessaria, mas *tinha* de estar pensando em dinheiro. Era Karl quem dava a Rosalind e ao marido, Glenn, dinheiro para viver, para manter a pequena loja de livros e discos raros, que nunca, pelo menos que eu tivesse conhecimento, rendera um tostão. Estaria com medo que o dinheiro parasse? Gostaria de tranqüilizá-la.

Miss Hardy elevou a voz. Katrinka bateu a porta. Só conheço dois adultos que batem realmente as portas quando estão com raiva. Katrinka é um deles; o outro está a quilômetros de distância, há muito tempo fora de minha vida, e é lembrado com carinho por coisas melhores que um gesto de violência infantil.

Rosalind, nossa irmã mais velha, a mais corpulenta, já bem gordinha e com o cabelo todo branco, mas lindamente cacheado como sempre foi – dentre nós era a que tinha o cabelo mais farto e gracioso –, continuava ali sentada, mostrando aquele sorriso pretensioso e dando de ombros.

– Não precisa correr para o hospital – disse. – Você sabe disso. – Rosalind fora muito tempo enfermeira, arrastando tanques de oxigênio e limpando sangue. – Não tem pressa nenhuma – me garantiu com autoridade.

Conheço um lugar melhor, disse ou pensei. Tinha apenas de fechar os olhos, a sala rodopiava e o túmulo entrava, o doloroso prodígio acontecia: o que é sonho e o que é realidade?

Encostei a testa na vidraça da janela, e estava fria, e a música dele... a música de meu violinista errante... Chamei. "Você está aí, não está? Vamos, sei que não foi embora. Achou que eu não estava ouvindo..?" Veio de novo, o violino. Floreado, mas suave; angustiado, mas cheio de ingênua celebração.

Atrás de mim Rosalind começou a cantarolar com a boca fechada, em tom baixo, mais ou menos uma frase musical atrás dele... E continuou murmurando, juntando sua voz à distante voz do violino.

– Está ouvindo agora? – perguntei.

– É – respondeu, com seu característico abanar de ombros. – Você tem um amigo lá fora, como um rouxinol. E o sol não o afugentou. É claro que estou ouvindo.

Meu cabelo estava pingando água no chão. Katrinka soluçava no vestíbulo, mas eu não conseguia identificar as outras duas vozes; só sabia que eram de mulheres.

– Simplesmente não posso suportar mais isto, não posso suportar – replicava Katrinka –, e ela está louca. Não está vendo? Não posso, não posso, não posso.

Parecia uma bifurcação na estrada. Eu sabia onde ficava o túmulo e a que profundidade; podia ir lá. Por que não ia?

A música tinha evoluído para uma lenta e majestosa melodia, alguma coisa se fundindo com a própria manhã, como se estivéssemos saindo juntos do cemitério. Num perturbador, mas nítido clarão, olhei para trás e vi nossos pequenos buquês sobre o mármore branco do parapeito do altar da capela.

– Vamos, Triana! – minha mãe parecia tão bonita, o cabelo numa boina, a voz tão paciente, os olhos tão grandes. – Vamos, Triana!

"Você vai morrer separada de nós, mãe. Bonita e sem um fio de cabelo grisalho na cabeça. Quando chegar a hora, na última vez em que a vir, não terei sequer o bom senso de lhe dar um beijo de despedida. Só ficarei satisfeita por você estar indo embora, porque você é tão bêbada, tão doente e estou tão cansada de tomar conta de Katrinka e de Faye. Mãe, você vai morrer de um modo terrível, terrível; uma mulher embriagada, enrolando a língua. E eu darei à luz uma menininha parecida com você, que terá seus grandes olhos redondos, suas lindas têmporas e testa, mas ela vai morrer, mãe, morrer antes dos seis anos de idade, cercada de máquinas durante os poucos minutos, os pouquíssimos minutos, mãe, em que eu tentava pegar no sono e ela morreu, eu..."

Vens tu atrás de mim, todo esse tormento. Eu e Rosalind corremos na frente; a mãe pisa lentamente no lajedo atrás de nós. É uma mulher sorridente; não está com medo do escuro agora, o céu está muito cintilante. Essa é nossa época. A guerra não acabou. Os carros que passam devagar na rua Prytania parecem grilos corcundas ou besouros.

"Eu já disse: pare com isso!" falei com minha própria cabeça. Pus as mãos no cabelo molhado. Como é horrível estar nesta sala com todo este ruído e pingando água. Presto atenção na voz de miss Hardy. Ela está assumindo o comando.

Lá fora, o sol caiu sobre as varandas, sobre os carros que passam como um raio, sobre os velhos bondes abertos de madeira que atravessam bem à minha frente. O que sobe para a parte alta da cidade vai tocando o sino, com todo o aparato de um bonde de San Francisco.

– Como pôde fazer isto conosco? – soluçou Katrinka. Mas foi do outro lado da porta. A porta que ela batera. Estava berrando no vestíbulo.

A campainha tocou. Eu estava do outro lado da casa e nem de relance pude ver quem havia subido a escada.

O que vi foram as azaléias brancas correndo pela grade até o canto do terreno e fazendo a volta com ela. Era lindo, de uma beleza sublime. Tudo fora pago com o dinheiro de Karl: jardineiros, mudas, carpinteiros, martelos, pregos, tinta branca para as colunas. Olhe os capitéis coríntios restaurados, as folhas do acanto subindo para se agarrar no telhado, e olhe, o telhado da varanda pintado de azul-claro, para que os marimbondos achem que é o céu e não façam um ninho lá em cima.

– Vamos, querida – era uma voz de homem, um homem que eu conhecia, mas não muito bem; um homem em quem confiava, mas agora não conseguia me lembrar do nome dele, talvez porque, em segundo plano, Katrinka não parasse de gritar.

– Triana, querida – ele disse. Grady Dubosson, meu advogado. Estava muito elegante, com terno, gravata e não parecia de modo algum sonolento. Mantinha perfeito controle sobre o rosto sério, como se ele também, como tanta gente ali, soubesse muito bem como lidar com a morte sem recorrer a uma falsa expressão de dor ou perplexidade.

— Não se preocupe, Triana, minha cara — disse num tom extremamente natural e confiante. — Não os deixarei tocar num garfo de prata. Você vai para o centro da cidade com o dr. Guidry. Descansar. Não pode haver qualquer cerimônia antes que os outros cheguem de Londres.

— O livro de Karl, havia algumas páginas lá em cima.

De novo a voz confortadora de Glenn, profunda, meridional.

— Já as peguei, Triana. Trouxe seus papéis para baixo e ninguém vai queimar qualquer coisa lá em cima...

— Lamento o problema que causei — murmurei.

— Completamente pirada! — era Katrinka.

— Ele nem parecia que tinha sofrido — retrucou Rosalind com um suspiro. — Era como se tivesse adormecido — dizia isso para me consolar. Virei-me de novo, com um olhar discreto e cúmplice de agradecimento. Ela entendeu e deu-me seu sorriso carinhoso.

Gostava extremamente dela. Ela empurrou para cima do nariz os óculos de armação grossa. Quando era jovem, meu pai sempre berrava para Rosalind endireitar os óculos no nariz, o que nunca realmente funcionou porque, ao contrário do meu, seu nariz era um tanto pequeno. Rosalind tinha aquele jeito que o pai sempre detestara: sonhadora, negligente e dócil, com os óculos caindo, fumando, com cinzas no casaco, mas cheia de amor. A idade tornara seu corpo pesado e deselegante. Gostava muito de Rosalind.

— Não acho que Karl tenha realmente sofrido — ela disse. — Não dê atenção à Trink. Ei, Trink, já pensou em todas as camas de hotel onde você dorme com Martin? Já pensou quanta gente dormiu como vocês ali, quero dizer, com AIDS?

Tive vontade de rir.

— Vamos, querida — disse Grady.

Dr. Guidry pegou minha mão com as duas mãos dele. Era um homem muito jovem. Não consigo me acostumar a médicos que sejam mais novos que eu. Dr. Guidry era muito louro e absolutamente distinto. Trazia sempre uma *Bíblia* no bolso de cima do casaco. Sabemos que quem carrega uma *Bíblia* daquele jeito não pode ser católico. Devia ser batista. Sentia-me tão sem idade. O que acontecia porque estava morta, certo? Porque estava no túmulo.

Não. A coisa nunca funciona por muito tempo.

— Quero que siga minhas recomendações — disse o dr. Guidry, carinhoso como se fosse me beijar. — E deixe Grady cuidar de tudo.

— Já parou — retrucou Rosalind.

— O quê? — perguntou Katrinka. — O que parou? — Estava na porta do vestíbulo. Assoava o nariz. Depois apertou o Kleenex e atirou-o no chão.

Olhou-me com ar feroz. – Já pensou o que esse tipo de coisa faz com todos nós?
Não respondi.
– O violinista – replicou Rosalind. – Seu trovador. Acho que foi embora.
– Não ouvi qualquer maldito violinista – disse Katrinka, cerrando os dentes. – Por que estão falando de um violinista? Acham que ele é mais importante do que o que estou tentando dizer?
Miss Hardy entrou, passando por Katrinka como se ela não existisse. Miss Hardy usava um imaculado sapato branco. Devíamos estar na primavera, pois as senhoras do Garden District só usam sapatos brancos na época adequada do ano. Mas eu tinha certeza que estava frio.
Ela me trazia um casaco e um cachecol.
– Vamos agora, querida. Vou ajudá-la a se vestir.
Katrinka continuava me olhando fixamente. Seu lábio tremia e lágrimas corriam pelos olhos vermelhos, inchados. Como sua vida fora miserável, sempre! Mas pelo menos a mãe não estava bêbada quando ela nasceu. Katrinka era bonita e saudável, enquanto o diminuto e especial encanto de Faye nunca fora muito digno de crédito, ela mal conseguira sobreviver; fora uma minúscula coisa sorridente que deixaram semanas numa máquina.
– Por que não vai embora? – perguntei a Katrinka. – Já há bastante gente aqui. Onde está Martin? Telefone e peça que venha buscá-la. – Martin era seu marido, um mestre na venda de imóveis que já fora advogado de pessoas de considerável renome local.
Rosalind riu, um riso gostoso, convencido, meio para si mesma, mas na realidade para mim. E então eu sabia. É claro.
E assim fez Rosalind, que cruzou os braços e puxou a cadeira para a frente, os seios pesados descansando na mesa. Ela empurrou os óculos para cima.
– O seu lugar é numa casa de loucos – falou Katrinka, tremendo. – Ficou maluca quando sua filha morreu! Karl não precisava de toda aquela extrema assistência de papai! Você tinha uma enfermeira aqui dia e noite. Os médicos iam e vinham. Você está louca e não pode permanecer nesta casa...
Parou; ela própria estava envergonhada de sua deselegância.
– Tenho de admitir que você é uma jovem bastante franca – comentou miss Hardy. – Se me dão licença...
– Miss Hardy, quero que aceite meus agradecimentos – falei. – Estou tão terrivelmente, terrivelmente...
Ela fez um gesto para eu ficar tranqüila; tudo estava perdoado.

Olhei para Rosalind, uma grande e bonita mulher a quem a idade e o peso davam um ar de autoridade. Ela ainda ria baixo, mexendo a cabeça de um lado para o outro, espreitando Katrinka por cima dos óculos.

E Katrinka, tão assombrosa e atleticamente magra, com os seios apontando ameaçadoramente pela seda da blusa de manga curta. Braços tão pequenos. De certa forma, de nós quatro, Katrinka conseguira o corpo perfeito e era a única com cabelo louro, verdadeiro cabelo louro.

Um silêncio. O que era? Rosalind se empinara na cadeira e levantara o queixo.

– Katrinka – disse Rosalind a meia voz, enchendo toda a sala com a solenidade do tom –, você não vai ficar com esta casa. – Deu um tapa na mesa e soltou uma gargalhada.

Desatei a rir. Não muito alto, é claro. Era engraçado demais, sem dúvida.

– Como se atreve a me acusar de uma coisa dessas! – Katrinka exclamou e se virou para mim. – Você fica com um cadáver dois dias aqui dentro e tento fazê-las perceber que está doente, tem de ser internada, ser examinada, ficar na cama, e você acha que estou querendo esta casa, acha que vim aqui, num momento desses, como se não tivesse minha própria casa, não importa se toda hipotecada, meu próprio marido, minhas próprias filhas, e você acha, vocês se atrevem a me dizer uma coisa dessas na frente de pessoas que mal...

Grady falou com Katrinka. Foi um lento, mas urgente fluxo de palavras. O médico tentava levá-la pelo braço.

Rosalind abanou os ombros.

– Pense. Detesto ter de lembrá-la. É a casa de Triana até ela morrer. É dela e de Faye se Faye estiver viva. E Triana pode estar louca, mas não está morta.

Não pude deixar de rir outra vez, um risinho maldoso, e Rosalind também riu.

– Queria que Faye estivesse aqui – falei para Rosalind.

Faye era a irmã mais nova feita por mamãe e papai. Faye era apenas um fiapo de mulher, um anjo, nascida de um útero doente, extenuado.

Há dois anos ninguém via minha querida Faye, nem tivera uma única palavra sua por telefone ou por carta. Faye!

– Você sabe, talvez o problema fosse todo tempo esse – confessei, quase chorando, enxugando os olhos.

– O que está querendo dizer? – perguntou Rosalind. Parecia carinhosa e calma demais para ser uma pessoa normal. Levantou-se com deselegância, içando o corpanzil da cadeira, aproximou-se de mim e beijou-me no rosto.

— Na hora dos problemas, sempre sentimos falta de Faye – comentei. – Sempre. Sempre precisamos de Faye. Chame Faye. Peça a Faye para ajudar nisto ou naquilo. Todos sempre precisaram de Faye, esperaram por Faye, dependeram de Faye.

Katrinka surgiu em minha frente. Foi como um choque, a repugnância absoluta na expressão do rosto, o absoluto desprezo pessoal. Será que nunca, nunca eu me acostumaria a isso? Via desde criança aquele desprezo raivoso, ansioso, aquela intensa aversão pessoal, aquela amargura! A aversão que me fazia querer murchar, ceder, desviar os olhos, ficar em silêncio e não levar a melhor em qualquer troca de palavras, briga ou ponto controverso.

— Bem, Faye podia estar *viva* agora – disse Katrinka –, se você não tivesse financiado sua fuga e seu desaparecimento sem deixar traço. Você e seu falecido marido.

Rosalind mandou-a sem rodeios calar a boca. Faye? Morta?

Era demais. Sorri para mim mesma. Todos sabiam que era demais. Faye tinha desaparecido, sim, mas morta? E no entanto o que eu, a nobre irmã, senti? Um medo protetor com relação a Trink, medo que ela tivesse realmente ido longe demais e que fossem agora realmente insultá-la, pobre Katrinka. Ela ia chorar, chorar e nunca compreenderia. Todos a desprezariam por isso e ela ficaria muito magoada.

— Não... – comecei a dizer.

Dr. Guidry fez sinais para me tirarem rapidamente da sala. Grady me pegou pelo braço.

Eu estava confusa. Rosalind estava a meu lado.

As imprecações de Katrinka não cessavam. Estava se descontrolando inteiramente. Alguém precisava ajudá-la. Talvez Glenn. Glenn sempre ajudava as pessoas, mesmo Katrinka.

A implicação das palavras me atingiu de novo: "podia estar viva".

— Faye *não* morreu, não é? – perguntei. Se tivesse certeza, após a agonia daqueles anos de espera, que ela tinha morrido, bom, eu a teria convidado a descer conosco para o túmulo úmido. Todos nós podíamos ter ficado lá: eu, Faye, Lily, a mãe, o pai e Karl. Faye teria sido incluída em minha ladainha. Mas Faye não podia estar morta. Não a preciosa Faye.

Isso transformaria numa mentira toda a minha excentricidade, minha aparentemente excessiva sabedoria, minha refinada emoção.

— Não Faye.

— Não temos qualquer notícia de Faye – sussurrou Rosalind, perto de meu ouvido. – Provavelmente está tomando tequila numa parada de caminhoneiros do México. – Beijou-me outra vez. Senti seu braço pesado e carinhoso.

Paramos na porta da frente, Grady e eu — a viúva louca e o gentil e maduro advogado da família.

Gosto muito da porta da frente. É uma grande porta dupla, bem no meio da casa, e você sai na ampla varanda da frente e pode andar para a esquerda ou para a direita, seguindo o telhado que circunda os lados da casa. É muito bonito. Não passei um único dia de minha vida sem pensar nessa casa e em como é bonita.

Anos atrás, eu e Faye costumávamos dançar na varanda. Oito anos mais nova que eu, ela era pequena o bastante para se segurar como um macaco em meus braços. E cantávamos: "Casey, ele valsava com a moça que adorava e a banda tocava..."

E veja as azaléias nas trilhas junto aos degraus, o tom vermelho-sangue, tão grandes! Naturalmente era primavera e essas plantas mimosas floresciam por toda parte. É... Uma verdadeira casa do Garden District, com suas colunas brancas como neve.

E olhe, miss Hardy não calçava absolutamente sapatos brancos. Eram cinza.

De volta para dentro de casa, Rosalind berrava com Katrinka.

– Não fale sobre Faye, não agora! Não fale sobre Faye!

E as palavras de Katrinka chegaram num daqueles rosnados dramáticos, sufocados, longos...

Alguém levantara meu pé. Era miss Hardy, me pondo um chinelo. O portão lá embaixo estava aberto. Grady segurava meu braço.

Dr. Guidry estava ao lado da porta aberta de uma ambulância.

Grady falou novamente, dizendo que, se eu fosse para o Hospital da Misericórdia, poderia sair de lá quando bem entendesse. Mas era bom tomar algum soro e umas gotinhas de remédio.

– Está desidratada, Triana – disse o dr. Guidry segurando minha mão. – Não tem comido. Ninguém está falando em interná-la onde quer que seja. Quero que vá até o hospital, é só isso. Quero que descanse. E prometo que ninguém fará qualquer coisa ou teste de qualquer coisa.

Suspirei. Tudo estava ficando mais claro.

– Anjo de Deus – murmurei –, meu querido guardião, a quem o amor de Deus me confiou aqui...

De repente vi-os nitidamente à minha volta.

– Oh, sinto muito – falei –, sinto muitíssimo... Estou tão sentida com tudo isso, eu... sinto muito – chorava. – Podem fazer o teste. Sim, o teste. Façam o que tem de ser feito. Sinto muito... Sinto muito...

Parei na entrada do portão.

Lá estavam meus queridos Althea e Lacomb, muito preocupados.

Talvez todas aquelas pessoas brancas – médico, advogado, senhora de sapatos cinza – os intimidassem.

Althea, com os braços fortes cruzados, esticou o lábio como se fosse chorar e inclinou a cabeça.

– Estamos aqui, patroa – alertou Lacomb com sua voz grave.

Eu estava prestes a responder.

Mas vi alguma coisa do outro lado da rua.

– O que foi, querida? – disse Grady. Adorável o toque do Mississippi em seu sotaque.

– É o violinista.

Só um vulto distante no escuro, já bem longe da avenida, na metade da quadra da Third Street, indo na direção de Carondelet e olhando de relance para trás.

Agora havia sumido. Ou pelo menos o tráfego e as árvores deram a impressão que desaparecera. Eu o vislumbrara, no entanto, nítido por um segundo, segurando o instrumento. Estranha sentinela da noite, olhando para trás e caminhando com aqueles passos largos e regulares.

Entrei na ambulância e deitei na maca, o que evidentemente não é o procedimento normal. Foi um tanto deselegante, mas foi assim que aconteceu, sem dúvida, porque subi na ambulância antes que alguém pudesse me segurar. Cobri-me com o lençol e fechei os olhos. Hospital da Misericórdia. As tias que foram freiras ali por tantos anos não existiam mais. Queria saber se meu violinista errante seria capaz de encontrar o Hospital da Misericórdia.

– Você sabe, aquele homem não é real! – Saí chocada de meu torpor. A ambulância estava entrando no movimento do tráfego.

– Mas então... Rosalind e miss Hardy. Elas o ouviram tocar.

Ou aquilo seria também um sonho numa vida onde sonho e realidade tinham se entrelaçado com tanta força que um inevitavelmente teria de triunfar sobre o outro?

4

Foram três dias mal dormidos em um hospital de sono, superficial e cheio de contrariedades e horrores.

Já teriam cremado Karl? Tinham certeza absoluta de que estava morto quando o puseram naquela horrível fornalha? Não conseguia tirar isso da cabeça. Meu marido virara cinzas?

De volta da Inglaterra, a mãe de Karl, mrs. Wolfstan, lamentou sem parar, na cabeceira de minha cama, ter me deixado sozinha com o filho moribundo. Fiquei repetindo que tinha gostado muito de cuidar dele e que ela não tinha por que se afligir. Havia uma beleza no nascimento da nova criança tão perto da morte de Karl.

Sorrimos vendo as fotos do bebê nascido em Londres. Meus braços doíam com as agulhas. Uma esfrega.

– Você nunca, nunca vai ter de se preocupar com mais nada – comentou mrs. Wolfstan.

Sabia o que ela queria dizer. Quis agradecer, dizer que Karl já me explicara tudo, mas não consegui. Comecei a chorar. Eu voltaria a me preocupar. A me afligir com coisas que a generosidade de Karl não poderia alterar.

Tinha irmãs para amar e perder. Onde estava Faye?

Eu me deixara adoecer – uma pessoa que passa dois dias apenas com goles de soda e eventuais fatias de pão pode criar um batimento irregular em seu próprio coração.

Meu cunhado Martin, marido de Katrinka, veio me visitar e disse que ela estava muito preocupada, mas simplesmente não conseguia pôr os pés num hospital.

Os testes foram realizados.

Durante a noite, acordei agitada, pensando: "Isto é um quarto de hospital e Lily está na cama. Estou dormindo no chão. Tenho de me levantar e ver se minha menina está bem." E então veio uma daquelas lembranças de estilhaçar os vidros. Tão brusca que me sugou todo o sangue. Eu saía da

chuva, entrava embriagada e a via deitada na cama, com cinco anos de idade, sem cabelos, esquelética, quase morta, e irrompia em lágrimas, uma torrente de lágrimas.
— Mamãe, mamãe, por que está chorando? Mamãe, você está me assustando!
Como pôde fazer isso, Triana?
Uma noite — alta de Percodan, Fenergan e outros soporíferos para me deixar calma, me fazer dormir e parar de fazer perguntas estúpidas sobre se a casa estava bem trancada e segura, e o que tinha sido feito do estudo de Karl sobre São Sebastião — achei que a desgraça da memória é esta: *tudo está sempre presente.*
Perguntaram se podiam chamar Lev, meu primeiro marido. Absolutamente não, disse eu, não se atrevam a incomodar Lev. Vou telefonar para ele. Quando achar que devo.
Mas drogada eu não podia realmente descer para telefonar.
Fizeram novamente os testes. Certa manhã, eu andava e andava no corredor, até que a enfermeira disse:
— Tem de voltar para a cama.
— E por quê? O que há de errado comigo?
— Absolutamente nada — respondeu –, se pararem de bombardeá-la com todos esses tranqüilizantes. Eles têm de diminuí-los gradualmente.
Rosalind pôs uma pequena vitrola para discos de vinil ao lado de minha cama. Pôs os fones nos meus ouvidos e chegaram suavemente as vozes de Mozart — os anjos cantando sua loucura na *Così Fan Tutte*. Doces sopranos em uníssono.
Vi um filme com o olho da minha mente. *Amadeus*. Um filme esplêndido, vigoroso. Nele, o mau compositor Salieri, admiravelmente interpretado por F. Murray Abraham, arrastara para a morte um Mozart risonho e inocente. Havia um momento em que, num aparatoso camarote de teatro forrado de veludo, Salieri baixava os olhos para os cantores de Mozart e para o próprio Mozart, maestro histérico que os regia como um pequeno querubim. F. Murray Abraham dizia então: "Ouvi a voz dos anjos."
Ah, sim, por Deus. Sim.
Mrs. Wolfstan não queria ir embora. Mas tudo estava feito, as cinzas no mausoléu Metairie, e todos os testes para o HIV e para qualquer outra coisa tinham dado negativo. Eu era a própria imagem da saúde e só perdera dois quilos. Minhas irmãs estavam comigo.
— Sim, pode ter certeza que fico muito bem, mrs. Wolfstan, e a senhora sabe que eu o amava. Amava de todo o coração, e isso nunca teve nada a ver com o que ele dava a mim ou a outras pessoas.

Beijos, o cheiro do perfume dela.

Sim, disse Glenn. Agora, pare de falar nisso. O livro de Karl estava nas mãos de estudiosos que ele próprio designara em seu testamento. Graças a Deus, nenhuma necessidade de recorrer a Lev, pensei. Que Lev ficasse com os vivos.

Tudo mais estava nas mãos de Grady. Althea, minha querida Althea, começara logo a dar um jeito na casa, assim como Lacomb, polindo as pratarias para "miss Triana". Althea arrumara minha velha cama no térreo, no grande quarto da ala norte. Estava toda cheia de belos travesseiros, como eu gosto.

Não, a cama de casal Príncipe de Gales no andar de cima não fora queimada! Realmente não. Só o colchão, os travesseiros e a roupa de cama. Mrs.Wolfstan mandara o rapaz encantador da Hurwitz Mintz trazer novos travesseiros lustrosos de seda, alguns acolchoados de veludo e fazer uma nova banda de tecido preguado correndo pelo encosto.

Eu voltaria para meu velho quarto. Para minha velha cama, com as quatro colunas de palhinha de arroz, símbolo da fertilidade. O quarto do térreo era o único verdadeiro quarto que o chalé tinha.

Assim que eu estivesse pronta.

Certa manhã, quando acordei, vi Rosalind que havia adormecido perto de mim. Cochilava numa daquelas grandes cadeiras de encosto inclinado, com braços de madeira em declive, que há em quartos de hospital para a vigília dos familiares.

Sabia que tinham se passado quatro dias, que comera na noite anterior uma refeição completa e que as agulhas pareciam insetos em meu braço. Tirei o esparadrapo, removi as agulhas, saí da cama, fui até o banheiro, encontrei minhas roupas no armário e me vesti completamente antes de chamar Rosalind.

Rosalind despertou atordoada e sacudiu as cinzas de cigarro da blusa preta.

– Você é HIV-negativa – ela falou de imediato, como se estivesse morrendo de vontade de me contar e não conseguisse lembrar que todo mundo já o fizera. Arregalava os olhos atrás dos óculos. Atordoada. Empinou-se na cadeira. – Excluindo remover um de seus dedos, Katrinka obrigou-os a fazer tudo.

– Venha – disse eu. – Vamos sair daqui, nem que seja para o inferno.

Saímos apressadas pelo corredor. Estava vazio. Passou uma enfermeira que não nos conhecia ou não se importou.

– Estou faminta – disse Rosalind. – Você não está? Quero dizer, de comida de verdade?

– Só quero ir para casa – respondi.
– Bem, você vai ficar muito contente.
– Por quê, o que está querendo dizer?
– Oh, você conhece o clã dos Wolfstan. Compraram uma enorme limusine para você e contrataram um novo empregado, Oscar. Este sabe ler e escrever, sem querer ofender o Lacomb...
– Lacomb sabe escrever – repliquei. Era uma coisa que já tivera de dizer mil vezes, pois Lacomb sabe escrever mas, quando abre a boca, sai um brabo dialeto negro de músico de jazz, do qual quase ninguém consegue entender uma só palavra.
– ... e Althea que está de volta. Sempre tagarelando de um lado para o outro, dizendo palavrões à copeira e proibindo Lacomb de fumar dentro de casa. Será que alguém entende o que ela diz? Será que os filhos entendem o que ela diz?
– Nunca tive a menor idéia – falei.
– Mas precisa ver a casa – comentou Roz. – Vai adorá-la. Tentei dizer a eles.
– Dizer a quem?
O elevador chegou; entramos. Um choque. Elevadores de hospital são sempre tão imensos, grandes o bastante para levar os vivos ou os mortos esticados numa maca, além de dois ou três enfermeiros. Estávamos sozinhas naquele vasto compartimento de metal que deslizava para baixo.
– Dizer o quê a quem?
Rosalind bocejou. Descíamos rapidamente para o térreo.
– Dizer à família de Karl que sempre vamos para casa após a morte de alguém, que sempre voltamos, que você não ia querer se mudar para algum edifício pomposo mais perto do centro ou para uma suíte na Corte de Windsor. Será que os Wolfstans são assim tão ricos? Ou só malucos? Deixaram comigo dinheiro para você, deram dinheiro para Althea, dinheiro para Lacomb, dinheiro para Oscar...
As portas do elevador se abriram.
– Está vendo aquele carro grande preto? É seu, essa maldita coisa. Aquele ali é o Oscar, você conhece o tipo, um motorista da velha guarda; Lacomb levanta as sobrancelhas quando Oscar vira as costas e Althea não pretende cozinhar para ele.
– Não terá de fazê-lo – comentei, com um ligeiro sorriso.
Eu conhecia o tipo, uma pele de caramelo não tão clara quanto a de Lacomb, a voz cheia de mel, cabelo grisalho e reluzentes óculos de armação prateada. Muito velho, talvez velho demais para estar dirigindo, mas tão distinto e tão tradicional.

— Agora é só entrar, miss Triana — disse Oscar. — Descanse e deixe que eu a levo para casa.
— Sim, senhor.
Rosalind relaxou assim que a porta foi fechada.
— Estou faminta. — O vidro que nos separava de Oscar lá na frente fora levantado. Gostei daquilo. Seria bom ter um carro. Eu não sabia guiar. Karl não gostava de guiar. Ele sempre alugara limusines, mesmo para as menores coisas.
— Roz — perguntei com a maior gentileza de que fui capaz —, ele não poderia levá-la para almoçar depois de me deixar em casa?
— Ora, isso seria ótimo. Tem certeza que quer ficar sozinha lá?
— Como você disse, sempre vamos para casa depois, não é? Não fugimos. Só não vou dormir na cama lá em cima porque ela nunca foi minha. Era a nossa cama, minha e de Karl, na doença e na saúde. Ele quis ficar onde o sol da tarde batia nas janelas. Eu perderia toda a naturalidade naquela cama. Prefiro ficar sozinha.
— Eu já imaginava — respondeu Roz. — Katrinka foi silenciada por algum tempo. Grady Dubosson apresentou um documento dizendo que tudo que Karl tinha lhe dado era seu e reafirmando que ele abrira mão de qualquer direito que pudesse ter sobre a casa no dia em que a ocupou. Isso tapou a boca de Katrinka.
— Ela achou que a família de Karl tentaria ficar com a casa?
— Alguma coisa maluca desse tipo, mas Grady mostrou-lhe o papel onde ele renuncia ou denuncia o direito adquirido pelo casamento. É renuncia ou denuncia?
— Sinceramente não lembro.
— Você sabe o que ela está querendo, é claro.
— Não se preocupe, Rosalind — respondi sorrindo. — Absolutamente não se preocupe.
Ela se virou para mim, inclinou-se e assumiu sua expressão mais séria. A mão que segurou a minha era ao mesmo tempo carinhosa e áspera. O carro subia a avenida St. Charles.
— Escute — disse ela —, não se preocupe com o dinheiro que Karl nos dava. Sua velha mãe pôs uma pilha em meu colo, e além disso será que já não está na hora de Glenn e eu tentarmos levantar aquela loja, você sabe, fazê-la realmente vender livros e discos??? — riu. Seu riso era grave e rouco. — Você conhece Glenn, mas vamos viver por nossa própria conta. Não me importo se tiver de voltar a trabalhar como enfermeira.
Minha mente se dispersou. Era irrelevante. Eram apenas mil por mês para mantê-los à tona. Ela não sabia. Ninguém sabia quanto Karl realmente

deixara, exceto talvez mrs. Wolfstan, se ela tivesse feito o câmbio da soma total.

De um alto-falante oculto veio uma voz educada.

– Miss Triana, madame, quer passar pelo cemitério Metairie, madame?

– Não, obrigada, Oscar – respondi, vendo o pequeno alto-falante no teto.

Temos nosso túmulo, ele e eu, e Lily e a mãe e o pai.

– Agora só quero ir para casa, Roz. Você é minha irmã querida, sempre. Telefone para Glenn. Vá pegá-lo, feche a loja e vá até o Commander's Palace. Faça por mim o banquete do funeral, o que acha? Faça isso por mim. Coma por nós duas.

Tínhamos cruzado a avenida Jackson. Os carvalhos estavam frescos com o verde da primavera.

Dei-lhe um beijo de despedida e mandei Oscar levá-la, ficar com ela, fazer o que ela pedir. Era um belo carro, uma grande limusine cinza, forrada de veludo, como as que se usam nos cortejos fúnebres.

"E acabei, afinal, subindo numa delas", pensei quando eles partiram. "Embora tenha perdido o funeral."

Minha casa parecia radiante. Minha casa. Oh, pobre, pobre Katrinka!

Os braços de Althea são como seda preta e, sempre que nos abraçamos, penso que nada no mundo pode nos magoar. É inútil tentar escrever aqui o que ela disse, pois Althea não é mais compreensível que Lacomb e talvez não pronuncie mais de uma sílaba de cada polissílabo. Senti as boas-vindas da casa e a aflição. Perdera Karl daquele jeito e, naqueles últimos dias, teria feito qualquer coisa que ele me pedisse. Como lavar os lençóis. Não teria medo de lavar os lençóis. "Descanse, deixe eu lhe fazer um chocolate quente, meu bem."

Lacomb estava furtivo na porta da cozinha. Era um homem baixo e calvo que passaria por branco em qualquer lugar, menos em Nova Orleans, onde a voz traria sempre a revelação certeira.

– Como vai, patroa? Parecendo magra, patroa, eu acho. É melhor comer alguma coisa. Althea, não se atreva a cozinhar para esta mulher uma de suas coisas. Vou sair e trazer a comida. O que a senhora quer? Esta casa está cheia de flores, patroa. Eu podia vendê-las na calçada e ganhar uns trocados para nós.

Eu ri. Althea, com apropriadas elevações e quedas de tom, além da clareza de meia dúzia de gestos, advertiu-o severamente contra a perturbação da ordem doméstica.

Fui para o andar de cima. Queria me certificar que a cama Príncipe de

Gales de quatro colunas ainda estava lá. Estava, e com novos e lindos arremates de cetim.

A mãe de Karl pusera ao lado da cama um retrato do filho numa moldura; não do esqueleto que puxaram daqui, mas do homem de olhos castanhos e coração generoso que sentara comigo na escada da biblioteca do bairro, falando sobre música, falando sobre a morte, falando sobre se casar, o homem que me levou a Houston para ver a ópera e a Nova York, o homem que tinha cada retrato de São Sebastião que já fora pintado por um artista italiano ou à maneira italiana, o homem que tinha feito amor com as mãos, com os lábios e não tolerava elucubrações sobre isso.

A escrivaninha estava limpa. Todos os papéis tinham saído dali. Não se preocupe com isso agora. Você tem a palavra de Glenn, e Glenn e Roz nunca desapontaram ninguém.

Desci novamente a escada.

– A senhora sabe, eu podia ter ajudado a cuidar do homem – explicou Lacomb. E Althea replicou que já chegava de repetir aquilo, que eu estava de volta, que ficasse calado ou fosse dar uma esfregada no chão. Por conseguinte, xô!

Meu quarto estava limpo e silencioso, a cama pronta para dormir, os mais delicados e perfumados lírios Casablanca no vaso. Como eles sabiam? É claro, Althea disse a eles. Lírios Casablanca.

Enfiei-me na cama, minha cama.

Como já disse, este é o quarto principal do chalé e o único verdadeiro. Fica no térreo, no lado da casa onde o sol bate pela manhã – uma ala octogonal, que se estende até um arvoredo muito escuro, um pomar de cerejeiras, que esconde o mundo lá fora.

É a única saliência que a casa tem, pois fora isso ela é retangular. E as galerias circulares, as grandes, grandes varandas que tanto amamos vêm rodear este quarto, enquanto do outro lado da casa elas simplesmente se interrompem antes de chegar às janelas da cozinha.

É gostoso pular da cama e olhar por uma janela alta, que dá para uma varanda afastada da rua. É gostoso contemplar as folhas das cerejeiras, sempre lustrosas, numa relaxante agitação. Elas nem dão conta que você existe.

Não trocaria a avenida pelos Champs Élysées, pela via Veneto, pela Yellow Brick Road, pela Via Expressa para o Céu. Mas às vezes é bom ficar aqui atrás, neste quarto do levante, encostar no parapeito da janela, longe demais da rua para alguém reparar, e prestar atenção na animação das luzes que passam por perto.

– Althea, querida, puxe as cortinas para eu poder olhar pela janela.

– Está frio demais para a senhora abri-la.

– Eu sei, só quero ver...

– Não quer um chocolate, livros, não quer sua música, seu rádio? Peguei os discos que estavam no chão e guardei todos eles. Rosalind veio aqui e colocou em ordem. Disse que Mozart devia ficar com Mozart, Beethoven com Beethoven. Ela me mostrou onde...

– Não, só quero descansar, me dê um beijo.

Ela se abaixou e encostou o rosto sedoso no meu.

– Minha menina – disse ela.

Cobriu-me com dois grandes acolchoados, todos de seda, e sem dúvida cheios de penas. Fazia parte do estilo de mrs. Wolfstan e do estilo de Karl, amantes dos pesos sem peso, que tudo tivesse autênticas penas de ganso. Ajeitou-os em volta de meus ombros.

– Miss Triana, por que a senhora nunca chamou Lacomb nem a mim quando aquele homem estava morrendo? A gente podia ajudar.

– Eu sei. Quis poupar vocês. Não queria que ficassem assustados.

Althea balançou a cabeça. Seu rosto era muito bonito, muito mais escuro que o de Lacomb, com grandes e belos olhos, o cabelo macio e ondulado.

– A senhora vira a cabeça para a janela – disse – e depois dorme. Ninguém vai entrar nesta casa, eu garanto.

Deitei de lado olhando para a janela, vendo, através de doze pequenas vidraças, brilhando de tão limpas, as árvores ao longe, os carvalhos, os reflexos coloridos do tráfego.

Gostaria de ver de novo as azaléias lá fora, rosadas, vermelhas, brancas, florescendo por todo lado, luxuriantes ao longo da grade. Gostaria de ver a delicada grade de ferro pintada recentemente de preto e a própria varanda, imaculadamente limpa.

Tão maravilhoso que Karl tivesse me dado aquilo antes de morrer, a casa restaurada! Minha casa com fechaduras funcionando, com cada porta fazendo o clique adequado e cada torneira correndo na temperatura certa da água.

Talvez eu tenha olhado pela janela por cinco minutos, sonhadora; talvez mais. Os bondes passavam. Minhas pálpebras ficavam pesadas.

E foi só pelo canto do olho que percebi o vulto parado na varanda, meu alto magricela, o violinista, com o cabelo sedoso caindo escorrido no peito.

Postado na beira da janela, como uma trepadeira. Dramaticamente magro, quase elegantemente cadavérico, mas bem vivo. Desta vez, nenhuma pequena trança nas costas. Era só cabelo. Só o cabelo negro que pendia tão reto, lustroso.

Vi o olho esquerdo escuro, a forte e lisa sobrancelha negra por cima. A face era branca, demasiado branca, mas os lábios eram corados, atraentes, muito atraentes, lábios vivos.

Fiquei um minuto assustada. Só um minuto. Sabia que aquilo era errado. Não, não errado, mas perigoso, antinatural, não uma coisa possível.

Sabia quando estava sonhando e quando não estava, por mais dura que fosse a luta para me mover entre os dois casos. E ele estava ali, em minha varanda, aquele homem. Parado ali me olhando.

Então não fiquei mais assustada. Não me importei. Foi um belo surto de extrema indiferença: não me importo. Ah, é tão divino o vazio que se segue à deserção do medo! E era uma atitude bem prática, foi o que pareceu no momento.

Porque de uma maneira ou de outra, fosse ele real ou não, a coisa era bonita e prazerosa. Senti calafrios nos braços. Assim o cabelo fica mesmo em pé, mesmo quando você está deitada, toda imprensada contra seu próprio cabelo no travesseiro, com um braço caindo do lado da cama, olhando por uma janela. Sim, meu corpo entrou em sua guerrinha com a mente. Cuidado, cuidado, gritava o corpo. Mas minha mente é muito obstinada.

Minha voz interior veio bastante determinada e enérgica. Fiquei maravilhada comigo mesma vendo como uma pessoa pode ouvir um som dentro da cabeça. É possível gritar ou murmurar sem mover os lábios. Falei para ele:

"Toque para mim. Senti a sua falta."

Ele chegou mais perto do vidro, os ombros crescendo em minha direção. Era tão alto e fino, com um cabelo tão torrencial e sedutor – tive vontade de senti-lo nos dedos, de penteá-lo melhor. Fitou-me através das vidraças mais altas, não com o olhar inflamado, feroz, de um fictício Peter Quint procurando um segredo atrás de mim, mas olhando diretamente para o que queria. Para mim.

As tábuas do assoalho rangeram. Alguém abria caminho em direção à porta.

Althea entrou de novo. Tão à vontade como se aquele fosse um momento comum.

Não me virei para olhá-la. Ela meramente entrou de mansinho como sempre fazia.

Ouvi-a atrás de mim. Ouvi-a pousar uma xícara. Pude sentir o cheiro do chocolate quente.

Mas não tirei os olhos dele, de seus ombros altos, das empoeiradas mangas de lã que pareciam feitas sob medida. E ele também não tirou de mim os olhos profundos, brilhantes; me olhava fixamente, sem interrupção, através da janela.

– Oh, Senhor Deus, você aí de novo! – exclamou Althea.
Ele não se mexeu. Eu também não.
Ouvi as palavras de Althea num fluxo a meia voz, quase ininteligível. Perdoem a tradução:
– Bem aqui na janela de miss Triana. Muita cara de pau. Sei como adora me deixar morta de medo. Miss Triana, ele ficou esperando esse tempo todo, dia e noite, dizendo que ia tocar para a senhora, dizendo que não conseguia chegar perto da senhora, mas que a senhora gostava muito dele tocando e que não ia se arranjar sem ele, é isso que ele diz. Quero ver agora, que ela voltou para casa, o que você vai tocar! Acha que pode tocar alguma coisa bonita para ela, do jeito que está? Olhe para esta mulher, acha que vai fazer com que se sinta bem?

Althea se aproximou, circundando os pés da cama, imponente, os braços cruzados, o queixo empinado.

– Vamos lá, toque alguma coisa para ela – disse. – Sei que está me ouvindo através do vidro. Ela está em casa agora, está muito triste, e você, olhe para você, está pensando que vou limpar esse seu casaco, não é? E tem outro pensamento entrando em sua cabeça...

Devo ter sorrido. Devo ter mergulhado um pouco mais fundo no travesseiro.

Ela o via!

Em momento algum os olhos do violinista se afastaram de mim. Não dera qualquer importância a Althea. Sua mão estava pousada no vidro como uma grande aranha branca. Mas ao lado dele, na outra mão, estava o violino com o arco. Vi as elegantes curvas pretas da madeira.

Sorri para Althea sem mexer a cabeça, pois agora ela estava entre nós, destemida, me encarando, ignorando-o. Traduzo de novo o que é mais uma canção do que um dialeto:

– Ele fala, fala como sabe tocar e toca para a senhora. E como a senhora gosta! A senhora o conhece. Eu nunca o tinha visto aqui na varanda. Lacomb deve ter visto ele chegar. Não tenho medo dele. Lacomb pode despachá-lo agora mesmo. Pelo menos é o que diz. A mim, não incomoda nada. Uma noite veio aqui e tocou um pouco de música. Olhe o que estou dizendo: a senhora nunca escutou uma música daquelas. Aí eu pensei: Senhor, a polícia vem vindo e não pode encontrar ninguém aqui, só eu e Lacomb. Aí eu disse pra ele: agora você puxa o carro! Mas estava tão perturbado, a senhora devia ter visto os olhos. Aí olhou pra mim e disse: você não gosta do que eu toco. Aí eu disse gosto, só não quero escutar. Então ele falou um monte de coisas loucas que tive de ouvir, era como se soubesse tudo de mim e falava como um maluco, uma doideira atrás da outra. Aí Lacomb disse: se está procurando um prato de comida, podemos lhe dar o arroz e o feijão-manteiga de Althea. Só que vai morrer envenenado! Agora, miss Triana, a senhora sabe!

Ri em voz alta, mas não um riso dos mais barulhentos. Ele ainda estava lá; só podia ver um pouco da sombra grande e magra atrás de Althea. Eu não me mexera. A tarde caía.

– Gosto muito de seu arroz e de seu feijão-manteiga, Althea – comentei.

Ela desfilou em torno do quarto, endireitou a velha renda Battenburg na mesa-de-cabeceira, encarou de forma ostensiva o violinista e depois me deu um sorriso, tocando meu rosto por um momento com a mão de cetim. Tão doce, meu Deus, como poderia viver sem ela?

– Não, está tudo muito bem – disse eu. – Vá agora, Althea. Eu realmente já o conheço. Talvez ele toque, quem sabe? Não se preocupe com isso. Vou ter cuidado com ele.

– Parece um vagabundo – Althea resmungou em voz baixa e, quando começou a sair do quarto, cruzou novamente os braços, com uma força ainda mais significativa. Continuou falando, compondo sua própria cantiga. Quem dera eu encontrasse a maneira de dar à posteridade uma visão mais nítida de sua fala rápida, com tantas sílabas comidas e, acima de tudo, com seu ilimitado entusiasmo e sabedoria.

Ajeitei-me no travesseiro, curvei o braço sob ele, me enrosquei com os olhos levantados e fixos no violinista, em seu vulto à janela, espreitando-me do alto das vidraças, através de dois quadrados de vidro.

As canções estão por toda parte, na chuva, no vento, no gemido do sofredor, canções.

Althea tinha fechado a porta. Um duplo clique, o que significa, numa porta de Nova Orleans, invariavelmente empenada, que ela realmente a fechara.

O silêncio voltou ao quarto como se nunca tivesse sofrido a menor interrupção. A avenida produziu um súbito crescendo de seu ronco contínuo.

Atrás dele (do amigo que me fitava com olhos negros e me mostrava uma boca sem sorrisos), os pássaros cantavam naquela atividade de fim de tarde que se repetia a cada dia, precisa como um relógio, o que sempre me espantava. O tráfego fazia o animado ritual da hora do *rush*.

O vulto alto e desgrenhado se deslocou para o meio da janela. Camisa branca, suja, desabotoada, cabelo escuro caindo no peito como sombra ou mancha. Um colete de lã preta, aberto porque os botões tinham caído todos.

Pelo menos foi isto o que eu acho que vi.

Ele se inclinou, quase encostando nos doze quadrados de vidro. Como era magro, talvez doente. Como Karl? Sorri ao pensar que tudo podia se desenrolar mais uma vez. Mas não, aquilo parecia muito distante agora. Baixava os olhos para mim cheio de vigor, muito longe da verdadeira fraqueza da morte.

Um olhar de reprovação me atingiu, como para dizer: você sabe melhor do que eu. Então ele sorriu e os olhos, que me encaravam possessivamente, emitiram um brilho ainda mais luminoso e cúmplice.

Havia uma testa lívida e ossuda em cima das pálpebras, mas isso dava aos olhos uma encantadora profundidade, furtiva e inexplorável. No bonito contorno do couro cabeludo, o cabelo negro brotava tão espesso, com uma ponta caída na frente e bem distribuído dos lados, que lhe proporcionava, apesar da magreza, uma beleza intensa. As mãos eram como aranhas! Bateu nos caixilhos superiores com a mão direita. Deixou marcas que eu vi na poeira quando a luz fez pequenas e inevitáveis ondulações, quando o jardim, com seu denso arvoredo de cerejeiras e magnólias, mexeu-se atrás dele, respirando com a brisa e com o tráfego.

O punho grosso e branco da camisa estava manchado e o casaco cinza cheio de pó.

Então uma lenta mudança se deu em sua expressão. O sorriso desaparecera, mas não havia hostilidade (e nunca haveria, foi o que percebi naquele momento). Antes o marcara um ar de superioridade, de dissimulada superioridade, mas agora a expressão era espontânea, as defesas se abriam.

Um sentimento meio sem jeito de carinho passou em seu rosto, dominou-o por um instante e depois o liberou para dar vazão ao que parecia raiva. Aí ele ficou triste, não ostensiva ou artificialmente triste, mas profundamente, intimamente triste, como se perdesse o interesse por aquele pequeno espetáculo de assombração na varanda. Deu um passo atrás. Ouvi as tábuas. Minha casa proclama qualquer movimento.

E então ele escapuliu.

Exatamente assim. Sumindo da janela. Sumindo da varanda. Não conseguia ouvi-lo além das vidraças num canto distante da casa. Sabia que não estava lá. Sabia que tinha ido embora e tive a mais pura convicção que, de fato, ele se dissipara no ar.

Meu coração batia alto demais.

"Se pelo menos não fosse um violino", pensei. "Quero dizer, graças a Deus é um violino, pois não há qualquer outro som sobre a terra como esse, não há..."

Minhas palavras se extinguiram.

Música baixa, a música dele.

Não fora muito longe. Apenas escolhera uma parte escura e distante do jardim, nos fundos da casa, quase atrás da velha capela Mansion na rua Prytania. Minha propriedade faz fronteira com os terrenos da capela. A quadra nos pertence, à capela e a mim, da rua Prytania até a avenida St. Charles, seguindo a Third Street. Naturalmente existe o outro lado da quadra, onde ficam outros prédios, mas esta grande metade do quarteirão é nossa, e provavelmente ele apenas caminhara até os velhos carvalhos atrás da capela.

Pensei que fosse chorar.

Por um momento, a dor de sua música e meu próprio sentimento estiveram tão perfeitamente unidos que pensei: não vou conseguir suportar isso. Só um louco não pegaria um revólver, não o poria na boca e apertaria o gatilho — uma imagem que me assediava freqüentemente em anos passados, quando eu era uma bêbada incorrigível, e depois mais tarde, quase continuamente, até a vinda de Karl.

Era uma canção gaélica, em tom menor, profunda, vibrante, cheia de paciente desespero e desejos sem avidez. Tinha uma sonoridade de rabeca irlandesa, a rouca e triste harmonia das cordas inferiores tocadas juntas, um rogo que soava mais puramente humano que qualquer som feito por criança, homem ou mulher.

Ocorreu-me — um grande pensamento informe, incapaz de assumir um contorno definido naquela atmosfera de música lenta, fascinante, acariciante – que aquilo era o poder do violino, que ele soava humano de um modo que nós, humanos, não conseguíamos atingir! Falava para *nós* de um modo que nós mesmos não conseguíamos falar. Ah, sim, e é disso que sempre se ocuparam toda a poesia e toda a reflexão do homem.

Sua canção fez minhas lágrimas rolarem — as velhas e novas frases musicais gaélicas, o doce escalar de notas que tombavam inexoravelmente num perpétuo testemunho de aceitação. Uma solicitude com tamanha ternura. Uma simpatia tão perfeita.

Rolei sobre o travesseiro. A música era admiravelmente límpida. Por certo, toda a quadra a ouvia: os transeuntes, Lacomb e Althea na mesa da cozinha, jogando cartas ou xingando um ao outro. Com certeza os próprios pássaros estariam embalados.

O violino, o violino.

Lembrei de um dia de verão, uns 35 anos atrás. Trazia meu violino no estojo, entre mim e Gee, que guiava a moto. Eu me apertava contra ele na garupa, mantendo o violino a salvo. Vendi o violino por US$5 para o homem da rua Rampart.

– Mas eu o comprei de você por vinte e cinco dólares – disse eu –, e foi só há dois anos.

VIOLINO

Foi embora no estojo preto, meu violino; os músicos devem ser o esteio principal das lojas de penhores. Há instrumentos à venda pendurados por toda parte. Talvez a música atraia os mais ferrenhos sonhadores, como era meu caso, com projetos grandiosos e nenhum talento.

Só chegara perto de um violino duas vezes desde essa época — fora mesmo há 35 anos? Quase. Exceto por um momento de deslumbramento e embriaguez, e outro no início da ressaca, nunca mais peguei um violino, nunca mais quis encostar na madeira, nas cordas, na resina, no arco, não, nunca mais.

Mas por que me dei ao trabalho de pensar nisso? Era apenas uma velha decepção de adolescente. Vira o grande Isaac Stern tocar o *Concerto para Violino* de Beethoven em nosso Auditório Municipal. Queria ser capaz de fazer aqueles sons esplêndidos! Queria ser aquela imagem balançando no palco. Queria ser capaz de fascinar! Fazer sons como os que penetravam agora nas paredes do quarto...

O *Concerto para Violino* de Beethoven – a primeira peça de música clássica. Mais tarde passei a conhecê-la intimamente graças aos discos da biblioteca.

Eu me tornaria uma Isaac Stern. Tinha de conseguir!

Por que pensar nisso? Quarenta anos atrás, eu soube que não tinha dom, nem ouvido, que não conseguia distinguir quartos de tom, que não tinha a destreza nem a disciplina. Foi o que me disseram, da forma mais branda possível, os melhores professores.

E além disso havia o coro da família: "Triana está fazendo barulhos horríveis com o violino!" E a severa advertência de meu pai de que as aulas saíam muito caras, especialmente para alguém tão indisciplinada, preguiçosa e dispersiva por natureza.

Devia ser fácil esquecer isso.

Será que, no caminho trilhado desde essa época, a tragédia ordinária ainda não se fizera ouvir o bastante para fazer esquecer? Mãe, filha, primeiro marido há muito perdidos, a morte de Karl, o desenrolar do tempo, a compreensão cada vez mais nítida das coisas...

Mas como parece claro esse dia de tantos anos atrás, a expressão do dono da loja de penhores e meu último beijo no violino, meu violino, antes dele deslizar pela suja tampa de vidro do balcão. US$5.

Tudo bobagem. Lamentar-se por não ser alta, não ser bem-feita de corpo e graciosa, não ser bonita, não ter uma voz boa para cantar ou não ter sequer a determinação necessária para dominar o piano no nível exigido pelas cantigas de Natal.

Peguei os US$5, adicionei a eles US$50, com a ajuda de Rosalind, e fui para a Califórnia. Escola estava fora de cogitação. Minha mãe tinha morrido. Meu pai encontrara uma nova amiga, uma protestante que nos acompanhava em "almoços eventuais". Ela cozinhava enormes refeições para minhas irmãzinhas desamparadas.

"Você nunca tomou conta delas!"

Pare com isso. Não vou pensar mais naquela época, não vou. Nem na pequena Faye nem em Katrinka na tarde em que fui embora — Katrinka pouco interessada, mas Faye sorrindo tão satisfeita e atirando beijos... Não, de jeito nenhum. Não posso. Não vou.

Toque seu violino para mim, está ótimo, mas agora vou calmamente esquecer do meu.

Apenas ouvi-lo.

E era como se estivesse disputando comigo! Safado! A melodia se repetia sem parar, concebida na tristeza, destinada a ser executada com tristeza e a tornar a tristeza doce, lendária ou ambas as coisas.

O mundo presente recuava. Eu tinha 14 anos. Isaac Stern tocava no palco. O grande concerto de Beethoven subia e descia sob os candelabros do auditório. Quantas outras crianças estavam embevecidas ali? Oh, Deus, ser assim! Ser capaz de fazer aquilo!...

Como era estranho que um dia eu tivesse crescido, vivido uma vida, que um dia tivesse me apaixonado por meu primeiro marido, Lev, depois conhecido Karl, que Karl tivesse um dia vivido ou morrido, ou que eu e Lev tivéssemos um dia perdido uma menininha chamada Lily, ou que eu tivesse segurado nos braços alguém tão pequeno que sofria, a cabeça calva, os olhos fechados – ah, não, existe certamente um ponto onde a memória se transforma em sonho.

Deve haver alguma legislação médica contra isso.

Nada podia ter acontecido de mais terrível que aquela criança de cabelos dourados morrer como uma menina de rua, ou Karl gritando, Karl que nunca se queixava, ou a mãe na trilha do jardim, suplicando para que não a levassem embora naquele último dia, e eu, a filha egocêntrica de 14 anos, totalmente inconsciente que nunca mais sentiria o calor de seus braços, nunca mais poderia beijá-la, nunca mais poderia dizer: "Mãe, não importa o que aconteça, eu amo você. Eu amo você. Eu amo você."

Meu pai sentara na cama com o corpo empinado, rebelando-se contra a morfina, gemendo com horror: "Triana, estou morrendo!"

Veja como ficou pequeno o caixão branco de Lily no túmulo da Califórnia. Olhe para ele. Vá lá fora onde queimávamos nosso fumo, tomávamos nossa cerveja, líamos nossos poemas em voz alta. Beatniks, hippies, transformadores do mundo, pais de uma criança tão tocada de encanto que gente estranha parava (mesmo quando o câncer já tomara conta dela) para dizer como era bonito seu rosto redondo, pequeno e branco. Vejo de novo sobre o tempo e o espaço. Aqueles homens põem o pequeno caixão branco dentro de uma arca de sequóia e enfiam no buraco. Mas não pregaram as tábuas.

A mãe de Lev não parava de chorar. O pai de Lev, um texano tranqüilo e cordial, pegou um punhado de terra e jogou no túmulo. Outros, então, fizeram o mesmo (eu nunca ouvira falar daquele costume) e meu próprio pai, solene, acompanhou-os. Imagino o que estaria pensando: punição para meus pecados, eu que abandonara minhas irmãs, que me casara fora de minha religião, que deixara minha mãe morrer sem amor!

Ou será que pensava em coisas mais triviais? Lily não foi uma neta a quem ele tivesse dado seu carinho. Três mil quilômetros os separavam e raramente a vira antes de o câncer tirar-lhe as longas ondas douradas de cabelo e tornar suas pequenas bochechas inchadas e pálidas, ainda que não houvesse medicamento conhecido pelo homem que pudesse embotar seu olhar ou sua coragem.

Que interessa agora seu pai, quem ele amava ou deixava de amar?

Virei-me na cama, amassando o travesseiro, achando maravilhoso que, mesmo com o ouvido esquerdo enterrado nas penas, ainda pudesse ouvir o violino.

Em casa, em casa, você está em casa e um dia todos eles voltarão para casa. O que isso significa? Não tem de significar nada. Você só tem de murmurá-lo, murmurar... ou cantar uma canção sem palavras com o violino dele.

E então a chuva caiu.

Meu humilde agradecimento.

A chuva caiu.

Exatamente como eu podia ter desejado. E caiu nas velhas tábuas da varanda e sobre o telhado de amianto que apodrece em cima deste quarto. Salpicou nos largos peitoris das janelas e gotejou pelas fendas.

Mas ele continuava tocando. Com seu cabelo de cetim e seu violino de cetim, como se fosse desenrolando pela atmosfera um rastro de ouro, tão fino que se diluiria em bruma assim que tivesse sido ouvido, conhecido, amado e tivesse abençoado o mundo inteiro com sua minúscula fração de reluzente glória.

"Como pode estar tão contente", perguntei a mim mesma, "por se encontrar entre esses mundos? A vida e a morte. A loucura e a sanidade."

Sua música falava; as notas fluíam baixas, graves e ansiosas antes de ascender para os ares. Fechei os olhos.

Ele entrava agora numa esplêndida dança, com animação, dissonância e extrema seriedade. Tocava de forma tão intensa e febril que cheguei a pensar que certamente alguém atenderia àquele chamado. Era o que as pessoas chamam de "o tipo de música que o Diabo gosta".

Mas a chuva caía, caía e ninguém o detinha. Ninguém conseguiria.

Aconteceu como um choque! Eu estava em casa, em segurança, e a chuva rodeava como um véu este longo quarto octogonal, mas eu não estava sozinha:

– Agora tenho você.

Murmurei em voz alta para ele, embora, é claro, ele não estivesse no quarto.

Podia ter jurado que longe, e ao mesmo tempo perto, bem à mão, ele riu. Deixou que eu ouvisse o riso. A música não ria. A música estava destinada a seguir seu andamento impetuoso, áspero, posto com perfeição na altura devida, como se devesse levar à exaustão um grupo agitado e louco de dançarinos. Mas ele riu.

Comecei a cair no sono, não no sono pesado, negro e sem começo das drogas do hospital, mas num sono de verdade, profundo, doce sono. E a música cresceu, tornou-se mais severa, e depois produziu um dilúvio monumental, como se ele tivesse me desculpado.

Parecia que a chuva e aquela música iam me matar. Eu morreria em silêncio, sem um protesto. Mas eu apenas sonhava, resvalando cada vez mais fundo para uma ilusão completamente madura, como se ela estivesse esperando por mim.

5

Era novamente aquele mar, aquele oceano luminoso, azul, espumando bravio naqueles fantasmas que oscilam, que se equilibram em cada onda alcançando a praia. Tinha o fascínio dos sonhos claros. E diz que não, não se pode estar sonhando, não está, está aqui! É o que sempre dizem os sonhos claros. Gira-se e gira-se em volta deles e não se consegue acordar. Eles dizem: não se pode ter imaginado isso.

Mas tínhamos de sair agora da suave brisa do mar. A janela estava fechada. A hora chegara.

Vi rosas espalhadas num tapete cinza, rosas de caules compridos e cada uma enfiada no gargalo de um frasco de água para manter-se fresca, rosas com pétalas escurecidas e macias, e vozes que falavam numa língua estrangeira, uma língua que eu devia conhecer mas não conhecia, uma linguagem inventada, assim parecia, especialmente para esse sonho. Pois com certeza eu estava sonhando. Tinha de estar. Mas estava ali, aprisionada naquilo, com corpo e alma para ali transportados. E alguma coisa cantava dentro de mim: não deixe que seja um sonho.

– Está bem! – assentiu a bonita Mariana, de pele morena. Tinha cabelo curto, uma blusa branca que não lhe escondia os ombros, um pescoço de cisne e um ronronar de gato na voz.

Abriu as portas de um lugar imenso. Não podia acreditar no que meus olhos viam. Não podia acreditar que coisas sólidas pudessem ser tão fascinantes quanto o mar e o céu, e aquilo — aquilo era um templo de mármore policromático.

Não é um sonho, pensei. Você não pode sonhar uma coisa dessas! Não tem as imagens necessárias para construir uma coisa assim. Você está aqui, Triana!

Veja as paredes marchetadas com um mármore de Carrara leitoso e cheio de veios, as placas com moldura de ouro, a pedra no espaço entre as placas de um marrom mais escuro, embora não menos polido, não menos cheio de matizes, não menos esplêndido. Veja as pilastras quadradas com os capitéis dourados e cheios de volutas.

E agora, quando chegamos à frente do edifício, esse mármore se altera para verde, em longas faixas ao longo do chão, formando o próprio chão um mosaico complexo e sempre mutante. Olhe. Vejo o antigo desenho da chave grega. Vejo os padrões caros a Roma e à Grécia, cujos nomes não lembro, mas que conheço.

E agora viramos e nos detemos na frente de uma escada como eu nunca tinha visto em lugar algum. Não é meramente a escala, a grandiosidade que impressionam, mas de novo o colorido: admire, oh Senhor, a radiância do mármore rosado de Carrara!

Mas primeiro preste atenção nessas figuras, nesses rostos de bronze numa postura atenta, corpos profunda e cuidadosamente esculpidos na madeira, desdobrando-se em patas e garras de leão nas bases de ônix.

Quem construiu este lugar? Com que objetivo?

De repente sou atraída pelas portas de vidro do outro lado, há realmente muita coisa para ser vista, estou abismada, olhe, três grandes portas neoclássicas de vidro chanfrado, bandeiras em semicírculo, painéis pretos e guarnecidos de raios na parte de cima. São aberturas para a luz, embora o dia ou a noite, qualquer um dos dois, esteja vedado atrás delas.

A escada está à espera. Venha, diz Mariana. Lucrécia é tão generosa. A balaustrada é de mármore verde, verde como jade e com veios ondulantes como o mar. Os balaústres são de tom mais leve e cada parede está revestida de mármore rosa ou creme emoldurado em ouro.

Admire essas colunas redondas e lisas de mármore rosa, com a exuberante reprodução de folhas de acanto no dourado dos capitéis. Bem lá em cima, veja os arcos quebrados da abóbada, com uma pintura entre cada um deles; veja o ornamento da moldura ao redor daquela alta janela com vitrais.

Sim, é dia. É a luz do dia que flui pelos vitrais! Brilha sobre as ninfas pintadas com esmero em painéis lá no alto, dançando para nós, dançando também no próprio vidro. Fecho os olhos. Depois abro. Toco no mármore. Real, real.

Você está aqui. Não pode ser despertada ou tirada deste lugar; é verdade, você está vendo!

Pisamos na escada, subimos cada vez mais, cercadas por aquele palácio de pedra italiana, até pararmos num mezanino, defronte a três gigantescas janelas com vitrais. Cada uma tem sua própria deusa ou rainha em túnicas diáfanas, sob uma arquitrave, com querubins de plantão e flores respirando em cada canto, em grinaldas, em guirlandas, ofertadas em mãos estendidas. Que símbolos são esses? Escuto as palavras, mas também vejo; é isso que me faz tremer.

E em cada ponta deste longo espaço de sonho há uma câmara oval. Venha ver. Olhe aqui esses murais, olhe as pinturas que vão até lá em cima. Sim, são fertilmente narrativas, e mais uma vez dançam as ousadas figuras clássicas, cabeças cingidas com louro, contornos perfeitos e exuberantes. Têm a magia dos pré-rafaelistas.

Não há fim aqui para a combinação, para a beleza que se entrelaça em beleza? Não há fim para as arestas, o movimento ágil, os soberbos arremates das cornijas e frisos? Nem para aquelas paredes revestidas de madeira? Devo estar sonhando.

Mariana e a outra, Lucrécia, falavam na linguagem dos anjos, uma língua cantante e amável. E ali, apontei: as reluzentes máscaras douradas daqueles que eu amava. Medalhões fixados lá no alto da parede: Mozart, Beethoven; outros..., mas o que é isso, um palácio para cada melodia que você já ouviu e foi incapaz de suportar sem lágrimas? O mármore brilha no sol. Uma riqueza como esta não pode ser feita por mãos humanas. Este é o templo do Céu.

Vamos descer a escada, descer, descer, e agora sei, com um aperto crescente no coração, que isto tem de ser um sonho.

Mesmo que um sonho desses não possa ser medido pelas profundezas de minha imaginação. É um parâmetro tão improvável que chega a ser impossível.

Saímos do templo de mármore e música para uma grande sala persa com ladrilhos azuis, vitrificados. Estava repleta de ornamentos orientais que, pela suntuosidade, podiam rivalizar com a beleza que eu vira antes. Oh, que eu não acorde. Se isso pode estar vindo de minha mente, então que venha.

Que esse esplendor babilônico devesse vir depois daquela arrojada glória barroca não podia ser, mas eu adorei.

No alto das colunas, com suas expressões de fúria, estão os veneráveis touros usados em sacrifícios, e olhe a fonte, foi na fonte que Dario matou o leão que pulava sobre ele. Isso, porém, não é um santuário, não é um memorial fúnebre para coisas passadas.

Olhe, as paredes cobertas de cintilantes prateleiras que exibem os mais elegantes cristais. E montaram um bar no meio desses decorativos relevos. Vejo mais uma vez um chão de incomparável mosaico. Pequenas e graciosas cadeiras douradas cercando uma multidão de mesinhas. As pessoas conversam, se mexem, andam, respiram, como se aceitassem com absoluta naturalidade toda essa magnificência.

Que lugar é este, que país, que terra, onde estilo e cor puderam ser tão audaciosamente reunidos? Onde o convencional foi ultrapassado por mestres de todos os ofícios. Até o desenho dos candelabros é persa, grandes lâminas de metal prateado esculpidas com intricados motivos.

Sonho ou realidade! Eu me viro e bato com o punho na coluna. Maldição, que eu acorde logo se não estou aqui!... E então veio a confirmação. Você está aqui, isso não se discute. Está de corpo e alma neste lugar, no salão babilônico sob o templo de mármore.

– Venha, venha – a mão dela em meu braço. Mariana ou a outra figura adorável, com rosto redondo, olhos grandes e generosos... Lucrécia? As duas se compadecem de mim; falam numa língua derivada do latim, cantante.

"Nosso mais profundo segredo."

As coisas se movimentam. Estou aqui, tudo bem, pois eu nunca tinha sonhado com isso.

Não sei como sonhá-lo. Vivo para a música, vivo para a luz, vivo para as cores, sim, verdade, mas o que é isso, esta passagem repelente, com azulejos brancos e sujos? Tem água no chão, um chão escuro, mais do que escuro de tão imundo. E olhe, os motores, as caldeiras, os gigantescos cilindros com tampas e fechos amassados; tão sinistros, cobertos com uma tinta que descasca, entre um fragor de ruídos que é quase silêncio.

Ora, isto parece a sala de máquinas de um velho navio, do tipo que visitei quando era criança e Nova Orleans ainda era um porto movimentado. Mas não, não estou a bordo de um navio. As proporções deste corredor são imponentes demais.

Quero voltar. Não quero sonhar esta parte. Mas a essa altura já sei que não é sonho. Por alguma razão fui trazida para cá! É alguma punição que mereço, algum terrível ajuste de contas. Quero ver novamente o mármore, o belo mármore com tons carregados de púrpura nos painéis laterais da escada; quero guardar na memória as deusas no vidro.

Mas caminhamos nesta galeria úmida, nojenta, cheia de ecos. Por quê? Cheiros fétidos sobem por todo lado. Há velhos armários metálicos de vestiário, quem sabe abandonados pelos soldados de uma base militar desativada. Os armários estão amassados, cobertos dos recortes de revistas masculinas de anos atrás, e mais uma vez fitamos a vastidão deste Inferno de máquinas, espumando, esmerilhando, fervendo e fazendo barulho enquanto atravessamos a passarela de aço.

– Mas para onde estamos indo?

Minhas companheiras sorriram. Acham que isso é um segredo engraçado, este lugar para onde estão me levando.

Portões! Grandes portões de ferro nos vedam a passagem, mas nos vedam a passagem para onde? Um calabouço?

— Uma passagem secreta — confessa Mariana com indisfarçável prazer.
— Avança por baixo da rua! Uma passagem secreta subterrânea...

Fiz força para ver através dos portões. Não podemos entrar. Os portões estão presos com uma corrente. Mas olhe, lá embaixo, onde a água brilha, olhe.

— Há alguém lá, não estão vendo? Meu Deus, há um homem caído no chão. Está sangrando. Está morrendo. Tem cortes nos pulsos, mas as mãos não foram decepadas. Está morrendo?

Onde estão Mariana e Lucrécia? Correram de novo para os tetos abobadados do templo de mármore onde os dançarinos gregos fazem seus alegres e graciosos círculos nos murais?

Estou vulnerável.

O mau cheiro é insuportável. O homem está morto! Oh, Deus! Sei que está. Não, ele se mexeu, levanta uma das mãos, o sangue gotejando do punho. Meu Deus, ajude-o!

Mariana ri o mais brando e doce dos risos e suas mãos se sacodem no ar quando ela fala.

— Meu Deus, você não está vendo ninguém morrer. Ele só está deitado na água suja...

— ... a passagem secreta que usávamos para ir daqui até o palácio e...

— Não, escutem, senhoras, ele está ali. Ele precisa de nós. — Agarrei os portões. — Temos de chegar até aquele homem! — Os portões que barram nosso caminho são como tudo aqui... imensos. São de ferro maciço, vão do chão até o teto e estão cheios de correntes e fechaduras.

"Acorde! Não quero ver isso!"

Uma torrente de música mergulhou no silêncio!

Sentei em minha cama.

— Como se atreve?

6

Sentei na cama. Ele estava sentado a meu lado, as pernas tão compridas que, mesmo naquela cama alta de quatro colunas, podia ficar com os pés no chão e cruzar as pernas à maneira masculina. Tinha os olhos fixos em mim e o violino estava molhado. Ele também estava molhado, com o cabelo ensopado.

– Como se atreve? – repeti. Recuei e levantei os joelhos. Tentei pegar as cobertas, mas o peso dele as prendia.

– Entra em minha casa, em meu quarto! Entra neste quarto e me diz o que vou ou não vou sonhar!

Ele ficou surpreso demais para responder. Ergueu o queixo. A água pingava do cabelo. E o violino, pelo amor de Deus, será que não tinha a menor preocupação com o violino?

– Calada! – disse ele.

– Calada? – gritei em seu rosto. – Vou acordar a cidade inteira! Este quarto é meu! E quem é você para me dizer o que sonhar? Você... o que você quer?

Ficou espantado demais para encontrar palavras. Pude sentir-lhe a hesitação, a consternação. Virou a cabeça para o lado e tive a chance de observá-lo mais de perto, ver as faces esquálidas, a pele macia, os nós enormes dos dedos e o formato delicado do nariz comprido. Mesmo sujo e pingando água, ele era, sob qualquer ponto de vista, muito bonito de se ver. Vinte e cinco. Foi essa a idade que calculei, mas ninguém podia dizer com certeza. Um homem de 40, se tomasse os comprimidos certos, corresse os quilômetros certos e visitasse o cirurgião plástico certo, podia ter aquela aparência jovem.

Virou bruscamente a cabeça para me encarar!

– Gosta mesmo de trastes como esse onde estou sentado? – A voz era forte e profunda, a voz de um homem jovem. Se vozes que falam tivessem nomes, ele seria um poderoso tenor.

– Trastes como esse? – exclamei. Olhei-o de cima a baixo. Era um belo homem, magro ou não. Isso não importava.

– Saia da minha casa! – falei. – Saia de meu quarto e saia agora da minha casa! Vai ter de esperar que eu o convide para uma visita. Vá! Não sabe como me deixou furiosa essa sua coragem de vir aqui sem minha autorização. E entrar em meu quarto!

Alguém bateu com força na porta. Era a voz de Althea, tomada pelo pânico.

– Miss Triana! Não consigo abrir a porta! Miss Triana!

Ele fitou a porta atrás de mim, depois voltou a me olhar e sacudiu a cabeça, resmungando alguma coisa. Então passou a mão direita pelo cabelo viscoso. Quando abriu de todo os olhos, vi que eram grandes, enquanto a boca... essa era a parte mais bonita. Nenhum desses detalhes, porém, esfriou minha raiva.

– Não consigo abrir a porta! – Althea gritava.

Gritei para ela ouvir. Estava tudo bem. Que fosse embora. Precisava ficar um pouco sozinha. Era o amigo músico. Estava tudo bem. Devia ir agora. Ouvi seus protestos e, sob eles, os cochichos do sábio Lacomb, mas, graças à minha insistência, tudo aquilo finalmente cessou e fiquei outra vez sozinha.

O rangido das tábuas do assoalho denunciou a retirada dos dois.

– Será que você a pregou? – perguntei me virando para ele. Referia-me à porta, é claro, que nem Lacomb nem Althea conseguiram abrir.

A fisionomia dele estava serena. Com o tipo de serenidade, talvez, que Deus e sua mãe tivessem concebido como a melhor possível: jovem, séria, sem vaidade ou ironia. Os grandes olhos escuros moviam-se curiosos sobre mim, como se quisessem descobrir, nos detalhes mais insignificantes de minha aparência, algum segredo crucial. Mas ele não julgava. A investigação parecia honesta.

– Não está com medo – ele sussurrou.

– É claro que não. Por que haveria de estar? – Era uma bravata. Por um instante senti realmente medo; ou não, não era medo. Era aquilo! A adrenalina em minhas veias tinha se saciado; sentia uma exultação!

Estava olhando para um fantasma! Um fantasma de verdade. Sabia disso. Sabia e nada me livraria de tal conhecimento. Sabia disso! Todas as vezes em que perambulei entre os mortos, tinha conversado com memórias, com despojos; tinha inventado suas respostas, como se fossem bonecos que eu levasse enfiados nos dedos.

Mas ele era um fantasma.

Então veio um grande e natural alívio. "Sabia desde o início", disse para mim mesma. Sorri. Não havia modo de definir aquela convicção. Disse para mim mesma que sabia, por fim, que havia mais vida para viver, que existia aquela coisa que não podíamos mapear nem tirar do pensamento. A fantasia do Big Bang e o "Universo sem Deus" eram agora tão substanciais quanto as histórias da "Ressurreição dos Mortos" ou os "Milagres".

Sorri.

– Achou que ficaria com medo? Era isso que queria? Apareceu quando meu marido estava morrendo lá em cima e tocou o violino para me assustar? Será que é o mais tolo de todos os fantasmas? Como uma coisa dessas ia me assustar? Por quê? Você vive do medo...

Fiz uma pausa. Não foi apenas a vulnerável suavidade do rosto dele, o tremor sedutor de sua boca, o modo como as sobrancelhas se juntaram para franzir a testa (mas não para condenar ou proibir); foi outra coisa, algo analítico e crucial que me ocorrera. Aquela criatura tinha de viver de alguma coisa, e o que era?

Percebi que a pergunta era um tanto fatal. Falhou uma batida em meu coração, o que sempre me assustava. Levei a mão à garganta como se o coração estivesse ali, onde ele sempre parece estar, fazendo suas danças na garganta em vez de no peito.

– Vou entrar em seu quarto – ele murmurou – quando quiser. – A voz adquiriu um vigor masculino, jovem, seguro de si. – Não há meio de você me impedir. Acha que pelo fato de passar cada hora de vigília fazendo a Dança Macabra com toda sua tripulação assassinada... sim, sim, sei que acha que assassinou todos eles, sua mãe, seu pai, Lily, Karl; um culto do eu tão estúpido e monstruoso, que você se julga a causa de todas essas mortes espetaculares, três delas horríveis e prematuras... você acha que por causa disso pode dar ordens a um fantasma? Um verdadeiro fantasma, um fantasma como eu?

– Traga meu pai e minha mãe – repliquei. – Você é um fantasma. Vá buscá-los para mim. Tente convencê-los do outro lado da linha divisória. Traga minha pequena Lily. Se for mesmo esse grande fantasma que diz que é, traga-os pelo menos numa forma espectral. Faça com que virem fantasmas, me devolva Karl livre de sofrimentos, só por um momento, um simples momento solitário, sagrado. Deixe eu segurar Lily nos braços.

Isto o ofendeu. Fiquei discretamente espantada, mas inflexível.

– Momento sagrado – falou num tom mordaz.

Sacudiu a cabeça e tirou os olhos de mim. Como se tivesse ficado desconcertado, e principalmente chocado, pelos comentários. Mas logo tornou a me olhar, com ar pensativo. E eu me vi presa pelas mãos dele, pela delicadeza dos dedos, pelo rosto cavado, mas de perfeita juventude.

— Não posso lhe dar nada disso — disse com ar sério, ponderado. — Pensa que Deus me ouve? Acha que minhas preces são levadas em conta por santos e anjos?

— E você reza mesmo? Acha que acredito nisso? — perguntei. — O que está fazendo aqui? Por que está aqui? Por que veio? Pouco me importa que esteja sentado ao lado de minha cama, com esse jeito preguiçoso e arrogante. Quero saber por que, afinal, está aqui... debaixo dos meus olhos, ao alcance de meus ouvidos!

— Porque eu quis vir! — respondeu num tom de mau humor, parecendo por um instante um tanto constrangedoramente juvenil e provocador. — Vou onde quero ir e faço o que quero fazer, como você talvez já tenha percebido. Caminhei pelo corredor de seu hospital até que um bando de mortais idiotas fez tamanho barulho que fui obrigado a sair de lá e esperar que voltasse para casa! Podia ter entrado em seu quarto, subido em sua cama.

— Você quer é estar em minha cama!

— Eu estou! — declarou. Depois, apoiou-se na mão direita e inclinou-se para a frente. — Oh, não leve isso em conta. Não sou um íncubo! Não conceberá um monstro por minha causa. Quero algo muito mais essencial para sua vida do que simplesmente brincar entre suas pernas. Quero você!

Fiquei muda de espanto.

Furiosa, sim, ainda furiosa, mas muda de espanto.

Ele endireitou o corpo e baixou os olhos. Seus joelhos pareciam estar inteiramente à vontade na beira da cama tão alta. Os pés tocavam realmente o chão. Os meus nunca conseguiriam. Sou uma mulher pequena.

Deixou o cabelo preto e oleoso cair em tiras em volta do rosto branco. Quando olhou de novo para mim, tinha um ar zombeteiro.

— Achei que isso seria muito mais fácil — disse.

— Isso o quê?

— Enlouquecê-la. — Simulou um sorriso cruel. Não foi convincente. — Achei que já estava louca. Achei que seria no máximo... uma questão de dias.

— Por que diabo ia querer me enlouquecer? — perguntei.

— Gosto de fazer essas coisas — respondeu. A tristeza lampejou sobre ele, carregou suas sobrancelhas antes que pudesse repeli-la. — Achei que estivesse louca. Você é quase... o que algumas pessoas chamariam de uma louca.

— E no entanto dolorosamente sã — retruquei. — Esse é o problema.

Eu estava fascinada ao extremo. Não podia parar de estudá-lo em todos os detalhes, o casaco velho, a poeira molhada que se transformara em lodo nos ombros, o modo como os grandes olhos sonhadores ora se aguçavam, ora se abrandavam no ritmo de seus pensamentos, o modo como os lábios eram de vez em quando umedecidos pela língua, como se ele fosse um ser humano.

De repente um pensamento me ocorreu. Brotou estrondosamente claro.

– O sonho! O sonho que tive do...

– Não fale nisso! – disse ele, curvando-se ameaçadoramente em minha direção. Ficou tão perto que o cabelo molhado caiu sobre o cobertor, bem junto de minhas mãos.

Empurrei-me contra a cabeceira da cama e depois, com toda a força de minha mão direita, dei-lhe um tapa. Esbofeteei duas vezes, antes mesmo que ele pudesse entender o que estava acontecendo! Afastei as cobertas.

Ele se levantou e recuou desajeitadamente, me olhando com um desprezível ar de espanto.

Estendi o braço. Ele não se esquivou. Fechei o punho e acertei-o em cheio no queixo. Ele recuou um ou dois passos, tão preocupado quanto poderia ficar um homem humano com um soco tão fraco.

– O sonho veio de você! – eu disse. – O lugar que eu vi, o homem com...

– Estou lhe avisando, não! – ameaçou com o dedo voando, apontando para meu rosto, o corpo recuando, empinando-se como um grande pássaro. – Silêncio sobre isso. Ou trarei tamanha destruição para seu cantinho físico do mundo que você vai amaldiçoar o dia em que nasceu... – A voz se dissipou. – Acha que conhece o sofrimento, se orgulha tanto de seu sofrimento...

Ergueu os olhos e afastou-os de mim. Depois puxou o violino para o peito, cruzando os braços em volta dele. Tinha dito alguma coisa que desagradou a ele próprio. Os olhos vasculhavam o quarto como se pudessem realmente ver.

– E vejo mesmo! – exclamou com raiva.

– Ah, eu quis dizer como um homem mortal, isso é tudo que eu quis dizer.

– E isso é tudo que eu quero dizer, também – respondeu.

A chuva diminuía lá fora, passava a ligeira, chuvisco, por isso a água que caía das calhas e pingava dos telhados ganhava destaque. Parecíamos estar num mundo molhado — molhado, mas quente e seguro, ele e eu.

Eu sabia, tão claramente como sabia que ele estava ali, que raramente estivera tão viva em minha vida como naquele momento. A simples visão dele, sua simples presença me devolvera uma febre de viver como há décadas eu não sentia. Há muitos, muitos anos, antes de tantas derrotas, quando era jovem e estava apaixonada, talvez tenha tido aquela febre. Naqueles primeiros anos, cheios de energia, quando tudo era tão luminoso e tão bom de experimentar, conseguia superar meus fracassos e perdas. Talvez então tivesse aquela febre.

Na dor mais furiosa não havia esse tipo de vitalidade, que era mais semelhante à alegria, à dança, à pureza da força penetrante e hipnótica da música.

E ele continuava ali, parecendo perdido, de repente me olhando como se quisesse perguntar alguma coisa, depois afastando os olhos, franzindo as sobrancelhas pretas.

– Diga o que está querendo – falei. – Você disse que queria me enlouquecer. Por quê? Por que razão?

– Bem, você sabe – respondeu rapidamente, embora suas palavras fossem lentas –, estou confuso. – Falava com as sobrancelhas erguidas e um ar de franqueza; era um jeito indeciso, mas calmo. – Já não sei mais o que quero! Enlouquecer você? – Abanou os ombros. – Agora que sei como você é, como você é forte, já não encontro as palavras certas. Talvez haja alguma coisa melhor a fazer aqui do que meramente fazê-la perder a cabeça, presumindo, é claro, que eu pudesse mesmo fazer isso. Sei que se sente superior a esse respeito, pois já segurou a mão de muita gente no leito de morte e viu Lev, seu antigo, seu jovem marido, viajar com as drogas acompanhado dos amigos dele enquanto você meramente bebia goles do vinho. Tinha medo das drogas, tinha medo das visões! Visões como eu! Você me assombra.

– Visão? – murmurei.

Passei a mão esquerda em volta da coluna da cama. Meu corpo tremia. O coração disparava. Todos esses sintomas de medo me faziam lembrar que havia de fato alguma coisa ali para temer. Mas afinal o que, em nome de Deus, podia ser pior que tudo que já acontecera? Medo do sobrenatural? Medo da luz trêmula das velas e dos sorrisos dos santos? Não, acho que não.

A morte já basta para o medo. Fantasmas, o que são fantasmas?

– Como enganou a morte? – perguntei.

– Você é debochada, cruel – murmurou. Falava acelerado, um jato de palavras. – Você com esse véu de cabelo preto, esse rosto doce, esses olhos muito grandes. Parece angelical! – Era espontâneo. Estava atormentado e curvou a cabeça para mim. – Não enganei nada nem ninguém. – Olhou-me com desespero. – Você quis que eu viesse, você quis...

– Acha mesmo? Quando me pegou pensando nos mortos? Foi isso que achou? E veio para quê? Consolar? Aumentar minha dor? O que foi?

Ele sacudiu a cabeça e recuou vários passos. Quando olhou pela janela dos fundos, deixou a luz revelar o lado de seu rosto. Parecia terno.

Virou-se para mim num acesso de raiva.

— Muito bonita apesar da idade, apesar de gorducha, mesmo assim. Suas irmãs a detestam por causa desse rosto bonito, sabe disso, não é? Katrinka, a bela, de corpo bem-feito e belo marido, e antes dele uma fileira de amantes que não consegue contar. Acha que você tem uma graça que ela nunca conseguiu merecer, nem produzir, nem imitar, nem se dizer possuidora. E Faye, Faye a amava, sim, Faye gostava muito de todo mundo, mas Faye também não podia perdoar a graça que você tem.

— O que sabe sobre Faye? — perguntei, incapaz de me conter. — Minha irmã Faye ainda está viva? — Tentava parar, mas não conseguia. — Onde está Faye? E como sabe o que Katrinka pensa, o que você sabe sobre Katrinka ou sobre alguém de minha família?

— Digo o que você sabe — ele respondeu. — Vejo os corredores escuros de sua mente, conheço os porões onde você mesma ainda não entrou. Vejo aí, nessas sombras, que seu pai a adorava porque você era parecida com sua mãe. O mesmo cabelo castanho, olhos castanhos. Vejo que uma noite Katrinka foi animadamente para a cama com Lev, seu jovem marido.

— Pare com isso! Aonde quer chegar? Veio até aqui para ser meu demônio pessoal? Será que mereço uma coisa dessas? E o interessante é que ao mesmo tempo diz que não devo me julgar responsável por todas essas mortes! Como vai me enlouquecer, eu gostaria de saber! Como? Nem você mesmo sabe muito bem o que quer. Olhe-se no espelho. Está tremendo. E quem é o fantasma é você. Quem era quando estava vivo? Um homem jovem? Talvez de bom temperamento e agora todo desorientado...

— Pare — ele implorou. — Sei o que tem em mente.

— E o que é?

— Está querendo me dizer que pode me ver claramente, assim como eu a vejo — respondeu num tom frio. — Que a memória e o medo não vão fazer você vacilar. Eu estava completamente errado a seu respeito. Você parecia uma criança, uma eterna órfã, você parecia tão...

— Diga logo. Eu parecia tão fraca? — perguntei.

— Você é amarga.

— Talvez — repliquei. — Embora não goste da palavra. Por que você quer que eu sinta dor ou medo? Para quê? Por quê? O que o sonho significava? Onde ficava aquele mar?

Seu rosto ficou lívido com o choque. Ergueu as sobrancelhas e tentou falar outra vez, mas mudou de idéia ou não conseguiu achar as palavras.

— Você podia ser bonita — falou suavemente. — Quase foi. Por isso passou a comer sucata alimentar, a tomar cerveja, a deixar as formas que Deus lhe deu irem para o lixo? Foi magra quando criança, magra como Katrinka e Faye, magra por natureza. Mas você se cobriu de um corpo imenso, não foi? Para se esconder de quem? Como pôde dar de bandeja seu próprio marido, Lev, a mulheres mais moças e mais divertidas? Jogou-o na cama com Katrinka.

Não respondi.

Senti uma energia tomando fôlego dentro de mim. Mesmo ao estremecer, senti aquela energia, aquele incitamento. Já se passara muito tempo desde a última vez que fora tocada por uma emoção como aquela, mas agora, vendo o espanto nos olhos dele, eu a estava sentindo.

– Talvez você ainda tenha um resto de beleza – murmurou, sorrindo, como se pretendesse, de forma plenamente consciente, me atormentar. – Mas será que não vai ficar tão volumosa e disforme como sua irmã Rosalind?

– Se conhece Rosalind e é incapaz de ver sua beleza, não vou perder tempo com você. E quanto a Faye, ela é um abuso de beleza, algo que está além de sua compreensão.

Ele suspirou. Sorriu de modo zombeteiro. Olhava obstinadamente para mim.

– Não pode reconhecer a força de alguém tão puro como Faye em minha memória. Mas ela está lá. Faye era jovem o bastante para dançar e dançar, por mais completa que fosse a escuridão. Quanto a Katrinka, eu sou solidária. Katrinka sabia das coisas. E amo Rosalind de todo o coração. O que acha disso?

Olhou-me como se procurasse ler meus pensamentos mais profundos. Não disse nada.

– Onde isso vai nos levar? – perguntei.

– No fundo uma garotinha – retrucou. – Perversa, cruel como as garotinhas podem ser. Só amarga até agora, precisando de mim, mas negando isso. Sabe que enxotou sua irmã Faye, não é?

– Pare.

– Foi... quando se casou com Karl. Fez com que fosse embora. Não foram aquelas páginas dolorosas que ela leu nos diários do pai depois que ele morreu. Você tinha introduzido um novo senhor na casa que compartilhava com ela.

– Pare.

– Por quê?

– Por que estamos falando nisso agora? O que você tem a ver com isso? Você está pingando da chuva. Mas não está com frio. Também não está com calor, não é? Parece um roqueiro adolescente, daqueles que vão atrás de bandas famosas com uma guitarra na mão, implorando para conseguir um lugar nas entradas das salas de concerto. Onde conseguiu aquela música, aquela incrível música de partir o coração...?

Ele estava furioso.

– Língua de cobra – resmungou. – Sou mais velho do que pode imaginar. Sou mais antigo em minha dor. Sou mais especial. Antes de morrer aprendi a tocar este instrumento com perfeição. Nem com todas as suas recordações, sonhos e fantasias você poderia compreender o talento para o violino que eu possuía em meu corpo vivo. Estava dormindo quando sua Lily, sua filhinha, morreu; está lembrada disso, não é? No fundo, você foi ao hospital de Palo Alto para dormir e...

Tapei os ouvidos! O cheiro, a luz, todo o quarto de hospital de 20 anos atrás me cercou. Eu disse: Não!

– Você adora essas acusações! – falei. O coração batia com muita força, mas a voz estava sob meu comando. – Por quê? O que significo para você e você para mim?

– Ah, mas pensei que *você* gostasse.

– Do quê? De dar explicações?

– Pensei que *você* adorasse as acusações. Pensei que era assim que você se acusava, e exultava com isso, misturando as acusações com medo, aviltamento, calafrios, indolência. Achei que nunca ficava sozinha, jamais. Estava sempre segurando as mãos de algum morto querido, cantando mentalmente seus poemas de penitência, mantendo os mortos por perto, alimentando a recordação deles para não enfrentar a verdade: você nunca tocará a música, a música que você adora. A emoção que ela arranca de sua alma nunca vai encontrar satisfação plena.

Não consegui responder.

Encorajado, ele continuou.

– Você se saciou de tal forma de acusações, para usar suas próprias palavras, se nutriu a tal ponto de culpa que achei que não seria nada demais fazê-la perder o juízo, fazer isso para que você... – Parou. Fez mais do que parar. Ele se conteve e se aprumou.

– Vou embora – disse. – Mas virei quando tiver vontade, pode ter certeza.

– Não tem esse direito. Quem quer que o tenha mandado, que o leve de volta. – Fiz o sinal-da-cruz.

Ele sorriu.

– Essa pequena prece lhe fez algum bem? Está lembrada daquela missa miserável no funeral de sua filha, na Califórnia? Como tudo estava complicado, deslocado, todos aqueles amigos, brilhantes intelectuais da Costa Oeste forçados a assistir a uma coisa tão francamente estúpida quanto um verdadeiro funeral numa verdadeira igreja, está lembrada? E o padre aborrecido, apressado, sabendo que você nunca tinha pisado na igreja antes de ela morrer. E agora faz o sinal-da-cruz. Por que não toco um hino para você? O violino pode tocar melodias de canto gregoriano. Não é comum, mas posso encontrar o *Veni Creator* em sua mente e tocá-lo. Podemos rezar juntos.

– Se costuma rezar – repliquei –, isso não tem lhe trazido qualquer benefício. – Tentei colocar a voz de maneira decidida, mas suave, para deixar claro o que eu dissera: – Ninguém o mandou. Você vaga.

Ele estava perplexo.

– Tire o inferno de meu quarto!

– Mas não é isso que você quer – retrucou com uma encolhida de ombro –, e não me venha dizer que seu pulso não está palpitando como um relógio com corda demais. Você está no êxtase infatigável de ficar comigo! Karl, Lev... seu pai. Em mim, encontrou um homem como nunca tinha visto. E não sou sequer um homem.

– É arrogante, rude e sujo – respondi. – E não é um homem. É um fantasma, o fantasma de alguém jovem, mas moralmente tosco e torpe!

Isso o machucou. Seu rosto mostrou um talhe bem mais fundo que o da simples vaidade ferida.

– Sim – disse ele, lutando para se controlar –, e você me ama, pela música, a despeito de tudo.

– Pode ser verdade – respondi secamente, balançando a cabeça. – Mas me levo também na mais alta conta. Como você mesmo disse, calculou mal. Fui casada duas vezes, mãe uma vez, talvez uma órfã. Mas fraca, não. E amarga? Nunca. Eu não tinha a compreensão que a amargura requer...

– Que compreensão?

– Uma espécie de reivindicação de direitos, achando que as coisas deviam ter sido melhores. Mas é a vida, é só isso, e você se alimenta de mim porque estou viva. Mas não tão roída pela culpa para que entre aqui e me faça perder o juízo. Não, de maneira alguma. Acho que não entende plenamente a culpa.

– Não? – Tinha um ar de sinceridade.

– O terror selvagem – falei –, o "mea culpa, mea culpa" é apenas o primeiro estágio. Depois vem uma coisa mais dura, uma coisa que pode conviver com erros e limitações. A fase de remorso não é nada, absolutamente nada...

Agora era eu quem deixava as palavras se dissiparem porque minhas memórias mais recentes voltavam a me entristecer. Minha mãe se afastando naquele último dia, Oh, mãe, deixe-me pegá-la nos braços. O cemitério no dia do sepultamento. O cemitério de São José, todos aqueles pequenos túmulos, túmulos dos pobres irlandeses e dos pobres alemães, e as flores amontoadas. Eu olhava para o céu e pensava como aquilo nunca, nunca se altera; aquela agonia jamais ia acabar; jamais haveria novamente qualquer luz neste mundo.

Livrei-me disso. Levantei os olhos!

Ele me estudava, mas ele próprio parecia estar quase sofrendo. O que me estimulou.

Voltei à questão, procurando arduamente por ela, colocando de lado qualquer outra coisa, a não ser o que era preciso conceber e transmitir.

– Acho que agora eu entendo – disse eu, sentindo-me pacificada por um grandioso alívio, uma sensação de amor. – E você não, é uma pena. Você não.

Abri ao extremo minhas defesas. Só me preocupei com o que estava tentando esquadrinhar, não em agradar ou desagradar alguém. Só queria, naquele instante, estabelecer um verdadeiro diálogo com ele. E ele ia querer saber; ele podia e certamente iria entender. Bastava que estivesse disposto a admitir.

– Por favor me ilumine – ouvi-o dizer num tom zombeteiro.

Uma terrível dor deslizou sobre mim; era grande e completa demais para ser aguda. Tomou conta de mim. Ergui os olhos e encarei-o com ar de súplica. E entreabri os lábios, prestes a falar, prestes a fazer confidências, prestes a tentar descobrir em voz alta, a seu lado, o que era aquilo, aquela dor, aquele senso de responsabilidade, aquela consciência de que a pessoa realmente provocou sofrimento e destruição desnecessários e que o fato não pode ser anulado, não, não será nunca desfeito; são momentos para sempre perdidos, sem registro, serão lembrados de modo cada vez mais distorcido e doloroso. Há, no entanto, algo muito mais delicado, mais significativo, algo simultaneamente devastador e complicado que ambos conhecemos, ele e eu...

Desapareceu.

Desapareceu da forma mais óbvia e completa. Com um sorriso, deixando-me com as emoções à flor da pele. Foi astucioso. Queria me deixar sozinha naquele momento de dor e, pior ainda, sozinha com a terrível, apavorante necessidade de compartilhá-lo!

Dei um momento às sombras. O leve balanço das árvores do lado de fora. A chuva ocasional.

Ele se fora.

– Conheço seu jogo – falei em voz baixa. – Conheço muito bem.

Fui para a cama, pus a mão sob o travesseiro e peguei o rosário. Era um rosário de cristal com uma cruz em prata de lei. Estava na cama porque a mãe de Karl sempre dormira naquela cama quando vinha nos visitar, assim como minha querida madrinha, tia Bridget, quando pernoitava conosco após meu casamento com Karl. Ou talvez o rosário estivesse na cama porque fosse realmente meu. Eu o teria colocado distraidamente ali. Meu. Da primeira comunhão.

Baixei os olhos para apreciá-lo. Depois da morte de minha mãe, eu e Rosalind tivemos uma briga terrível.

Foi por causa do rosário de nossa mãe e literalmente despedaçamos os elos e as pérolas falsas. Era uma coisa barata, mas fora eu quem o montara para a mãe e achei que devia ficar com ele; eu, a pessoa que fizera o rosário. Depois que o destroçamos, Rosalind veio atrás de mim e bati a porta com tanta força no rosto dela que os óculos fizeram-lhe um corte profundo na testa. Toda aquela raiva. Sangue no chão outra vez.

Sangue outra vez, como se a mãe ainda estivesse viva, embriagada, caindo da cama, batendo com a testa no aquecedor a gás como aconteceu duas vezes, sangrando, sangrando. Sangue no chão. Oh, Rosalind, minha triste, raivosa irmã Rosalind! O rosário partido no chão.

Olhei para aquele rosário. Fiz a coisa infantil e irrefletida que me veio à mente. Beijei o crucifixo, o corpo minúsculo, minucioso do Cristo angustiado, e empurrei de novo o rosário para baixo do travesseiro.

Estava febrilmente alerta. Como que preparada para a batalha. Foi como aquela bebedeira precoce, a primeira, em que a cerveja subiu divinamente para minha cabeça e corri pela rua com os braços estendidos, cantando.

Os poros de minha pele vibraram e a porta se abriu sem absolutamente qualquer esforço.

Os objetos de decoração do hall e da sala de jantar pareciam novos em folha. As coisas brilham para quem está a um passo da batalha?

Althea e Lacomb estavam parados no fundo da sala de jantar, na entrada da copa, esperando por mim e sem saber o que fazer. Althea parecia realmente assustada e Lacomb, como sempre, ao mesmo tempo cínico e curioso.

– Achei que a qualquer momento ia ouvir a senhora gritar – disse Lacomb.

– Não precisava da ajuda de ninguém. Mas sabia que estavam aí.

Olhei de relance para as manchas úmidas na cama, para a água no chão. Era pouca coisa e não valia a pena incomodá-los por isso, pensei.

– Acho que vou andar na chuva. Há anos e anos que não caminho na chuva.

– Está falando em sair agora à noite, na chuva? – Lacomb perguntou, aproximando-se.

– Você não precisa ir – respondi. – Onde está minha capa? Althea, está frio lá fora?

Saí de casa e comecei a subir a avenida St. Charles.

A chuva agora era apenas ligeira e bonita de se ver. Há anos não fazia aquilo, andar pela minha avenida, só andar, como fizemos tantas vezes, quando crianças ou adolescentes, subindo na direção da drugstore K&B para comprar uma casquinha de sorvete. Só uma desculpa para passar por belas casas com portas de vidro e para conversar enquanto caminhávamos.

Andava e andava, na direção da parte alta da cidade, passando por casas que eu conhecia e por terrenos baldios, cheios de mato, onde antigamente havia casarões. Estavam sempre tentando acabar com aquela rua, através do progresso ou do abandono, e como ela parecia estar sempre perigosamente equilibrada entre os dois! Cada novo homicídio, cada novo tiro, cada nova casa incendiada pareciam ir definindo irremediavelmente seu destino.

Casa incendiada. Tremi. Casa incendiada. Quando eu tinha cinco anos, uma casa pegou fogo. Era uma velha casa vitoriana, sombria, que brotava como um pesadelo na esquina da St. Charles com a Philip. Lembro que meu pai me carregou nos braços "para ver o fogo" e que fiquei histérica olhando as chamas. Por cima da multidão e dos carros dos bombeiros havia uma labareda tão grande que parecia engolir a noite.

Livrei-me daquilo, daquele medo.

Vaga lembrança de pessoas banhando minha cabeça, procurando me acalmar. Rosalind achou o incêndio uma coisa tremendamente empolgante. Para mim foi uma descoberta de tal magnitude que mesmo saber da mortalidade não foi pior.

Uma sensação agradável roçou em mim. Aquele velho e horrível medo (esta casa também pegará fogo), como muitos outros medos semelhantes, se fora com os anos de infância. Veja as grandes baratas negras, cascudas, que costumavam correr por essas calçadas: eu recuava aterrorizada. Agora esse medo também quase se fora, assim como as baratas, nessa época de sacos plásticos e apartamentos frios como gelo.

Ocorreu-me de repente o que ele dissera. Sobre Lev, meu jovem marido, e sobre Katrinka, minha irmã ainda mais jovem. Dissera que ele, o marido que eu amava, e ela, a irmã que eu amava, estiveram na mesma cama. Sempre me culpei por isso ter acontecido. Maconha hippie e vinho barato, conversa sofisticada demais para mim. Minha culpa, minha culpa. Fora uma esposa covardemente fiel, profundamente apaixonada. Katrinka era a ousada.

O que ele, meu fantasma, dissera? *Mea culpa.* Ou fui eu que disse?

Lev me amava. Eu ainda o amava. Mas me sentia tão feia, deslocada, e ela, Katrinka, era tão animada, e os tempos tão exuberantes, com música indiana e liberação.

Meu Deus, seria real aquela criatura? Aquele homem com quem eu acabara de falar, aquele violinista que também outras pessoas viram? Agora ele não estava em nenhum lugar por perto.

Do outro lado da avenida, me acompanhando enquanto eu caminhava, o carro enorme estava à minha disposição, mantendo a marcha. Pude ver Lacomb resmungando quando colocou a cabeça pela janela de trás para soprar na brisa a fumaça do cigarro.

Tive vontade de saber o que Oscar, o novo motorista, estaria pensando. Eu me perguntava se Lacomb ia querer dirigir o carro. Lacomb não faz o que não gosta.

Aquilo me fazia rir, os dois, meus guardiões, no grande e rastejante carro preto de Wolfstan, mas também me dava a liberdade de ir tão longe quanto quisesse.

Era bom ser rica, pensei com um sorriso. Karl, Karl.

Senti como se estivesse estendendo os braços para a única coisa que podia me impedir de cair, e então parei, "ausentando-me um pouco daquela árida felicidade", para pensar em Karl, só em Karl, tão recentemente metido num forno.

"Você sabe, não é absolutamente certo que eu desenvolva os sintomas." A voz de Karl, tão protetora. "Quando me notificaram na hora da transfusão, bem, a coisa já tinha quatro anos e até hoje são mais dois..."

Oh, sim, e com meus amorosos cuidados você viverá para todo o sempre! Faria música sobre isso se eu fosse Handel, Mozart ou alguém que pudesse compor... ou tocar.

"O livro...", eu dissera, "o livro é maravilhoso. São Sebastião, todo cravado de flechas, um santo enigmático."

"Acha mesmo? Sabe alguma coisa sobre ele?" Como Karl ficou deliciado quando contei as histórias dos santos.

"Nosso catolicismo", eu explicara, "era muito rígido, muito voltado para os rituais, estava submetido a muitas regras naqueles primeiros tempos. Éramos tão ortodoxos quanto os hassidim."

Cinzas, este homem! Cinzas! E seria um livro para a mesinha na frente do sofá, para o presente de Natal. Uma preciosidade nas bibliotecas, que os estudantes de arte acabariam destruindo ao cortar as ilustrações. Mas faríamos com que vivesse para sempre. *São Sebastião*, de Karl Wolfstan.

Mergulhei na tristeza. Mergulhei na sensação do pequeno alcance da vida de Karl, uma vida pura e digna, mas não uma grande vida, não uma existência repleta de dádivas como eu, por exemplo, imaginava quando tentava com tanto empenho aprender violino, como também Lev, meu primeiro marido, imaginava quando ainda tentava se manter com cada poema que escrevia.

Parei. Prestei atenção.

Ele, o violinista, não estava por perto.

Não ouvi nenhuma música. Olhei para trás, depois para a rua que subia à minha frente. Via os carros passarem. Nada de música. Nem o menor e mais fraco som de música.

Voltei conscientemente o pensamento para ele, meu violinista, detalhe por detalhe. Com aquele nariz comprido e estreito, com olhos tão encravados nas órbitas, talvez outra pessoa o achasse menos sedutor – talvez. Mas talvez não houvesse outra pessoa. E como sua boca era bem desenhada, e como os olhos pequenos, as pálpebras fundas, delicadas, ao se abrirem num olhar arregalado ou baixarem em astucioso mistério, davam intensidade à sua expressão!

Velhas memórias me ameaçavam repetidas vezes; os mais torturantes, excruciantes fragmentos de memória corriam em minha direção — o pai, transtornado e morrendo, arrancando o tubo plástico do nariz e empurrando a enfermeira... Todas essas imagens chegavam como que trazidas pelo vento. Sacudi a cabeça. Olhei em volta. Então todos os fios do presente quiseram me enredar.

Recusei.

Pensei de novo, muito especificamente nele, o fantasma, fazendo reviver em minha imaginação o perfil alto, esguio, o violino que segurava. Minha mente pouco musical fez o melhor que pôde para recordar as melodias que ele havia tocado. Um fantasma, um fantasma, você viu um fantasma, pensei.

Andei e andei, embora meus sapatos tivessem ficado primeiro úmidos, depois encharcados. A chuva veio grossa outra vez, o carro se aproximou, mandei-o embora. Andei. Andei. Porque sabia que, enquanto andasse, nem sonho nem memória poderiam realmente tomar conta de mim.

Pensei muito nele. Lembrei o que pude. Que usava mais facilmente roupas formais e comuns, dessas que se compram em lojas de roupas baratas, roupas descontraídas ou na moda. Que era muito alto, com pelo menos 1,85m — calculei ao lembrar como tinha de erguer os olhos para conversar com ele, embora isso não me fizesse sentir como anã nem me deixasse de modo algum intimidada.

Já devia passar da meia-noite quando finalmente cheguei em casa. Ao pisar na escada da frente, ouvi atrás de mim o carro deslizar para o meio-fio.

Althea trazia uma toalha nas mãos.

– Entre, minha menina – disse ela.

– Devia ter ido dormir – respondi. – Viu o violinista? Aquele meu amigo músico com o violino?

— Não, madame — ela falou, enxugando-me o cabelo. — Acho que a senhora deu uma corrida nele para sempre. Só Deus sabe como eu e Lacomb estávamos prontos para derrubar aquela porta, mas a senhora fez o que tinha de fazer. Ele foi embora!

Tirei a capa e entreguei a ela; depois subi a escada.

A cama de Karl. Nosso quarto lá em cima, sempre iluminado (por meio de rendas e rendas e rendas) pela luz vermelha da floricultura do outro lado da rua.

Colchão e travesseiros novos, é claro. Nenhum último fragmento de cabelo a descobrir, nenhuma marca de meu marido. A não ser a delicada armação de madeira em que fizemos amor, a cama que ele comprou naqueles dias felizes, quando comprar coisas para mim fora um prazer imenso. Por quê, por quê, eu perguntara, aquilo era tão divertido? Ficara envergonhada ao perceber como o fino móvel com entalhes em madeira e forros de ótimo tecido na cabeceira me deixara feliz.

Vi com nitidez em minha mente o fantasma violinista, embora ele não estivesse ali. Estava tão sozinha naquele quarto quanto qualquer outra pessoa poderia estar.

— Não, você não foi embora — sussurrei. — Sei que não foi.

Mas por que não teria ido? Que obrigação tinha ele para comigo, um fantasma que eu xingara, que amaldiçoara? E meu último e falecido marido queimado há apenas três dias. Ou seriam quatro?

Comecei a chorar. Nenhum doce cheiro do cabelo ou da água-de-colônia de Karl sobrara no quarto. Nenhum cheiro de tinta e papel. Nenhum cheiro do Balkan Sobranie, o tabaco de que ele não abria mão, aquele que meu primeiro marido, Lev, sempre lhe mandava de Boston. Lev. Telefone para Lev. Fale com Lev.

Mas por quê? De que peça teatral vinha aquilo, aquela linha obcecante com Lev?

"Mas isso foi em outro país; e além disso, *a meretriz está morta.*"

Uma linha de Marlowe, que inspirou Hemingway, James Baldwin e quem sabe quantos outros...

Comecei a sussurrar para mim mesma um verso de *Hamlet*: "... a terra desconhecida, de cujo limite nenhum viajante retorna."

Houve um singelo movimento no quarto, de início não mais que a agitação das cortinas, depois aqueles rangidos e estalos no assoalho, que podem resultar pura e simplesmente do movimento da brisa contra as janelas no telhado deste sótão.

Então veio o silêncio. Chegou bruscamente, como se tivesse apenas esbarrado de modo teatral por ali. E o vazio, a solidão daquele momento foram insuportáveis.

Todas as certezas racionais que eu já tivera tinham se dissipado. Estava sozinha. Estava sozinha. Era pior que a culpa, a mágoa e talvez fosse o que... não, eu não podia pensar.

Deitada na nova colcha de cetim branco, busquei uma completa escuridão de corpo e alma. Expulsando todos os pensamentos. Que a noite fosse, uma vez pelo menos, o teto lá em cima e, além dele, um céu puro e tranqüilo, com estrelas inexpressivas, meramente fora de alcance. Mas foi tão impossível deter a mente quanto a própria respiração.

Estava aterrada pelo fato de meu fantasma ter ido embora. Eu o enxotara! Chorei, fungando e limpando o nariz. Achava apavorante que nunca mais pudesse encontrá-lo (nunca, nunca, nunca mais), que ele tivesse ido embora tão irremediavelmente como vão os vivos, que eu tivesse lançado no vento um tesouro tão assombroso!

Oh, Deus, não, não assim, não, deixe-o voltar. Compreendo, sempre compreendi que tenha ficado com os outros para guardá-los para todo o sempre, mas ele é apenas um fantasma, meu Deus. Deixe-o voltar para mim...

Senti que afundava para além do nível das lágrimas e dos sonhos. E então... o que posso dizer? O que sabemos quando sabemos e nada sentimos? Se ao menos acordássemos desses estados de esquecimento com um certo senso de que não existe absolutamente qualquer mistério na vida, que a crueldade é puramente impessoal, mas não é assim.

Por algumas horas, isso não haveria de me preocupar.

Adormeci.

É tudo que sei. Adormeci, afastando-me o mais que podia de todos os medos e perdas, agarrada a uma prece desesperada. "Deixe-o voltar, meu Deus."

Ah, a blasfêmia disso.

7

No dia seguinte, a casa estava cheia. Todas as portas foram abertas para que as duas salas de visitas da frente, flanqueando o amplo vestíbulo, fossem vistas claramente da comprida sala de jantar e as pessoas pudessem circular à vontade sobre os diferentes tapetes, conversando num tom animado, como fazem as pessoas de Nova Orleans após uma morte, como se fosse isso que a pessoa morta quisesse.

Uma pequena nuvem de silêncio me cercava. Todos achavam que eu estava mentalmente sobrecarregada, digamos assim, tendo passado dois dias com um corpo morto, fora o fato de escapulir do hospital sem uma palavra, fato pelo qual Rosalind era reiteradamente censurada por Katrinka, como se ela tivesse selado minha sentença de morte, embora nada pudesse estar mais longe da verdade.

Com aquele tom sonolento e grave, Rosalind não parava de perguntar se eu estava bem, ao que eu não parava de responder que sim. Katrinka conversava com o marido, explicitamente a meu respeito. Glenn, o cunhado querido, marido de Rosalind, parecia um objeto quebrado, profundamente ferido por minha perda, mas incapaz de fazer qualquer coisa a não ser ficar, de preferência, perto de mim. Num devaneio, pensei no quanto gostava dos dois, Rosalind e Glenn, sem filhos, proprietários da Rosalind's Livros e Discos, onde se podia encontrar Edgar Rice Burroughs em brochura ou uma canção, num disco de 78 rotações, gravada por Nelson Eddy.

A casa estava quente e brilhante, como só esta casa sabia brilhar, com seus inúmeros espelhos, janelas e vista em todas as direções. Era o que havia de realmente genial no chalé: parada na sala de jantar, como eu estava, era possível olhar, através das portas e janelas abertas, para os quatro cantos do terreno, embora eles estivessem parcialmente obstruídos pelas árvores e pela tarde tempestuosa. Era fascinante ter feito uma casa tão arejada.

Fora preparado um grande jantar. Veio um bufê, cujos fornecedores eu conhecia. Veio uma mulher famosa por sua torta de chocolate. E lá estava Lacomb, as mãos atrás das costas, olhando com ar zombeteiro para o garçom negro, de terno, que servia as bebidas. Lacomb, no entanto, faria amizade com ele. Lacomb fazia amizade com todo mundo, pelo menos com todos que conseguiam entender o que ele dizia. A certa altura, se aproximou tão silenciosamente de mim que fiquei assustada.

– Deseja alguma coisa, patroa?

– Não – respondi, lançando-lhe um breve sorriso. – Não fique embriagado cedo demais.

– A senhora já não tem mais graça, patroa – retrucou, escapulindo com seu sorriso típico e manhoso.

Reunimo-nos ao redor da comprida e estreita mesa oval.

Rosalind, Glenn, assim como Katrinka, suas duas filhas, o marido e muitos de nossos primos comeram com vontade, carregando os pratos de um lado para o outro, pois havia muito, muito mais gente que cadeiras. Meu pessoal misturou-se facilmente com a gregária família Wolfstan.

Karl tinha implorado que os parentes não o visitassem durante os meses finais. Sabia que estava doente quando nos casamos e já então quis manter uma certa reserva. E agora que a mãe voltara para a Inglaterra, que tudo estava resolvido e arranjado, os Wolfstan (eram todos simpáticos, de rosto um tanto vermelho e nítida descendência alemã) pareciam um pouco espantados com as coisas, como quando a pessoa acorda de um sono profundo e experimenta uma surpresa de tipo atordoante. Apesar de tudo, sentiam-se em casa no meio dos belos móveis que Karl comprara para mim: as cadeiras de pé curvo, as mesas marchetadas de madrepérola, as cômodas e escrivaninhas com entalhes feitos de metal e casco de tartaruga, os autênticos tapetes Aubusson, já gastos pelo tempo, tão finos sob nossos pés que às vezes pareciam feitos de papel.

Tudo isso, todo aquele luxo, era o estilo Wolfstan.

Todos tinham dinheiro. Sempre possuíram casas na avenida St. Charles. Descendiam dos ricos alemães que emigraram para Nova Orleans antes da Guerra Civil e fizeram fortuna com fábricas de charutos e cerveja. Isso foi muito antes que as turbas maltrapilhas, tangidas pela Praga das Batatas, chegassem às nossas costas, aqueles irlandeses e alemães famintos que foram meus ancestrais. Essa família Wolfstan tinha quarteirões inteiros em áreas privilegiadas e possuía os contratos de arrendamento de velhos armazéns e pontos comerciais.

Minha prima Sarah sentou-se com os olhos fixos no prato. Era a neta mais moça da prima Sally, em cujos braços minha mãe morreu. Sua imagem ainda não existia em minha mente. Na época, Sarah nem era nascida. Os outros primos Becker, e os que tinham nomes irlandeses em minha família, pareciam um pouco constrangidos com aquele meticuloso esplendor.

    Achei a casa dramaticamente bela durante toda a tarde. Continuei me virando para ver o reflexo das pessoas ali reunidas no grande espelho da parede da sala de jantar, o espelho que ficava bem no eixo da porta da frente, abarcando assim, para todos os fins práticos, a totalidade da cerimônia.

    Era um velho espelho; minha mãe adorava aquele espelho. Não conseguia parar de pensar nela e várias vezes me ocorreu que fora a mãe, não Lily, a primeira pessoa que eu realmente ferira e desapontara.Tinha cometido um erro de cálculo, um erro terrível, o erro de uma sucessão no curso da vida.

    Mergulhei profundamente em pensamentos, sussurrando, às vezes, coisas totalmente absurdas para que as pessoas parassem de conversar comigo.

    Não conseguia tirar aquilo da mente. A mãe saindo de casa naquela última tarde, contra sua vontade, levada por meu pai para a casa da madrinha e prima irlandesa. Não queria ser humilhada. Mas passara semanas e semanas embriagada e não podíamos ficar com ela, pelo menos naquele momento, pois Katrinka, uma criança de oito anos, tivera um apêndice estrangulado e, embora na época eu não soubesse disso, estava tecnicamente à beira da morte no hospital da Misericórdia.

    Katrinka não morreu, é claro. Às vezes me pergunto se o fato de estar completamente ausente no momento da morte da mãe (que aconteceu durante o longo período em que Katrinka ficou internada) não foi suficiente para deixá-la emocionalmente perturbada e eternamente indecisa acerca de tudo. Mas não conseguia pensar em Katrinka. As inseguranças de Katrinka só me preocupavam de uma forma superficial; algo que eu carregava no máximo como um colar pesado. Sabia o que ela estava cochichando pelos cantos das salas. Pouco me importava.

    Pensei na mãe, sendo levada por meu pai, pela trilha ao lado do jardim, para a Third Street. Implorava que ele não a obrigasse a ir para a casa das primas. Não queria que a querida prima Sally a visse naquele estado. E eu nem sequer fora lhe dizer adeus, beijá-la, dizer alguma coisa! Tinha 14 anos. Nem mesmo sabia por que estava subindo a trilha no momento em que o pai a levava embora. Não podia encarar aquela lembrança de frente, cujo horror continuava me golpeando. Morrera com Sally, Patsy e Charlie, seus primos, e embora gostasse muito deles e eles gostassem dela, não tivera nenhum de nós a seu lado!

    Achei que ia parar de respirar.

    As pessoas vagavam pelo espaço esparramado do chalé. Cruzavam as portas abertas, saíam nas varandas. Via aquelas pessoas que se reuniam, com atraso, em consideração a mim (pois era isso que eu achava que estava acontecendo) como uma coisa estimulante, fascinante. Cheguei a saborear o brilho das cômodas envernizadas, de pernas altas, e a beleza das cadeiras de veludo, de encosto alto, que Karl espalhara por toda parte.

Karl tinha legado ao velho parquete uma superfície extremamente polida, com camadas e camadas de sinteco. Em cima, o volume esmagador dos lustres Baccarat que meu pai se recusara a vender nos velhos tempos, mesmo quando "não tínhamos nada".

A prataria de Karl fora trazida para a refeição. Nossa prataria, acho melhor dizer, pois eu era sua esposa e o padrão que decorava as peças fora escolhido para me agradar. Chamava-se Amor Pacífico e fora executado pela primeira vez pela Reed & Barton, logo no início do século. Uma antiga companhia. Um antigo padrão. Desde que saíra da preferência das noivas em algum ponto de sua trajetória, mesmo as peças recentes eram finamente gravadas. Era indiferente comprar peças novas ou antigas. Karl tinha baús dessa prataria, pois passara a colecioná-la.

Era um dos poucos padrões que retratavam uma imagem completa, no caso uma bela mulher nua em cada peça (não importava o tamanho) de prata de lei.

Eu adorava aquela prataria. Possuíamos mais peças do que tínhamos conseguido usar. Tive vontade, em memória de Karl, de dizer alguma coisa às pessoas sobre cada peça de que se serviam no centro da mesa, mas desisti da idéia.

Só comi e bebi porque, quando se faz isso, não é preciso conversar tanto. Mas me importar realmente com a comida parecia uma monstruosa traição.

Sentira nitidamente a mesma coisa após a morte de minha filha Lily. Depois que a enterramos em Oakland, no cemitério de Santa Maria, um lugar perdido e sem importância, a meio mundo de quilômetros daqui, saímos para comer com minha sogra e meu sogro, os pais de Lev. Quase tive uma congestão. Lembro distintamente: o vento começara a soprar, as árvores a sacudir e eu não conseguia parar de pensar em Lily no caixão.

Lev pareceu, então, ser a pessoa forte. Bonito e corajoso Lev, rebelde-poeta-professor, o cabelo comprido, flutuando. Ele me mandara comer e ficar calma. Depois conduziu a conversa com os desolados avós e também com meu pai, deprimido, que disse pouca coisa ou nada.

Katrinka gostava muito de Lily. Eu me lembrava disso! Como podia esquecer? Seria vergonhoso esquecer! E como Lily gostava da loura e bonita tia Katrinka!

Com a morte de Lily, Katrinka sofrera o máximo que uma pessoa podia sofrer. Faye ficara alarmada com todo o desenrolar da doença e a morte de Lily, generosa e doce Faye. Mas Katrinka tinha estado lá, o coração consciente de tudo que acontecia no quarto do hospital, nos corredores. Sempre à disposição. Eram os anos da Califórnia, postos em relevo pelo fato de que todos nós tínhamos finalmente voltado.

Todos tínhamos deixado nossa vida na Califórnia, nas cidades junto à baía, e navegado para casa ou para longe. Faye tinha ido agora, ninguém sabia para onde, e talvez para sempre.

Mesmo Lev tinha finalmente deixado a Califórnia, muito tempo depois de ter se casado com Chelsea, sua bonita namorada e minha amiga íntima. Acho que tiveram o primeiro filho antes dele passar a dar aulas numa universidade da Nova Inglaterra.

Senti um súbita felicidade pensando em Lev. Porque tinha três filhos, todos meninos, porque embora Chelsea ligasse freqüentemente se queixando que Lev era insuportável, ele não era nada disso, porque embora me telefonasse às vezes e chorasse, dizendo que nós dois devíamos ter insistido, eu não lamentava e sabia que, na realidade, ele também não. Gostava de ver as fotos dos seus três filhos e gostava de ler seus livros — finos, elegantes volumes de poesia, publicados aproximadamente a cada dois ou três anos para concorrer aos prêmios literários e aos elogios da crítica.

Lev. Meu Lev foi o garoto que encontrei em San Francisco e com quem me casei apenas no cartório, o estudante rebelde e bebedor de vinho, o cantor de malucas canções improvisadas e o homem que dançava ao luar. Estava apenas começando a dar aulas na universidade quando Lily ficou doente, e a verdade é que nunca superou a sua morte. Nunca, nunca voltou a ser o mesmo. O que buscara em Chelsea fora o consolo e, em mim, uma aprovação fraternal do ardor de Chelsea e da sexualidade de que ele desesperadamente precisava.

Mas por quê, por que pensar em tudo isso? Seria tão diferente das tragédias de qualquer outra vida? A morte seria mais agressiva entre nós do que em qualquer outra família grande?

Lev era um professor cheio de motivação, realizado, feliz. Teria vindo se eu pedisse. Sem dúvida na noite passada, quando andei na chuva na avenida, estúpida e doida, podia ter telefonado para Lev. Não o informara da morte de Karl. Há meses não falava com Lev, embora houvesse agora, sobre uma escrivaninha da sala de estar, uma carta dele, fechada.

Não conseguia me livrar de tanta coisa. As lembranças eram incontroláveis como tremores. E quanto mais fundo mergulhava nesses pensamentos (Lily, a mãe, meu perdido esposo Lev), mais começava novamente a me lembrar da música *dele,* o desesperado violino. Sabia que estava me lembrando de todas essas coisas, extremamente insuportáveis, de modo compulsivo, como alguém forçado a olhar para as feridas das próprias vítimas que assassinou. Era um êxtase.

Talvez êxtases desse tipo devam sempre acompanhar a morte quando morte se empilha sobre morte. Lamentando um, lamento todos. E de novo pensei como fora tola ao acreditar que Lily fora meu primeiro e terrível crime: deixá-la morrer. Ora, estava perfeitamente claro que anos antes da morte de Lily, eu abandonara minha mãe!

Bateram 17:00h. Estava um tanto escuro lá fora. A avenida ficava mais barulhenta. Todos os grandes aposentos da casa tinham agora uma atmosfera mais festiva. As pessoas já haviam tomado boa quantidade de vinho, o suficiente para conversarem livremente, como fazem as pessoas em Nova Orleans após uma morte, como se fosse um insulto ao morto andar sussurrando de um lado para o outro como acontece na Califórnia.

Califórnia. Lily lá fora na colina, por quê? Não havia ninguém para visitar aquele túmulo. Meu Deus, Lily! Mas sempre que pensava em trazer o corpo de Lily para casa, tinha a horrível percepção de que, quando o caixão chegasse a Nova Orleans, eu teria de olhar dentro dele. Lily, morta antes do sexto aniversário, estava enterrada há mais de 20 anos. Não podia imaginar uma tal visão. Uma criança embalsamada coberta de mofo esverdeado?

Tremi. Pensei que ia gritar.

Chegara Grady Dubosson, meu amigo e advogado, conselheiro de confiança de Karl e da mãe de Karl. Miss Hardy estava lá, estava há muito tempo lá, e o mesmo acontecia com várias outras mulheres da Liga de Preservação, todas elas criaturas elegantes e refinadas. Connie Wolfstan disse:

– Queremos alguma coisa, só uma lembrancinha, você entende, não é? Algo que você não se importasse se guardássemos conosco para que ele fosse recordado por... eu não sei... por nós quatro, isso basta.

Não tive qualquer dúvida.

– A prataria – respondi. – Há muita e ele a adorava. Vocês sabem, Karl se correspondia com negociantes de prataria de todo o país para comprar o Amor Pacífico. Olhem, vejam isso, este pequeno garfo. Na realidade, é o que chamam de garfo de morangos.

– Realmente não se importaria se cada uma de nós levasse...

– Oh, Deus, eu estava com medo... com medo que vocês é que ficassem com medo por causa da doença dele. Há muita. O suficiente para todas vocês.

Um barulho alto nos chamou a atenção. Alguém caíra. Sabia que aquele primo era um dos poucos aparentados tanto com os Beckers de minha família quanto com os Wolfstans de Karl, mas não consegui lembrar o nome dele.

Pobre sujeito, estava embriagado e reparei que sua mulher estava furiosa. Ajudaram-no a se levantar. Tinha grandes manchas molhadas na calça cinza.

Eu queria falar, articular palavras sobre a prataria. Ouvi Katrinka dizer:
— O que estão tentando levar? — e a coisa saiu de minha boca para Althea, que passava:
— A prataria dele, você sabe, as baixelas e as outras coisas de prata. Deixe cada um da família dele levar uma peça.

Senti meu rosto colorir quando Katrinka me encarou. Ela dizia que a prata era propriedade comunitária.

Percebi pela primeira vez que, mais cedo ou mais tarde, todas aquelas pessoas iriam embora. Ficaria sozinha ali e talvez *ele* não voltasse. Percebi, desesperada, como sua música tinha me confortado, como tinha me guiado memória após memória. Agora eu estava atormentada, sacudindo a cabeça e obviamente parecia estranha.

O que estava usando? Olhei para baixo. Uma saia comprida de seda pura, uma blusa com babados e o colete de veludo que disfarçava meu peso — o uniforme de Triana, como diziam.

Houve grande comoção na copa. A prataria fora trazida. Katrinka dizia alguma coisa terrível, mordaz, à pobre e triste Rosalind. Com os óculos escorregando pelo nariz e repuxando as sobrancelhas negras, Rosalind parecia perdida e necessitada de ajuda.

Minha prima Barbara se inclinou para me beijar. Tinham de ir. O marido não podia mais dirigir à noite; não era bom arriscar. Eu compreendia. Segurei-a com força por um instante, apertando os lábios contra seu rosto. Beijá-la foi como beijar sua mãe, minha tia-avó, há muito falecida, e minha avó, que fora irmã daquela mulher.

De repente Katrinka me virou, machucando-me o ombro.
— Estão saqueando a copa!

Levantei e fiz um gesto para ela ficar calada, o dedo nos lábios, que eu sabia, positivamente sabia, ser capaz de deixá-la fervendo de raiva. Foi o que aconteceu. Ela recuou. Uma das tias de Karl veio me beijar e me agradecer pela colherinha de chá que segurava.

— Oh, isto o deixaria tão feliz... — disse eu. Ele estava sempre presenteando as pessoas com peças de Amor Pacífico e escrevendo: "Agora não se esqueça de me dizer se não gosta deste padrão, porque posso inundá-lo com ele." Acho que tentei explicar isso, mas tinha muita dificuldade em pronunciar claramente as palavras. Afastei-me, de certo modo usando aquela pessoa como meio de fuga, acompanhando-a até a porta. Embora houvesse outros descendo a escada e acenando, desviei-me e segui pela varanda, contemplando a avenida.

Ele não estava lá. *Ele* provavelmente nunca existira. Pensei em minha mãe com uma força devastadora, mas não naquele dia pouco antes de sua morte. Era outra época, quando dei uma festa de aniversário para uma de minhas amigas. A mãe estava bebendo há semanas e vivia mais ou menos trancada no quarto lateral da casa, completamente tonta, como sempre. Só ficava sóbria tarde da noite quando, então, começava a perambular de um lado para outro. E foi assim que vagou até a festa!

Chegou perambulando à varanda, transtornada, parecendo, aos olhos de todos, a estranha rival de Jane Eyre, a louca do átio de Rochester. Nós a fizemos entrar, mas será que fui gentil, será que a beijei? Não pude lembrar. Era muito desagradável me colocar na pele daquela jovem, daquela cabeça de vento. E então a coisa me atingiu novamente, com uma força enorme: que ela fosse embora, que morresse de bebedeira sozinha, com primos diante dos quais se sentia envergonhada.

O que fora o assassinato de Lily, a incapacidade de salvar Lily, comparado com isso?

Agarrei a grade. A casa ia se esvaziando.

O violinista fora um momento de loucura: música imaginada! Louca, fascinante, confortadora música, desfiada do subconsciente por uma pessoa desesperada, sem talento, medíocre, prosaica demais a respeito de tudo, até mesmo para desfrutar a fortuna que lhe era deixada.

Oh, Deus, eu queria morrer. Sabia onde estava o revólver e pensei: se esperar só algumas semanas, todo mundo se sentirá melhor. Se fizer isso agora, cada um vai pensar que foi culpa sua. E se Faye estiver viva em algum lugar? Ela volta para casa e descobre que sua grande irmã fez uma coisa dessas! E se Faye acabasse assumindo a culpa? Nem pensar!

Beijos, mãos acenando. Uma chuva repentina de delicioso perfume — Gertrude, tia de Karl, e depois a mão leve e enrugada do marido.

"Pelo menos nunca vou saber o que significa estar velho, não é, Triana?", era o que Karl murmurava em meu ouvido quando não conseguia mais se virar sem ajuda.

Eu me virei e contemplei o gramado ao lado do jardim. As luzes da floricultura brilhavam na grama úmida e nos tijolos úmidos mais adiante. Tentei descobrir onde ficava a trilha por onde minha mãe passou no último dia em que a vi. A trilha sumira. Durante os anos da Califórnia, quando meu pai se casou com a esposa protestante (fora de qualquer igreja, embora ele rezasse toda a noite o terço; uma alma danada que, sem dúvida, tornou a mulher perfeitamente infeliz), construíram uma garagem. A onda do automóvel chegara até mesmo a Nova Orleans. E agora já não existia um velho portão de madeira para ser o santuário da mãe, sua entrada para a eternidade.

Eu me engasgava tentando prender a respiração. Virei-me. Contemplei a varanda comprida. Gente por toda parte. Mas podia imaginar perfeitamente minha mãe, na noite em que perambulou do lado de fora. A mãe fora bonita, com uma estampa muito melhor, sob todos os aspectos, do que qualquer uma de suas filhas. Semanas antes de morrer, perdida entre tantos adolescentes festeiros, acordada de um sono de embriaguez, sem saber onde estava, sem amigos, tinha uma expressão bastante selvagem no rosto.

Tentava prender a respiração.

– ... tudo que você fez por ele – uma voz falava.

– Por quem? – perguntei.

– Papai – disse Rosalind –, e depois tomar conta de Karl.

– Não fale mais nisso. Quando chegar a hora de morrer, quero estar vagando sozinha nos bosques – ou usar rapidamente o revólver, pensei.

– E não é o que todos nós queremos? – indagou Rosalind. – Mas as coisas não acontecem assim. Você cai e quebra os quadris, como papai, e a jogam na cama com agulhas e tubos. Ou então, como no caso de Karl, informam sobre mais um coquetel de drogas que talvez...

Ela continuou. Rosalind, a enfermeira. Rosalind que compartilhava comigo as coisas mórbidas. Tínhamos nascido em anos diferentes, mas ambas no mês de outubro.

Vi nitidamente Lily num caixão, imaginado agora com o mofo verde: a pequenininha mão adorável, o rostinho redondo, gorducha, o colo bonito e o vestido rodado, cheio de enfeites, o último vestido que passei para ela. Vi meu pai dizendo quando da morte da mãe: "Vão fazer isso na funerária, mas eu mesmo queria ter passado o último vestido, o último vestido..."

Lev disse mais tarde de sua nova noiva, Chelsea: "Preciso muito dela, Triana, preciso dela. É como se Lily voltasse para mim. É como se eu tivesse Lily."

Eu dissera que compreendia. Acho que estava entorpecida. É o único meio de descrever como me sentia enquanto Chelsea e Lev faziam sexo no outro quarto. Depois eles entraram, me beijaram e Chelsea disse que eu era a mulher mais extraordinária que ela tinha conhecido.

Hoje isso é realmente engraçado!

Ia começar a chorar. Não deu certo. Havia portas de carro fechando, sombras escuras de gente me dando adeus na frente da loja de flores.

Grady me chamou de dentro de casa. Ouvi a voz de Katrinka. Portanto, o momento chegara.

Virei-me, atravessei toda a varanda molhada, passando pelas cadeiras de balanço salpicadas com gotas de chuva, e dei uma olhada no amplo vestíbulo. Era a mais fascinante visão, pois o grande espelho do fundo, na parede da sala de jantar, refletia os dois lustres, o pequeno da entrada e o grande da sala de jantar, dando a impressão que a pessoa estava olhando para uma enorme galeria.

Meu pai fizera muitos discursos sobre a importância daqueles lustres, como minha mãe os adorava, como eles jamais seriam vendidos! Nunca, nunca, nunca. O engraçado é que eu não conseguia lembrar quem lhe pedira para fazer aquilo, nem quando ou como lhe pedira. Porque após a morte de minha mãe, e depois que todos nós finalmente nos mudamos da casa, ele andou muito bem de vida e, antes disso, minha mãe jamais teria deixado alguém tocar naqueles tesouros.

A casa estava quase vazia.

Entrei. Não era mais eu mesma. Estava congelada dentro de uma forma estranha e a voz que surgia não era digna de confiança. Katrinka chorava e transformara seu lenço em um nó.

Acompanhei Grady até a sala da frente, onde ficava a escrivaninha de tampo alto, entre as janelas frontais.

– Continuo lembrando coisas, aquelas coisàs – comentei. – Talvez seja escorraçar o presente... mas ele morreu em paz, sofreu menos do que temíamos, ele e todos nós...

– Sente-se, querida – disse Grady. – Sua irmã está determinada a discutir esta casa aqui e agora. Parece que ficou realmente melindrada pelo testamento de seu pai, como você mesma disse, e acha que tem direito a uma parte da venda da casa.

Katrinka o olhava com ar de espanto. O marido, Martin, abanava a cabeça e atirava olhares para Glenn, o generoso marido de Rosalind.

– Bem, Katrinka tem direito – respondi –, quando eu morrer. – Levantei os olhos. As palavras tinham silenciado todo mundo. Pelo fato de a palavra "morrer" ter sido atirada com tamanha desenvoltura, eu acho.

Katrinka pôs as mãos no rosto e virou-se na cadeira. Rosalind tinha apenas se encolhido.

– Não quero nada! – declarou Rosalind com sua voz baixa, mas de extrema ressonância.

Glenn fez, em surdina, alguma observação ríspida para Katrinka, que Martin, seu marido, rebateu energicamente.

– Olhem, senhoras, vamos direto ao assunto – disse Grady. – Triana, eu e vocês já tínhamos conversado sobre a possibilidade de enfrentarmos uma situação dessas. Estamos preparados. Na verdade, estamos bem preparados.

— Estamos? — eu estava sonhando. Não me encontrava ali. Podia ver todos eles. Sabia que não havia perigo de alguém vender a casa. Sabia disso. Sabia de coisas que nenhum deles sabia, exceto Grady, mas não era o que importava. Importante era como meu violinista me consolara enquanto eu pensava em todos os mortos na terra fofa. Mas tinha imaginado aquilo, imaginado!

Houve alguma conversa; certamente a evidência de loucura. E era loucura o que ele disse que queria, mas estava mentindo. O que me trouxe foi um bálsamo, um ungüento, uma capa de beijos. Sua música sabia! A música não mentia. A música...

Grady tocou minha mão. O marido de Katrinka, Martin, disse que a hora não era adequada, e Glenn disse também que a hora não era adequada, mas essas palavras não surtiram efeito.

Meu Deus, nascer sem nenhum talento já é muito ruim, mas ter ainda por cima uma imaginação macabra e febril é uma maldição. Fitei a grande imagem de São Sebastião em cima da lareira. Um dos mais valiosos pertences de Karl — o original da gravura que seria colocada na capa do livro.

O santo sofredor era maravilhosamente erótico, amarrado na árvore, perfurado com tantas flechas.

E na outra parede, sobre o sofá, o grande quadro das flores. Diziam que lembrava bastante Monet.

A pintura fora um presente que Lev me mandara de Providence, Rhode Island, quando estava lecionando em Brown. Lev e Katrinka. Lev e Chelsea.

Katrinka só tinha 18 anos. Nunca, nunca eu devia ter deixado a coisa chegar àquele ponto; foi minha culpa se Katrinka se envolveu com Lev. Ele ficou muito envergonhado e ela, o que disse depois... que quando uma mulher estava grávida como eu, essas coisas... Não, eu é que tinha lhe dito isso, para ela achar que estava tudo bem, que eu era incompetente, que eu, que ele...

Levantei a cabeça para olhá-la. Aquela mulher ansiosa e elegante estava tão distante de minha séria e calada irmãzinha Katrinka. Um dia, ao chegar em casa bêbada com a pequena Katrinka, minha mãe desmaiou na varanda com as chaves da casa na bolsa. Katrinka, com apenas seis anos, ficou cinco horas ali, esperando que eu chegasse, com vergonha de pedir ajuda a alguém. Ficou sentada ao lado da mulher caída na varanda. Era só uma criancinha sentada ali, esperando. "Ela caiu quando saltou do bonde, mas se levantou."

Vergonha, culpa, degeneração, dor, inútil!

Baixei a cabeça para a superfície da mesa. Vi minhas mãos. Vi o talão de cheques pousado ali, num estojo de vinil azul ou de algum outro material igualmente feio, de uma resistência abjeta e feroz. Era um comprido estojo retangular, sem adornos, com as capas do talão enfiadas em placas finas e forradas.

Sou uma pessoa que nunca se preocuparia em enfiar um talão de cheques num estojo. Mas isso não tinha mais qualquer importância. Nenhum talento para números, nenhum talento para música. Mozart podia tocar a partitura do fim para o início. Mozart provavelmente era um gênio matemático. Beethoven, no entanto, nada possuía de tão nitidamente insólito; era um tipo inteiramente diferente de...

– Triana.
– Sim, Grady.

Tentei prestar atenção às palavras de Grady.

Katrinka queria a casa vendida, dizia ele, a herança dividida. Queria que eu renunciasse ao direito de permanecer na casa até morrer, ao uso da casa até minha morte ("usufruto" é o termo legal), um direito, na realidade, compartilhado por mim e por Faye. Mas como poderia fazer isso se Faye estava em local completamente ignorado, pensei, e Grady fazia essa observação de maneira franca, longa e num tom de voz admiravelmente arrastado. Falava das inúmeras tentativas que tinham sido feitas para localizar Faye, sob a suposição, é claro, de que nada de grave acontecera com ela. O sotaque de Grady, em parte do Mississippi e em parte da Louisiana, era sempre melodioso.

Um dia Katrinka me contou que a mãe pusera Faye na banheira antes dela completar dois anos de idade, onde só conseguiria ficar sentada. A mãe acabou "dormindo", o que significa que acabou se embriagando, e Katrinka encontrou Faye sentada na banheira, uma banheira cheia de excrementos, de cocôs flutuando na água, onde Faye chapinhava feliz. Bem, isso acontece, não é? Katrinka era tão pequena na época! Eu tinha chegado em casa, estava cansada. Joguei longe os livros da escola. Não queria saber! Não queria. A casa estava tão escura e fria. As duas eram muito pequenas para ligar os aquecedores a gás, principalmente os desta casa, que não tinham pilotos e se acendiam abrindo as grades. Eram tão perigosos que podiam, a qualquer momento, pôr fogo na casa. Não havia aquecimento! Não! Só o perigo do fogo com elas sozinhas e a mãe bêbada... Não.

Agora não é assim!

– Faye está viva – sussurrei. – Está... em algum lugar.

Ninguém ouviu.

Grady já tinha preenchido o cheque e colocou-o em minha frente.

– Quer que eu diga o que me pediu para dizer? – perguntou. Foi uma atitude gentil e cúmplice da parte dele.

De repente a coisa me sacudiu. É claro. Eu tinha planejado, com gravidade e frieza, num dia escuro, sombrio, em que Karl estava com dificuldade de respirar. Se um dia minha irmã fizesse aquilo, minha pobre irmã Katrinka, perdida e órfã, era assim que eu ia agir. Tínhamos planejado. Eu contara a Grady, que não tivera alternativa a não ser seguir meu conselho e considerá-lo, além disso, extremamente prudente. Grady tinha uma pequena declaração a fazer.

– Quanto a senhora calcula que valha esta casa, mrs. Russell? – ele perguntou a Katrinka. – O que a senhora me diz?

– Bem, pelo menos US$1 milhão – respondeu Katrinka, o que era absurdo, pois estavam à venda, em Nova Orleans, um bom número de casas maiores e mais bonitas por menos que isso. Karl, aliás, costumava se espantar com esse fato. Katrinka e Martin, seu marido, que vendiam imóveis, sabiam disso melhor do que ninguém, pois eram muitíssimo bem-sucedidos na cidade alta e possuíam sua própria companhia.

Encarei Rosalind. Antigamente, nos anos negros, ela lia seus livros e sonhava. Dava uma olhada na mãe deitada embriagada na cama e ia para o quarto com os livros. Leu *John Carter de Marte*, de Edgar Rice Burroughs. Era então muito bem-feita de corpo. O cabelo preto e ondulado era encantador. Não formávamos um mau conjunto, e cada uma possuía um tom diferente de cabelo.

– Triana.

Minha mãe foi bonita até o momento da morte. A funerária telefonou. "Essa mulher engoliu a língua", avisaram. O que isso significava? Os primos com quem ela morreu já não a viam há anos, e foi nos braços deles que faleceu, com o longo cabelo castanho ainda castanho, sem um único fio grisalho, eu me lembro, a testa alta — não é fácil ser bonita com uma testa alta, mas ela era. Naquele último dia, quando desceu a trilha, seu cabelo estava escovado e preso com grampos. Quem fizera aquilo por ela?

Usou-o curto só uma vez. Mas tinha sido há anos. Eu chegara da escola. Katrinka ainda era bebê, correndo nas lajotas de um lado para o outro com calções cor-de-rosa, como faziam as crianças naquela época, expostas todo dia ao calor sulista. Ninguém pensava em aprontá-las com roupinhas de grife. E minha mãe me contou calmamente que cortara o cabelo, que o vendera.

O que eu disse a ela? Garanti que estava bonita, que estava ótima? Não conseguia, de modo algum, lembrar-me dela com o cabelo curto. E só anos mais tarde eu compreendi; ela vendeu o cabelo, vendeu o cabelo para comprar a bebida. Oh, Deus!

Queria perguntar a Rosalind o que ela pensava, se fora um pecado imperdoável não dizer adeus à nossa mãe. Mas não podia fazer uma coisa tão egoísta! Rosalind estava atormentada, olhando de Grady para Katrinka.

Rosalind já tinha suas próprias memórias, que a magoavam profundamente, que eram suficientemente terríveis para fazê-la beber e chorar. Um dia Rosalind esbarrara na mãe quando subia a escada da frente. Nossa mãe tinha na mão um embrulho de bebida, um frasco achatado e acondicionado numa embalagem de cartolina com papel pardo, como aquelas que se vendiam nas lojas de bebidas finas. Rosalind mais tarde me confessou que a chamara de bêbada e eu lhe disse várias vezes: "Ela nem tomou conhecimento, ela perdoou, ela compreendeu, esqueça isso, Rosalind." Nessa triste história, minha mãe, que sempre sabia encontrar o que dizer, apenas sorriu para a jovem Rosalind, que tinha então 17 anos, só dois a mais que eu.

Mãe! Eu vou morrer!

Traguei o ar.

– Quer que eu leia o documento? – Grady perguntou. – Você queria uma declaração da cessionária. Talvez você queira...

– Uma palavra moderna essa: cessionária... – disse eu.

– Você é louca – replicou Katrinka. – Estava louca quando deixou Lev ir embora; simplesmente deu seu marido de mão beijada para Chelsea e sabe disso. Estava louca quando cuidou do pai. Achou melhor não lhe dar todos aqueles remédios, não queria as máquinas de oxigênio nem as enfermeiras, achava errado que para se tratar ele lançasse mão de todo o dinheiro que tinha, até o último centavo; não queria cuidar dele e só se dispôs a isso por causa da culpa e você sabe que foi assim, uma culpa evidente por causa de Lily... – Sua voz fraquejou quando ela falou no nome de Lily.

Olhe as lágrimas dela.

Ainda hoje ela mal podia suportar dizer o nome de Lily.

– Você enxotou a Faye – ela continuou, o rosto vermelho, inchado, acriançado, frenético – e estava louca quando se casou com um homem condenado! Trazer um homem condenado para cá, pouco importa se tinha dinheiro, pouco importa se fez obras na casa, pouco importa se... Você não tinha o direito, nenhum direito de fazer essas coisas...

Um rugido de vozes se ergueu para silenciá-la. Parecia tão indefesa! Até o marido, Martin, ficou furioso e berrou com ela; Katrinka não podia suportar sua desaprovação. Como parecia pequena; ela e Faye eram eternas crianças abandonadas. Gostaria que pelo menos Rosalind tivesse se levantado para lhe dar apoio, apertá-la entre os braços. Eu é que não podia... não podia encostar nela.

– Triana – disse Grady. – Você quer ir em frente e fazer esta declaração agora, como combinamos?

– Que declaração? – Olhei para Grady. Era uma coisa mesquinha, cruel e terrível. Eu me lembrava agora. O documento. O importantíssimo documento; os rascunhos e mais rascunhos que eu fizera do documento.

Katrinka não fazia idéia de quanto dinheiro Karl me deixara. Katrinka não fazia idéia de quanto dinheiro eu poderia um dia repartir com ela, com Rosalind e com Faye. Eu tinha jurado que se ela fizesse aquilo, aquela coisa execrável, se tivesse coragem, nós lhe passaríamos um cheque, o impressionante cheque de 1 milhão de dólares e nenhum centavo. Com isso eu exigiria que endossasse uma promessa de nunca mais voltar a me dirigir a palavra. Um plano traçado na parte implacável e escura do coração.

Saberia um dia como fora esperta para dinheiro trocado e tola em matéria de libras. Sim, e eu a olharia diretamente nos olhos por todas as coisas cruéis que havia me dito, pelas coisas mesquinhas, as pequenas e odiosas coisas entre irmãs. E também por sua benevolência para com Lev, pelo "consolo" que dera a Lev enquanto Lily morria, tão certamente quanto Chelsea... mas não.

– Katrinka – murmurei. Encarei-a. Ela se virou para mim, o rosto vermelho, esguichando lágrimas como uma criança de colo, todas as cores lavadas do rosto, a não ser o vermelho; era o próprio bebê. Imagine, uma criança que pouco se encontrava com a mãe no pátio da escola, a mãe bêbada, e todo mundo sabendo disso, sabendo disso, sabendo disso, e aquela criança agarrada a ela, e depois indo para casa de bonde com aquela mulher embriagada e...

Certa vez entrei no quarto do hospital e Katrinka estava assim, com aquele vermelho no rosto, com aquele choro. "Contaram a Lily, vinte minutos antes, que iam fazer o teste de sangue. Por que agem assim? Este lugar é uma câmara de torturas. Jamais deviam ter falado a ela, com tanta antecedência, de uma coisa que nem chegaram a fazer..." — Como chorara por minha filha!

O rosto de Lily tinha sido virado para a parede. Minha pequenina criança de cinco anos estava quase morta, coisa de poucas semanas. Katrinka a amava demais.

– Grady, quero que lhe dê o cheque – falei rapidamente, erguendo a voz. – Katrinka, é um presente. Karl providenciou-o para você. Grady, não há mais o que dizer, o assunto acabou, não há o que discutir, simplesmente dê o presente que ele queria lhe dar.

Pude perceber que Grady arrancou do peito um enorme suspiro de alívio, pois não teria de enfrentar palavras ásperas e melodramáticas, embora soubesse muito bem que Karl nunca pusera os olhos em cima de Katrinka e jamais lhe providenciara um tal presente...

– Mas não quer que ela saiba que o presente é seu?
– Não quero – sussurrei. – Ela não o aceitaria, não poderia aceitar. Você não entende. Dê também o cheque de Rosalind, por favor – insisti. Ele não imporia condições, seu significado se reduzia à esplêndida surpresa que ele representava. Karl tinha amado muito Rosalind e Glenn e alugara para eles a pequena loja: Rosalind's Livros e Discos.
– Diga que é de Karl – falei. – Faça isso.
Katrinka estendeu a mão sobre a mesa e pegou o cheque. Suas lágrimas eram ainda uma torrente infantil e reparei como emagrecera, lutando agora contra a idade como todos nós. Com olhos grandes, levemente estufados, e o nariz pequeno e bonito, mas em forma de gancho, lembrava muito a família de nosso pai, os Becker. Possuía o toque da beleza semita, aquela gravidade no rosto manchado de lágrimas. O cabelo era louro e os olhos azuis. Tremia e balançava a cabeça. Os olhos se fechavam, bem apertados, e as lágrimas gotejavam. Meu pai dissera inúmeras vezes que, dentre todas nós, ela era a única verdadeiramente bonita.
Devo ter perdido o equilíbrio.
Senti Grady me segurar. E Rosalind murmurou alguma coisa que ficou inaudível, pois lhe faltou a necessária confiança em si própria. Pobre Roz, ter de suportar aquilo.
– Não pode fazer um cheque desses – disse Katrinka. – Simplesmente não pode emitir um cheque de US$1 milhão!
Rosalind levantou o cheque que Grady pusera em suas mãos. Pareceu estupefata. A mesma reação de Glenn quando, ao se debruçar sobre ela, espreitou como a sétima maravilha do mundo um cheque de US$1 milhão.
O documento. A declaração. Todas aquelas palavras repassadas com raiva por Katrinka, "que nunca mais procure minha companhia, que nunca ultrapasse a soleira desta porta, que nunca..." Todas morreram e foram levadas pelo vento.
Era o corredor do hospital. Katrinka chorava. No quarto, o estranho padre da Califórnia batizava Lily com a água que caía de um copo de papel. Será que Lev, meu amado ateu, julgou-me uma perfeita covarde? E naquele momento Katrinka estava chorando como chorava agora, lágrimas reais por minha filha perdida, nossa Lily, lágrimas reais por nossa mãe, nosso pai.
– Você sempre foi... – disse eu – tão boa para ela.
– Do que está falando? – exclamou Katrinka. – Você não tem US$1 milhão! O que ela está dizendo? O que é isso? Será que pensa...
– Mrs. Russell, se a senhora me der licença... – Grady começou. Ele me olhou e passou adiante antes mesmo de eu concordar com a cabeça.
– Sua irmã foi deixada numa situação extremamente confortável por

seu falecido marido, com todas as providências tomadas antes da morte e com o conhecimento da mãe dele, providências que não envolvem qualquer testamento ou qualquer instrumento semelhante que possa, sob qualquer pretexto, ser contestado por alguém da família.

"E de fato mrs. Wolfstan assinou inúmeros documentos, algum tempo antes da morte de Karl, para garantir que as disposições de seu filho, Karl Wolfstan, não seriam de modo algum questionadas após seu desaparecimento, que poderiam ser e seriam efetivadas com absoluta presteza."

Ele continuou.

– Não há o que discutir sobre a validade ou a integridade do cheque que a senhora tem nas mãos. É o presente que sua irmã gostaria que aceitasse como sua parte do que possa valer esta casa. Devo dizer, mrs. Russell, que não acredito que a casa, por mais encantos que tenha, pudesse ser vendida por US$1 milhão, e de fato a senhora tem em mãos um cheque no valor integral da suposta importância, embora, como bem sabe, tenha três irmãs.

Rosalind ensaiou uma pequena queixa.

– Você não tem de... – disse ela.

– Foi Karl – interrompi. – Karl queria que eu pudesse...

– Ah, sim, tornar isso possível – falou Grady, tropeçando agora para cumprir o último encargo que eu lhe dera, percebendo que falhara ao executar as instruções que lhe confiara em segredo, passando por um momento de confusão e tentando retomar o fio da meada. – Era vontade de Karl que Triana pudesse proporcionar um presente a cada uma de suas irmãs.

– Escute – interveio Roz –, de quanto seria esse presente? Você não precisa nos dar coisa alguma. Não precisa dar coisa alguma a ela, a mim, ou a quem quer que seja. Você não... Olhe, se ele deixou para você...

– Você não faz idéia – repliquei. – Foi realmente bastante. Foi tanto que não me custa nada fazer isso.

Rosalind se recostou, suspirou com a mão na boca, ergueu as sobrancelhas e espreitou o cheque através dos óculos. Glenn, seu marido alto e em forma, não sabia o que dizer. Estava emocionado, atônito, confuso pelo que via ao redor.

Levantei os olhos para a ofendida e trêmula Katrinka.

– Não precisa mais se preocupar, Trink – falei. – Não precisa se preocupar nunca mais... com coisa alguma.

– Você é insana! – exclamou Katrinka. O marido estendeu o braço para pegar-lhe a mão.

– Mrs. Russell – Grady dirigiu-se a Katrinka –, permita-me sugerir que leve o cheque amanhã ao Whitney Bank, endosse e deposite-o como faria com qualquer outro cheque. Tenho certeza de que ficará feliz quando descobrir que a importância ficará imediatamente disponível. É um presente e não implica qualquer ônus para a senhora. Nenhum imposto ou gravame, qualquer que seja. Agora, eu gostaria muito de obter uma declaração com respeito a esta casa, garantindo que no futuro a senhora não...

– Não é preciso – interrompi. – Isso não importa.

– Quero saber quanto foi – disse Rosalind, inclinando-se novamente em minha direção. – Quero saber o que está custando a você fazer isto por mim e por ela.

– Mrs. Bertrand – Grady virou-se para Rosalind –, acredite, sua irmã foi amplamente favorecida. Além disso, e talvez por essa razão meus encargos possam ser executados da forma mais agradável possível, o falecido mr. Wolfstan também doou um novo salão ao museu da cidade, que deverá ser inteiramente destinado a pinturas de São Sebastião.

Glenn, bastante angustiado, abanou a cabeça.

– Não, não podemos.

Katrinka apertou os olhos como se suspeitasse de um complô.

Tentei articular as palavras. Estavam além de meu alcance. Fiz um gesto para Grady e declamei a palavra "explique". Depois abanei ostensivamente os ombros com ar de indiferença.

– Senhoras – disse Grady –, quero lhes assegurar que mr. Wolfstan deixou sua irmã muito bem de vida. Na realidade esses cheques, falando literalmente e com toda a franqueza, não fazem a mínima diferença.

E assim a coisa foi feita.

Exatamente assim. Estava feita.

A terrível declaração *não* fora lida para Katrinka (pegue esse milhão e nunca...) e ela não fora atingida por qualquer percepção de que, com sua raiva, se privaria para sempre da possível partilha de uma coisa muito maior.

A hora tinha passado. A chance tinha passado.

Mas a coisa foi feia, mais feia até do que eu podia ter planejado porque agora ela se levantava, alucinada de raiva, querendo cuspir em minha cara, mas por nada no mundo ia se arriscar a perder US$1 milhão.

– Bem, eu e Glenn estamos muito agradecidos – falou Roz num tom baixo, sério. – Sinceramente nunca esperei receber um centavo de Karl Wolfstan. Foi generosidade, muita generosidade ele ter chegado a este ponto. Mas tem certeza, Grady? Está nos dizendo realmente a verdade?

– Oh, sim, mrs. Bertrand, sua irmã está bem de vida, muito bem de vida...

Tive uma visão de notas de dólares. Uma verdadeira visão em que elas voavam em minha direção, cada uma com pequenas asas do lado. A mais insana visão, mas acho que, pela primeira vez na vida, tive a agradável percepção do que Grady estava dizendo: aquele tipo de preocupação não existia mais, aquele tipo de angústia não participava mais do quadro maior, a mente podia agora voltar-se em perfeita paz e silêncio para si mesma. Karl cuidara de tudo e deixara tudo resolvido com a família dele. A mente podia voltar-se para coisas de melhor qualidade.

– Então foi assim – disse Katrinka me encarando, olhos cansados e sem brilho, do modo como ficam os olhos após horas de fúria.

Não respondi.

Katrinka continuou:

– Tudo não passou de um frio arranjo financeiro entre você e Karl, e nunca teve sequer a decência de nos contar.

Ninguém falou.

– Com ele morrendo de AIDS, podia ter tido a decência de nos informar.

Balancei a cabeça. Abri a boca, comecei a dizer não, não, é uma abominação o que você está dizendo, eu... Mas me ocorreu de repente que aquilo era perfeitamente o que se podia esperar de Katrinka. Então comecei a sorrir, depois a rir.

– Querida, querida, não chore – disse Grady. – Tudo vai ficar bem.

– Oh, mas você está vendo, é perfeito, é...

– Todo esse tempo – retrucou Katrinka, as lágrimas de volta – nos deixou preocupadas, arrancando os cabelos! – a voz de Katrinka sobrepujava os apelos de Rosalind por silêncio.

– Gosto muito de você – comentou Rosalind.

– Quando Faye voltar – murmurei para Roz, como se nós duas, como irmãs, tivéssemos de nos esconder de tudo que havia naquela mesa redonda, naquela sala da frente –, quando Faye voltar, ela vai adorar o modo como a casa ficou, você não acha? Tudo isso, tudo que Karl fez, é tão bonito!

– Não chore.

– Oh, não estou chorando, estou? Achei que estava rindo. Onde está Katrinka? – Várias pessoas haviam saído da sala.

Levantei-me e saí também. Fui para a sala de jantar, o coração e a alma da casa, a sala em que, há tanto tempo, tivera aquela terrível briga com Rosalind por causa do rosário. Meu Deus, às vezes penso ser o excesso de memória que leva as pessoas a beber. A mãe devia lembrar coisas terríveis, terríveis demais. Despedaçamos o rosário da mãe! Um rosário.

– Tenho de ir para a cama – falei. – Minha cabeça dói, continuo me lembrando. Estou me lembrando de coisas más. Não posso tirá-las da cabeça. Tenho de lhe perguntar uma coisa, Roz, minha querida...

– Sim – ela respondeu de imediato, estendendo as mãos, os olhos negros pousados firmemente em mim com extrema simpatia.

– O violinista, você se lembra dele, na noite em que Karl morreu? Havia um homem lá fora, na avenida St. Charles, e...

Os outros tinham se reunido sob o pequeno lustre do vestíbulo. Havia uma discussão furiosa entre Katrinka e Grady. Martin estava sendo severo com Katrinka e ela estava quase gritando.

– Oh, ele – disse Roz –, aquele sujeito com o violino... – Rosalind riu. – É, me lembro. Estava tocando Tchaikovsky. É claro, você entende, estava enrolando um pouco, como alguém que improvisa em cima de Tchaikovsky, mas era... – Empinou a cabeça. – Estava tocando Tchaikovsky.

Avancei com Rosalind pela sala de jantar. Ela falava... e eu não conseguia entender. De fato era tão estranho que achei que Roz estava inventando. Então me lembrei... Mas era um tipo inteiramente diferente de recordação, sem a vivacidade e o caráter pungente de outras memórias; era pálida, fora escondida intencionalmente sob o pó ou tirada há muito tempo do arquivo e deixada em liberdade, para se escoar, eu não sabia. Mas naquele momento não lutei contra ela.

– Aquele piquenique em San Francisco – falou Rosalind. – Você sabe, todos os seus beatniks e hippies estavam lá, e eu morrendo de medo que fôssemos metralhados e despejados na baía de San Francisco. Então você pegou aquele violino e começou a tocar, a tocar, enquanto Lev dançava! Foi como se tivesse o Diabo no corpo e foi como da outra vez, quando era pequena e se apoderou daquele pequeno violino em Loyola, está lembrada? Você tocava sem parar, sem parar, sem parar, mas...

– Sim, mas nunca consegui fazer de novo. Tentei inutilmente após essas duas vezes...

Rosalind abanou os ombros e me apertou com força entre os braços.

Virei-me e vi a nós duas no espelho, não as meninas magras, com fome, amargas, lutando pelo rosário. Vi a nós duas agora. Mulheres de Rubens. Rosalind beijava meu rosto. Vi a nós duas no espelho, as duas irmãs, ela com seu bonito cabelo branco e ondulado, com um penteado fofo e natural em volta do rosto, o corpo grande e macio numa seda preta que lhe caía bem; eu com minha franja, o cabelo liso, a blusa preguada e os detestáveis braços grossos. Mas isso não importava, as imperfeições de nossos corpos; eu simplesmente via a nós duas e queria ficar ali, com ela naquele ponto da sala, em evidência no espelho, sentindo o magnífico fluir do alívio, mas não podia.

Simplesmente não podia.

– Acha que a mãe nos quer nesta casa? – Arregalei os olhos para chorar.

– Oh, pelo amor de Deus – exclamou Rosalind. – Quem se importa com isso? Você vai para a cama. Acho que você nunca devia ter parado de

beber. Vou tomar uma embalagem com seis latas de cerveja Dixie. Quer que eu vá lá para cima com você?
– Não. – Ela sabia que a resposta seria esta.
Na entrada do quarto, virei-me e olhei para ela.
– O que foi?
Meu rosto deve tê-la assustado.
– O violinista, você lembra realmente dele? O que tocava lá fora na esquina quando Karl... isto é, quando todos...
– Já disse que sim. É claro que sim – e repetiu que era definitivamente Tchaikovsky. Eu podia apostar, pelo modo como ergueu a cabeça, que estava muito orgulhosa por ter conseguido identificar a música. Sem dúvida estava certa ou pelo menos eu achava que sim. Parecia tão sonhadora, tão solidária, tão carinhosa e gentil comigo. Era como se nenhum traço de maldade ou mesquinharia tivesse sobrevivido nela. E lá estávamos nós – e não éramos velhas.

Não me sentia mais velha naquele dia do que em qualquer outro da minha vida. Não sabia o que significava sentir-me velha. Velha. Os medos vão. A mesquinharia vai. Se você reza, se é abençoada, se você tenta!

– Ele continuou vindo aqui, aquele sujeito do violino – disse Rosalind –, enquanto você estava no hospital. Esta noite mesmo eu o vi lá fora, só olhando. Talvez não goste de tocar para muita gente. Se quer saber, acho que é bom demais! Quero dizer, o sujeito é tão bom quanto todos os violinistas que já ouvi em disco ou ao vivo.

– Sim – comentei. – Ele é mesmo bom, não é?
Esperei até a porta estar fechada para chorar de novo.
Gosto de chorar sozinha. É uma sensação tão maravilhosa, chorar e chorar, totalmente protegida de qualquer vestígio de censura! Ninguém para me dizer sim ou não, ninguém a implorar por perdão, ninguém para intervir.
Chorar.

Estiquei-me na cama e chorei. Ouvi as pessoas lá fora e me senti de repente muito cansada, como se eu mesma tivesse carregado todos aqueles caixões para o túmulo... Pense nisso, assustar Lily daquela maneira, entrar no quarto do hospital e cair em pranto na frente de Lily. E Lily dizendo: "Mamãe, você está me assustando!" E naquela ocasião, quando voltei tarde do bar, estava embriagada, não estava? Passara aqueles anos bêbada, mas nunca bêbada demais, nunca de modo a não conseguir... E então aquele terrível, terrível momento quando vi seu rostinho branco, seu cabelo que se fora, a cabeça calva devido ao câncer, mas ainda encantadora como um botão de flor, e minha estúpida, estúpida, inoportuna choradeira. Cruel, cruel. Deus amado.

Onde estava aquele mar azul brilhante com seus fantasmas de espuma?

Quando percebi que ele estava tocando, já devia ter passado muito tempo.

A casa ficara em silêncio.

Ele deve ter começado baixo e teve, desta vez, a mais pura suavidade tchaikovskiana, a eloqüência civilizada, se poderia dizer assim, não o horror bruto dos rabequistas gaélicos que tanto me fascinaram naquela última noite. Mergulhei profundamente na música à medida que ela se aproximava e se tornava mais nítida.

– Sim, toque para mim – sussurrei.

Eu sonhava.

Sonhava com Lev e Chelsea, com nossa briga no café e Lev dizendo: "Tantas mentiras, mentiras", e eu percebendo o que ele queria dizer, que ele e Chelsea — e ela tão transtornada, tão essencialmente amável e tão naturalmente gostando dele, precisando dele, minha amiga. E então as coisas mais terríveis vieram aos trambolhões, memórias do pai falando com raiva e da mãe chorando nesta casa, chorando nesta mesma casa, por nós, e eu não indo a seu encontro, mas tudo isso foi unido com sono. O violino tocava e tocava e chamava pela dor, chamava como só Tchaikovsky sabia fazer, mergulhando na angústia, no vermelho vivo de seu ardor, de sua brandura.

Me enlouquecer, nenhuma possibilidade. Mas por que você quer que eu sofra, por que você quer que eu me lembre dessas coisas, por que você toca tão lindamente quando eu me lembro?

Aí vem o mar.

A dor se aliou à sonolência; o poema da noite da mãe, do velho livro: "As flores saúdam, as sombras deslizam, uma estrela avança sobre o outeiro."

A dor estava aliada ao sono.

A dor estava aliada à sua esplêndida música.

8

Miss Hardy estava na sala de visitas. Althea servia o café quando entrei.

– Normalmente, eu jamais pensaria em incomodá-la num momento como esse – disse miss Hardy, levantando-se um pouco quando me inclinei para beijá-la. Usava um vestido cor de pêssego, que lhe caía muito bem, e o cabelo prateado fora penteado para trás numa perfeita armação de cachos disciplinados, mas soltos.

– Você entende, ele nos pediu. Perguntou especificamente se nós a convidaríamos, pois respeita muito você, seu gosto pela música e sua gentileza para com ele.

– Miss Hardy, estou sonolenta e deprimida. Tenha paciência comigo. Quem é essa pessoa de quem estamos falando?

– Seu amigo violinista. Não imaginei que o conhecesse. Como já falei, pedir-lhe para sair num momento desses é coisa que eu jamais faria, mas ele disse que você gostaria de ir.

– Mas ir aonde, desculpe, não estou entendendo bem.

– À capela no outro lado da quadra, hoje à noite. Para o pequeno concerto.

– Ah! – Eu me recostei.

A capela.

Abalada, vi todos os objetos familiares da capela, como se uma súbita descarga de memória tivesse liberado detalhes até então irrecuperáveis — a capela. Eu a vi, não como era agora após o Concílio Vaticano II e depois de uma reforma radical, mas como fora nos velhos tempos, quando íamos juntas à missa. Quando a mãe nos levava pela mão, a Roz e a mim.

Minha expressão devia ser de perplexidade. Ouvia o canto em latim.

– Triana, se isso a deixa transtornada, vou simplesmente dizer a ele que é cedo demais para você sair de casa.

– Ele vai tocar na capela? – perguntei. – Esta noite. – Balancei a cabeça junto com ela para confirmar. – Um pequeno concerto? Um recital, talvez.

— Sim, em benefício das obras. Você sabe como a igreja está em mau estado. Precisa de uma pintura, precisa de um teto novo. Tudo isso você sabe. Foi um tanto assombroso. Ele simplesmente entrou na sala da Liga de Preservação e disse que estava disposto a fazer aquilo. Dar um concerto e destinar toda a renda à reforma do prédio. Nunca tínhamos ouvido falar dele. Mas como toca! Só um russo poderia tocar daquele jeito. Aliás, diz que é um emigrado. De qualquer forma nunca viveu na Rússia, o que é bastante óbvio; é o típico europeu, mas só um russo poderia tocar assim.

— Como é o nome dele?

— Achei que o conhecesse — disse ela espantada, baixando o tom da voz, franzindo a testa com preocupação. — Desculpe, Triana. Ele nos disse que você o conhecia.

— É verdade, eu o conheço muito bem. Acho maravilhoso que vá tocar na capela. Mas não sei como se chama.

— Stefan Stefanovsky — ela explicou cuidadosamente. — Decorei, escrevi num pedaço de papel, soletrei com ele. Nomes russos. — Miss Hardy o repetiu, pronunciando de uma forma simples, sem grande esmero, com o acento na primeira sílaba de Stefan. Com ou sem violino, o homem tinha um charme indiscutível. Sobrancelhas negras, muito retas de uma ponta à outra, chamando bastante a atenção, e um cabelo excêntrico, pelo menos nos dias de hoje, para um músico clássico.

— Agora tudo está diferente — comentei sorrindo. — Os astros de rock é que são cabeludos; não mais os músicos clássicos, que estranho! O estranho é que quando penso em todos os concertos a que assisti, desde o primeiro, com Isaac Stern, só me lembro de ter visto os músicos de cabelos curtos.

Estava começando a preocupá-la.

— Estou embevecida — comentei, pondo os pensamentos em ordem. — Então o acha bonito?

— Oh, todo mundo desmaiou quando apareceu na porta! Um porte tão impressionante. E o timbre da voz! E quando levantou o violino e o arco e começou a tocar! Achei que o tráfego lá fora tinha parado.

Ri.

— O que tocou para nós — disse ela — foi uma coisa muito diferente do que estava tocando... — Interrompeu-se educadamente e baixou os olhos.

— ... na noite em que me encontrou aqui, com Karl — falei.

— Sim.

— Era uma bonita música.

— Sim, acho que era, mas realmente não pude prestar atenção, digamos assim.

– É compreensível.

Ficou subitamente confusa, em dúvida sobre a conveniência ou a sensatez de tudo aquilo.

– Depois de tocar, falou muito elogiosamente de você, disse que era realmente aquela pessoa especial que compreendia sua música. E falou isto para uma sala cheia de mulheres deslumbradas, de todas as idades, incluindo metade da Liga Júnior.

Eu ria. Não apenas para deixá-la à vontade. Era a imagem das mulheres, jovens e velhas, as cabeças arrebatadas por aquele fantasma.

Oh, Deus, mas uma tal virada dos acontecimentos era um choque de arrepiar. Aquele convite.

– Hoje à noite a que horas, miss Hardy? – perguntei. – A que horas ele vai tocar? Não quero perder.

Ela me fitou por um momento com um resto de apreensão e então, com grande alívio, entrou firme nos detalhes.

Saí para o concerto cinco minutos antes da hora.

Obviamente estava escuro, pois naquela época do ano escurecia às 20:00h, mas não estava chovendo e o vento era uma brisa gostosa, suave, quase quente.

Atravessei o portão, virei à esquerda na esquina da Third e completei lentamente, pelas lajes rachadas e velhas das calçadas, todo o trajeto até a rua Prytania, apreciando cada piso estufado, cada buraco, cada ressalto. Meu coração dava pancadas. De fato, mal podia suportar o tamanho de minha ansiedade. As últimas reduzidas horas tinham se arrastado e eu só pensava nele.

Tinha até me aprontado para ele! Que estupidez. Naturalmente isso só significou vestir uma blusa branca preguedada melhor, mais rendada e com renda mais fina, uma saia de seda preta melhor, chegando até os tornozelos, e uma túnica sem mangas, leve, de veludo preto. O melhor uniforme de Triana. Foi só isso que aconteceu. Além do cabelo solto e desembaraçado. Só isso.

Um fosco lampião de rua ardia à minha frente quando me aproximei do fim da quadra, tornando a escuridão ainda mais opressiva. Pela primeira vez percebi que não existia mais nenhum carvalho na esquina da Third com a Prytania!

Da última vez que caminhei por aquele lado da quadra, anos atrás se não estou enganada, parei ali e tenho certeza que havia um carvalho. Lembrei de como brilhava à luz da rua, debruçado sobre a alta grade de ferro pintada de preto e sobre a grama. Fortes, pesados, negros galhos de carvalho, contorcidos, mas não grossos demais, não tão pesados a ponto de quebrar.

Quem lhe fizera aquilo?, perguntei à terra, no meio da rachadura entre as lajotas. Contemplei o ponto exato onde existira o carvalho, mas todas as raízes tinham desaparecido. Só sobrara terra, a inevitável terra. Quem arrancara aquela árvore que ainda poderia ter séculos de vida?

À frente, seguindo a rua Prytania, os trechos mais baixos do Garden District pareciam escuros, sombrios, desertos, as mansões recolhidas, trancadas.

Mas à minha esquerda, do outro lado da Prytania, as luzes brilhavam diante da capela e ouvi uma mistura muito agradável de vozes alegres.

Só a capela ocupava aquele terreno de esquina, exatamente como minha casa ocupava o terreno da esquina diametralmente oposta, que dava para a avenida St. Charles lá longe. Entre os dois havia cerejeiras, carvalhos, bambus e loendros.

A capela era o andar térreo de uma grande casa, tão antiga quanto a minha, mas muito maior e melhor, uma construção infinitamente mais grandiosa, com a alvenaria ornamentada de extravagantes e detalhados trabalhos em ferro.

Com toda a certeza, tivera antigamente o clássico saguão central com salas de estar em ambos os lados, mas tudo fora modificado muito antes de eu nascer. As paredes haviam sido derrubadas e o andar transformado num amplo salão, adornado com imagens, pinturas sacras e um magnífico altar branco, encimado por ornamentos que lembravam um tabernáculo de ouro. O que mais? Nossa Senhora do Perpétuo Socorro, um ícone russo.

Era a Santa Bendita para quem tínhamos trazido nossas flores.

Irônico, sem dúvida, mas sem absolutamente qualquer significado.

Ele sabia, é claro, como eu amava aquele lugar, aquele prédio, o jardim, a cerca, a própria capela. E sabia tudo sobre os pequenos e murchos punhados de flores no parapeito do altar, caules quebrados por nossas mãozinhas, pequenos buquês que deixávamos ali durante os passeios que eu, a mãe e Rosalind fazíamos no final da tarde, antes da guerra acabar, antes da chegada de Katrinka e de Faye, antes da chegada da bebida. Antes da chegada da Morte. Antes da chegada do Medo. Antes da Dor.

Sabia. Sabia como tinha sido aquele casarão maciço, que por fora ainda parecia uma imponente mansão, com as amplas varandas acompanhando a fachada, as pequenas pilastras de ferro, as duas chaminés geminadas, muito retas, fincadas na alta cumeeira do terceiro andar, dentro do inconfundível padrão de Nova Orleans.

Chaminés pairando juntas sob as estrelas. Chaminés para lareiras talvez há muito desaparecidas.

Naquelas salas de cima, minha mãe freqüentara a escola quando criança. E na capela, seu caixão repousara no estrado. Sozinha na capela eu tocara o órgão no escuro, nas noites de verão, quando os padres me deixavam permanecer na igreja fechada e não havia ninguém por perto. Eu tentava e tentava tocar.

Só o Santíssimo Sacramento seria tão paciente com os pobres e acidentados fragmentos de música que eu tocava, os acordes, os hinos que tentava aprender estimulada pela vaga esperança de que um dia, se e quando a senhora do órgão permitisse, pudesse tocá-los para a igreja cheia. Isso nunca aconteceu porque nunca fiquei hábil o bastante e não tive a fibra necessária para correr o risco.

As senhoras do Garden District sempre usaram chapéus muito bonitos para ir à missa. Acho que nós éramos as únicas que usavam lenços de cabeça, como camponesas.

Não seria preciso uma morte para me fazer lembrar, um funeral para que eu tratasse com carinho aquela igreja, nem mesmo as doces visitas no crepúsculo com flores nas mãos ou o retrato da mãe ao lado de algumas outras moças, as poucas formandas na escola secundária daquela época (cabelo cortado curto e meias brancas, de pé com seus buquês à esquerda daquela mesma porta).

Quem já rezou naquela velha igreja e não se lembra dela?

O velho catolicismo nunca existiu sem o perfume das velas brancas de cera, sem o incenso de que fica para sempre impregnada qualquer igreja onde o cálice sagrado tenha sido erguido diante dos fiéis. E existiam ainda, nas sombras, os santos de rosto amável, os artífices da dor como Santa Rita com a ferida na testa e a medonha jornada de Cristo para o calvário registrada em estações nas paredes.

O rosário não era uma prece mecânica, mas um canto através do qual retratávamos o sofrimento do Cristo. Era a Prece do Silêncio, que nos obrigava a ficar quietas no banco, a limpar a mente, a deixar que Deus falasse diretamente conosco. Eu sabia de cor o latim do ritual da missa. Entendia o que os hinos queriam dizer.

Tudo isso fora abolido. Vaticano II.

Mas ainda era uma capela. Para católicos que agora rezavam em inglês.

Depois que ela ganhou seu estilo moderno, só entrei uma vez ali, para um casamento, há três ou quatro anos. Tudo que me era querido fora eliminado. O Menino Jesus de Praga, com sua coroa dourada, não existia mais.

"Ah, mas você tem um motivo. É uma honra para mim. Um concerto em meu benefício, aqui, dentre todos os lugares onde estive antes de assassiná-la, antes de assassiná-los; aqui, preocupando-me com flores no parapeito do altar."

Sorri para mim mesma, inclinando-me um instante contra a grade. Virei rapidamente a cabeça para ver se Lacomb continuava me vigiando. Mandara que ficasse por perto. Como todo mundo, eu tinha medo de gente de carne e osso nas ruas escuras.

Os mortos, sem dúvida, só podem nos assustar até encontrarmos um verdadeiro fantasma, um fantasma capaz de tocar uma música que pareça saída da mente de Deus, um fantasma que tenha um nome: Stefan.

– Você está planejando alguma coisa – sussurrei. Ergui os olhos e imaginei os galhos de carvalho cercando e obscurecendo a luz, só que não aquela luz.

A luz fluía das janelas sem adornos da capela — janelas como as minhas, até o chão, com muitas divisões, algumas ainda com os antigos vidros, ondulados, foscos, embora não pudesse vê-los daqui. Mas sabia que existiam e pensava neles, examinando mentalmente a casa, apreendendo mentalmente o tempo, apreendendo tudo isso para ancorar meus pensamentos nos padrões familiares daquele espetáculo, daquele drama.

Então ele ia tocar violino para todos, não é? E eu devia estar lá.

Virei à esquerda na rua Prytania e caminhei para os portões. Miss Hardy e muitas outras damas típicas do Garden District estavam de pé na frente deles para cumprimentar os que chegavam.

Táxis paravam. Vi o uniforme extremamente familiar dos policiais que estavam de guarda, pois aquele paraíso discreto era agora perigoso demais para os antigos moradores do bairro, que de fato tinham vindo para a audição.

Conhecia alguns nomes, alguns rostos; outros nunca vira; outros, ainda, simplesmente não conseguia identificar. Mas era um público razoável, talvez uma centena de pessoas, muitos cavalheiros em ternos claros de lã e quase todas as mulheres de vestido, estilo sulista, exceto algumas jovens bastante modernas, que usavam roupas unissex. Havia um grupo de estudantes, pelo menos era o que pareciam, provavelmente do conservatório na cidade alta, onde um dia, aos quatorze anos, eu lutara tão inutilmente para me tornar violinista.

"Incrível como a sua fama se espalhou."

Enquanto pegava a mão de miss Hardy, cumprimentava Renee Freeman e Mayteen Ruggles, espreitei o interior da capela e vi que ele já estava lá, a grande atração.

A *coisa* em si, como a brava governanta de Henry James teria dito, sem qualquer escrúpulo, de Quint e miss Jessel, a própria *coisa* — de pé no corredor entre os bancos, na frente do altar, que fora pudicamente coberto para a ocasião. Estava limpo, adequadamente vestido, e o cabelo lustroso fora tão bem penteado quanto o meu. Usava as duas pequenas tranças, amarradas atrás, para evitar que o cabelo lhe caísse a toda hora no rosto.

Estava distante, mas era inconfundível. Observei como conversava com as pessoas.

Pela primeira vez... pela primeira vez desde que aquilo começara, eu pensei: acho que vou perder o juízo, não quero continuar sã, não quero estar presente, nem consciente, nem viva. Não quero. Não quero. Ele está lá, entre os vivos, exatamente como se fosse um deles, exatamente como se fosse real e estivesse vivo. Conversa com os estudantes. Mostra-lhes o violino.

E meus mortos se foram! Se foram! Que encantamento poderia fazer Lily ressuscitar? Uma história perversa me veio à cabeça, "A Pata do Macaco", de Kipling, os três desejos, não, você não quer que os mortos voltem, não é isso que você pede.

Mas ele atravessou as paredes do meu quarto e depois desapareceu. Eu tinha visto. Era um fantasma. Estava morto.

Tente olhar para as pessoas vivas, ou comece a gritar.

Mayteen usava o mais delicioso perfume. Era a mais antiga amiga viva de minha mãe. Esforcei-me para entender o que dizia. O coração me enchia os ouvidos.

– ... só para tocar um instrumento desses, um verdadeiro Stradivarius.

Apertei-lhe a mão. Gostava muito do perfume. Era uma fragrância muito antiga e comum, algo não muito caro, que vinha em frascos rosados. O pó-de-arroz também vinha em floridas caixas cor-de-rosa.

Minha cabeça zumbia com o som do coração. Articulei uma ou duas palavras, tão simples e ligeiras quanto as que alguém sofrendo de amnésia conseguiria evocar, depois subi apressada os degraus de mármore, sempre escorregadios quando chovia. Penetrei na desagradável luminosidade da moderna capela.

Esqueça os detalhes.

Sou uma pessoa que sempre senta na primeira fila. O que estava fazendo naquele momento, indo para o último banco?

Mas não consegui chegar mais perto. O lugar era pequeno, realmente muito pequeno, e daquela ponta do último banco podia ser visto perfeitamente.

Ele se curvou para a mulher a seu lado, sua parceira na conversa (que tipo de coisas dizem os fantasmas em momentos assim?), e estendeu o violino para as moças examinarem. Vi o brilho forte e o ressalto do encaixe nas costas do instrumento. Mostrou o violino, mas em nenhum momento chegou a soltá-lo, nem a ele nem ao arco. Não me viu quando me deixei cair no banco de carvalho e me recostei. Olhava para ele.

As pessoas se agitavam. Fiz diversos acenos de cabeça para os que murmuravam cumprimentos. Nada ouvia do que diziam.

"Você está aqui, entre os vivos, tão sólido quanto eles, e eles vão escutá-lo."

De repente, quase sem mover a cabeça, ele ergueu os olhos e me encarou.

"Outros sempre me viram e ouviram."

Inúmeros vultos se mexiam entre nós. O pequeno salão estava quase cheio. Os dois porteiros da igreja estavam lá atrás, ao lado de cadeiras que podiam usar se quisessem.

As luzes eram foscas. Um único mas bem situado spot envolvia o violinista numa névoa poeirenta, embaçada. Mas com que esmero ele se vestira, como era branca a camisa, como era limpo o cabelo que as tranças prendiam nas costas — tudo tão natural.

Miss Hardy ficara de pé. Disse rápidas palavras de explicação e apresentação.

Ele permanecia calmo, senhor de si. Entre o formalismo das roupas, de modo um tanto imprevisto, destacava-se um casaco que podia ter duzentos anos ou podia ter sido feito na véspera, comprido, um tanto moldado demais a seu corpo. Usava também, sobre a camisa branca, uma gravata num tom pastel. Não tive certeza se era violeta ou cinza.

Estava vistoso, sem dúvida. "Você está insana", sussurrei para mim mesma, quase nem mexendo os lábios. "Quer um fantasma bem-nascido, saído das novelas, saturado de boa carga de romance. Você sonha."

Tinha vontade de cobrir o rosto. Tinha vontade de ir embora. E de nunca sair dali. Tinha vontade ao mesmo tempo de ficar ali e correr. Tive vontade, pelo menos, de tirar alguma coisa da bolsa, um lenço de papel, por exemplo, algo que ajudasse a amortecer a força de tudo aquilo, mais ou menos como quando se tapa os olhos com as mãos no meio de um filme e se fica vendo entre a veneziana dos dedos.

Mas não conseguia me mexer.

Que porte admirável! Agradeceu às palavras de miss Hardy e agradeceu a todos nós. Num tom enfático, mas sereno e de todo compreensível. Era a voz que eu ouvira no meu quarto, a voz de um homem jovem. Aparentava a metade de minha idade.

Aproximou o instrumento do queixo e ergueu o arco. Houve uma palpitação no ar. Mas ninguém se moveu, tossiu ou amarrotou um programa.

Imaginei deliberadamente o mar azul, o mar azul do sonho e os fantasmas dançantes; vi-os, fechei os olhos e vi o radiante mar sob a lua invisível, mas muito próxima, e os braços da terra se estendendo na distância.

Abri os olhos.

Ele havia parado. E me olhava fixamente.

Acho que as pessoas não sabiam o que significava aquela sua expressão, em que direção ele olhava ou por quê. Tinha a seu favor toda a liberdade que a excentricidade permite. E era um violinista tão lindo de se ver; lindo, lindo, esguio e majestoso como Lev havia sido, sim, de nenhum modo diferente de Lev, apesar do cabelo tão preto, dos olhos tão pretos; Lev, como Katrinka, era louro. Os filhos de Lev eram louros.

Fechei os olhos. Maldição, perdera a imagem do mar e, quando ele começou a tocar, vi aquelas velhas coisas horríveis e triviais. Virei-me ligeiramente para o lado. Alguém tocou em minha mão, como num gesto de solidariedade.

Uma viúva, uma louca, pensei de forma plenamente consciente. Ficou fechada dois dias com um cadáver em casa. Todos certamente sabiam. Em Nova Orleans, todos sabem de qualquer coisa que valha a pena, e algo tão curioso com toda a probabilidade valia a pena.

Então a música adquiriu um andamento rápido.

O arco desceu e foi imediatamente para o rico mistério das cordas mais graves, para o tom menor, para uma sugestão de coisas temidas a vir. O som era tão refinado e tão controlado, o diapasão tão perfeito, o ritmo tão espontâneo que não pude pensar em mais nada, em absolutamente mais nada.

Não havia necessidade de lágrimas, também não havia necessidade de contê-las. Só havia o desdobrar exuberante daquela melodia.

Então vi o rosto de Lily. Um pulo de 20 anos. Lily deitada na cama, à morte, naquele exato momento.

– Mamãe, não chore, você está me assustando.

9

Despachei velozmente a imagem. Abri os olhos e deixei-os vagar pelo reboco, que descascava no teto daquele lugar semi-abandonado, pelas medíocres decorações de metal, tão modernas e tão ostensivamente inexpressivas. Percebi estar, naquele momento, no meio do combate, enquanto era inundada de música e a voz de Lily chegava bem a meu ouvido, entrelaçada com a música, fazendo parte dela.

Olhei-o diretamente e só pensei nele. Concentrei-me, recusei-me a pensar em qualquer outra coisa. Ele não conseguia parar de tocar. Sem dúvida estava eletrizado, brilhava. O som, parecendo solto, relaxado, mas sob estrito controle, ultrapassava qualquer descrição. O timbre era pungente.

Sim, era o concerto de Tchaikovsky que eu sabia de cor graças a meus discos. Fizera um arranjo das partes orquestrais e o transformara numa exuberante peça para solista, com o forte tema solo e todas as demais linhas melódicas perfeitamente equilibradas.

Música de cortar os pulsos.

Procurei respirar devagar, procurei relaxar e não apertar as mãos.

De repente algo se alterou. De modo radical, como quando o sol vai para trás de uma nuvem. Só que era de noite e foi dentro da capela.

Os santos! Os velhos santos estavam de volta. O velho cenário de 30 anos atrás me cercava.

O banco era antigo, escuro, com um braço que se curvava em espiral sob os dedos de minha mão esquerda e lá na frente, no alto, ficava o venerável altar tradicional, com as figuras da Última Ceia gravadas e pintadas na íntegra na parte de baixo e dispostas em sua redoma de vidro.

Detestei aquele homem. Por causa disso, porque não podia parar de olhar para aqueles santos perdidos, para o Menino Jesus de Praga pintado em gesso e segurando o pequenino globo, para as velhas e empoeiradas mas vibrantes imagens do Cristo descendo com a cruz por um dos lados da sala e subindo com ela pelo lado oposto, entre aquelas janelas no escuro.

"Você é cruel."

E era isso que elas eram, aquelas janelas de noite — escuras, cheias de um roxo palidamente azulado, e ele surgia no meio de sombras macias, e o antigo parapeito de comunhão, cheio de ornamentos, embora tivesse sido removido, como todo o resto, há muito tempo, cruzava na sua frente. Ele surgia no meio daquela perfeita reapresentação de tudo que eu conhecera, mas que jamais teria conseguido lembrar em detalhe um momento antes!

Estava trespassada. Cravei os olhos na imagem de Nossa Senhora do Perpétuo Socorro, suspensa atrás dele sobre o altar, sobre o resplandecente tabernáculo dourado. Santos, cheiro de cera. Vi as velas em redomas vermelhas. Vi tudo. Senti o cheiro, a cera e de novo o incenso, e ele continuava tocando, fazendo variações em torno do concerto, mergulhando na música o corpo delgado e arrancando suspiros do público que o escutava. Mas quem eram eles?

"Isso é o mal. É bonito, mas é o mal, porque é cruel."

Fechei e abri os olhos. Ver o que está aqui e agora! Consegui por um instante.

Então o véu tornou a descer. A mãe! Ele ia trazê-la de volta? A mãe viria para atravessar comigo e Rosalind, com aquela antiquada sensação de segurança, a nave da sombria capela do final da tarde? Não, a memória passa por cima de suas invenções.

A memória era nociva demais, terrível demais. Não era a lembrança da mãe nos bons tempos, aqui neste lugar sagrado, antes que se envenenasse como a mãe de Hamlet. Não. Era a memória de sua embriaguez, de vê-la deitada num colchão em chamas, a cabeça a poucos centímetros do buraco que ardia. Era o que eu via, eu e Rosalind correndo de um lado para o outro com panelas d'água, e Katrinka, tão bonita, cachos amarelos, olhos enormes, azuis, com três anos de idade, encarando a mãe em silêncio enquanto o quarto se enchia de fumaça.

"Dessa você não escapa."

Ele estava mergulhado no concerto. Enchi conscientemente a capela de luzes e imaginei a audiência até ela se converter, como devia, num grupo de gente conhecida. Fiz isso e olhei fixamente para ele, mas ele era forte demais para eu tentar qualquer coisa.

Eu era mentalmente uma criança, aproximando-me do parapeito do altar: "Mas o que fazem com nossas flores depois que vamos embora?", Rosalind queria acender uma vela.

Fiquei em pé.

O público estava hipnotizado, estava submetido de forma tão completa a seu domínio que passei despercebida. Afastei-me do banco, dei as costas para ele, desci a escada de mármore e caminhei para a rua, para longe daquela música que não dava trégua, que se tornava cada vez mais fogosa, fogosa, como se ele achasse que podia me fazer arder, maldito seja!

Lacomb, segurando o cigarro, acordou de sua boa vida ao lado do portão e fomos andando quase lado a lado, cruzando rapidamente as lajes das calçadas. Eu ainda podia ouvir a música. Procurei olhar atentamente para o chão, mas, quando minha mente se distraía, via de novo aquele mar, aquela espuma. Podia vê-lo em bruscas arrebentações de um colorido selvagem; e agora eu ouvia o mar.

Enquanto caminhava, ouvia o mar e via o mar e via a rua em minha frente.

– Devagar, patroa. A senhora dá um passo em falso e quebra meu pescoço! – alertou Lacomb.

Um cheiro tão limpo. O mar e o vento juntos fabricando o aroma mais fino, o mais puro, ainda que tudo que se esconde sob a superfície do mar possa desprender o fedor da morte se for dragado para um banco de areia.

Eu andava cada vez mais depressa, observando cuidadosamente as lajes quebradas e o mato crescendo entre elas.

Vi as luzes de minha casa, graças a Deus, mas não havia portão aberto na frente da garagem. O portão de minha mãe se fora, sumira, o velho portão de madeira pintado de verde, preso no arco de alvenaria, por onde ela passara direto para a morte.

Fiquei sem ação. Ainda podia ouvir a música, mas muito distante, ajustada para os ouvidos humanos que se encontravam perto do violino. Ele parecia obrigado a satisfazê-los devido a algum imperativo de sua natureza. Era ótimo saber disso e seria ainda mais interessante descobrir que imperativo era esse.

Entramos na avenida e alcançamos o portão da frente. Lacomb abriu-o e segurou-o para que eu passasse, pois era um portão pesado que sempre caía para a frente, que podia bater na pessoa e derrubá-la na calçada. Nova Orleans tem aversão aos fios de prumo.

Subi a escada e entrei na casa. Lacomb devia ter aberto a porta, mas eu não tinha reparado. Disse a ele que ficaria ouvindo música na sala da frente. Tranque todas as portas!

Lacomb conhecia o ritual.

– Não gosta de seu amigo lá do outro lado? – perguntou num tom grave, as palavras se misturando como calda. Demorei um instante para interpretá-las.

– Gosto mais de Beethoven – respondi.

Mas a música *dele* passava como um assobio através das paredes. Agora não tinha eloqüência, não tinha qualquer significado imperioso. Era como o zumbir das abelhas num cemitério.

As portas que davam para a sala de jantar estavam fechadas. As portas que davam para o vestíbulo estavam fechadas. Dedilhei os discos que tinham sido colocados em perfeita ordem alfabética.

Solti, a *Nona* de Beethoven, Segundo Movimento.

Num instante eu o tinha no aparelho e os tímpanos tinham-no trazido integralmente à tona. Coloquei o volume bem alto, como convinha, e lá estava a marcha familiar, a caminhada. Beethoven, meu capitão, meu anjo da guarda.

Deitei-me no chão.

Os lustres das salas de estar eram pequenos, sem ornamentos dourados como os Baccarat do vestíbulo e da sala de jantar. Tinham somente vidro e cristal. Era gostoso deitar no chão limpo e contemplar o lustre, que tinha apenas os globos foscos das lâmpadas.

A música os apagava. E a marcha, sem descanso, prosseguia. Bati no botão que fazia o aparelho repetir, mas repetir só aquela faixa do disco. Fechei os olhos.

Do que você quer se lembrar? Trivialidades, bobagens, coisas engraçadas.

Nos anos de minha juventude, a música me fazia sempre sonhar acordada; cada uma delas sempre me inspirava um certo feixe de imagens! Via pessoas, coisas, situações e quase chegava a participar de brigas imaginárias.

Agora não; agora é apenas a música, o ritmo arrebatador da música e um vago apego à idéia de escalar a eterna montanha na eterna floresta, mas não uma visão. E a salvo dentro daquela melodia retumbante, insistente, fechei os olhos.

Não demorou muito tempo.

Talvez eu tenha ficado deitada ali uma hora.

Atravessou facilmente as portas trancadas e se materializou de imediato. As portas tremiam atrás dele, o belo violino e o arco estavam entulhados na sua mão esquerda.

– Você me virou as costas! – exclamou.

A voz se ergueu sobre o som de Beethoven. Então ele caminhou em minha direção com passos barulhentos, ameaçadores. Eu me apoiei nos cotovelos e me sentei. Minha visão estava embaçada. A luz brilhava na testa dele, nas sobrancelhas pretas, bem arrumadas, tão nítidas em seu traçado reto, e ele me encarava, baixando e estreitando os olhos, mas não parecendo, talvez, mais hostil que qualquer outra criatura que eu já tivesse visto.

A música marchava sobre ele e sobre mim.

Foi então que deu um coice no aparelho. A música tropeçou e roncou. Ele arrancou o fio da tomada.

– Ah, esperto! – resmunguei, antes que o silêncio viesse. Mal pude esconder o sorriso de triunfo.

Ele estava ofegante, como se tivesse corrido. Ou seria apenas o esforço de se materializar, de tocar para uma platéia, de passar invisível pelas paredes, de se apresentar com vida em lúgubre e ardente esplendor?

– É isso – falou num tom de desprezo e rancor, me observando, o cabelo caindo negro e liso de ambos os lados. As duas pequenas tranças haviam sido desatadas e agora se misturavam com as madeixas mais compridas, soltas, brilhantes.

Caiu sobre mim com toda sua capacidade de assustar, mas só conseguiu evocar a beleza de um velho ator, de nariz pontudo e olhos enfeitiçantes. Tinha a beleza dark de Lawrence Olivier de muitos anos atrás, numa peça filmada de Shakespeare. Olivier como o rei Ricardo III, corcunda, desfigurado, mau. Irresistível (truque fascinante do retrato) ser ao mesmo tempo bonito e feio.

Um filme antigo, um amor antigo, um velho poema para nunca ser esquecido. Achei graça.

– Não sou corcunda e não estou desfigurado! – disse ele. – E não estou encarnando um personagem! Estou aqui, em carne e osso!

– Assim parece! – respondi. Sentei direito, puxando a saia para baixo dos joelhos.

– Parece? – e usou a fala de Hamlet para zombar de mim: – Não parece, senhora, é! O que "parece" não me interessa.

– Você se sobrecarrega – retruquei. – Seu talento é para a música. Não se obrigue ao desespero! – usei palavras mais ou menos da mesma peça.

Segurei na mesa para me apoiar e fiquei de pé. Ele se aproximou como uma tempestade. Quase recuei, mas me agarrei firme na mesa sem deixar de encará-lo.

– Fantasma! – exclamei. – Tinha um mundo inteiro vivo olhando para você! O que está fazendo aqui se pode ter tudo aquilo? Todos aqueles ouvidos e olhos.

– Não me irrite, Triana.

– Oh, então sabe meu nome!

– Da mesma maneira como você sabe. – Virou-se para a esquerda, depois para direita. Aproximou-se das janelas, da eterna dança luminosa do tráfego atrás dos pássaros de renda.

– Não vou mandá-lo embora.

Ainda de costas, levantou a cabeça.

– Sou uma pessoa sombria demais para você! Solitária demais! – confessei. – Quando era jovem, acho que ia gritar e sair correndo se visse um fantasma. Gritar e sair correndo! Acreditaria na coisa com a superstição integral de um coração católico. Mas hoje?

Ele só escutava.

Minhas mãos tremiam muito. O que era inadmissível. Puxei uma cadeira. Sentei e me recostei. Havia um círculo embaçado no verniz da mesa, reflexo do lustre, e cadeiras em volta, com os braços estilo Chippendale, cuidadosamente arrumadas.

– Hoje estou ansiosa demais – continuei –, desesperada demais, distraída demais. – Tentei manter a firmeza na voz, mas sem aspereza. – Nem sei o que dizer. Sente-se aqui! Sente-se, pouse o violino e me diga o que está querendo. Por que se aproximou de mim?

Ele não respondeu.

– Você sabe o que você é? – perguntei.

Ele se virou, furioso, e chegou perto da mesa. Sim, tinha o mesmo magnetismo de Olivier naquele filme antigo, a pele esbranquiçada, os contrastes sombrios, o empenho no mal. Tinha a mesma boca comprida, só que mais grossa!

– Pare de pensar nesse outro homem! – ele resmungou.

– É um filme, uma imagem.

– Sei o que é, acha que sou bobo? Olhe para mim. Estou aqui! O filme é velho, seu criador morreu, o ator morreu, é pó, mas eu sou real.

– Sei o que você é, não esqueça.

– Diga-me o quê, exatamente. Não acha melhor? – virou a cabeça para o lado, mordeu um pouco o lábio e segurou com ambas as mãos o arco e o braço do violino.

Não estava a mais que dois ou três metros de distância. Pude observar melhor a madeira e como fora ricamente laqueada. Stradivarius. Disseram essa palavra na capela e lá estava ele com o instrumento sagrado e sinistro, segurando-o com naturalidade, deixando a luz atingi-lo e correr para cima e para baixo em suas curvas – como se a coisa fosse real.

– Sim? – insinuou. – Quer encostar a mão nele ou só ouvir? Sabe muitíssimo bem que não é capaz de tocá-lo. Mesmo um Strad não conseguiria remediar a infâmia dos seus erros! Se você tentasse, acho que o faria guinchar ou se estilhaçar com a afronta.

– Quer que eu...

– Nem pensar – respondeu. – Só quis fazê-la lembrar que não possui qualquer dom para um violino. Só uma ânsia, uma cobiça.

— Uma cobiça, será? Era cobiça o que você queria implantar nas almas daqueles que o escutavam na capela? Era cobiça o que estava querendo incitar e alimentar? Acha que Beethoven...

— Não fale nele.

— Quero e vou falar. Acha que foi a cobiça que forjou...

Ele chegou até a mesa, passou o violino para a mão esquerda e pousou a mão direita o mais perto possível de mim. Achei que o cabelo comprido, caindo de um lado para o outro, tocaria meu rosto. As roupas não pareciam ter qualquer aroma, nem mesmo o cheiro de pó.

Engoli em seco e minha visão ficou turva. Botões, a gravata violeta, o brilho do violino. Tudo era fantasmagórico, as roupas, o instrumento.

— Quanto a isso, você tem razão. Mas o que eu sou? Qual foi seu piedoso julgamento a meu respeito? Estava à beira de ser pronunciado quando a interrompi...

— Você é como um homem doente — disse eu. — Precisa de mim no sofrimento!

— Sua puta! — xingou, recuando.

— Oh, isso eu nunca fui — repliquei. — Nunca tive coragem. Mas você está doente e precisa de mim. É como Karl. É como Lily no fim, embora só Deus saiba... — Me interrompi, transtornada. — É como meu pai à beira da morte. Precisa de mim. Seu tormento quer ter uma testemunha em mim. Está impaciente e ávido por isso, não é? Ansioso como qualquer ser humano que esteja morrendo, exceto, talvez, nos momentos finais, quando o moribundo se esquece de tudo e vê coisas que não podemos ver...

— O que a faz pensar que é assim?

— Não foi assim com você? — perguntei.

— Eu nunca morri, pelo menos nesse sentido. Não preciso explicar, você sabe. Nunca vi luzes reconfortantes nem ouvi o canto dos anjos. Ouvi tiros, gritos e palavrões!

— Foi desse jeito? — perguntei. — Devia ter uma vida muito irregular para participar de um drama desses, não acha?

Ele recuou, como se tivesse aberto demais as defesas.

— Sente-se — falei. — Como sabe, fiquei ao lado de muitos leitos de morte. Foi por isso que me escolheu. Talvez esteja disposto a encerrar sua breve perambulação como fantasma.

— Não estou morrendo, minha senhora! — declarou, puxando uma cadeira e sentando-se à minha frente. — Fico mais forte a cada minuto, a cada hora, a cada ano.

Afundou na cadeira. O que pôs mais de um metro de madeira envernizada entre nós.

Estava de costas para o pisca-pisca das luzes do tráfego nas cortinas da janela, mas a névoa fosca do lustre mostrava bem o seu rosto, jovem demais para ser um rei cruel em qualquer espetáculo e, pelo menos naquele momento, magoado demais para que pudesse ser apreciado com prazer.

Mas não desviei o olhar.

Eu contemplava. Ele mostrava.

— E aí? — indaguei.

Acho que engoliu em seco exatamente como um ser humano, depois mastigou novamente o lábio e acabou apertando disciplinadamente um lábio contra o outro.

— Estamos num dueto — respondeu.

— Estou vendo.

— Eu toco e você escuta. Aí você sofre, perde a cabeça ou toma qualquer outra providência que minha música obrigue você a tomar. Vira uma imbecil, por exemplo. Fica louca como Ofélia na sua peça favorita. Pira como o próprio Hamlet. Para mim tanto faz.

— Mas é um duo.

— Sim, sim, você acertou com a palavra, um duo, uma dupla, não um dueto, pois só eu é que toco.

— Não é bem assim. Você sabe muito bem que eu alimento a coisa. Na capela, fez a festa escorado em mim e em todos que estavam lá. Mas só os outros não seriam suficientes. Você se voltava sempre para mim e, de uma forma cruel, trazia imagens que não significavam absolutamente nada para você, mas que rasgavam meu coração. Em seu desejo de provocar sofrimento, fazia isso com a displicência de um criminoso comum e ignorante. Um sofrimento sobre o qual você nada sabe, mas de que precisa. É um dueto assim como um duo. É essa coisa, é música feita por dois.

— Meu Deus, mas você tem lábia, não é? Mesmo que seja, e sempre tenha sido, uma idiota musical e goste de nadar nas águas profundas do talento das outras pessoas. Chafurdando no chão com o Pequeno Gênio, e com o maestro e com aquele maníaco russo, Tchaikovsky. E como você se alimenta da morte, sim, é isso, é isso que faz, sabe muito bem que é isso. Precisava de todas elas, de todas aquelas mortes, como precisava!

Estava verdadeiramente arrebatado, me olhando fixamente, deixando, nos momentos certos, perfeitos, os olhos fundos se alargarem para enfatizar as palavras. Era ou tinha sido muito mais jovem que Olivier como Ricardo III.

— Não seja tão estúpido — repliquei calmamente. — A estupidez não fica bem num ser que não tem a mortalidade como desculpa. Aprendi a conviver com a morte, a sentir-lhe o cheiro, a suportá-la, a limpá-la depois de seu lento progresso, mas nunca precisei dela. Minha vida podia ter sido uma coisa bem diferente. Eu não...

Mas não fora eu quem a ferira? Acho que era a pura verdade. A mãe tinha morrido em minhas mãos. Não podia ir agora lá fora e impedi-la de sair por um portão lateral que não existia. Não podia dizer: "Olhe, pai, a gente não pode fazer isso, temos de levá-la para o hospital, temos de ficar ao lado dela, você e Roz vão com a Trink e eu fico com a mãe..." E para que faria isso? Ela podia fugir do hospital como já tinha feito antes, conversando direito com as pessoas, dando a impressão de estar lúcida e equilibrada, jogando um pouco de charme. Logo estaria de volta para ficar novamente deitada em estado de letargia, para cair de novo em cima do aquecedor, dar um talho na cabeça e fazer o sangue se espalhar numa poça no chão.

Meu pai falou: "Já pôs fogo na cama duas vezes, não podemos ficar com ela aqui..." Então foi isso? "Katrinka está doente, vai entrar agora na sala de cirurgia, preciso de você!"

De mim?

E o que eu queria? Que a mãe morresse, que aquilo acabasse logo – sua doença, seu sofrimento, sua humilhação, sua angústia. Ela estava chorando.

– Não conte comigo! – Tremi dos pés à cabeça. – O que está fazendo é baixo e perverso. Não invada minha mente com coisas de que você não precisa.

– Elas estão sempre pairando em sua percepção – sorriu. Parecia tão esplendidamente, tão ostensivamente jovem, solto e exuberante. Sem dúvida teria sido golpeado em plena juventude.

– Isso é bobagem – continuou, me olhando irritado. – Morri há tanto tempo que não há mais nada jovem dentro de mim. Me transformei nesta coisa, como você, que não conseguiu suportar a graça nem a elegância do que estava vendo, me descreveu mentalmente no início da noite. Eu me converti nesta coisa, nesta abominação, neste espírito, quando seu guardião, seu grandioso maestro sinfônico, era vivo e era meu professor.

– Não acredito. Você fala de Beethoven. É detestável.

– Foi meu professor! – Estava furioso. E falava sério.

– Foi isso que o aproximou de mim, meu amor a Beethoven?

– Não, não preciso que goste de Beethoven, que chore a morte de seu marido ou desenterre sua filha. E vou apertar o pescoço do maestro. Antes que nossa história termine, vou apertar o pescoço do maestro até você não conseguir mais ouvi-lo. Nem através de uma máquina, nem através da memória, nem através dos sonhos.

– Oh, que nobreza! Será que gostou tanto dele quanto gosta de mim?

– Só quis deixar claro que não sou jovem. Não falará dele em minha frente com qualquer superioridade possessiva, mas não vou lhe dizer de quem eu gostava ou não.

– Bravo! – exclamei. – Quando parou de aprender, quando se livrou da carne? Seu cérebro continuou tapado mesmo quando se transformou num crânio de fantasma?

Recostou-se na cadeira. Estava assombrado.

E eu também, pelo menos um pouco. Meus improvisos freqüentemente me assustavam. Era por isso que estava há anos e anos sem beber.

Quando bebia costumava falar coisas assim. Agora nem lembrava mais do gosto do vinho ou da cerveja, e não precisava disso. Precisava era da consciência. Mesmo nos sonhos claros, sonhos onde eu apenas perambulava, como no sonho do palácio de mármore, tinha necessidade de saber, dentro do próprio sonho, que estava sonhando. Para continuar sonhando, no melhor dos dois mundos.

– O que você quer que eu faça? – perguntou.

Levantei a cabeça. Estava vendo outras coisas, outros lugares. Fixei os olhos no rosto dele. Parecia tão sólido quanto qualquer coisa na sala, embora integralmente animado, cativante, cobiçável, admirável.

– O que eu quero que você faça? – também perguntei, em tom zombeteiro. – E o que significa isso, o que eu quero?

– Disse que era solitária demais para mim. Bem, sou a mesma coisa para você. Mas *posso* deixá-la. Posso ir embora...

– Não.

– Não pensei em fazer isso – retrucou com um pequeno brilho no sorriso, que se apagou de imediato. Parecia de repente muito sério, com olhos que se alargavam quando se descontraíam. As sobrancelhas eram perfeitas, muito negras, seguindo retas até a ponta, o que lhe concedia um belo ar de comando.

– Tudo bem, você se aproximou de mim – falei. – Como alguma coisa que eu tivesse evocado. Como a meta que um dia desejei de todo o coração atingir, violinista. Talvez o único objetivo que eu tenha procurado alcançar com todas as forças. Você veio. Mas não é uma criação minha. Veio de um lugar qualquer: ávido, ansioso, carente. Está furioso porque não pode me fazer perder a cabeça, porque está sendo atraído para a própria complexidade que o derrota.

– Admito isso.

– Bem, o que acha que vai acontecer se persistir? Acha que vou deixar você me enfeitiçar e me arrastar para cada túmulo que salpiquei de flores? Acha que vou deixá-lo jogar fora, abertamente, na minha cara, o marido que perdi, Lev? Oh, sei como tem instigado meus pensamentos na direção dele, principalmente nestas últimas horas. Como se estivesse tão morto quanto todos os outros, meu Lev, ele e a esposa, Chelsea, e os filhos. Acha que vou permitir isto? Pode estar certo que vai enfrentar uma luta terrível. E vá se preparando para perder.

– Podia ter conservado Lev – ele respondeu suavemente, pensativo. – Era orgulhosa demais. Não podia deixar de dizer: "Sim, case com Chelsea." Não podia ser traída. Tinha de ser complacente e um exemplo de renúncia.

– Chelsea estava carregando um filho dele.

– Chelsea quis matar a criança.

– Não, não quis, e Lev também não. Nossa filha já morrera, Lev queria aquele filho, e queria Chelsea e Chelsea queria Lev.

– Então, orgulhosamente, você entregou o homem que amara desde garoto e sentiu-se a vencedora, a controladora, a diretora do espetáculo.

– E daí? – exclamei. – Ele se foi. É feliz. Tem três filhos, um muito alto e louro e um par de gêmeos. Estão espalhados em retratos por toda a casa. Não viu no quarto?

– Vi. Vi também no vestíbulo, junto da velha foto em sépia de sua santa mãe, quando ela era uma bonita garota de 13 anos, com o buquê da formatura na escola e o peito ainda liso.

– Tudo bem, então estamos de acordo, não é? Não quero que faça isso comigo.

Ele se virou para o lado. Deixou escapar um breve resmungo. Tirou o violino do colo e pousou-o de costas na mesa, com muito cuidado, o arco ao lado. Segurou o braço do violino com a mão esquerda. Seus olhos se ergueram devagar até o quadro das flores na parede acima do sofá, presente de Lev, meu marido, poeta, pintor (o quadro era dele) e pai de um filho alto e de olhos azuis.

– Não, não vou pensar nisso – falei.

Fitei o violino. Um Stradivarius? Beethoven seu professor?

– Não zombe de mim, Triana! Foi mesmo, e Mozart também, quando eu era muito novo, um menininho, por isso não me lembro bem dele. Mas o maestro foi realmente meu professor!

Seu rosto ficou muito vermelho e ele prosseguiu:

– Não sabe nada a meu respeito. Não sabe nada do mundo de onde fui arrancado. As bibliotecas estão cheias de estudos sobre esse mundo, seus compositores, pintores, construtores de palácios, sim, e nesses estudos não há de faltar o nome de meu pai, patrono das artes, generoso patrono do Maestro e sim, o Maestro foi meu professor.

Ele se interrompeu e tirou os olhos de mim.

– Ah, por isso eu tenho de sofrer e recordar, mas você não – falei. – Estou entendendo. Gosta de se gabar como os homens costumam fazer.

— Não, não está entendendo nada. Você é tudo que eu quero, você dentre todas as pessoas, você que cultua esses nomes, Mozart, Beethoven, como deuses domésticos. Quero que saiba que os conheci! Não sei onde estão agora, mas eu estou aqui, a seu lado!

— Sim, as coisas estão claras para nós dois, mas e daí? Sabe que pode me pegar desprevenida milhares de vezes, mas não vou mais entrar de cabeça no jogo. Sei que quando sonho, com o mar, com a arrebentação das ondas, sonho o que você...

— Não vamos falar disso, desse sonho.

— E por quê? Porque é uma entrada para seu mundo?

— Não tenho mundo. Estou perdido no seu.

— Teve um, tem uma história, tem uma série de eventos encadeados atrás de você, seguindo seu rastro, não é verdade? Sei que o sonho veio de você porque nunca vi aqueles lugares.

Ele bateu na mesa com os dedos da mão direita e curvou a cabeça, pensando.

— Deve lembrar — comentou com malícia, levantando um sorriso, embora fosse muito mais alto, deixando às sobrancelhas a tarefa de serem ameaçadoras, enquanto a voz era inocente e a boca doce —, deve lembrar que teve uma amiga chamada Susan depois da morte de sua filha.

— Tive muitas amigas após a morte de minha filha, boas amigas, e na realidade quatro delas se chamavam Susan, Suzanne ou Sue. Houve a Susan Mandel, que foi minha colega de escola, a Susie Ryder, que veio me consolar e acabou se tornando uma grande aliada, houve a Suzanne Clark...

— Não, nenhuma dessas. É verdade o que está dizendo, muitas vezes pôde agrupar suas amigas em grupos de nomes. Está lembrada das Annes de seus anos de faculdade? Eram três, e como achavam engraçado que você se chamasse Triana, o que significava três Annes. Mas não quero falar sobre elas.

— Por que ia querer? Essas recordações são todas agradáveis.

— Então onde estão elas agora, tantas amigas, especialmente a quarta... Susan?

— Está me tirando de foco.

— Não senhora, tenho você guardada comigo — retrucou, com um sorriso franco. — Tão apertada como quando estou tocando.

— Sensacional! Você conhece essa palavra antiga?

— É claro.

— É isso o que você é, produzindo todas essas ardentes sensações dentro de mim! Vamos lá, por que não conversamos direito? A que Susan está se referindo, não consigo...

– Aquela do sul, a de cabelo ruivo, aquela que conheceu Lily...

– Oh, essa Susan era amiga de Lily. Morava no apartamento de cima e tinha uma filha da idade de Lily, ela...

– Por que não conversa com naturalidade sobre o assunto? Será que isso a faria perder a cabeça? Por que não me conta? Essa mulher gostava muito de Lily. Lily gostava de ir para o apartamento dela, sentar a seu lado e desenhar. E essa mulher, essa mulher lhe escreveu anos depois da morte de Lily, quando você já estava aqui, em Nova Orleans; e essa tal de Susan, que gostava tanto de sua filha, essa Susan disse a você que Lily tinha renascido, reencarnado, está lembrada?

– Vagamente. Mas é melhor pensar nisso do que na época em que as duas se encontravam, pois uma está morta. Achei a carta absurda. As pessoas nascem de novo? Vai me contar os segredos?

– Nunca; mesmo porque não sei. Minha existência é uma contínua estratégia. Sei apenas que estou aqui, aqui e aqui, e isso nunca termina. Aqueles que eu amo ou que passo a odiar, todos morrem, mas eu fico. Isso é o que sei. E jamais o brilho de uma alma pulou em minha frente declarando ser a reencarnação de alguém que tenha me ferido, que tenha *me* ferido...!

– Continue, estou ouvindo.

– Está lembrada do que esta Susan escreveu?

– Sim, que Lily nascera de novo em outro país. Ah! – parei, chocada. – Foi isso que me fez ver no sonho, um país onde nunca estive, mas onde Lily está? É nisso que você quer que eu acredite?

– Não, só quero atirar na sua cara que você nunca se deu ao trabalho de procurá-la.

– Oh, mais uma diabrura, você tem um ótimo repertório. Quem o feriu? Quem apertava os gatilhos das armas que ouviu quando morreu? Não vai me contar?

– Incrível o modo como Lev lhe falou das mulheres, de como era consolado por uma garota atrás da outra durante a doença de Lily. Ele, o pai de uma filha agonizante...

– É um demônio bem sórdido – falei. – E não vou entrar numa batalha de palavras com você. Tudo o que me interessa é que ele fez sexo rápido e sem amor com essas garotas. Enquanto eu bebia. Eu bebia. Tinha engordado? Pois que seja. Mas nada significou, se é aí que quer chegar. De qualquer forma, não existe um Juízo Final. Não acredito nisso. E além dessa fé, perdi também a que eu tinha na Confissão ou na Legítima Defesa. Vá embora. Vou ligar de novo o meu som. O que vai fazer? Quebrá-lo? Tenho outra aparelhagem. Posso cantar Beethoven. Sei de cor o *Concerto para Violino*.

– Não se atreva.

– Por que não? Há música gravada esperando a pessoa no Inferno?
– Como vou saber, Triana? – perguntou com imprevista suavidade. – Como vou saber o que eles têm no Inferno? Pode ver por si mesma qual é o cenário de minha danação.
– É, se me perguntasse eu diria que acho muito melhor que o fogo eterno. Vou tocar meu guardião Beethoven sempre que tiver vontade e cantar o que eu puder recordar, mesmo atropelando a afinação, a melodia, o tom...

Ele se inclinou para a frente, timidamente, mas não tive a força necessária para continuar a encará-lo. Quando baixei a cabeça e olhei para a mesa, senti uma enorme angústia subindo dentro de mim, uma coisa que me sufocava. O violino. Isaac Stern no auditório, minha certeza infantil de que conseguiria atingir tamanha grandeza...

Não. De jeito nenhum.

Olhei o violino. Estendi o braço. Ele não se mexeu. Eu não podia cobrir mais de um metro de mesa. Levantei e me aproximei da cadeira a seu lado.

Não parava de me observar e mantinha cuidadosamente a mesma postura, como se desconfiasse que eu pretendia fazer alguma surpresa. Talvez pretendesse. Só que não sabia como fazer. Seria uma tentativa inútil, não é?

Encostei no violino.

Ele tinha uma expressão arrogante, de suave beleza.

Sentei bem na frente do violino e, para que eu pudesse tocar mais facilmente no instrumento, ele encolheu a mão direita, tirando-a do caminho. Na verdade, chegou a empurrar um pouco o violino em minha direção, mas sempre segurando firmemente o braço e o arco.

– Stradivarius – eu disse.

– Sim. Um dos muitos que já toquei, apenas um dentre muitos. E agora é um fantasma, tão certamente quanto eu sou um fantasma; é um espectro, como eu sou um espectro. Mas é vigoroso. Tem sua própria personalidade, como eu tenho a minha. Na esfera onde é um fantasma continua sendo tão genuinamente um Stradivarius quanto foi em vida.

Olhou amoroso para o violino.

– De certa forma, pode-se dizer que morri por ele. – Olhou-me de relance. – Depois da carta de Susan – perguntou –, por que não foi procurar a alma renascida de sua filha?

– Não acreditei na carta. Joguei-a fora. Achei uma tolice. Tive pena de Susan, mas não consegui responder.

Ele deixou que seus olhos brilhassem. O sorriso foi malicioso.

– Acho que está mentindo. Você ficou com ciúmes.

– Mas ciúmes de quê? De que uma velha amiga tivesse perdido o juízo? Há anos eu não via Susan; e não sei onde está agora...

— Mas ficou com ciúmes, com uma raiva tremenda. Teve mais ciúmes de Susan que de Lev com todas as suas garotas.

— Bem, vai ter de me explicar como foi isso.

— Com prazer. Caiu numa agonia de inveja porque sua filha reencarnada revelou-se a Susan e não a você! O raciocínio foi esse. Não podia ser verdade, pois era impossível que o laço entre Lily e Susan fosse mais forte que o laço entre Lily e você! A coisa lhe parecia um verdadeiro ultraje. Sempre o orgulho, o mesmo orgulho que a fez abrir mão de Lev quando ele era incapaz de distinguir a mão direita da esquerda, quando estava arrasado de dor, quando...

Não respondi.

Estava absolutamente certo.

Senti-me atormentada pela idéia de que alguém pudesse reclamar tamanha intimidade com minha filha perdida, que Susan, aparentemente com a cabeça fora do lugar, pudesse imaginar que Lily, reencarnada, confiaria nela em vez de confiar em mim.

Ele tinha razão. Fora uma perfeita estupidez de minha parte. E como Lily gostara de Susan. Oh, o laço que havia entre as duas!

— Então você está jogando outra carta. E daí? — Estendi a mão. Ele continuou segurando com força o braço do violino e o arco. Na verdade, apertou-os ainda mais.

Acariciei o violino, mas ele não deixou que eu o tirasse do lugar. Não parava de me observar. O violino parecia real; era sólido, era magnífico e lustroso, era em si mesmo grandioso, mesmo sem produzir qualquer nota musical. Ah, encostar a mão nele. Tocar num violino tão especial e antigo.

— É um privilégio, posso? — perguntei amargamente. Nada de pensar em Susan e na história de Lily ter reencarnado.

— Sim, é um privilégio... mas sem dúvida você o merece.

— E por que razão?

— Porque talvez ame o som deste instrumento mais que qualquer outro mortal para quem já toquei.

— Incluindo Beethoven?

— Ele era surdo, Triana — respondeu num sussurro.

Achei muita graça. É claro. Beethoven era surdo! Todo mundo sabia, assim como sabia que Rembrandt era holandês ou que Leonardo da Vinci tinha sido um gênio. Ri com vontade, mas sem grande espalhafato.

— É muito engraçado que eu esqueça uma coisa dessas.

Ele não estava achando graça.

— Deixe-me segurá-lo.

— Não vou deixar.

– Mas você acabou de dizer...
– Não importa o que eu disse. O privilégio não chega tão longe. Não pode segurá-lo. Pode encostar a mão nele, mas só isso. Acha que deixaria uma criatura como você tanger uma corda? Nem tente!
– Você deve ter morrido num acesso de cólera.
– Foi isso.
– E, como discípulo que o Maestro não podia ouvir, o que achava de Beethoven, que juízo fazia dele?
– Eu o adorava – murmurou. – Adorava como você o adora sem jamais o ter conhecido. Mas eu o conheci. Tornei-me um fantasma antes dele morrer. Vi o seu túmulo. Ao entrar naquele velho cemitério achei que ia morrer novamente, de mágoa, de horror por ele estar morto, por aquele marco estar ali, à espera dele... Mas não pude morrer.

Perdera totalmente o ar de malícia.

– E aconteceu tão depressa – continuou. – É como costuma acontecer em minha esfera. As coisas são rápidas. Mesmo que às vezes pareçam se demorar, pareçam eternas. Passei anos numa espécie de atordoamento. Mais tarde, muito mais tarde, soube pela conversa dos vivos do grande funeral, de como o caixão de Beethoven fora conduzido pelas ruas. Ah, Viena gosta, Viena gosta muito dos grandes funerais e hoje meu maestro tem um monumento adequado. – O tom de sua voz ficou baixo, chegando quase ao silêncio. – Como chorei naquele velho túmulo. – Parecia ausente, abismado, mas a mão jamais soltava o violino. – Lembra quando sua filha morreu? Você queria que todo mundo soubesse.

– Ou que o mundo parasse e me desse um segundo para refletir. Algo assim...

– Seus amigos da Califórnia não sabiam como se comportar numa missa de corpo presente. E metade deles se perderam do carro fúnebre na via expressa.

– E daí?

– Bem, o Maestro que você tanto ama teve um funeral que não a decepcionaria.

– Sim, ele era Beethoven. Você o conheceu. Eu o conheço. Mas e Lily? O que sobrou de Lily? Ossos? Pó?

Ele assumira um ar de carinho e pesar.

Minha voz não foi estridente nem raivosa.

– Ossos, pó, um rosto de que posso lembrar perfeitamente, redondo, com a testa alta de minha mãe, diferente da minha, oh, com o rosto de minha mãe! Gosto de pensar nela. Gosto de me lembrar de como era bonita...

– E quando o cabelo de Lily caiu e ela chorava?
– Sempre bonita. Sabe disso. Você era bonito quando morreu?
– Não.
O violino parecia sedoso e perfeito.
– Foi fabricado em 1690 – ele explicou. – Antes de eu nascer, muito antes. Meu pai comprou-o de um homem em Moscou, onde nunca mais fui nem iria absolutamente.
Fitei carinhosamente o violino. Naquele momento nada no mundo me despertava grande interesse, a não ser aquele instrumento: fantasmagórico, simulado ou real.
– Real e espectral – ele me corrigiu. – Meu pai tinha vinte instrumentos fabricados por Antonio Stradivari, todos excelentes, mas nenhum tão bom quanto este, este violino longo.
– Vinte? Não acredito! – falei bruscamente, mas sem saber por que dizia isso. Raiva.
– Inveja, porque não tem talento – replicou.
Examinei-o; ele estava sem rumo. Não sabia se me odiava ou se me amava. Só sabia que precisava desesperadamente de mim.
– Não de você – rebateu – mas de alguém.
– De alguém que ame este violino, não é? – perguntei. – Alguém capaz de saber que é "o Strad longo", que o idoso Stradivari fabricou quase no fim da vida. Quando se livrou da influência de Amati.
O sorriso foi triste e ligeiro, não, pior ainda, não foi tão superficial, estava cheio de mágoa... Ou seria apenas seu modo de agradecer?
– Perfeitos buracos de fá – comentei suavemente, de modo reverente, passando os dedos por eles no tampo do violino. Não toque nas cordas.
– De jeito nenhum – disse ele. – Mas pode... pode continuar mexendo.
– Agora é você quem está chorando? Lágrimas reais?
Quis fazer um comentário maldoso, mas as palavras tinham perdido a força. Só contemplava o violino, pensando no quanto era refinado, no quanto era inexplicável. Tente dizer a alguém que nunca tenha escutado um violino como é o som, como é a voz do instrumento, e pense em quantas gerações viveram e morreram sem ter ouvido nada igual.
Suas lágrimas inundavam todo o espaço fundo dos olhos. Não lutava contra elas. Minha suposição é que ele as fabricava, assim como fabricava toda a imagem de si mesmo.
– Se fosse assim tão simples... – confidenciou.
– Um verniz escuro – comentei, olhando para o violino. – Isso revela a época de fabricação, não é? Assim como o encaixe das costas; são duas peças, eu já tinha reparado. E a madeira é da Itália.

– Não – respondeu. – Embora seja o caso em grande parte deles. – Teve de limpar a garganta, ou seu simulacro, para conseguir falar.

– É o violino longo, sim, tem razão quanto a isso; chamam-no *stretto lungo*. – Falava com espontaneidade e quase num tom generoso. – Todo o conhecimento que tem na cabeça, todos os detalhes que sabe sobre Beethoven e Mozart, o fato de chorar quando os ouve, agarrada ao travesseiro...

– Estou acompanhando seu raciocínio. Não esqueça daquele russo demente como tão grosseiramente o chama. Meu Tchaikovsky. Você o toca bastante bem.

– Sim, mas que benefício tudo isso lhe trouxe? Seu conhecimento, sua leitura desesperada da literatura sobre Beethoven ou Mozart, o estudo interminável dos detalhes sórdidos da vida de Tchaikovsky... Onde conseguiu chegar, quem é você?

– O conhecimento me faz companhia – respondi lenta e calmamente, deixando as palavras falarem tanto a ele quanto a mim. – Mais ou menos como você me faz companhia. – Inclinei-me para a frente, chegando o mais perto possível do violino. A luminosidade do lustre era fraca, mas consegui ver a marca através do buraco de fá, o círculo redondo, as letras AS e o ano, registrado perfeitamente como ele dissera: 1690.

Não beijei aquele objeto; a simples intenção de fazê-lo parecia gratuita e vulgar. Só queria pegar no violino, encaixá-lo no meu ombro (pelo menos isso eu sabia fazer), dobrar os dedos da mão esquerda em volta dele.

– Nunca.

– Tudo bem – exclamei com um suspiro.

– Quando conheci Paganini, ele tinha dois violinos de Antonio Stradivari, e nenhum tão bom quanto este...

– Também conheceu Paganini?

– Oh, sim, pode-se dizer que ele desempenhou, involuntariamente, um papel importante em minha queda. Mas nunca soube o que aconteceu comigo. Quando o tempo não teve mais uma medida natural, conheci-o através do véu do mistério, observei-o uma vez ou duas, e foi tudo que pude fazer. Mas ele nunca teve um instrumento tão bom quanto este...

– Estou entendendo... e você tinha vinte...

– Na casa de meu pai, como eu lhe disse. Tente tirar proveito de suas leituras. Você sabe o que era Viena naquele tempo. Sabe dos príncipes que tinham orquestras particulares. Não seja estúpida.

– E morreu por causa deste violino?

– Teria morrido por qualquer um deles – respondeu, deixando os olhos correr pelo instrumento. – Quase morri, aliás, por todos... Mas este, este aqui era meu, ou pelo menos era o que eu e meu pai sempre dizíamos, embora, é claro, eu fosse filho dele e costumasse tocar todos os violinos que havia. – Parecia estar meditando.

– Morreu mesmo por este violino?

– Sim! E pela paixão de tocá-lo. Se fosse, desde o berço, um idiota sem talento, como é o seu caso, se fosse uma pessoa ordinária como você, teria enlouquecido. É um prodígio que isso não tenha lhe acontecido!

Instantaneamente pareceu se arrepender do que tinha dito e me olhou quase com um ar de desculpas.

– Mas admito que poucos conseguiram ouvir como você.

– Obrigada – respondi.

– Poucos conseguiram entender a linguagem pura da música como você.

– Obrigada – murmurei.

– Poucos conseguiram... vibrar numa escala tão vasta. – Ele parecia confuso. Parecia quase indefeso diante do violino.

Não falei nada.

Ele ficara perturbado e arregalava os olhos para mim.

– E o arco... – falei, repentinamente com medo que ele fosse embora, que fosse embora de novo, que desaparecesse por despeito. – O grande Stradivari também fazia o arco?

– Talvez, é um ponto controverso. Não se preocupava muito com arcos. Você sabe disso. Este arco pode ser dele, pode mesmo, e é claro que você conhece a madeira. – Seu sorriso voltou, íntimo e um tanto maravilhado.

– Conheço? Acho que não – respondi. – Que madeira é? – Encostei a mão no arco, no arco comprido e largo. – É largo, muito largo, mais largo que os arcos que vieram depois ou que aqueles que hoje se usam.

– É para produzir um som mais apurado – disse, fitando-o. – Oh, você repara mesmo nas coisas!

– Mas é óbvio. Qualquer um teria notado. Estou certa de que o público da capela reparou na largura do arco.

– Não tenha tanta certeza do que repararam ou não. Sabe por que é tão largo?

– Para que a crina de cavalo e a madeira não encostem tão facilmente uma na outra, para que se possa tocar com mais estridência.

– Estridência – repetiu com um sorriso. – Estridente. Ah, nunca pensei na coisa nesses termos.

– Você ataca com muita freqüência e faz o arco descer com toda a força. Para isso é preciso um arco ligeiramente côncavo, não é? Qualquer que seja a madeira do arco, é sempre uma madeira especial. Não consigo lembrar. Eu costumava saber dessas coisas. Diga que madeira é?

– Com muito prazer. Não sei quem foi o fabricante do arco, mas a madeira eu conheço, já conhecia quando era vivo. É pau-de-pernambuco. – Ele me examinou como se estivesse à espera de alguma coisa. – Não tange nenhuma corda em sua memória o pau-de-pernambuco? Não vê ressonância no nome?

– Sim, mas o que é pau-de-pernambuco? Eu não...

– É uma madeira originária do Brasil – explicou. – E na época em que este arco foi feito era só do Brasil que ela vinha. Brasil.

– Ah, sim. – Estudei seu rosto com atenção.

De repente, o vasto mar apareceu, o mar cintilante, brilhante, inundado de luar – e então, um grande avanço de ondas. A imagem foi tão forte que o riscou da minha mente e me arrebatou, até que o senti pousar a mão na minha mão.

Via-lhe o rosto. Via o violino.

– Não se lembra? Pense.

– Em quê? – perguntei. – Vejo uma praia, vejo um oceano, vejo ondas.

– Vê a cidade onde a amiga Susan disse que sua filha tinha renascido – ele falou bruscamente.

– Brasil... – Olhei para ele. – No Rio de Janeiro, no Brasil, oh, sim, foi isso que Susan escreveu na carta, Lily estava...

– Vivendo de música no Brasil, exatamente o que você sempre quis fazer, viver de música, se lembra? Lily reencarnou como musicista no Brasil.

– Já disse que joguei a carta no lixo. Nunca visitei o Brasil, por que você quer que eu veja isso?

– Eu não! – respondeu.

– Mas é o que faz.

– Não.

– Então por que vejo? E por que me acorda quando vejo a água e a praia? Por que tive o sonho? Por que vi essas coisas justamente agora? Não me recordava dessa parte da carta de Susan. Não sabia o que significava a expressão pau-de-pernambuco. Nunca estive...

– Está mentindo de novo, ainda que com a mais pura inocência – retrucou. – Você realmente não sabe. Sua memória tem algumas falhas piedosas, lugares onde a costura da trama se rasga. São Sebastião... é o santo padroeiro da cidade do Rio de Janeiro.

Levantou a cabeça para a obra-prima italiana de Karl, o São Sebastião em cima da lareira, e continuou.

– Lembre que Karl queria ir ao Brasil para completar o trabalho sobre São Sebastião. Queria reunir as narrativas portuguesas sobre o santo, que ele sabia existirem por lá. Você disse que preferia não ir.

Fiquei chocada e não consegui responder. Fora realmente o que dissera a Karl, uma decepção para ele, que nunca mais voltou a ficar suficientemente bem de saúde para fazer a viagem.

– Ah, ela se culpa com tanta certeza – disse ele. – Você não quis ir porque era o lugar que Susan mencionara na carta.

– Não me lembro.

– Oh, sim, lembra. Eu não saberia disso se não lembrasse.

– Não posso inventar um mar batendo numa praia do Brasil. Vai ter de encontrar alguma coisa pior, algo mais específico. Ou extraí-lo de você mesmo, porque você não quer que as imagens sejam minhas, o que pode apenas significar...

– Pare com essa estúpida análise.

Recostei-me na cadeira.

Por ora, a dor tinha triunfado. Não conseguia falar. Karl queria ir ao Rio de Janeiro e, quando eu era muito jovem, também tive várias vezes vontade de ir – viajar para o sul, para o Brasil, Bolívia, Chile, Peru, todos esses lugares misteriosos. Susan dissera na carta que Lily renascera no Rio e havia mais alguma coisa, algum fragmento, algum detalhe...

– As moças – ele disse.

Eu recordei.

Em nosso prédio na universidade de Berkeley, no apartamento acima do de Susan, a bonita brasileira com suas duas filhas e como disseram ao ir embora: "Nunca vamos esquecer de você, Lily." Pessoal universitário vindo do Brasil. Eram várias famílias. Fui até o banco, saquei dólares de prata e dei cinco a cada uma. Bonitas moças com vozes graves, guturais, e suaves... oh, sim, eram aqueles os tons da fala no sonho! Olhei para ele.

A língua do templo de mármore era o português.

Ele se levantou com raiva. Puxou o violino.

– Não resista, agüente, por que não? Deu os dólares de prata, elas beijaram Lily e sabiam que ela estava morrendo, mas você achava que não. Foi só depois de Lily morrer que uma amiga dela, uma maternal amiga dela, Susan, contou-lhe que Lily sabia o tempo todo que ia morrer.

– Não vou permitir, juro que não vou permitir. – Fiquei de pé. – Vou exorcizá-lo como um demônio ordinário antes que consiga fazer isso comigo.

– É você quem faz com você mesma.

– Está indo muito longe, longe demais, e para atender a seus caprichos. Lembro de minha filha. Isso basta. Eu...

– O quê? Mentir colocando-a num túmulo imaginário? Como pensa que é meu túmulo?
– Você tem um?
– Não sei – respondeu. – Nunca me preocupei com isso. Mas acho que nunca me colocariam num solo consagrado ou me dariam uma lápide.
– Parece tão triste e derrotado quanto eu.
– De jeito nenhum.
– Oh, formamos uma boa dupla!
Ele recuou, como se estivesse com medo de mim, apertando o violino contra o peito.
Ouvi a deprimente batida de um relógio – a primeira dentre várias, vindo talvez a mais alta da sala de jantar. As horas tinham passado, horas em que ficamos ali sentados, trocando socos.
Encarei-o e uma terrível malícia cresceu dentro de mim. Podia me vingar brincando com os segredos que ele conhecia e deixando que se empenhasse sozinho em trazê-los à superfície. Procurei alcançar o violino. Ele recuou.
– Não.
– Por que não? Você evapora se ele sair de suas mãos?
– É meu! – exclamou. – Levei-o comigo para a morte e comigo ele fica. Não pergunto mais por quê. Não pergunto mais nada.
– Entendo. E se quebrar, se for espatifado, danificado de alguma forma?
– Não pode acontecer.
– Acho perfeitamente possível.
– Você é estúpida e louca.
– Estou cansada – falei. – Você parou de chorar e agora é a minha vez.
Afastei-me. Abri as portas que davam para a sala de jantar. Podia ver através delas e pelas janelas do fundo da casa. As altas cerejeiras estavam iluminadas contra a cerca da sacristia da capela, folhas brilhando num clarão de luzes elétricas, movendo-se como se houvesse vento, e eu não tinha sequer (naquela casa enorme, rangente como ela só), não tinha sequer reparado no vento. Agora o ouvia, batendo de leve nos caixilhos das janelas e insinuando-se pelos porões.
– Oh, Deus! – exclamei. Estava de costas para ele e ouvi quando caminhou em minha direção, cautelosamente, como se quissesse apenas chegar perto.
– Sim, chore – ele disse. – Que mal há nisso?
Encarei-o. Parecia bastante humano naquele instante, quase caloroso.
– Prefiro outra música! Você sabe disso. Acho que está transformando este nosso pequeno caso num inferno para nós dois.

– Acha possível uma relação melhor? – Soava sincero. Parecia sincero. – Será que eu, neste estágio avançado, tão alienado da vida, poderia ser conquistado por algo como o amor? Não, não há calor suficiente no amor para mim. Não desde aquela noite, não desde que deixei a carne e me associei definitivamente a este instrumento.

– Vá em frente, você também quer chorar. Faça isso.

– Não – ele replicou, recuando.

Virei-me e vi as folhas verdes. De repente, as luzes se apagaram.

O que tinha um significado. Significava que o relógio marcava 1:00h, a hora que acabava de bater. Nesse momento, lá fora, as luzes se apagavam automaticamente num lugar e acendiam automaticamente em outro.

Não ouvia barulho na casa. Althea e Lacomb dormiam. Ou melhor, Althea saíra naquela noite, só voltaria de manhã, e Lacomb fora dormir no quarto do porão, onde sabia que o cheiro do cigarro não me incomodava. A casa estava deserta.

– Não, nós dois estamos aqui – ele sussurrou em meu ouvido.

– Stefan? – pronunciei como miss Hardy, com a ênfase na primeira sílaba.

Seu rosto se descontraiu e se iluminou.

– Você vive uma vida breve – falou. – Por que não tem pena de mim? Meu fardo é para sempre.

– Bem, então, toque. Toque para mim e me deixe sonhar e recordar livremente. Será que tenho de odiar os sonhos e as memórias? Será que a angústia cabal que lhe foi concedida é suficiente para os dois?

Ele não pôde suportar isso. Parecia uma criança de coração partido. Era como se eu tivesse lhe batido. Quando levantou a cabeça, tinha os olhos vidrados e inocentes, a boca tremia.

– Morreu muito jovem – eu disse.

– Não tão jovem quanto sua Lily – respondeu amargamente, num tom rancoroso, mas quase não conseguiu tornar as palavras audíveis. – O que os padres lhe disseram? Que ela nem mesmo atingira "a Idade da Razão"?

Olhamos um para o outro, eu a segurá-la nos braços, prestando atenção à conversa precoce, onde a esperteza e a ironia nasciam da dor e das drogas que soltavam a língua, como o Dilantin. Lily, minha brilhante menina, com um copo levantado no meio das amigas para fazer um brinde, a cabeça perfeitamente calva, o sorriso tão bonito que eu agradecia a Deus, agradecia por ser capaz de lembrá-lo com tanta nitidez. Oh, sim, por favor, o sorriso. Quero vê-lo, quero ouvir o riso dela como algo que rola, divertido, ladeira abaixo.

Memória de uma conversa com Lev. "Meu filho Christopher ri da mesma maneira, aquele riso solto, fácil!" Fora o que tinha dito Lev numa chamada interurbana dois filhos atrás, quando Chelsea estava na linha com ele e todos nós gritávamos de alegria.

    Atravessei lentamente a sala de jantar. Todas as luzes da casa tinham sido devidamente apagadas. Só a luminária em forma de castiçal, junto da porta de meu quarto, permanecia acesa. Deslizei por baixo dela. Entrei no quarto.

    Ele seguiu cada passo que dei, silencioso mas sempre ali, nítido como uma grande sombra atrás de mim, como um grande manto de pura escuridão.

    Virei-me e fitei seu rosto vulnerável, seu desamparo, pensando: Deus, por favor, não o deixe saber, mas ele está como todos os outros, morrendo e precisando de mim. Não é mero insulto para atormentá-lo. É verdade.

    Perplexo, ele me espreitava.

    Tive urgência de tirar aquelas roupas, a túnica de veludo, a saia de seda. Queria arrancar tudo que me prendia, vestir uma roupa folgada, entrar debaixo das cobertas e sonhar, sonhar com os túmulos de sonho, os mortos de sonho e tudo o mais. Estava com calor, desarrumada, mas não cansada, não, nem por um segundo cansada.

    Estava preparada para a batalha como se, pelo menos uma vez na vida, pudesse vencer! Mas como seria isso, vencer? Ele sofreria? Como podia desejar uma coisa dessas, mesmo para alguém tão repelente, grosseiro e literalmente do outro mundo?

    Mas só especulei sobre ele, sobre aquela jovem coisa, para perceber de novo, com uma pancada no peito, que ele se encontrava realmente ali, que se eu estava louca, estava seguramente louca num lugar onde ninguém além dele podia me atingir. Continuávamos juntos.

    Comecei a me lembrar de uma coisa, algo tão terrível que não passei um único mês de minha vida sem pensar naquilo, algo que vinha como um grande caco de vidro em minha direção e, contudo, nunca o relatara a pessoa alguma, nunca, nunca, em toda a minha vida, nem mesmo a Lev.

    Estremeci. Sentei na cama e puxei o corpo para trás tentando ficar à vontade, mas a cama era tão alta que meus pés não tocavam o chão. Desci e caminhei. Ele recuou para me deixar passar.

    Senti a lã de seu casaco. Cheguei a sentir seu cabelo. Atingi a porta da pequena saleta que conduzia ao quarto e que se abria para a sala de jantar. Agarrei-lhe o cabelo comprido.

    – Ora, são barbas de milho, mas são pretos! – exclamei.

    – Ah, pare com isso! – disse ele, se esquivando. O cabelo pareceu escorregadio e reluzente ao escapar de minha mão.

Ele fez um movimento na direção da sala de jantar, pulando para bem longe de mim. E então levantou o arco. Para tocar naquele momento, ao que parece, não foi preciso esticar a crina do arco espectral, feito de pau-de-pernambuco.

Fechei os olhos para ele e para o mundo, mas não para o passado nem para a memória. A memória, a memória seria para ele... Tão pequena, tão difícil de recolher e enfrentar. Era como cortar a mão com um caco de vidro...

Mas fui impelida. O que havia a perder? Nem mesmo aquela coisa banal, feia e inconfessada conseguiria me empurrar para o fim de toda razão. Se eu ainda podia fabricar sonhos lúcidos, além de espectros, tudo bem. E que ele viesse atrás de mim.

10

Começamos juntos. Deixei-me levar; este tormento específico é pessoal, temperado com vergonha, tão aviltado que não se pode sequer associá-lo a tristeza.

Tristeza.

Era a mesma casa em que nos encontrávamos agora. Ele tocava uma sonata para mim, numa tonalidade grave, retesando o arco com tanta perícia nas notas profundas que meus olhos pareciam ver, com a mesma nitidez da mente, uma época mais antiga.

Mas eu estava do outro lado da comprida sala de jantar.

Senti o cheiro do verão antes de terem chegado as máquinas para refrigerar casas como esta, quando a madeira assumia aquele cheiro especial de coisa seca pelo calor e o fedor das comidas comuns na cozinha, como repolho e presunto, se prolongava eternamente. Sabia de alguma casa onde não houvesse aquele cheiro de repolho cozido? Lembrei-me então de pequenas casas, pequenas cabanas de caça, ordinárias e vistosas, no litoral da pequena região irlandesa de origem alemã, de onde vieram meus antepassados (ou pelo menos alguns deles) e aonde eu ia freqüentemente com a mãe ou o pai. Eles me apertavam bem a mão enquanto eu contemplava as estreitas e áridas calçadas, ansiando por uma árvore e sentindo falta da agradável teia de mansões do Garden District.

Esta afinal era uma casa grande; um chalé, sim, de apenas quatro grandes cômodos no andar térreo e onde as crianças dormiam em pequenos quartos num sótão com janelas nos telhados. Mas todos os quatro cômodos do andar principal eram grandes e, naquela noite, na noite de que me lembrava e cuja lembrança ficou para sempre gravada dentro de mim, a noite que não pude compartilhar com ninguém, a noite feia, naquela noite a sala de jantar que ficava entre mim e o quarto principal parecia tão vasta que certamente eu não teria mais de oito anos de idade, se tanto.

Sim, oito, eu me lembro, porque Katrinka já havia nascido, era um bebê que sabia engatinhar e dormia em algum lugar no andar de cima. Eu tinha ficado com medo durante a noite e quisera ir para a cama de minha mãe, o que não era tão raro acontecer. Tinha acabado de descer a escada.

Meu pai, que voltara havia muito tempo da guerra, começara a fazer bicos à noite, assim como seus irmãos, todos trabalhando arduamente para manter as famílias. Tinha saído naquela noite, não sei para onde.

Só sei que a mãe começara a beber, minha avó morrera e o medo tinha chegado, a sombria, terrível angústia do medo; eu a conhecia, conhecia aquela escuridão que ameaçava devorar toda a esperança enquanto eu descia silenciosamente a escada, enquanto avançava pela sala de jantar em busca da luz no quarto dela. Mesmo se estivesse "doente", como chamavam a coisa naquela época, mesmo que seu hálito tivesse o gosto amargo (de bebida), mesmo que dormisse tão profundamente que eu pudesse balançar sua cabeça sem acontecer nada, mesmo assim ela estaria quente e a luz acesa; a mãe detestava o escuro, tinha medo dele.

Mas não havia luz, não que eu pudesse ver. "Deixe sua música falar do medo, do medo esmagador da criança, do medo de que a teia das coisas se rompa e nunca mais se refaça." Era possível, já naquela época, desejar nunca ter nascido; eu simplesmente não tinha as palavras certas.

Sabia que fora lançada numa terrível existência de ansiedade e risco, vagando muitas vezes além de toda possibilidade de consolo, fechando os olhos, ansiando apenas pelo sol da manhã, pela companhia dos outros, buscando esperança no reflexo dos faróis dos carros passando, as luzes bem diferentes entre si.

Descendo os degraus estreitos e curvos, cheguei a esta sala de jantar.

Olhe, esse era o bufê de carvalho preto que tínhamos naquela época, com entalhes de produção em série, mas bojudo e majestoso. Foi aquele que o pai deu de presente quando a mãe morreu, dizendo que a mobília da esposa devia ficar com "a família dela", como se nós, as filhas, não fizéssemos parte dessa família. Mas aquela noite, aquela noite em especial, aconteceu muito antes da morte da mãe. E o bufê foi um eterno ponto de referência no mapa do medo.

Faye ainda estava por vir, pequenina, tirada faminta da água escura de um útero deteriorado. Amada e pequenina Faye que ainda não chegara como uma coisa enviada do Céu para nos trazer calor, para dançar, para nos distrair, para nos fazer achar graça; Faye que trazia e traria sempre a beleza do dia, não importa a dor que se abatesse sobre ela; Faye que podia ficar horas deitada acompanhando os movimentos das árvores verdes no vento; Faye que nascera intoxicada para oferecer a todos, para sempre, uma doçura sem limites.

Não, aquilo foi pouco antes de Faye, e foi deprimente, sem salvação. Foi tão sombrio, talvez, quanto o mundo ficaria mais tarde. E chegou mais perto do desespero que as percepções que vêm com a idade, pois não havia, então, sabedoria para ajudar. Fiquei com medo, com medo.

Talvez naquela noite Faye já estivesse no útero da mãe. Podia ser. A mãe sangrou durante toda a gravidez. Faye não estaria flutuando num mundo cego, contaminado, embriagado, quem sabe já penetrada de angústia? Um coração bêbado bate tão forte quanto qualquer outro? O corpo de uma mãe bêbada é quente o bastante para uma minúscula partícula de ser? Um ser flutuante, à espera, tateando para uma consciência dos espaços escuros e frios onde o medo está parado na soleira das portas. O pânico deu as mãos à ansiedade na frente daquela criança tímida, com sentimentos de culpa, que espreitava no meio de uma sala imunda.

Veja o complexo entalhe da lareira, rosas na madeira avermelhada, o colorido na beirada de pedras, um aquecedor a gás apagado que podia chamuscar o arco do console. Veja os batentes, os umbrais imponentes das grandes portas, as sombras atiradas de um lado para o outro pelo tráfego que resvala por ali.

Uma casa imunda. Era mesmo, quem ia negar? Era antes do aspirador de pó ou da lavadora de roupas, e a poeira estava sempre no canto. O vendedor de gelo, um homem que não parava de correr, arrastava toda manhã pela escada seu fardo mágico e brilhante. O leite fedia na caixa de gelo. Baratas se cruzavam na brancura do metal esmaltado da mesa da cozinha. Bater, bater para elas fugirem antes de você sentar. E sempre passar uma água no copo antes de beber.

Andar descalça – andávamos sujas do início ao fim do verão. A poeira ficava pendurada nos ferrinhos dos postigos da janela. Depois de um certo tempo, eles enferrujavam e ganhavam um tom muito preto. No verão, quando os postigos eram abertos, a poeira vinha toda para dentro de casa. A sujeira voava durante a noite e, com a naturalidade do musgo nos carvalhos do lado de fora, balançava sã e salva em cada curva, espiral ou suporte.

Eram coisas normais; afinal, como poderia ela manter a limpeza em cômodos daquele tamanho? Sem falar em todos os seus sonhos de ler poesia para nós, suas meninas, que não deviam ser incomodadas por tarefas domésticas, suas crianças geniais, perfeitamente saudáveis. Largava então os montes de roupa suja no chão do banheiro e ficava lendo, e rindo, para nós. Tinha um riso bonito.

A esfera de ação das coisas era arrasadora. Assim era a vida. Lembro de meu pai no alto da escada, o braço todo levantado para pintar os tetos com mais de quatro metros de altura. Imagine o que caía de reboco. Vigas apodrecidas no sótão, uma casa afundando, mergulhando, ano após ano, cada vez mais fundo na terra; uma imagem que dava um nó no meu peito.

Nunca ficou tudo limpo nem terminado; a casa nunca ficou cem por cento. As moscas passeavam nos pratos sujos da copa e alguma coisa tinha deixado uma marca de queimado no fogão. Azedo, úmido, era assim o ar parado da noite através do qual eu me movia, descalça, desobediente, fora da cama, no andar de baixo, apavorada.

Sim, apavorada.

Se aparecesse uma barata? Ou um rato? Se as portas tivessem ficado abertas e alguém tivesse entrado? Ela estava lá dentro, bêbada lá dentro. E se não conseguisse acordá-la? Ou se não conseguisse fazer com que levantasse da cama? E se o fogo começasse, oh, sim, aquele fogo terrível, terrível, do qual tinha um medo tão delirante que nunca conseguia parar de pensar nele, naquele fogo como o fogo que queimara a velha casa vitoriana na esquina da Philip com a St. Charles, um fogo que tinha aparecido muito cedo em minha mente, antes mesmo da memória daquela noite, que tinha vindo não só da escuridão e do absurdo da casa incendiada, mas do nosso próprio mundo, do nosso mundo na corda bamba onde palavras amáveis eram seguidas por entorpecimento, frieza e um tremendo desleixo, onde as coisas se acumulavam eternamente, criando um universo de desordem – oh, nunca imaginei que um lugar pudesse ser tão sombrio e tristonho quanto a velha casa vitoriana, um monstro chapado na esquina daquela quadra, atacado pelas maiores chamas que eu já tinha visto.

Mas como impedir que uma coisa dessas acontecesse ali, naqueles cômodos mais espaçosos, atrás de colunas brancas e grades de ferro? Olhe: pegou fogo o aquecedor. Pegou fogo seu aquecedor a gás. Com as pernas grossas, com a chaminha brilhante no ferro trabalhado, sempre armando o bote na ponta do cano de gás muito perto da parede. Perto demais. Eu sabia. Sabia que as paredes ficavam muito quentes por causa de todos os aquecedores que havia na casa. Eu já sabia.

Não podia ser verão naquela noite e também não era inverno. Ou era? Era o fato de estar conhecendo aquela noite que me fazia bater os dentes.

Na memória e naquele momento, enquanto Stefan tocava e eu desenrolava aquela velha miséria de minha infância, bati os dentes.

Stefan executava uma música lenta, tipo marcha, como a música do Segundo Movimento da *Nona* de Beethoven, só que mais sombria, como se ele caminhasse comigo sobre o assoalho que não tinha brilho na época e que todos achavam que não tinha jeito, dadas as possibilidades químicas e mecânicas daquele tempo. Já era 1950? Ainda não.

Vi o aquecedor a gás no quarto dela. Só a visão das chamas alaranjadas me fez tremer e tapar os olhos, embora eu estivesse a uma sala e saleta inteiras de distância. Imagine o fogo, o fogo e tente tirar Katrinka de lá, e pense nela embriagada, e Rosalind, onde estava? Não aparecia na memória ou na fobia. Eu estava lá sozinha e sabia como a fiação era velha; falavam disso distraidamente na hora do jantar:

"Tudo está péssimo aqui", disse meu pai uma vez. "Arderia como palha."

"O que você falou?", eu perguntara.

A mãe veio com mentiras tranqüilizadoras. Mas as lâmpadas foscas de 60 watts daquele tempo piscavam quando ela passava a ferro e, se estivesse embriagada, podia deixar o cigarro cair ou esquecer o ferro ligado. Além disso havia fios desencapados, saíam faíscas das velhas tomadas e o que ia acontecer se o fogo aumentasse, aumentasse, e eu não conseguisse tirar Katrinka do berço, e a mãe começasse a tossir, a tossir por causa da fumaça e fosse incapaz de me ajudar, tossindo como estava naquele momento.

E no final das contas, como nós duas sabíamos, eu a matara.

Naquela noite, ouvi-a lutar com a tosse contínua e seca dos fumantes, que nunca parava por muito tempo, mas isso significava que estava acordada do outro lado da extensão escura da sala, suficientemente acordada para limpar a garganta, para tossir, para deixar, talvez, eu me enroscar a seu lado, debaixo das cobertas, embora ela tivesse dormido o dia inteiro no atordoamento da embriaguez – fora assim, naquele momento eu percebia que tinha sido assim, que ficara meramente deitada ali, sem se vestir, debaixo dos cobertores, com a roupa de baixo, calcinha cor-de-rosa sem sutiã, os seios pequenos e vazios, embora tivesse amamentado Katrinka durante um ano. As pernas nuas, caindo da cama, sobre as quais eu puxara as cobertas, estavam tão cobertas de veias inchadas na parte de trás que eu nem tinha coragem de olhar. Esse mal, essas barrigas de perna transformadas em feixes de veias inchadas, parecia o resultado de "carregar três filhas na barriga". Era o que um dia, um dia... tinha dito à irmã Alicia na chamada interurbana.

Atravessando esse assoalho, tive medo de ser despedaçada, medo que algo de muito terrível saísse do escuro para me fazer gritar, gritar. Mas tinha de chegar até ela. Tinha de ignorar as chamas alaranjadas, o constante tum-tum-tum do medo do fogo em meu peito, as imagens que se repetiam dando voltas e voltas, a casa cheia de fumaça como eu já tinha visto um dia, quando ela pôs aquele fogo no colchão que ela mesma apagou. Eu tinha de chegar até lá. Sua tosse era o único som na casa, na casa que a imensa mobília preta de carvalho tornava ainda mais deserta: mesa com cinco cadeiras bojudas, o imponente e velho bufê com suas grossas portas de madeira trabalhada na parte de baixo e o espelho manchado no alto.

Quando éramos pequenas, eu e Rosalind nos arrastamos para dentro do bufê, por entre a porcelana que sobrara e um ou dois copos do casamento dela. Nessa época a mãe nos deixava escrever ou desenhar nas paredes e quebrar tudo. Queria que suas filhas fossem livres. Colávamos nossas bonecas de papel na parede com a goma que comprávamos no armarinho do Canal. Tínhamos um mundo de sonho com muitos personagens: Maria, Madene, Betty Cabeça de Ponte e, mais tarde, o favorito de Katrinka, Doan the Stone, de quem ríamos e ríamos da graça do som – mas isso foi mais tarde.

Não havia ninguém naquela memória além de mim e da mãe... Ela tossia no quarto e eu me aproximava na ponta dos pés, com medo que estivesse embriagada demais, que sua cabeça oscilasse e caísse em cheio nos tacos do assoalho. Se isso acontecesse, seus olhos rodariam como os olhos das vacas nos desenhos animados, grandes e patetas, e seria uma coisa feia, embora eu não me importasse tanto assim, ou seja, valeria a pena correr o risco desde que conseguisse chegar perto dela, subir devagarinho na cama e me deitar a seu lado. Não fazia mal que o corpo dela fosse barrigudo, tivesse varizes e seios caídos.

Geralmente a mãe só usava uma calcinha e uma camisa de homem para andar em casa; gostava de se sentir livre. Há coisas que nunca, nunca, nunca se conta a ninguém.

Coisas feias e terríveis, como quando sentava no vaso sanitário com dor de barriga. Deixava a porta do banheiro escancarada, abria bem as pernas e gostava que ficássemos ali, a seu lado, enquanto lia para nós. Era uma exibição de pêlos pubianos, coxas brancas, e Rosalind dizia: "Mãe, o cheiro, o cheiro." Mas a defecação continuava sem parar e nossa mãe, com o *Reader's Digest* numa das mãos e o cigarro na outra, nossa bonita mãe de testa alta, imponente e grandes olhos castanhos, ria para Rosalind, que queria dar a descarga, e lia mais uma história engraçada da revista. Todas nós achávamos graça.

Toda minha vida soube que as pessoas tinham seu modo preferido de usar o vaso sanitário: com as portas trancadas, sem ninguém por perto, sem janelas abertas no banheiro. Mas ela queria ter alguém a seu lado, alguém para conversar. Por quê?

Eu não me importava. Suportaria qualquer visão feia se conseguisse chegar perto dela. De qualquer modo, não importa como estivesse, parecia sempre limpa e acolhedora, de pele macia, de cabelo brilhante brotando daquele branco, daquele branco couro cabeludo, por onde eu passava os dedos. Talvez a sujeira que se acumulava à sua volta pudesse sufocá-la, mas nunca corrompê-la.

Avancei furtivamente para a saleta na entrada do quarto dela, que agora era o meu. Só havia uma cama de ferro, as espirais das molas servindo de estrado sob um colchão de listras. De vez em quando ela estendia um acolchoado em cima do colchão, mas na maioria das vezes só havia lençóis e cobertores. Parecia o curso normal da vida, xícaras brancas de café, grandes, grossas, sempre lascadas, toalhas rasgando, sapatos com buracos nas solas, restos de comida em nossos dentes até o pai dizer: "Será que nenhuma de vocês escova os dentes?"

Durante algum tempo podia haver uma escova de dentes, quem sabe duas ou três, e até mesmo um pouco de creme dental, mas logo essas coisas caíam no chão, ficavam perdidas ou simplesmente acabavam. Assim a vida seguia seu rumo, coberta com uma grossa nuvem cinzenta. Nas tinas guardadas na cozinha, minha mãe lavava as roupas a mão, como nossa avó tinha feito até morrer.

Mil novecentos e quarenta e sete. E 1948. Eu gostava de brincar com o esfregador na tina de roupas, mas as mãos dela estavam inchadas de tanto torcê-las. Carregávamos os lençóis para o quintal num grande cesto de vime e, quando eles eram pendurados no varal, eu carregava as pontas para que não ficassem sujas de terra. Adorava passar as mãos em lençóis limpos.

Um dia, pouco antes de morrer, e estou dando agora um salto de uns sete anos à frente, a mãe disse que tinha visto uma criatura estranha nos lençóis do quintal, com duas patinhas pretas, e deu a entender, arregalando os olhos, que se tratava de uma coisa demoníaca. Percebi que estava ficando maluca e que não ia demorar para morrer. Não demorou.

Mas aquela noite foi muito antes de eu pensar que ela pudesse morrer, embora isso já tivesse acontecido com nossa avó. Aos oito anos, achava que as pessoas voltavam; a morte ainda não me trazia um medo profundo. Foi talvez a mãe quem me trouxe o medo, ou meu pai, saindo para fazer seus bicos noturnos, entregando telegramas numa moto, após cumprir seu horário normal no correio, ou despachando a correspondência no American Bank. Nunca entendi inteiramente as coisas extras que fazia, só sabia que o mantinham longe, só sabia que ele tinha dois trabalhos e que, aos domingos, saía com os Homens da Palavra de Deus para atravessar a paróquia e distribuir ajuda às crianças pobres. Lembro disso porque, num domingo, pegou meus lápis de cor, meus únicos lápis de cor, para dá-los a uma "criança pobre", ficando tão amargamente desapontado com meu egoísmo que me olhou com um sorriso de escárnio antes de me dar as costas e sair de casa.

Onde se encontrava a fonte segura de lápis de cor num mundo assim? Muito, muito longe, além do campo pedregoso do cansaço e da preguiça, num armarinho até onde nunca consegui arrastar alguém, durante anos e anos, para comprar novos lápis de cor!

Mas o pai não estava lá e a luz vinha do aquecedor. Parei na porta do quarto. Podia ver o aquecedor. Podia ver alguma coisa perto do aquecedor, uma coisa branca, indefinida, branca e preta, brilhante. Sabia o que era, mas não sabia por que estava brilhando.

Pisei no quarto; o ar quente pairava lá dentro aprisionado pela porta, pelo basculante fechado em cima da porta. Do lado esquerdo, na cama, com a cabeça virada para a parede, ela jazia. A cama estava onde estava agora, só que era velha, de ferro, vergada no centro e rangia quando a pessoa se escondia embaixo dela, vendo toda aquela poeira nas espirais das molas; realmente fascinante.

Sua cabeça estava meio levantada, o cabelo ainda não fora cortado nem vendido: era comprido, preto, caía pelas costas nuas. Ela estremecia com a tosse enquanto a luz do aquecedor exibia as veias grossas, sinuosas, que se reuniam em suas pernas. A calcinha cor-de-rosa lhe cobria as nádegas pequenas.

Mas o que *era* aquilo que estava deitado perigosamente perto do aquecedor? Oh, Deus, pegaria fogo como as pernas das cadeiras que ficavam com aquele queimado preto quando alguém as empurrava na direção do aquecedor e se esquecia delas. Havia um cheiro de gás no quarto e as chamas alaranjadas. Eu me encolhia contra a porta.

Já nem me preocupava mais se a mãe ia ficar furiosa por eu ter descido. Se me mandasse voltar para a cama, eu não ia voltar, não podia voltar, não conseguia me mexer.

Por que a coisa brilhava?

Era o que chamavam de Kotex, um chumaço de fibras macias de algodão que a mãe prendia na calcinha com um alfinete de fraldas quando sangrava. Estava franzido no meio por ter sido usado e todo escuro de sangue, é claro. Mas brilhava. Por que o brilho?

Parei na frente do aquecedor e, com o rabo do olho, vi quando ela se sentou na cama. A tosse era agora tão ruim que teve de sentar.

"Ligue a luz", disse ela com sua voz embriagada. "Puxe o abajur, Triana, ligue a luz."

"Mas aquilo", repliquei, "mas aquilo!" Cheguei mais perto da coisa, apontei para o chumaço de algodão com a marca Kotex, franzido no meio, com sangue coagulado. Estava coberto de formigas! Era por isso que brilhava! Oh, Deus, veja isso, mãe! Formigas, formigas correndo de um lado para o outro em cima dele, formigas, você sabe como elas vêm e tomam conta de um prato esquecido fora do armário, devoradoras, minúsculas, uma quantidade enorme delas, impossível de matar.

"Mãe, olhe, está coberto de formigas, o Kotex!"

Imagine se Katrinka visse aquilo, se Katrinka saísse engatinhando e encontrasse uma coisa assim, se qualquer pessoa visse aquilo! Cheguei cada vez mais perto.

"Olhe!", eu disse.

A mãe não parava de tossir. Fez sinal com o braço direito para eu deixar aquilo em paz, mas como se pode deixar uma coisa dessas em paz? Era um Kotex jogado de qualquer maneira no canto, coberto de formigas! Estava perto do aquecedor, podia pegar fogo, mas as formigas, quem pára as formigas? Podiam tomar conta de tudo. Por isso as pessoas isolavam completamente das formigas o velho mundo de 48 ou 49, jamais permitindo que levantassem a cabeça. Afinal as formigas comiam os passarinhos mortos assim que eles caíam na grama, depois faziam uma fileira que rastejava sob a porta e subia até o balcão da cozinha à procura daquele melado que derramou.

"Ah", foi uma exclamação de nojo. "Olhe para isso, mãe!" Oh, eu não queria encostar a mão naquela coisa.

Ela se levantou, cambaleante, e avançou por trás de mim. Curvei-me apontando para o Kotex, contorcendo os traços de meu rosto.

A mãe fazia força para falar atrás de mim, para dizer pare, pare!

"Deixe isso em paz", falou, e aí a tosse foi tão forte que pareceu estrangulá-la. Então ela me agarrou pelo cabelo e me deu um tapa.

"Mas, mãe", eu disse, apontando para a coisa.

Bateu-me outra vez, e outra, por isso me encolhi e levantei os braços para me proteger, sentindo um tapa atrás do outro me atingir o braço.

– Pare com isso, mãe!

Caí de joelhos no chão, no ponto onde o aquecedor lançava um flamejante reflexo no pó e na cera velha dos tacos. Senti o cheiro do gás e vi o sangue, a grossa mancha de sangue coberta de formigas.

Ela me bateu de novo. Estendi a mão direita. Gritei. Quase caí em cima da coisa e minha mão quase encostou nela. As formigas enchiam tudo, entravam num ritmo frenético, correndo sobre a mancha de sangue naquela velocidade das formigas.

"Mamãe, pare!" Olhei em volta; não queria pegar aquilo, mas alguém tinha de pegar.

Ela se erguia ameaçadora sobre mim, trêmula, com a calcinha cor-de-rosa e fina esticada bem para cima da barriga pequena, com os seios de mamilos marrons caindo, com o cabelo num grande emaranhado no rosto, tossindo, me fazendo sinal furiosa para eu sair dali, para ir embora. Foi então que levantou o joelho e o pé descalço me deu um chute forte no estômago. Forte.

Forte, forte.
Nunca em toda minha vida eu passara por aquilo!
Não era dor. Era o fim de tudo.
Não conseguia respirar. Não conseguia respirar. Não estava mais viva. Não conseguia alcançar ou encontrar o fôlego perdido. Senti a dor no estômago e no peito, mas não tive voz para gritar. Vou morrer, eu pensei. Eu ia morrer, ia morrer. Oh, Deus, o que ela tinha feito comigo! Você me chutou, eu queria dizer. Você me chutou, mas foi sem querer, só pode ter sido sem querer, mãe! Não consegui respirar, quanto mais falar. Estava morrendo e meu braço roçava no aquecedor quente, no ferro fervendo do aquecedor.

Ela me agarrou pelo ombro. Dei um grito. Dei. Ofeguei e gritei, gritei, e gritava agora, como naquela noite em que o Kotex, fervilhando com as formigas, e a dor no estômago, e o vômito subindo no meu grito eram tudo que havia. Você não fez por querer, não fez... Não podia me levantar.

"Não. Ponha um ponto final nessa coisa!"

Stefan.

A voz dele. Etérea e alta.

A casa fria da época atual. Será que menos assombrada?

Stefan parou deprimido ao lado da cama de quatro colunas. Agora, 46 anos depois daquele momento, todos foram para o túmulo, mas eu e o bebê, a menininha no andar de cima que cresceu tão cheia de medo e tão cheia de ódio por mim, de mim que não conseguiria salvá-la daquelas coisas e não salvei – nós e ele, nosso hóspede, meu fantasma, vergamos todo nosso corpo sobre o caprichoso entalhe da coluna da cama de mogno.

Sim, por favor, deixe tudo isso voltar, minhas colchas de renda, as cortinas, a seda, eu nunca... Minha mãe não fez por querer, não podia ter feito... aquela dor (absolutamente incapaz de respirar) que depois dói, dói, dói – e a náusea... Eu não consigo me mexer!

Vômito.

"Não! Já chega", disse ele.

E seu braço direito rodeou, segurou a coluna da cama, largando em segurança o violino no colchão grande e macio, em cima do acolchoado de penas. Finalmente as duas mãos agarraram a coluna e ele começou a chorar.

– Uma coisa tão insignificante – falei. – A mãe não me esfaqueou!

– Eu sei, eu sei! – exclamou Stefan.

– E pense nela – continuei –, nua daquele jeito, como parecia feia. E me chutou, me deu um chute forte com o pé descalço. Estava bêbada e meu braço queimava no aquecedor!

– Pare! – ele implorou. – Triana, pare! – Levantou as duas mãos e cobriu o rosto.

– Não pode fazer música com isso – disse eu, chegando mais perto. – Não pode fazer grande arte com uma coisa assim, tão pessoal, tão vergonhosa e vulgar, não pode!

Ele chorava. Exatamente como eu devia ter chorado.

O arco e o violino estavam pousados no acolchoado.

Corri para a cama, agarrei os dois – violino e arco – e me afastei dele. Stefan ficou atordoado.

Seu rosto estava molhado e branco. Arregalava os olhos. Por um instante, não conseguiu apreender inteiramente o que eu havia feito, mas compreendeu quando fixou o olhar no violino.

Levei o violino até o queixo; sabia como fazer; levantei o arco e comecei a tocar. Não pensei, não planejei, nem tive medo de fracassar; comecei a tocar, a deixar o arco, mal agarrado entre dois dedos, voar contra as cordas. Senti o cheiro da crina de cavalo e da resina do arco, senti os dedos esquerdos baterem para cima e para baixo no braço do instrumento, abafando a vibração das cordas. Atirei-me furiosamente com o arco contra elas. E por entre as pancadas, por entre o golpear dos meus dedos, brotou uma melodia, uma música coerente, uma dança, uma dança frenética e embriagadora, as notas se sucedendo muito depressa umas às outras, como se quisessem tocar por si mesmas. Era uma dança do diabo, como naquele atordoante piquenique há muitos anos, quando Lev dançou enquanto eu tocava e tocava, enquanto meus dedos e o arco se moviam sem parar. Era assim, era pior, era uma canção, uma doida, dissonante e extremamente arrebatada canção rural, selvagem, selvagem como as canções da Alta Escócia e das montanhas sombrias, como as danças fantásticas e tenebrosas da memória e dos sonhos.

Tomou conta de mim... "Gosto muito de você, gosto muito de você, mamãe, gosto muito de você, gosto muito de você." Era uma canção, realmente, verdadeiramente brilhante, uma canção estridente e palpitante saída de seu Stradivarius, jorrando indômita enquanto eu balançava de um lado para o outro, enquanto o arco serrava loucamente e meus dedos se debatiam. Adorei, adorei aquela música rústica, inculta e misteriosa, minha música.

Ele estendeu a mão para o violino.

– Devolva!

Dei-lhe as costas. Tocava. Fiquei um instante imóvel, depois puxei o arco para baixo num longo, abafado, doloroso gemido; toquei a mais triste, a mais lenta das frases musicais, doce e sombria, e nos meus olhos eu vestia a mãe, deixando-a bem arrumada, vendo-a no parque conosco, o cabelo castanho penteado, o rosto tão bonito; nunca nenhuma de nós teve a sua beleza.

Tudo com que eu ficara envolvida durante tantos anos ia perdendo o sentido enquanto tocava, mas não deixava de vê-la chorando na grama. Ela queria morrer. Durante a guerra, quando eu e Rosalind éramos muito pequenas, andávamos sempre a seu lado, segurando sua mão. Num anoitecer, ficamos trancadas por engano no escuro museu do Cabildo. Ela não estava com medo. Não estava bêbada. Estava cheia de esperança e de sonhos. Não havia morte. Fora uma aventura. Tinha um rosto sorridente quando o guarda chegou para nos socorrer.

Oh, traga devagar o arco e deixe as notas cada vez mais graves, graves a ponto de assustá-la, de fazê-la temer que alguma outra coisa possa estar fazendo este som. Stefan se aproximou de mim. Dei-lhe um pontapé! Chutei-o tão exatamente como ela me chutara. Quando meu joelho subiu, ele foi rodopiando para trás.

– Dê-me o violino! – exigiu, fazendo força para recuperar o equilíbrio.

Eu tocava e tocava, tão alto que nem conseguia ouvi-lo, afastando-me novamente dele, nada vendo além da mãe: "gosto muito de você, gosto muito de você, gosto muito de você."

Ela dizia que queria morrer. Estávamos no parque, eu era menina e ela ia se afogar no lago. Estudantes já tinham se afogado no lago do parque, que era bastante fundo. Os carvalhos e os repuxos nos escondiam do mundo da avenida, dos bondes. Ela ia afundar naquela água barrenta e se afogar.

É o que queria fazer, e uma desesperada Rosalind, a bonita Rosalind de 15 anos, com sua perfeita e acetinada moldura de cachos, implorava e implorava que não o fizesse. Eu já tinha seios debaixo do vestido, mas não sutiã. Não usara nenhum até aquela época.

Quarenta anos depois, ou mais, estava lá de novo. Tocava. Vergastava sem parar as cordas com o arco. Batia com o pé. Puxava pelo som, torcendo as cordas de um lado para o outro, fazendo o violino gritar.

No parque, perto do nojento mirante, onde os velhos mijavam e onde sempre se demoravam, olhando de lado (perto de lá), dispostos a mostrar um pênis mole na mão (faça a vontade deles, não faz mal), perto de lá eu estava com Katrinka e a pequena Faye nos balanços, naqueles balancinhos de madeira que eram para crianças muito, muito pequenas (com a barra de ferro na frente para elas não caírem), mas ainda podia sentir o cheiro da urina ao empurrar as duas, uma de cada vez, um empurrão em Faye, um empurrão em Katrinka, e os marinheiros não me deixavam em paz, aqueles garotos, pouco mais velhos que eu, adolescentes da marinha que naquela época estavam sempre no porto, garotos ingleses talvez, ou lá do norte, eu não sei, garotos passeando na rua do Canal, fumando, só garotos.

"Aquela é sua mãe? O que ela tem?"

Não respondi. Queria que fossem embora. Nem mesmo sabia o que dizer. Só arregalava os olhos e empurrava os balanços.

Meu pai nos forçara a sair: têm de tirá-la desta casa, tenho de tirá-la daqui e dar uma limpeza neste lugar, ele dissera, isto está insuportável e vão sair com ela. E todas nós sabíamos que estava bêbada, cheirando mal de tão bêbada e ele nos fez sair com ela (vou odiá-la até morrer, disse Rosalind) e todas juntas a ajudamos a subir no bonde. Ela sacudiu a cabeça, depois deixou a cabeça cair, embriagada, quase dormindo enquanto o bonde balançava para a cidade alta.

O que as pessoas pensaram da mãe, daquela senhora com suas quatro filhas? Devia estar usando roupas decentes, embora eu só conseguisse me lembrar do cabelo (saindo da moldura da testa, muito bem penteado para trás), dos lábios franzidos e do modo como acordava bruscamente, aprumava o corpo e caía de novo para a frente, olhos vidrados. A pequena Faye se agarrava a ela com força, com força, força.

A pequena Faye, encostada nas golas do casaco da mãe, a pequena Faye sem perguntas na cabeça, e Katrinka solene, envergonhada, muda, cujo olhar já era assim parado, mesmo naquela tenra idade.

"Aqui!", disse a mãe quando o bonde chegou ao parque. Todas ficamos junto dela ao descer do bonde pela porta da frente, pois estávamos mais perto da frente. Eu me lembro. A Igreja do Santo Nome na esquina e, do outro lado, o bonito parque com os parapeitos que o cercavam, os repuxos, a grama verde, verde, onde anos atrás ela sempre costumava nos levar.

Mas havia alguma coisa errada. O bonde continuava parado. As pessoas nos bancos de madeira olhavam espantadas. Eu continuava na calçada levantando os olhos. Era Rosalind. Rosalind num banco lá atrás, olhando pela janela, fingindo que não estava conosco, ignorando a mãe, a mãe que chamava com uma voz tão distinta que ninguém jamais ia imaginar que estivesse bêbada:

– Rosalind, querida, vamos.

O condutor esperava. Do jeito como ficavam os motorneiros naquele tempo, na janela da frente do carro, com os controles, com as duas manivelas. Esperava e todo mundo estava na expectativa. Agarrei a mão de Faye, que quase se metera no meio dos carros. De cara feia, loura, chupando o polegar, de rosto redondo e ar perdido, Rosalind assistia atoleimada a tudo aquilo.

A mãe recuou por toda a extensão do carro. Rosalind não podia resistir. Tinha de se levantar e foi o que fez.

Depois, no parque, quando a mãe ameaçou se afogar, quando caiu soluçando na grama, Rosalind implorou e implorou para ela não fazer aquilo.

"Quantos anos você tem?", perguntavam os garotos marinheiros. "Aquela é sua mãe? O que ela tem? Ei, vou ajudá-la com aquela menina."

"Não."

Não queria a ajuda deles! Não gostava do modo como me olhavam. Treze. Não sabia o que queriam! Não sabia qual era o problema deles para me rodearem daquele jeito, a mim e às duas crianças pequenas. Lá embaixo a mãe estava caída de lado, com os ombros tremendo. Podia ouvi-la soluçar. Quando a dor ficava menos aguda, sua voz era bela e suave, mas agora a dor machucava muito porque Rosalind não quisera sair do bonde (porque a mãe estava bêbada), porque meu pai a obrigara a sair de casa (porque ela estava bêbada), porque ela queria morrer.

– O violino, devolva! – Stefan berrava. – Me dê o violino!

Por que simplesmente não o pegava? Não sabia. Nem me importava.

Continuei com a jiga, a dança caótica, meus pés se mexendo, saltitando como os pés da surda-muda Johnny Belinda no filme (sob as vibrações da rabeca que ela podia apenas sentir). Pés dançantes, mãos dançantes, dedos dançantes, dança selvagem, louca, ritmo dos campos da Irlanda, caos. Dançava no chão do quarto, dançava, tocava, jogava o arco para a esquerda e mergulhava com ele, os dedos escolhendo seu próprio caminho, o arco seu próprio tempo, é isso, fundo, fundo, como eles diziam no piquenique, vai fundo!

Vai tocando, deixa rolar. Tocava e tocava.

Ele me agarrou, me pegou. Não era forte o bastante para me dominar.

Recuei para a janela, abracei o arco e o violino, apertei.

– Devolva – insistiu.

– Não!

– Não é capaz de tocá-lo. É o violino que está fazendo isso; e é meu, é meu!

– Não.

– É o meu violino, me dê!

– Prefiro esmagá-lo!

Prendi com força o violino nos braços. Não queria quebrar a ponte no tampo do instrumento, mas ele não podia imaginar a força que eu fazia. Devo ter me resumido a cotovelos e olhos enormes, tudo segurando o violino.

– Não! – exclamei. – Toquei, toquei desse jeito antes, toquei minha música, minha versão dela.

– Não fez nada disso, sua puta, está mentindo! Me dê o violino agora, porra, eu já lhe avisei, é meu! Não pode pegar uma coisa dessas!

Eu tremia de cima a baixo e o encarava. Ele avançou, eu me encolhi no canto e aumentei o aperto.

– Vou esmagá-lo!

– Não teria coragem.

— E qual é o problema? É uma coisa espectral, não é? É um fantasma como você é um fantasma. Quero tocar de novo. Quero... apenas segurá-lo. Não pode tirá-lo de mim...

Levantei o violino e coloquei-o de novo sob o queixo. Sua mão avançou e chutei-o mais uma vez. Acertei-lhe as pernas quando tentava escapar. Pus o arco nas cordas e toquei um grito selvagem, um longo e terrível grito; depois comecei a tocar devagar, de olhos fechados, ignorando-o, segurando o violino com cada dedo e cada fibra do meu ser, um toque suave, lento, talvez uma canção de ninar para ela, para mim, para Roz, para minha magoada Katrinka e minha frágil Faye, uma canção da penumbra como o velho poema da mãe, sua voz macia lendo para nós antes da guerra acabar e do pai voltar para casa. Ouvia o tom crescer, o tom harmonioso, sonoro; ah, aquele era o toque, o verdadeiro toque – o modo de baixar o arco sem qualquer percepção consciente de pressão sobre as cordas – e depois foi só uma frase depois da outra: "Mãe, gosto muito de você, gosto muito de você, gosto muito de você." Não existe guerra, mas ele nunca voltará para casa e ficaremos sempre juntas. As notas mais altas eram tão finas e puras; tristes, mas tão luminosas.

Não pesava nada, o violino, só machucava um pouco o osso de meu ombro e eu sentia uma tontura. Mas a canção era o compasso. Não me interessavam as notas, nem a harmonia. Só me interessavam as frases errantes de mágoa e melancolia, os doces lamentos gaélicos sem fim, um se plugando no outro, mas isso fluía, meu Deus, fluía, fluía como... como o quê?, como sangue, como o sangue no trapo imundo do chão. Como sangue, o interminável fluxo de sangue de um útero ou de um coração de mulher, eu não sei. Em seu último ano, ela sangrava mês sim mês não, e o mesmo acontecera comigo no fim de minha vida fértil, já sem filhos, sem mais nada para nascer de mim (como sangue vivo) naquela idade. Não faz mal.

Não faz mal.

Era música!

Alguma coisa roçou em meu rosto. Eram os lábios dele. Meu cotovelo subiu e atirou-o do outro lado da cama. Estava desconjuntado, desesperançado. Agarrava a coluna e me olhava furioso, lutando para se levantar.

Parei, um tremular nas notas finais. Senhor, passamos a longa noite vagando de um lado para o outro, ou era só a Lua? Sim, a Lua nas cerejeiras e a grande, cega escuridão daquele prédio ao lado, parede do mundo moderno que podia sombrear, mas nunca destruir este paraíso.

O pesar que eu sentia por ela, a pena, a pena dela no momento em que me chutou aqui nesta sala! Uma menina de oito anos! A pena que eu sentia estava fluindo com a ressonância das notas no ar. Eu tinha apenas de levantar o arco. O impulso era *natural*.

Encostado na parede lá longe, ele estava com medo de mim.
– Estou lhe avisando, vai se arrepender se não devolver o violino!
– Você chorava por mim? Ou por ela?
– Devolva!
– Ou meramente pela feiúra da história? O que era?

Era uma menina incapaz de respirar, em pânico, apertando a barriga, o braço roçando no ferro quente do aquecedor aberto, oh, aquela mágoa era tão pequena num mundo de horrores e, no entanto, de todas as memórias nenhuma foi mais secreta, mais terrível, mais silenciada.

– Hum... – disse eu, e depois: – Quero tocar.

Comecei com brandura, percebendo como era simples fazer o arco deslizar suavemente sobre a corda de lá e a corda de sol, percebendo como era possível basear toda uma melodia numa única corda grave ou deixar o som levemente estridente brotar e impregnar a música; oh, chorar, chorar pela vida desperdiçada. Eu ouvia as notas, deixava-as surpreender e expressar minha alma num golpe atrás do outro; sim, caiam sobre mim, deixem-me saber, deixem minha mente expandir-se para encontrar a si mesma. Ela não viveu outro ano depois que chorou no parque – nem um ano a mais; seu cabelo era comprido, castanho, e naquele último dia ninguém foi com ela até o portão.

Acho que cantei enquanto tocava. Por quem você chorava, Stefan, cantei. Era por ela, era por mim, era pela coisa baixa, pela coisa feia? Cantar fazia bem a meu braço, deixava-me os dedos exatos e flexíveis, como patinhas batendo nas cordas. E a música ia se construindo de ouvido, sem uma clave de fá ou sol, um código tão antigo e inadequado, um script tão pobre para o som. Eu podia comandar o tom e ao mesmo tempo ficar atônita e ser arrebatada por ele, como sempre fui arrebatada pela música do violino – só que agora a coisa estava em minhas mãos!

Vi seu corpo no caixão. O rosto coberto de ruge como o de uma prostituta. O agente funerário disse: "A mulher engoliu a língua!" E meu pai nos disse: "Estava tão desnutrida que o rosto ficou preto e cedeu, ele teve de colocar muita maquiagem. Oh, não! Olhe, Triana, isto não é certo, olhe, Faye nem vai reconhecê-la."

E de quem era aquele vestido? Um vestido vermelho-escuro, um vestido de cor magenta. Nunca tivera um vestido assim. Era de tia Elvia, e ela não gostava de tia Elvia. "Elvia disse que não conseguiu encontrar nada no armário dela. Mas sua mãe tinha roupas. Tinha de ter roupas. Será que não tinha roupas?"

O instrumento era tão leve, tão fácil de manter no lugar, e era tão fácil tirar de leve, de leve, de leve o fluxo de som familiar, acariciante, acessível como era acessível aos homens e mulheres das montanhas, que o aprendiam e dançavam com ele na infância, antes de aprender a ler, a escrever ou mesmo a falar. Eu tinha me entregado àquilo, e aquilo a mim.

O vestido de tia Elvia. Mas aquilo parecia uma abominação, não das piores, sem dúvida, mas inesquecível, uma derradeira e revoltante ironia, uma amarga, amarga imagem de displicência.

Por que não comprei roupas para ela, por que não lhe dei banho, não a ajudei, por exemplo, a ficar de pé? O que havia de tão errado comigo? A música levava com ela a acusação e o castigo, numa corrente sem rupturas e coerente.

"Ela *tinha* roupas?", perguntei asperamente ao meu pai. Uma combinação de seda preta, eu me lembro, quando se sentava sob o abajur com o cigarro na mão; uma combinação de seda preta nas noites de verão. Roupas? Um casaco, um velho casaco.

Oh, Deus, deixá-la morrer assim. Eu tinha 14 anos. Idade suficiente para pensar em ajudá-la, em amá-la, em curá-la.

Que as palavras se dissipem. É o espírito da coisa, renunciar às palavras; que o grande e harmonioso som conte a história.

– Devolva o violino! – Stefan gritou. – Ou vou levá-la comigo, estou lhe avisando!

Parei, atordoada.

– O que você disse?

Ele ficou calado.

– Hum... – comecei a dizer, mantendo o violino ainda comodamente entre ombro e queixo. – Para onde – perguntei com ar sonhador –, para onde vai me levar?

Não esperei pela resposta dele.

Toquei a melodia suave que não precisava absolutamente de estímulo consciente. As notas doces que brotavam sucediam-se tão à vontade como beijos nas mãos, no pescoço e nas bochechas de um bebê, como se eu estivesse segurando a pequena Faye e a beijasse, beijasse, tão pequena, meu Deus, mãe, Faye escorregou através das tabuinhas do berço, olhe! Eu a peguei. Mas era Lily, não era? Ou era Katrinka sozinha no escuro com a pequena Faye quando cheguei em casa.

Vômito no chão.

E o que foi feito de nós?

Para onde tinha ido Faye?

"Acho... acho que talvez fosse bom você começar a procurar", disse Karl. "Sua irmã Faye já partiu há dois anos. Não acho... não acho que ela vá voltar."

"Que ela vá voltar." Voltar, voltar, voltar.

Foi o que o médico tinha dito quando Lily ainda estava sob a máscara de oxigênio. "Ela não está voltando."

Que a música grite, que faça borbulhar e afrouxe o aperto de toda esta mágoa, dando-lhe uma nova forma.

Abri os olhos, continuando a tocar, vendo coisas, um mundo brilhante, estranho e surpreendente, mas sem nomear as coisas que via, meramente entendendo suas formas como inevitáveis e cintilantes no clarão das janelas, como a feminina penteadeira de minha vida com Karl: sobre ela, o retrato de Lev e de seu bonito filho mais velho, o garoto alto com o cabelo claro de Lev e de Chelsea, o que se chamava Christopher.

Stefan se atirou contra mim.

Deitou a mão no violino, mas segurei com força.

– Vai quebrar – disse eu, conseguindo livrá-lo. Sólido, leve, uma casca de coisa, tão cheio da vibração da vida quanto uma casca de caracol antes de se soltar ou ser abandonada. Quebrava mais fácil que vidro.

Recuei até os vidros da janela.

– Vou esmagá-lo. E quem vai levar a pior nisso tudo?

Ele estava fora de si.

– Não sabe o que é um fantasma – falou. – Não sabe o que é a morte. Murmura sobre a morte como se ela fosse um berço de criança. Ela cheira mal, é abominável, é podre. Seu marido, Karl, é um monte de cinzas agora. Cinzas! E sua filha, o corpo inchado de gases e...

– Não – respondi. – O violino está comigo e posso tocá-lo.

Ele se aproximou de mim, de cabeça erguida, com a fisionomia um instante atenuada pela admiração. As sobrancelhas pretas e lisas ficaram livres de qualquer franzido e os olhos, sombrios e vibrantes como um açoite, me espreitaram.

– Estou lhe avisando – disse ele, a voz ficando mais grave, mais dura. Eu nunca tinha visto seus olhos tão abertos, tão cheios de dor. – Está segurando uma coisa que vem dos mortos. Está segurando uma coisa que vem da minha esfera, que não é a sua. E se não devolvê-la, vou levá-la comigo. Vou levá-la para meu mundo, para minhas memórias, para minha dor. Então você vai saber o que é o sofrimento, sua estúpida infeliz, sua vagabunda rameira, ladra cheia de cobiça, mulher desesperada e chocha; você feriu todos os que a amavam, deixou Lily morrer, feriu-a muito, lembre dos quadris, o osso aparecendo, lembre do rosto quando ela levantou a cabeça para olhá-la e você estava bêbada, você a deitou na cama e ela estava...

– Levar-me para o reino dos mortos? Mas isto já não é o inferno?

O rosto de Lily. Eu a jogara com muita força na cama; as drogas tinham devorado todos os seus ossos. Na pressa, eu a machucara e ela levantou a cabeça, me olhou, me viu, calva, machucada, com medo, uma criança que era chama de vela, bonita na doença e na saúde; eu tinha bebido, meu Deus, vou queimar por isto no Inferno, para todo o sempre, pois eu mesma aticei as chamas de minha perdição. Prendi a respiração. Não tinha feito isso, não tinha.

– Mas fez, foi rude com ela naquela noite, empurrou-a, estava bêbada! Você que jurou nunca deixar uma criança passar o que você tinha passado com a mãe alcoólatra...

Ergui o violino. Fiz o arco descer num grito seco sobre uma aguda corda metálica, a corda de mi. Talvez toda canção seja uma forma de grito, um grito organizado; ao se aproximar de certo timbre mágico o violino é tão estridente quanto uma sirene.

Ele não podia me deter, simplesmente não era forte o bastante; sua mão ondulava em cima da minha, ele não podia. Assombrado, espectral, o violino é mais forte que você!

– Você rasgou o véu – gritou em tom de ameaça. – Estou lhe avisando. O que tem nas mãos me pertence e nem ele nem eu somos deste mundo. Sabe muito bem disso! Ver é uma coisa, ir comigo é outra.

– E o que vou ver quando for com você? Tamanha dor que vou lhe devolver o violino? Entrou aqui me oferecendo antes exasperação que um simples desespero, e ainda acha que vou ter pena de você?

Ele mordeu o lábio e, para não depreciar o que tinha a dizer, hesitou:

– Sim, é isso que vai ver, vai ver... o que distingue a dor... o que, o que são... eles...

– E quem eram eles? Quem eram? Tão terríveis que puderam jogá-lo além da vida, com uma determinada aparência e um violino na mão, para que se aproximasse de mim, como se viesse me trazer consolo, e me fizesse afundar e ver aqueles rostos em pranto... minha mãe, oh, você! Eu o detesto... Minhas piores memórias...

– Você adorava se atormentar, inventava suas próprias imagens e poemas de cemitérios, bradava pela morte num tom de cobiça. Acha que a morte é um mar de rosas? Dê-me o violino. Grite com suas cordas vocais, mas me dê o violino!

A mãe, num sonho, dois anos após sua morte:

"O que você viu eram apenas flores, minha menina."

"E você não está morta?", gritei no sonho, mas logo percebi que a mulher era uma impostora. Soube pelo sorriso perverso, não era ela, não minha mãe, a mãe tinha realmente morrido. O simulacro foi cruel demais quando disse: "Todo o enterro foi uma farsa." Quando disse: "O que viu eram apenas flores."

— Saia de perto de mim — murmurei.
— É meu.
— Ninguém o convidou!
— Você me convidou.
— Eu não o mereço.
— Merece.
— Inventei preces e fantasias, como você disse. Depositei os tributos no túmulo, e tinham pétalas esses tributos. Cavei túmulos adequados a meu tamanho. Você me reconduziu, me orientou para a coisa bruta, a coisa informe, e deixou minha cabeça tonta. Você me tirou o fôlego a pontapés! E agora eu posso tocar, posso tocar este violino!

Desviei-me dele e toquei a canção, o arco subindo e descendo num garbo cada vez maior. Minhas mãos sabiam! Sim, sabiam.

— Só consegue tocar porque é meu, porque não é real. Desista, víbora!

Dei um passo atrás, tocando a melodia em tom bastante grave e áspero, ignorando o repetido avanço de suas mãos desesperadas. De repente fiz uma pausa, tremendo.

Tinha se formado o elo mágico entre minha mente e minhas mãos, entre dedos e intenção, entre vontade e habilidade; Deus fosse louvado, acontecera.

— Está vindo de meu violino porque o elo é meu! — falou.

— Não. O fato de não conseguir pegá-lo de volta é bastante claro. Tenta, mas não consegue. Pode passar através das paredes. Pode tocá-lo. Levou-o com você para a morte, tudo bem. Mas agora não pode tirá-lo de mim. Sou mais forte que você. Estou com ele. E ele continua sólido, olhe! Escute como toca! E se de alguma forma estivesse destinado a mim? Já pensou nisso, criatura perversa e voraz? Será que antes ou depois da morte amou suficientemente alguém para pensar que talvez...

— É uma afronta o que está dizendo — exclamou Stefan. — Você não é nada, é puro acaso, um em centenas de outros, a própria síntese da pessoa que aprecia tudo e nada cria, uma simples...

— Oh, coisinha esperta! Mostrando um rosto tão cheio de dor. Como o de Lily, como o da mãe.

— Isto acontece por sua causa — murmurou. — Não é justo, eu teria partido, teria ido embora se você me pedisse. Você me enganou!

— Mas não queria partir, queria a mim, sabia me atormentar, só resolveria partir quando fosse tarde demais e eu já estivesse precisando de você. Como teve coragem de rasgar assim minhas feridas? Mas agora o violino está comigo e sou mais forte que você! Alguma coisa dentro de mim clamou por ele e não vai soltá-lo. Posso tocar.

– Não, ele é parte de mim, tanto quanto meu rosto, meu casaco, minhas mãos ou cabelo. Somos fantasmas, essa coisa e eu, e você não faz a menor idéia do que isso significa, não tem bagagem para compreender, não imagina o que significa nossa danação e não pode se colocar entre mim e esse instrumento. Eles...

Mordeu os lábios; seu rosto dava a impressão de um homem que podia desmaiar a qualquer momento. Ficou muito branco, todo o sangue que não era sangue o abandonava. Abriu a boca.

Não pude suportar vê-lo assim. Não pude. Parecia ser meu derradeiro erro, o equívoco extremo, a última falta, ferir daquele jeito um Stefan que eu mal conhecia e que tinha saqueado. Mas não lhe devolveria o violino.

Deixei meus olhos se enevoarem. Sentia um nada, a grande e fria brancura do nada. Nada. Ouvia música em minha mente, uma repetição da música que tocara. Curvei a cabeça e fechei os olhos. Tocar de novo...

– Então, tudo bem – ele disse. Despertei daquele branco, olhei para Stefan e minhas mãos apertaram o violino.

– Fez sua escolha – ele continuou, com as sobrancelhas erguidas e o rosto cheio de espanto.

– Que escolha?

11

A luz escureceu no quarto; as folhas lustrosas além das cortinas perdiam sua forma. Os cheiros do quarto e do mundo não eram os mesmos.
– Que escolha?
– Vir comigo. Está em minha esfera agora, está comigo! Tenho forças e fraquezas, não tenho poder para golpeá-la com a morte. Mas posso prendê-la com encantamentos e mergulhá-la no verdadeiro passado, com tanta certeza quanto um anjo pode fazê-lo, com tanta certeza quanto sua própria consciência também pode. Você me levou a isso, você me obrigou.
Um vento cortante varreu meu cabelo para trás. A cama desaparecera. As paredes também. Era noite, as árvores se agigantaram e depois sumiram. Estava frio, um frio áspero, cortante, e havia fogo! Olhe, uma chama grande e sinistra contra as nuvens.
– Oh, Deus, você não me levou para lá! – falei. – Não para ver aquilo! Oh, Deus, aquela casa ardendo, aquele medo, aquele velho medo infantil do fogo! Ah. Vou esmagar este violino, vou reduzi-lo a cinzas...
Pessoas gritavam, berravam. Sinos tocavam. Toda a noite estava animada de cavalos e carruagens, de pessoas correndo de um lado para o outro e de fogo, o fogo era imenso.
O fogo estava num grande e comprido prédio retangular, de cinco pavimentos. Todas as janelas do último andar vomitavam chamas.
Era a multidão de um tempo passado, homens de sobrecasaca, mulheres com o cabelo preso e saias de cintura muito alta, que saíam de baixo dos seios e caíam naturalmente. Todos estavam aterrados.
– Meu Deus! – gritei. Fazia frio e o vento me açoitava o rosto. Cinzas caíam sobre mim, fagulhas batiam no meu vestido. Pessoas corriam com baldes de água. Pessoas gritavam. Vi pequenos vultos na janela da imensa casa; atiravam coisas para os grupos sombrios que se agitavam lá embaixo. Um grande quadro veio dando cambalhotas contra o fogo, como um escuro selo postal, enquanto homens corriam para pegá-lo.

Toda a grande praça estava cheia de gente que assistia ao incêndio, gritava, gemia, procurava ajudar. Cadeiras eram atiradas dos andares altos. Uma grande tapeçaria foi atirada com força de uma janela e veio caindo como uma trouxa pesada.

– Onde estamos? Diga.

Observei as roupas dos que passavam correndo por nós. Os vestidos leves e vaporosos do início do século passado, antes da chegada dos espartilhos, os homens com casacos de grandes bolsos, e olhe! Até a camisa do homem sujo estendido na maca, queimado e coberto de sangue, tinha mangas-balão macias e grandes, todas pregueadas.

Soldados usavam chapéus de grandes abas, dobradas para cima na frente e nos lados. Grandes, desengonçadas, carruagens rangentes chegavam o mais perto possível do fogo; as portas eram desajeitadamente abertas e homens saltavam para ajudar. Era uma investida de homens comuns e cavalheiros.

Perto de mim, um homem tirou o casaco pesado e colocou-o nos ombros de uma mulher arqueada, chorosa, cujo vestido era como um lírio invertido e comprido de seda murcha. A nudez da nuca dava uma impressão de indiferença e insensibilidade quando o casacão desceu para cobri-la.

– Não quer entrar? – perguntou Stefan, me olhando fixamente, tremendo. Não estava imune ao que invocara! Tinha um ar receoso, mas estava com raiva. Eu ainda segurava o violino, jamais ia soltá-lo. – Vamos lá, não quer, não é? Olhe, está vendo?

Gente esbarrava nele, nos empurrava. Não pareciam reparar em nós, mas colidiam conosco como se tivéssemos peso e ocupássemos espaço em seu mundo, embora obviamente isso não acontecesse. Era como a essência da ilusão: uma sedutora solidez, vital como o bramido do próprio fogo. Pessoas corriam na direção do fogo e para longe dele; então se aproximou um homem singular, pequeno, um homem com marcas de varíola e cabelo grisalho, cheio de autoridade e com um leve fulgor de raiva, um homem de roupa molhada, mas vigoroso. Aproximou-se e cravou duramente em Stefan olhos pequenos, redondos, negros.

– Meu Deus, sei quem você é – eu disse. Por um instante ele ficou na sombra, de costas para as chamas, depois se deslocou e a luz atingiu em cheio sua testa franzida.

– Stefan, por que estamos aqui? – perguntou o homem. – Por que isso de novo?

– Ela pegou meu violino, Maestro! – respondeu Stefan, lutando para regular o tremor das palavras. – Ela o pegou.

O homenzinho sacudiu a cabeça. Foi tragado pela multidão quando recuou, com ar de desaprovação, sujeira na gravata de seda, meu anjo da guarda, meu Beethoven!

– Maestro! – Stefan gritou. – Maestro, não me abandone!

Era Viena. Ventava de fato e era outro mundo; não eram as dimensões nítidas de um sonho lúcido, era vasto até as nuvens, e olhe, a água sendo bombeada, os baldes, a enorme calçada molhada refletindo o crepitar do fogo. Estão jogando água e das janelas de cima vem uma desesperada, tumultuada sucessão de espelhos (até lustres) que fazem barulho lá longe e que os homens nas escadas passam de mão em mão.

Explosões de fogo de uma janela mais baixa. Uma escada cai. Gritos. Uma mulher se curva e berra.

Centenas de pessoas correm, mas logo são empurradas para trás quando o fogo esguicha de todas as janelas inferiores. O prédio vai explodir em chamas. O telhado no alto dos cinco andares está sendo devorado pelo fogo! Um sopro de fuligem e fagulhas atinge meu rosto.

– Maestro! – Stefan gritava em pânico. Mas o vulto desaparecera.

Ele se virou, enfurecido, aflito, fazendo sinal para que eu o seguisse.

– Vamos, quer ver o fogo, não é? Quer ver, deve ver a primeira vez que quase morri para salvar o que me roubou, venha...

Passamos para dentro da casa.

O vestíbulo de teto alto estava cheio de fumaça. O conjunto de arcos se abria fantasmagoricamente sobre nós por causa da fumaça, mas era real, real como o ar de fuligem que nos sufocava.

O céu pagão, pintado lá em cima, quebrado por um arco atrás do outro, estava cheio de deidades, lutando para serem vistas de novo, para chamejar em cores, músculos e asas. A escada era imensa, de mármore branco, com bojudos corrimões. Viena, o barroco, o rococó, não tão delicado quanto na atmosfera de Paris, não tão severo quanto na Inglaterra, não, era Viena, quase russa em seus excessos. Olhe, a estátua que bateu no chão, o traje retorcido no mármore, a madeira pintada. Viena, na própria fronteira da Europa Ocidental, e aquele palácio, cuja grandiosidade superara tudo que ali se construíra.

– Sim, você acertou, você sabe – disse ele, com a boca tremendo. – Meu lar, minha casa! A casa de meu pai. – Seu murmúrio perdeu-se repentinamente no estouro e no estilhaçar do pedestal.

Tudo à nossa volta se enegrecia, as altas molduras do teto, forradas de um veludo vermelho-sangue, as orlas de ouro frisado, os trabalhos em madeira que eu via para onde quer que olhasse – madeira, madeira pintada de branco, de dourado, com entalhes no pesado estilo vienense, madeira que arderia normalmente, com o cheiro das árvores, como se não fosse madeira de tantas paredes preciosamente ornamentadas, como se não houvesse, nas estruturas retangulares de material perecível que enchiam as paredes, murais com cenas da vida doméstica ou de vitórias no tempo de guerra.

O calor crestava a multidão que vivia nas pinturas das paredes, as colunas claras e suaves, os arcos romanos. Olhe, mesmo os arcos são de madeira, madeira pintada para ter a aparência de mármore! É claro. Isto não é Roma. É Viena.

Vidro se estilhaçava. Estilhaços de vidro cortavam o ar, rodopiando, mergulhando, misturando-se às fagulhas ao nosso redor.

Homens berravam descendo a escada, pernas vergadas, cotovelos para fora, carregando um enorme armário de marfim, ouro e prata, quase o deixando cair, erguendo-o de novo entre gritos e palavrões.

Entramos na grande sala. Oh, Senhor, era tarde demais para aquela magnificência! A coisa tinha ido longe demais, a chama estava apaixonadamente faminta.

– Saia, Stefan, saia já! – De quem era aquela voz?

Tossindo, por todo lado, homens e mulheres tossindo. Do modo como ela, minha mãe, tinha tossido, só que a fumaça agora estava aqui, a verdadeira, a densa e apavorante fumaça de um incêndio. Movia-se para baixo, descia de seu natural estado flutuante sob os tetos.

Vi Stefan – não aquele a meu lado, não aquele com a mão dura e cruel em meu ombro, não o fantasma que me agarrava com força, próximo como um amante. Vi um Stefan vivo, memória expressa em carne e sangue, o colete com um extravagante colarinho alto, a camisa branca preguedada, tudo manchado de fuligem. Vi-o do outro lado do salão, quando quebrou o vidro de uma imensa estante, quando foi pegando os violinos e passando-os para um homem que os passava para outro, que por sua vez os entregava a um terceiro, já do lado de fora da janela.

Ali, mesmo o ar era um inimigo, ameaçador, enrolando-se em fumaça.

– Depressa!

Curvando o corpo para se proteger, os homens recolhiam o que podiam. Stefan pôs um violino na frente de uma fantástica cadeira dourada. Gritou, praguejou. Alguns ajudavam do lado de fora das janelas, carregando o que podiam, inclusive muitas partituras de música. Folhas se soltavam e rasgavam sob as rajadas de vento – toda aquela música.

Sobre os arcos, no teto alto e abobadado, os deuses e deusas pintados ficavam pretos e se contraíam. A pintura de uma floresta se descascava das paredes. As faíscas se erguiam numa grande, traiçoeira e bonita espuma contra as incrustações nos medalhões de madeira branca.

Uma grande lasca foi soprada para o revestimento do teto, como se atirada por um revólver, e a luz hedionda de uma labareda surgiu em toda a sua pureza.

Agarrei-me a seu braço, apertei-me contra ele, empurrei a nós dois contra a parede, arregalando os olhos para aquela ávida língua de chama.

Por todo lado telas enormes, com as molduras presas nas paredes, onde homens e mulheres de perucas brancas nos olhavam, todos ao mesmo tempo, com impotência e frieza. Veja os quadros, aquele já começa a se enroscar, saltando da moldura, escute como os estalos são altos. E veja as cadeiras, torneadas com tanto engenho, as pernas curvas e sempre graciosas, tudo arruinado. E aquele buraco no alto vomitando fumaça, vomitando, formando anéis, procurando levantar de novo a fumaça dos rolos, espalhando-os sob o teto para liquidar de vez o rococó dos Campos Elísios.

Homens corriam para recolher os violoncelos, os violinos espalhados no tapete com motivos rosados, instrumentos largados de qualquer maneira, abandonados por gente que fugira com muita pressa. Uma mesa torta. Era um salão de baile, sim, veja o tipo de piso, as grandes travessas de comida ainda brilhantes, como se à espera de alguém para tirá-las de lá. A fumaça descia como véu ao redor da mesa caída do banquete. Prataria, prataria, frutas.

As velas do lustre pendurado no centro do salão eram fontes de cera quente. Derramavam-na sobre os tapetes, as poltronas, os instrumentos, até mesmo sobre o rosto de um rapaz que gritou, olhou para cima e fugiu segurando uma trompa de caça dourada.

A multidão lá fora berrava como numa manifestação de protesto.

– Homem, pelo amor de Deus! – alguém gritou. – As paredes estão entrando em chamas, as próprias paredes!

Um vulto com capacete, pingando água, passou correndo à nossa frente, e a umidade tocou as costas de minha mão direita. Vi o lampejo das botas brilhantes correndo pela sala. Ele atirou um grande lençol molhado para Stefan cobrir a cabeça e se proteger, depois arrebatou um alaúde do chão e correu para a escada encostada na janela.

– Vamos agora, Stefan! – gritou.

O alaúde desapareceu, passado para outras mãos. O homem tornou a se virar para a sala, com os olhos cheios d'água, o rosto vermelho, os braços estendidos para o violoncelo que Stefan levantava para entregar a ele.

Um grande estrondo ecoou pelo prédio.

A luz era insuportavelmente brilhante, como se fosse o Juízo Final. O fogo rugia atrás de uma distante porta à esquerda. A janela mais ao fundo perdia suas cortinas num jato de chama e fumaça, as varas entortando, caindo no chão como lanças.

Veja que belos instrumentos, milagres musicais de notável perícia artesanal, cuja perfeição ninguém jamais conseguiu igualar, mesmo com o auxílio de toda a tecnologia de um mundo eletrônico. Alguém tinha pisado naquele violino, alguém tinha esmagado aquela viola, ah, uma coisa sagrada, quebrada!

Tudo ia queimar!

O lustre oscilou perigosamente na névoa insalubre quando, acima dele, houve um nítido tremor em todo o teto.

– Vamos agora! – ordenou o homem. Outro agarrou um pequeno violino, talvez um instrumento de criança, e escapuliu de um peitoril de janela; outro ainda, de cabelo farto, colarinho alto e preguedo, caiu de joelhos sobre os tacos dispostos como espinha de peixe, apoiando uma das mãos na ponta do tapete. Tossia, asfixiava-se.

O jovem Stefan, despenteado, com a casaca principesca coberta de centelhas quase apagadas, mas centelhas de verdadeira chama, atirou o reluzente lençol molhado sobre o homem que tossia.

– Levante, levante! Vamos, Joseph, você vai morrer se não sair daqui!

Um estrondo encheu meus ouvidos.

– É tarde demais! – gritei. – Ajude-o! Não o abandone!

Stefan, meu fantasma, continuava perto de mim, rindo, com a mão em meu ombro. A fumaça formava um véu entre nós e eles, uma nuvem atrás da qual permanecíamos etéreos, em segurança, monstruosamente isolados. O belo rosto de Stefan não era um dia mais velho que o rosto de sua outra imagem, mas o sorriso de zombaria que ele me atirava parecia uma pobre máscara para o sofrimento, um disfarce sem dúvida ingênuo para uma dor tão intolerável.

Então ele se virou, apontando para a imagem distante e ativa de si mesmo, um vulto molhado, gritando, que agora era arrastado da sala pelos dois homens que tinham entrado pela janela. O outro continuava tateando às cegas, arranhando o tapete – eu sei, eu sei, você não consegue respirar. Vai morrer. Aquele que se chamava Joseph. Está morto, para ele é tarde demais. Meu Deus, olhe! Um caibro do telhado tinha caído entre nós.

Estilhaços de vidro voavam das portas das *étagères*. Por todo lado viam-se os violinos e os reluzentes trompetes abandonados. Uma grande trompa. Uma bandeja de doces caída no assoalho. Taças brilhando, ou melhor, faiscando no clarão.

O jovem Stefan, já irremediavelmente agarrado, lutava contra seus salvadores, estendendo os braços, pedindo que o deixassem resgatar mais um (me larguem!), só mais um da prateleira da *étagère*.

Procurava alcançar só mais um, só este, o Strad, o Strad longo. Estilhaços cintilantes de vidro foram varridos da prateleira quando, ao ser arrastado para fora, com a mão direita livre, ele o puxou. Conseguira pegá-lo, e pegara também o arco.

Podia ouvir o fantasma a meu lado tomar fôlego. Estaria ele afastando disso a sua própria magia? Eu não podia me afastar.

Um crepitar repentino estava consumindo o teto. Alguém gritou no grande vestíbulo atrás de nós. O arco, Stefan não podia perdê-lo. Assim como não podia perder o violino. Então um homem muito alto e musculoso, furioso e assustado, pegou Stefan com força e atirou-o sobre o parapeito da janela.

O fogo aumentava, exatamente como tinha acontecido, quando eu era criança, naquela terrível casa da avenida, naquele lugar soturno de arcos mais simples e sombras mais prosaicas, débil e banal eco americano daquela grandeza.

O fogo devorava, fartava-se, crescia para se transformar numa caricatura de si mesmo. A noite estava vermelha, cintilante, e ninguém estava seguro, nada estava seguro; o homem na fumaça tossia, morria, com o fogo cada vez mais perto. Perto de nós, os fantásticos sofás com orlas douradas explodiam em chamas e a tapeçaria se inflamava como se tocasse fogo em si própria. Todas as cortinas eram tochas, todas as janelas eram portais que se abriam, sem contornos definidos, para um céu negro e vazio.

Eu devia estar gritando.

Parei, ainda agarrando o violino-fantasma, cuja imagem acabara de ser salva.

Não estávamos mais na casa. Graças a Deus.

Estávamos na praça apinhada de gente. E como o horror iluminava a noite!

Senhoras de vestido longo andavam afobadas de um lado para o outro, choravam, abraçavam-se, apontavam.

Achávamo-nos diante da fachada comprida e chamejante da casa, invisíveis aos homens frenéticos, de olhos gotejantes, que ainda corriam para resgatar objetos. A parede cairia sobre muitas cadeiras de veludo. Cairia sobre os sofás atirados pela janela, como uma avalanche, e os quadros, observe-os, molduras quebradas, esmagadas, grandes retratos...

Stefan passou suavemente o braço a meu redor, como se estivesse com frio, a mão muito branca cobrindo a minha... que por sua vez cobria o violino. Mas não tentou soltá-lo. Tremia encostado em mim. Estava absorto no espetáculo. Seu murmúrio foi doloroso, revelando uma comoção interior:

– E assim você a viu cair – sussurrou em meu ouvido, suspirando. – A última grande casa russa na bela Viena, uma casa que sobrevivera às armas e aos soldados de Napoleão, aos complôs de Metternich e de seus espiões, sempre vigilantes, a última grande casa russa a levar à mesa um número tão grande de baixelas e a manter sua própria orquestra completa, pronta a tocar as sonatas de Beethoven assim que a tinta secava, formada por homens que podiam executar Bach enquanto bocejavam ou Vivaldi com as testas suadas, noite após noite. Tudo isso até uma vela, veja bem, uma simples vela tocar num pedaço de seda e fazer brotar forças do Inferno para guiarem sua chama por cinqüenta quartos. A casa de meu pai, a fortuna de meu pai, os sonhos de meu pai para seus filhos e filhas russos que, dançando e cantando nesta fronteira entre Leste e Oeste, jamais tinham estado em Moscou.

Ele se apertou contra mim, agitado, agarrando-me o ombro com a mão direita, pousando ainda a esquerda sobre minha mão, que cobria o violino e o coração.

– Preste atenção nos outros palácios à sua volta, as janelas com arquitraves, está vendo? Sabe onde está? Está no centro do mundo da música. Está onde Schubert logo ganharia fama em pequenas salas de concerto e morreria como um estalar de dedos e, pode ter certeza, sem jamais cruzar com minha sombra. O lugar onde Paganini ainda não se atrevera a ir com medo de ser rejeitado. Viena e a casa de meu pai. Está com medo do fogo, Triana?

Não respondi. Ele se magoava da mesma forma como me magoava. Machucava tanto que era como o calor.

Chorei, mas meu choro era coisa tão comum que talvez fosse melhor esquecer de relatá-lo aqui ou em qualquer outro ponto da história. Chorei. Chorei e vi as carruagens chegando para apanhar as pessoas aflitas. Vi mulheres de casacos de pele abertos, ondulando nas janelas dos carros. Vi as rodas grandes, mas delicadas, elegantes, e os cavalos barulhentos, se agitando no pandemônio.

– Onde você está, Stefan? Onde está agora? Saiu da sala, onde está? Não consigo ver você, o Stefan vivo!

Estava atordoada, sim, mas isolada com o meu fantasma, que só podia me mostrar imagens de coisas passadas. Eu sabia disso, mas em minha infância um incêndio como aquele me faria fatalmente gritar. Bem, a infância se fora e o que eu estava vivendo agora era o pesadelo de uma mulher de luto, uma coisa para soluços baixos, para um despedaçar de toda a energia interior.

O vento gelado atiçava as chamas e uma das alas da casa desmoronou, com paredes dançando, janelas estourando, telhado explodindo em torrentes de fumaça preta. A grande estrutura lembrava uma enorme lanterna. A multidão foi impelida para trás. Gente caía. Gritava.

Um último condenado pulou do telhado, pequeno recorte de membros escuros atirados no ar inflamado, amarelo. Gente gritava. Alguns se precipitaram para a coisinha preta e saliente que era o homem caindo. Indefeso, sem saída. Uma rajada de fogo ofuscou e jogou a multidão para trás. As janelas do andar de baixo explodiram num buquê de labaredas.

Outra grande chuva de fagulhas nos pegou, tocando em meu cabelo e em minhas pálpebras. Protegi o violino espectral. Fagulhas voavam contra nós, densas, com um mau cheiro de destruição. Choviam sobre nós e sobre todos que estavam à nossa volta. Choviam sobre aquela visão, aquele sonho.

Quebrar a visão. É um truque. Sempre soube quebrar esses sonhos claros. Antes que conseguissem me envolver com força suficiente para eu achar que tinha morrido. Antes que eu fraquejasse e continuasse sonhando. (Quebre mais este!)

Cravei os olhos nas pedras sujas do calçamento. Bafo de excremento de cavalo. Meus pulmões sentiam a acidez do ar, a fumaça. Prestei atenção nos palácios retangulares à nossa volta, compridos, com vários andares. Reais, reais as fachadas barrocas e, lá em cima no céu, meu Deus, olhe o fogo nas nuvens! Somada a cada uma das vítimas – e quantas foram? – aquela imagem proporcionava a pior medida da catástrofe. Eu inalava o mau cheiro do fogo enquanto chorava. Pus nas mãos as fagulhas que se apagavam sob o vento glacial. O vento feria minhas pálpebras mais que as fagulhas.

Olhei para Stefan, meu Stefan fantasma. Seu olhar seguia o meu, como se ele também estivesse fascinado por aquela visão infernal. Tinha os olhos vidrados, a boca quase aberta, os delicados músculos do rosto em movimento. Era como se lutasse desesperadamente contra o que via... Aquilo não podia, não podia mesmo ser alterado? A destruição tinha de acontecer?

Surpreendido naquele momento de preocupação, ele se virou bruscamente e me olhou. Só pena. E uma pergunta nos olhos: está vendo?

A multidão continuava tropeçando em nós, sem jamais nos ver. Não éramos parte da agitação, nem obstáculo. Mas éramos duas criaturas que podiam enxergar e sentir, com perfeita solidariedade, tudo que existia naquele mundo.

Um brilho súbito atraiu meu olhar, uma figura conhecida.

– Mas lá está você! – gritei. Era o Stefan vivo, lá longe, eu podia ver, o jovem Stefan do reino da vida, com o casaco de gola alta, vistoso e brilhante. Estava a uma distância segura do fogo, com os instrumentos espalhados à sua volta. Um homem velho se inclinava para beijar o rosto de Stefan e secar suas lágrimas.

O vivo Stefan segurava o violino, o resgatado violino, um jovem Stefan com roupas chamuscadas, imundas. A mulher que se aproximou vinha metida num casaco de seda verde, com bordas de pele, e envolveu-o no abraço de toda aquela roupagem.

Alguns rapazes reuniam o precioso material que fora salvo.

Fui atingida por uma forte rajada, como um vento que não viesse daquela visão. É um sonho, sim, acorde. Mas você não pode. Sabe que não pode.

– É claro que não, e será que quer? – Stefan sussurrou, a mão fria sobre a minha, que segurava o verdadeiro violino... Mas o que era feito do outro, daquele de brinquedo, que o rapaz havia resgatado? Como estávamos nos relacionando com aquele violino?

Então alguma coisa brilhou ardentemente no canto de meu olho.

O Maestro estava lá, embora, assim como nós, também não estivesse vivo naquele mundo. Isolado da multidão e terrivelmente íntimo de mim e de meu fantasma, chegou perto o suficiente para que eu pudesse ver os tufos de cabelo pouco grisalho brotando da testa pequena, o lábio esticado na boca sem cor e os olhos negros, penetrantes, dançando sobre nós. Deus!, meu guardião, sem o qual eu não poderia sequer conceber a própria vida!

Não queria que ninguém me protegesse daquele encontro.

– Stefan, *por que* isto *agora?* – indagou Beethoven, o pequeno homem que eu conhecia, que o mundo inteiro conhecia pelas estatuetas carrancudas e pelo rabisco dramático dos desenhos, um homem feio e marcado pela varíola, mas impetuoso e, assim como nós, fantasma. Seus olhos estavam cravados em mim, cravados no violino, cravados naquele alto espectro de um aluno seu.

– Maestro! – implorou Stefan, abraçado a mim com mais força, enquanto o fogo continuava ardendo e os gritos, os sinos enchiam a noite. – Ela o roubou! Veja isso. Olhe. Roubou meu violino! Faça com que me devolva, Maestro, me ajude!

Mas aquele homem baixo nos olhou fixamente, sacudiu a cabeça como já fizera antes, e se virou com uma careta de desagrado, resmungando, revoltado com aquilo. Outra vez se afastou de nós, outra vez foi tragado pela multidão, pela tremenda multidão de gente falando e gritando caoticamente. Enfurecido, Stefan me agarrava, tentando se apoderar do violino.

Que continuava comigo.

– Virando-me as costas? Maestro! – ele gemeu. – Oh, Deus, o que fez comigo, Triana, para onde me levou! O que você fez! Eu o encontro e ele me abandona...

– Foi você mesmo quem abriu esta porta – eu disse.

Uma expressão tão chocada. Tão desconcertada. Qualquer emoção, no entanto, deixava-o igualmente belo. Ele recuou fora de si, apertando as mãos, apertando com força, vê os dedos esbranquiçados quando ele as aperta, quando contempla, com olhos selvagens e atormentados, a casa despedaçada, a imensa carcaça desmoronando.

– O que você fez? – gritou de novo, olhando fixamente para mim e para o violino. Seus lábios tremiam, o rosto suava. – Está chorando por quê? Por mim? Pelo violino? Por você? Por eles?

Olhou de um lado para o outro; olhou para trás.

– Maestro! – gritou, os olhos vasculhando a noite. Virou-se para mim, espichando os lábios, soluçando. – Devolva o violino – sibilou. – Devolva! Em dois séculos nunca tinha visto alguém que fosse, sem sombra de dúvida, um espectro como eu. Nunca, até hoje! E o espectro que hoje encontrei era o Maestro, um espectro que simplesmente virou as costas para mim! Eu preciso do senhor, Maestro, preciso muito do senhor...

Stefan afastou-se de mim, mas não intencionalmente; foi apenas a dança inútil de seus gestos desesperados, dos olhares indagadores.

– Dê-me o violino, sua bruxa! Agora está em meu mundo e sabe muito bem que todas as coisas são fantasmas.

– Como você e como ele – respondi, com a voz fraca, tímida, quase sumida, mas insistente. – O violino está em meus braços e não, não vou entregá-lo. Não vou.

– O que está querendo de mim? – Stefan gritou, esticando os dedos, arqueando os ombros. As sobrancelhas inexpressivas, negras e retas, só acentuavam a expressividade daqueles olhos embaixo delas.

– Não sei! – respondi gritando. Fiz força para respirar e consegui e não precisava de ar e o ar não era o bastante e não fazia mal. – Quero o violino. Quero o dom. Toquei-o. Toquei-o em minha própria casa, senti-me entregue a ele.

– Não! – Stefan urrou, como se estivesse à beira da loucura naquela esfera onde eu e ele estávamos sozinhos, ignorados por todos os seres de carne e osso que corriam, que gritavam.

Ele se aproximou de cabeça erguida e atirou os braços em volta de mim. Sua cabeça caiu sobre meu ombro. E enquanto me segurava, enquanto eu sentia o cabelo sedoso cair desgrenhado em meu rosto, ergui os olhos. Ergui os olhos e vi atrás dele o jovem Stefan. A seu lado estava um Beethoven vivo, deprimido mas vigoroso e cheio de amor, todo descabelado, com as roupas sujas e amarrotadas. Segurava pelos ombros o jovem discípulo que chorava, que gesticulava com o violino na mão, como se o instrumento fosse uma batuta de maestro. Perto deles havia gente que, em pranto, caía de joelhos ou sentava nas pedras frias do calçamento.

A fumaça me enchia os pulmões, mas isso não me fazia mal. As fagulhas continuavam o incessante rodopio à nossa volta, mas não tinham fogo capaz de nos queimar. Ele me agarrava, tremendo, tomando cuidado para não esmagar o precioso objeto. Agarrava-me com decisão, escondendo a testa em meu ombro.

Segurando com força o violino, levantei a mão esquerda para lhe apoiar a cabeça, para sentir um crânio sob o cabelo farto, macio, aveludado. Seus soluços eram um ritmo abafado, mas vibrante, contra mim.

O fogo enfraqueceu, a multidão se desvanecia; a escuridão tornava-se fresca, mas não fria. Fresca e com o ar salgado do mar.

Estávamos sozinhos, ou a uma grande distância.

O fogo tinha sumido. Tudo tinha sumido.

– Onde estamos! – murmurei no ouvido dele, que parecia em transe, sempre agarrado a mim. Senti cheiro de terra, cheiro de coisas velhas, mofando, senti... Senti o mau cheiro dos mortos há pouco e dos mortos antigos, mas sobretudo um cheiro limpo de ar salgado que soprava, assim que eu os percebia, todos os outros cheiros.

Alguém tocava esplendidamente um violino. Alguém expressava o puro fascínio do violino. O que era aquela descontraída veemência?

Seria o meu Stefan? Era alguém que brincava de forma magnífica com o instrumento, com imenso domínio e autoconfiança, deslizando suavemente ou atirando-se de forma impetuosa pela melodia, mais provavelmente para fazer medo que lágrimas.

Cortava a noite como a mais afiada das lâminas; agudo, imprevisto na escuridão.

Aquela música era exultante e turbulenta, cheia de raiva, talvez.

– Stefan, onde você está? Onde estamos agora? – meu fantasma só me agarrava com força, como se ele próprio não quisesse ver ou saber. Deu um suspiro fundo, como se a música frenética não lhe tocasse o sangue, não galvanizasse seus membros espectrais, como se não fosse capaz de atraí-lo para a morte como atraía a mim.

Ventos suaves do mar nos atingiam de novo; novamente o ar ficou cheio da umidade marinha. Senti esse cheiro e compreendi o que via ao longe:

Era uma grande multidão com velas nas mãos. Eram vultos de cabeça coberta, vultos de traje a rigor, com chapéus altos, reluzentes e negros; eram vultos com longos vestidos, roçando suavemente no chão; eram dedos, enfiados em luvas pretas, protegendo as pequenas chamas que tremiam. Aqui e ali as luzes se concentravam e iluminavam todo um grupo de rostos atentos, ávidos. E a fragilidade que tomara conta da música explodiu de repente na energia de um dilúvio, de um assalto.

— Onde estamos? — perguntei. Aquele cheiro era o cheiro da morte, da putrefação da morte. Estávamos metidos entre mausoléus e anjos de pedra. — São túmulos, veja, túmulos de mármore! Estamos num cemitério. Quem está tocando? Quem são essas pessoas?

Ele apenas chorava. Por fim, levantou a cabeça e olhou atordoado para a distante multidão. Só naquele momento a música pareceu comovê-lo, despertá-lo.

O distante solo de violino irrompera numa dança, cujo nome eu não conseguia lembrar, uma dança rural que trazia sempre consigo alguma advertência sobre a destruição inerente à entrega completa aos impulsos da natureza.

Ele não se virou quando falou; só me soltou um pouco e olhou sobre o ombro:

— De fato estamos no cemitério. — Estava cansado e farto de chorar. Apertou-me de novo, com bastante cuidado para não danificar o violino. Nada em seus gestos ou postura indicava que fosse tentar pegá-lo à força.

Contemplava, como eu, a multidão distante. E parecia inalar a força dos pulos de dança da música.

— Mas isto é Veneza, Triana — sussurrou, tocando de leve em minha orelha e gemendo baixo como uma coisa ferida. — É o cemitério do Lido. E quem você acha que está tocando aqui? Tocando por capricho, tocando para impressionar, tocando por exaltação enquanto a cidade está sob o domínio de Metternich, repleta de espiões do estado dos Habsburgo, que jamais deixarão acontecer outra revolução ou outro Napoleão; um governo de censores e tiranos. Quem acha que está tocando aqui e, de certo modo, insultando a Deus? Quem está num solo sagrado com uma música que ninguém santificaria?

— Sim, sobre isso estamos de acordo — murmurei. — Ninguém a santificaria. — As notas traziam os inevitáveis calafrios e também tive vontade de tocar, de levantar meu violino e participar daquilo, como se estivesse realmente no meio de uma dança rural e os violinistas pudessem dar um passo à frente. Que arrogância!

Surgia como lâmina aquela canção, mas com que ligeireza e perícia, com que intensidade e delicada força! Deslizavam, sob seu apelo, os movimentos de dança. Senti um aperto no coração, como se aquele violino estivesse me implorando, implorando como Stefan fizera pelo instrumento que eu ainda segurava, implorando por alguma coisa muito mais preciosa, implorando por tudo, por todas as coisas.

Arranquei meus olhos do amontoado de velas e rostos. Anjos de mármore não protegiam ninguém da noite extremamente úmida. Estendi a mão direita e toquei num túmulo de mármore com fachada e porta de entrada.

Isto não é sonho. É tão sólido quanto era Viena. Isto é um lugar. O Lido, ele dissera, a ilha ao largo da cidade de Veneza.

Levantei os olhos para ele, que baixou os seus. Parecia carinhoso, ou quase, e maravilhado. Acho que sorriu, mas não tenho certeza. A luz das velas era muito fraca e estava longe. Ele se curvou e beijou-me nos lábios. Foi o mais doce arrepio.

– Stefan, pobre Stefan – sussurrei, sem parar de beijá-lo.

– Você o ouve, não é, Triana?

– Sim, ouço! Ele vai me aprisionar – respondi, enxugando o rosto. O vento era bem menos frio que em Viena. Aquele vento não cortava, era apenas fresco, e só transportava superficialmente a corrupção do cemitério e do fundo do mar. Na verdade o mau cheiro do mar parecia se desdobrar no mau cheiro dos túmulos, declarando que ambos eram apenas naturais.

– Quem é o virtuose? – perguntei, beijando-o de novo, conscientemente. Não houve resistência. Estendi a mão e toquei o osso de sua testa sob as sobrancelhas de cetim, a crista por onde elas se estendiam tão cerradas e retas. Cabelo macio, escovado, muito fino e liso e negro. Farto mas não espesso. E as pestanas dançando descontraídas na palma de minha mão.

– Quem está tocando assim? – perguntei. – É você? Podemos andar através da multidão? Quero vê-lo.

– Oh, não sou eu, querida, não, embora pudesse desafiá-lo tranqüilamente com o violino, como você logo vai descobrir. Mas venha, veja por si mesma, veja. Ali estou eu. Um espectador. Um dos que lhe prestam culto. Junto das velas, ouvindo e estremecendo como todo mundo. E o gênio toca por amor à vibração que provoca em nós, por amor ao espetáculo do cemitério e de suas velas. Quem acha que ele é, quem eu viria escutar, tão longe de Viena, me aventurando por perigosas estradas da Itália? Veja meu cabelo sujo, meu casaco estragado. Por quem eu faria essa longa jornada? Por quem a não ser pelo homem que chamavam "o Diabo", o possuído, o Maestro, Paganini!

O Stefan vivo entrou em foco, rosto vermelho, os olhos captando duas idênticas chamas de vela, embora ele não segurasse nenhuma, as mãos enluvadas se contorcendo – dedos da mão direita em volta do pulso esquerdo. Ouvia.

– Você está vendo – disse o fantasma a meu lado, afastando-me o rosto de sua imagem viva –, está vendo... que há uma diferença.

– Entendo – disse eu. – Quer realmente que eu veja essas coisas, que compreenda.

Ele sacudiu a cabeça como para rejeitar o que era duro demais, chocante demais.

– E eu que nunca olhei para elas – respondeu gaguejando.

A música continuou, suave, e a noite ficou mais densa, abrindo uma nova gradação de luz.

Virei-me. Procurei ver os túmulos, a multidão. Mas algo inteiramente diferente tomara o lugar deles.

Nós dois, o fantasma e a viajante (ou amante, torturadora, ladra, não importa o que eu fosse), nós dois éramos espectadores invisíveis, sem localização. Como sempre, sentia o violino seguro em minhas mãos. E sentia agora minhas costas firmemente contra o peito de Stefan; e sentia meus seios, entre os quais o violino permanecia de modo reverente, cobertos pelos braços dele. Seus lábios estavam em meu pescoço, como palavras soletradas contra a carne.

Olhei para a frente.

– Quer que eu veja...?

– Deus me ajude.

12

Era um canal estreito; a gôndola tinha virado do Canale Grande na faixa de água poluída, verde-escura, entre os conjuntos de palácios dispostos lado a lado, com arcos mouriscos nas janelas, sangrados de toda a cor pela escuridão. A soberba, o esplendor amontoado das grandes fachadas criavam raízes na água, com arrogância, com glória: Veneza. Sob a luz dos lampiões, as paredes de cada lado do canal brotavam saturadas, vidradas de limo, como se Veneza tivesse se erguido das profundezas, expondo à luz da Lua, com sinistra ambição, todo um apodrecimento noturno.

Naquele momento, compreendi pela primeira vez a utilidade da gôndola, a sutil e tremenda conveniência daquela barca comprida, de proa alta, para vencer com rapidez, sob o balanço de suas lanternas fracas, as distâncias entre os diques de pedra.

O jovem Stefan estava sentado na gôndola, numa conversa impetuosa com Paganini.

O próprio Paganini parecia arrebatado. Com o grande nariz adunco e os olhos enormes, salientes, que lhe foram atribuídos em inúmeras telas, Paganini era uma presença ardente, onde a emoção ultrapassava com facilidade a feiúra para se transformar em puro magnetismo.

Na janela invisível que nos debruçava sobre aquele mundo, o fantasma a meu lado estremeceu. Beijei os dedos que se enroscavam em meu ombro.

Veneza.

De uma janela alta, por entre persianas que oscilaram e se abriram como um perfeito quadrado amarelo na noite, uma mulher atirou flores. Enquanto a luz se derramava pelas flores que caíam para o virtuose, ela gritou. Suas palavras vibraram num crescendo peculiarmente italiano:

– Abençoado Paganini, capaz de tocar sem recompensa para os próprios mortos! – A frase fechou como um colar do início até o meio; depois a respiração recuou na expressão "para os próprios mortos".

Outros deram eco ao mesmo grito. Persianas se abriam lá em cima. Do alto de um telhado, vultos que corriam com cestos nas mãos atiravam rosas na água esverdeada à frente da barca.

Rosas, rosas, rosas.

Risos brotavam dentre o limo e a umidade das pedras; as portas estavam cheias de ouvintes escondidos. Vultos rondavam nas vielas e um homem disparou pela ponte sob a qual a barca passava. Bem no meio da ponte, uma mulher se inclinou, revelando os seios na luz da lanterna em movimento.

– Vim para estudar com o senhor. – Stefan, na gôndola, dirigia-se a Paganini. – Vim com as roupas do corpo e sem a bênção de meu pai. Quis escutá-lo com meus próprios ouvidos, e o que ouvi não era a música do diabo; para o inferno aqueles que dizem isso. Havia sem dúvida um encantamento ancestral, absolutamente autêntico, eu acho, mas o diabo não estava nisso.

Uma grande cascata de riso veio do vulto de Paganini, mais inclinado na gôndola, com o branco dos olhos brilhando na escuridão. Uma mulher se agarrava a ele, com uma corcunda crescendo do seu lado esquerdo, mostrando apenas um punhado de cachos ruivos que lhe caíam pelo casaco.

– Príncipe Stefanovsky – falou o grande italiano, o ídolo, o amor romântico das mocinhas, o típico violinista à maneira de Byron –, ouvi falar do senhor e de seu talento, de sua casa em Viena, onde o próprio Beethoven apresenta sua obra, onde Mozart, em tempos idos, vinha lhe dar aulas. Sei como são vocês, os ricos da Rússia. Tiram seu ouro de um cofre sem fundo nas mãos do czar.

– Não se engane a meu respeito – replicou Stefan num tom suave, respeitoso, desesperado. – Mas sem dúvida tenho dinheiro para pagar muito bem por suas lições, *Signore* Paganini. Tenho meu próprio violino, um Stradivarius, que trato com o maior carinho. Não me arrisquei a trazê-lo, pois viajei dias e noites por estradas de correio para chegar até aqui, e vim sozinho. Mas tenho dinheiro. Meu primeiro passo é esta nossa conversa, para saber se me aceita como discípulo, se me vê como um digno...

– Oh, príncipe Stefanovsky, devo ensinar-lhe a história dos czares e de seus príncipes? Seu pai não vai permitir que estude com Niccolò Paganini, um camponês. O destino do senhor é o serviço do czar, como sempre aconteceu na sua família. A música é um passatempo na sua casa; oh, não leve isso a mal. Sei que o próprio Metternich – inclinou-se para sussurrar no ouvido de Stefan –, esse ditadorzinho feliz, toca violino, e bem. Já toquei para ele. Mas um príncipe querer se tornar o que eu me tornei? Príncipe Stefanovsky, eu vivo disso, de meu violino! – Apontou para o estojo de madeira polida, extremamente parecido com um pequeno caixão, onde estava o violino. – E o senhor, um belo e jovem russo, deve viver da tradição russa e pelo dever russo. As tropas o esperam. As honras. O serviço na Criméia.

Gritos de louvor vindos do alto. Archotes na doca. Mulheres, num farfalhar de roupas, subindo precipitadamente numa nova ponte flutuante. Mamilos rosados na noite, corpetes abaixados, e franzidos como embrulhos, para exibi-los.

– Paganini, Paganini!

Rosas de novo caindo sobre o homem. Olhando atentamente para Stefan, ele as limpava da roupa. A grande corcova da mulher a seu lado, coberta com uma capa, mostrou de relance a mão branca, enfiada no escuro entre as pernas de Paganini, dedos brincando, como se aquelas partes íntimas fossem uma lira, quando não um violino. Ele nem mesmo parecia reparar.

– Acredite, eu quero seu dinheiro – disse Paganini. – Preciso dele. Sim, toco para os mortos, mas o senhor sabe da minha vida atormentada, dos processos, das encrencas. O problema é que sou um camponês, meu príncipe, e não desistirei dos triunfos itinerantes para me aprisionar com o senhor numa sala de visitas em Viena. Ah, a crítica vienense, os entediados vienenses, os vienenses que não deram a Mozart sequer seu pão com manteiga; Mozart, o senhor o conheceu? Não, não pode continuar comigo. Sem dúvida a essa altura, por ordem de seu pai, Metternich já mandou alguém procurá-lo. Ainda vou acabar sendo acusado de alguma traição infame por causa disto.

Stefan estava arrasado, de cabeça baixa, o rosto abatido pelo choque. Os olhos fundos cintilaram com a luz refletida da água, parada mas brilhante.

Um interior:

Sala em Veneza, mal conservada, com infiltrações devido à umidade, as paredes escuras, mofadas, o teto muito alto, amarelado, com pálidos fragmentos de uma daquelas multidões pagãs que, ainda na flor da idade, haviam queimado tão recente e intensamente no rico palácio vienense de Stefan. A cortina comprida, que emaranhava um retalho de encardido e poeirento veludo borgonha com um cetim verde-escuro, pendia de um alto suporte; do lado de fora da janela estreita, vi a parede cor de ocre do palácio vizinho, tão próxima que se poderia estender a mão pela viela e bater nas sólidas persianas verdes de madeira.

A cama por fazer estava coberta por túnicas decoradas como tapeçarias e amarrotadas camisas de linho, com dispendiosas rendas Reticella. As mesas tinham pilhas de cartas com os lacres de cera rompidos. Aqui e ali, havia tocos de velas. Por todo lado, buquês de flores murchas.

Mas olhe:

Stefan tocava! Estava no meio da sala, sobre o encerado brilhante de um assoalho veneziano. Não tocava este nosso violino espectral, mas um outro instrumento, embora feito indubitavelmente pelo mesmo Maestro. E em volta de Stefan, dançava Paganini, executando variações que zombavam do tema de Stefan. Era um desafio, um jogo, um dueto, uma luta talvez.

Stefan interpretava o sombrio *Adagio*, de Albinoni, em sol menor, para cordas e órgão. Mas o transformava num solo único de violino, tocando as partes de diferentes instrumentos. A casa destruída fechava-o, sem dúvida, num círculo de dor; através da música, numa imagem tênue, vi o palácio ardendo no frio de Viena e toda a sua beleza convertida num monte de cinzas. A música lenta, desdobrando-se com firmeza, dominava a tal ponto Stefan que ele nem parecia enxergar o vulto que pulava a seu lado.

Que música! Atingia, talvez, o máximo de dor que pode ser declarada com perfeita dignidade. Não trazia acusação. Falava da sensatez e de uma tristeza cada vez maior.

Senti as lágrimas chegarem, lágrimas que eram como mãos a aplaudir, prova de minha solidariedade ao menino-homem que estava ali de pé, enquanto o gênio italiano fazia, em volta dele, seus movimentos de esgrima.

Paganini desfiava um tema atrás do outro do *Adagio* para precipitá-los na trama de um capricho, uma animação de dedos disparando pelas cordas, rápidos demais para serem rastreados. Depois, com impecável precisão, desacelerava para se emparelhar à frase exata que Stefan, na melancolia de seu andamento, acabava de atingir. A perícia de Paganini lembrava feitiçaria, era o que sempre diziam, mas nada sugeria desarmonia no conjunto do quadro: a figura solitária, majestosamente esguia, que tocava fechada em sua dor, e Paganini, o dançarino, que parodiava ou rasgava o véu com o brilho de suas linhas melódicas. Não havia conflito, o que havia era algo inteiramente novo, esplêndido.

Os olhos de Stefan estavam fechados, a cabeça tombada, as mangas bufantes manchadas, talvez de chuva, a fina renda *punto in aria* rasgada nos punhos e viam-se marcas de lama nas botas. Mas o braço era perfeito em suas cadências. Nunca as sobrancelhas pretas e retas pareceram tão lisas, tão belas e, quando passou a executar a parte do órgão da música famosa, achei que meu coração se partiria por ele. Mesmo Paganini teve de tomar fôlego, antes de resvalar para aquele momento de máxima tortura meramente para tocar com Stefan, para fazer-lhe eco, para gritar mais alto que ele, e mais baixo, mas com honra.

Os dois pararam e o vulto mais alto, com jeito de garoto, baixou os olhos para o outro com extrema admiração.

Paganini pousou cuidadosamente o violino nas cobertas e nos travesseiros enfeitados com borlas sobre a cama por fazer, toda de dourados e de um azul-marinho muito escuro. Os grandes olhos arregalados eram generosos e o sorriso demoníaco. Apesar da exuberância, no entanto, o homem parecia acessível. Esfregava as mãos.

– Sim, talentoso, sim, você é talentoso!

"Você nunca tocará assim." Era meu capitão-fantasma me sussurrando no ouvido, mesmo quando todo o seu corpo se grudava ao meu e me implorava consolo.

Não respondi. Que o filme rolasse.

– Vai me dar aulas, então – retrucou Stefan, num italiano tão perfeito quanto o de Salieri, compositor notável para alemães e ingleses, e de outros naturais da Itália que sempre viveram no estrangeiro.

– Dar aulas, sim, sim, vou. E se tivermos de sair deste lugar, sairemos, embora eu saiba o que isto significa para mim nos dias de hoje, com a Áustria tão empenhada em manter a minha Itália sob domínio. Mas me diga uma coisa...

– O quê?

O homem baixo, com olhos enormes, deu uma risada e andou de um lado para o outro, os saltos dos sapatos estalando no assoalho encerado, os ombros quase curvados. As sobrancelhas compridas faziam uma curva nas pontas, como se tivessem sido retocadas a lápis, o que, aliás, não acontecera.

– O que, meu caro príncipe, vou ensinar ao senhor? Pois já toca, sim, já é perfeitamente capaz de tocar. O senhor sabe tocar. O que teria eu para oferecer a um discípulo de Ludwig van Beethoven? Uma leviandade italiana, uma ironia italiana, talvez?

– Não – disse Stefan num murmúrio, os olhos fixos nas passadas do homem. – Coragem, Maestro, para pôr de lado qualquer outra coisa! Oh, que pena, que pena que meu professor não possa ouvi-lo!

Paganini fez uma pausa e contraiu os lábios.

– Está se referindo a Beethoven.

– Surdo, agora surdo demais até para as notas mais altas e lancinantes, surdo demais – falou Stefan em voz baixa.

– E ele não pode lhe dar coragem?

– Não, o senhor entendeu mal! – Stefan segurava o violino emprestado com que tocara, examinava-o.

– Sim, é um Stradivarius, um presente que ganhei, magnífico como o que o senhor tem, não? – perguntou Paganini.

– Sem dúvida, talvez melhor, não sei – respondeu Stefan, voltando ao assunto anterior. – Beethoven pode ensinar qualquer um a ter coragem. Mas agora é um compositor, a surdez obrigou-o a isso, como o senhor sabe. Ela atacou seus ouvidos até impedi-lo de tocar; aprisionou-o com papel e tinta, seu único meio de fazer música.

— Ah — continuou Paganini —, quanto a isso tivemos muito mais sorte. Gostaria muito de vê-lo, pelo menos uma vez, mesmo à distância. Ou gostaria muito que ele me visse tocar. Mas *se seu pai se tornar meu inimigo, jamais pisarei em Viena*. E Viena é... bem, depois de Roma há... Viena. — Paganini suspirou. — Não posso correr o risco de perder Viena.

— Cuidarei de tudo! — disse Stefan a meia voz. Ele se virou, olhou pela janela estreita, moveu os olhos de um lado para o outro pelas paredes de pedra. O lugar parecia miserável em comparação com as esmeradas galerias que tinham se desfeito em fumaça, mas era perfeitamente veneziano. Almofadas de veludo vermelho empilhadas no chão, fantásticos sapatos de cetim jogados por todo lado, a extravagância exposta, derramando todo o seu romantismo.

— Eu sei — declarou Paganini por fim. — Entendo... Se Beethoven ainda estivesse tocando no Argentine, no Schönbrunn, viajando para Londres, sendo caçado pela mulheres, poderia ser como eu, poderia estar voltado não tanto para a composição, mas para o centro do palco, para o lugar do homem solitário com sua música, para a execução.

— Sim. — Stefan virou-se para ele. — O senhor compreendeu, e é a execução que me interessa.

— É lendário o palácio de seu pai em São Petersburgo. Ele logo vai estar morando lá. Será capaz de virar as costas para tantos confortos?

— Nunca vi esse palácio, e Viena, como já disse, é minha cidade natal. Um dia acordei de um cochilo no sofá ouvindo os improvisos que Mozart tocava no piano; achei que meu coração ia estourar. Hoje vivo em função do som do violino, e não quero, como meu grande Maestro, escrever notas para mim ou para os outros.

— Tem a fibra necessária para ser um boêmio — comentou Paganini, só esfriando um pouco o sorriso. — Realmente tem, mas não posso imaginar uma coisa dessas. Vocês, russos... Não vou...

— Não, não me rejeite.

— Não vou rejeitá-lo. Mas resolva esta coisa primeiro em sua casa. É o que precisa fazer! Vá buscar o violino de que me falou, aquele que salvou do incêndio, e traga com ele a bênção de seu pai. Não sendo assim seremos perseguidos pela crueldade dos ricos. Vão me acusar de ter desviado de seus deveres o filho de um embaixador do czar. Sabe que podem fazer isso.

— Devo ter a permissão de meu pai — disse Stefan, como se anotasse mentalmente a tarefa.

— Sim, e deve ter o Strad, o Strad longo de que me falou. Traga-o. Não tenho a menor intenção de tirá-lo do senhor. Conhece meus instrumentos!

Mas quero tocar nesse seu violino. E quero ouvi-lo tocar com ele. Venha com o violino e com a autorização de seu pai. Os outros detalhes nós podemos resolver. Poderá viajar comigo.

– Ah! – Stefan afundou os dentes no lábio. – Promete, *Signore* Paganini? Tenho suficiente dinheiro, mas não fortuna. Se está pensando em carruagens russas e...

– Não, não, meu garoto. Você não entendeu. Estou dizendo que vou deixá-lo ir comigo e estar onde eu estiver. Não pretendo ser seu lacaio, príncipe. Sou um andarilho! É isto o que eu sou, percebe? E um virtuose! As portas se abrem para mim graças à música que toco; não preciso reger, compor ou dedicar uma partitura. Não preciso de montagens imensas com sopranos gritando e violinistas entediados no fosso da orquestra. Sou Paganini! E você será Stefanovsky!

– Vou pegar, vou pegar o violino, vou pegar a autorização de meu pai! – disse Stefan. – A aprovação dele não será problema.

Deu um sorriso largo. O pequeno Paganini avançou e cobriu-lhe o rosto de beijos, num estilo italiano talvez, ou puramente russo.

– Valente e belo Stefan.

Inebriado, Stefan devolveu-lhe o precioso violino. Depois olhou para as mãos e viu seus muitos anéis, todos com pedras preciosas. Rubis, esmeraldas. Tirou um deles e estendeu o braço.

– Não, filho. Não quero. Tenho de sobreviver, de tocar, mas não precisa me subornar para eu manter minha palavra.

Stefan segurou Paganini pelos ombros e deu-lhe um beijo no rosto. O homenzinho estourou numa gargalhada.

– E aquele violino, tem de trazê-lo. Ah, preciso ver este instrumento que chamam de Strad longo, preciso tocá-lo!

Viena mais uma vez:

A limpeza era um traço inútil para lembrar o passado. Cada parquete do assoalho, cada cadeira com entalhes em madeira ou pintada de branco e dourado estavam imaculados. Reconheci de imediato o pai de Stefan, quando ele sentou na cadeira perto do fogo, erguendo os olhos para o filho, com um cobertor de pele de urso russo nas pernas. Como antes, os estojos dos violinos estavam por toda parte, embora aquele não fosse o esplêndido palácio que tinha se incendiado, mas um salão menos suntuoso de uma residência temporária.

"Sim, onde minha família tinha se instalado até que a mudança para São Petersburgo fosse providenciada. Eu voltara agitado. Antes de cruzar os portões da cidade tinha tomado um banho e mandado as roupas para uma lavanderia. Olhe, escute."

Sua aparência ficou bem diferente depois que ele se vestiu com a exuberância das modas da época: um elegante casaco preto com belos botões, um cintilante colarinho branco com gravata de seda, nenhuma trança ou rabicho, cabelo lustroso e ainda comprido, como chegou de viagem, como se fosse um distintivo marcando seu próximo desligamento de todo aquele mundo, como o cabelo dos cantores de rock de nossos dias que gritam com a mesma força as palavras Cristo e Proscrito.

Estava com medo do pai, o homem idoso que lhe franzia a testa perto do fogo:

– Um virtuose, um violinista nômade! Depois que abri as portas da minha casa para os grandes músicos lhe ensinarem, você acha que colocaria o pé na estrada com aquele endemoniado, maldito italiano? Um... um vigarista que brinca com os dedos em vez de tocar as notas! Não teria o descaramento de se exibir em Viena! Que os italianos, que inventaram os *castrati* para cantar cascatas de notas, arpejos e crescendos intermináveis, engulam Paganini!

– Pai, me escute. O senhor tem cinco filhos.

– Ah, não vai fazer isso! – disse o pai, com a peruca Lenten, de cabelos brancos, rolando até os ombros do robe de cetim. – Pare! Como se atreve, você, meu filho mais velho! – Mas o tom era carinhoso. – Sabe que o czar logo ordenará seu primeiro serviço militar. Nós servimos o czar! Agora mesmo, dependo dele para nos instalarmos de novo em São Petersburgo! – Impediu que o tom ganhasse aspereza, encheu-o de clemência, como se a diferença de idade entre os dois lhe concedesse a sabedoria de ter pena do filho. – Stefan, Stefan, seu dever é para com a família e o imperador; não transforme em mania os brinquedos que lhe dei de presente!

– Nunca pensou em nossos violinos, em nossos pianos como brinquedos. Trouxe os melhores instrumentos para Beethoven, quando ele ainda podia tocar...

Sobre o torneado branco da grande cadeira francesa, típica da era dos Habsburgo em largura e volume, o pai inclinou-se para a frente, virando depois o ombro para uma grande estufa ornamentada que subia pela parede até as inevitáveis pinturas do teto. Na abertura da lareira, atrás de estonteantes arabescos dourados, o fogo ardia sob a cintilação da moldura esmaltada de branco e polida.

Eu sentia tudo, tudo, como se eu e meu guia fantasmagórico estivéssemos realmente naquela sala, bem próximos daqueles que víamos de forma tão nítida. Cheiros de massas na cozinha, grandes e amplas janelas; ali, até os vapores eram limpos, como o nevoeiro é limpo longe do mar.

– Sim – disse o pai, lutando obviamente para persuadir, para ser amável. – Trouxe realmente o maior de todos os músicos para lhe dar aulas, para lhe dar prazer, para dar brilho à sua infância. – Abanou os ombros. – Eu mesmo gostava de tocar o violoncelo com eles, sabe muito bem disso! Dei tudo a você, à sua irmã e irmãos, como tudo me deram aqueles que, antes do incêndio, estavam nos grandes retratos pendurados nas paredes. Teve sempre as melhores roupas, cavalos nos nossos estábulos, os livros dos melhores poetas, e sim, Beethoven, o pobre, o trágico Beethoven. Eu o mantenho sempre por perto para você, para mim e pelo que ele é. Mas não é isso que importa, meu filho – continuou. – Você está sujeito às ordens do czar. Não somos comerciantes vienenses! Não exploramos tabernas e cafés cheios de falatório e maledicência! Você é o príncipe Stefanovsky, meu filho! Vão mandá-lo primeiro para a Ucrânia, como fizeram comigo. E terá de cumprir um determinado número de anos de serviço antes de ocupar um cargo mais essencial no governo.

– Não! – exclamou Stefan, recuando.

– Oh, não torne as coisas tão difíceis para você! – insistiu o pai, fatigado. O cabelo grisalho caía ao redor do rosto abatido. – Perdemos muita, muita coisa; tivemos de vender praticamente tudo que foi resgatado para deixar esta cidade, a única cidade onde eu sempre fui feliz.

– Pai, alguma coisa de bom isso pode trazer. Não posso, não vou desistir da música por qualquer imperador próximo ou distante. Não nasci na Rússia. Nasci no lugar onde Salieri tocava, onde Farinelli vinha cantar. Eu lhe imploro. Quero meu violino. Só me dê o violino, isso basta. Deixe que eu vá sem um tostão e, se lhe perguntarem, diga que não pôde impedir que eu seguisse o caminho que tão decididamente escolhi. Nenhuma desgraça cairá sobre o senhor. Dê-me o violino e vou embora.

Houve uma mudança sutil e ameaçadora no rosto do pai. Houve um rumor de passos nas proximidades. Mas um só prestava atenção no outro.

– Não perca a calma, meu filho.

O pai se levantou, deixando cair no tapete a manta de urso. Estava magnífico no robe de cetim com forro de pele; jóias brilhantes lhe cobriam os dedos. Era alto como Stefan, aparentemente sem nenhum sangue camponês. Talvez só o nórdico misturado com o eslavo fizessem gigantes assim, do tipo de Pedro, o Grande. Autênticos príncipes.

O pai aproximou-se dele, depois se virou para examinar os belos instrumentos envernizados arrumados sobre as credências. Luxuriantes jardins rococós decoravam as portas de cada uma dessas arcas e, atrás, as paredes estavam forradas de painéis sedosos, com longas tiras pintadas de dourado que subiam para os quadros do teto abobadado.

Uma orquestra de cordas. Tremi só em olhar para o conjunto daqueles instrumentos. Não distinguiria o violino que estava segurando de qualquer outro que via ali.

O pai respirou fundo. O filho estava à espera, obviamente educado para não chorar como faria junto de mim, como fazia agora comigo, naquela invisibilidade de onde observávamos tudo. Ouvi-o suspirar, mas logo a visão assomou novamente, com nitidez, diante de nós.

– Não pode, meu filho – declarou o pai –, sair rodando pelo mundo com aquele homem vulgar. Não pode. E não pode pegar seu violino. Fico de coração partido por ter de lhe dizer isso. Mas você está delirando e daqui a um ano virá me pedir perdão.

Stefan olhava para o violino que ia herdar e mal conseguia controlar a voz:

– Pai, mesmo se não nos entendemos, o instrumento é meu, eu o tirei da sala pegando fogo, eu...

– Filho, o violino está vendido, como estão vendidos todos os instrumentos feitos por Stradivari, como estão vendidos os pianofortes e o cravo onde Mozart tocava. Foi tudo vendido, eu lhe garanto.

Senti o choque que o rosto de Stefan deixou transparecer. O fantasma na escuridão informe a meu lado estava triste demais para amortecer a cena com uma zombaria. Agarrou-se a mim com mais força, tremendo como se a nuvem fervente daquela imagem fosse demais para ele. Não pôde, no entanto, puxá-la de volta para seu caldeirão de mágicas.

– Não... não, não vendidos, não os violinos, não o... não o violino que eu... – Sua boca se esbranquiçava, se contorcia, enquanto as sobrancelhas pretas e retas se juntavam no desafio de uma testa franzida. – Não acredito no que está dizendo, por que, por que está mentindo para mim?

– Dobre a língua, que você é meu filho predileto – falou o homem alto, de cabelos grisalhos, com uma das mãos pousada na cadeira. – Vendi o que tive de vender para sair do inferno dessa situação e voltar para nossa casa em São Petersburgo. As jóias de sua irmã, as jóias de sua mãe, as telas, Deus sabe o que mais! Para salvar para vocês alguma coisa do que tínhamos e que devia ser preservado a qualquer custo. Vendi os violinos há quatro dias para Schlesinger, o comerciante. Vai levá-los quando partirmos. Foi gentil o bastante para...

– Não! – Stefan gritou, pondo a cabeça entre as mãos. – Não, não o meu violino! – clamou. – O senhor não pode vender meu violino, não pode vender o Strad longo!

Virou-se com o olhar frenético, procurando os tampos compridos e pintados das credências, onde os violinos estavam cuidadosamente pousados em almofadas de seda, procurando os violoncelos apoiados em cadeiras e as telas arrumadas à espera da mudança.

– Já lhe disse que está feito! – gritou o pai. Virando-se para a esquerda, ele encontrou sua bengala de prata, que ergueu na mão direita, primeiro pelo cabo, depois pelo meio.

Vi quando os olhos de Stefan acharam o violino, vi quando correu para o instrumento.

Desejei de todo o coração que o pegasse, sim, pegue-o, salve-o desta tremenda injustiça, dessa estúpida armadilha do destino, é seu, é seu... Stefan, pegue-o!

"E nesse momento você o tira de mim." Na insondável escuridão, ele me beijou o rosto, mas estava arrasado demais para lutar comigo. "Veja o que acontece."

– Não toque nele, não o tire daí! – o pai avançou na direção do filho. – Estou lhe avisando! – Brandiu a bengala de um lado para o outro. O cabo ornamentado pairava como uma clava.

– Não teria coragem de esmagar esse Strad! – desafiou Stefan.

Uma fúria tomou conta do pai. Tomou conta dele, com essas palavras, ante a estupidez da suposição de Stefan, ante a extensão da discórdia.

– Você, meu orgulho... – disse ele, baixando a cabeça enquanto dava, com firmeza, um passo atrás do outro. – O predileto de sua mãe, o querubim de Beethoven, você acha que eu quebraria aquele instrumento com isto! Toque nele e verá o que vou fazer!

Stefan estendeu o braço para o violino, mas a bengala caiu em seus ombros. Ele oscilou sob o golpe, recuando, quase se dobrando em dois. E de novo foi atingido pela bengala de prata, desta vez do lado esquerdo da cabeça. O sangue lhe jorrou da orelha.

– Pai! – gritou.

Eu estava fora de mim em nosso refúgio invisível, louca para investir contra o pai, para fazê-lo parar – maldito, não vai bater outra vez em Stefan, não vai bater, não vai!

– Ele não é nosso, já lhe disse – gritou o pai. – Mas você é meu, você é meu filho, Stefan!

Stefan estendeu vivamente a mão e a bengala chicoteou no ar.

Devo ter gritado, mas aquilo estava bem além de qualquer possibilidade de intervenção. A bengala atingiu com tanta força a mão esquerda de Stefan que ele arquejou e encolheu bruscamente a mão contra o peito, fechando os olhos.

Não viu o golpe descendo sobre sua mão direita, que tentava proteger a mão ferida. A bengala acertou-lhe nos dedos.

– Não, não, não minhas mãos, minhas mãos, pai!

Barulho de pés correndo pela casa. Gritos. A voz de uma jovem.

— Stefan!
— Você me desafia! — disse o velho. — Você se atreve! — Com a mão esquerda agarrou a lapela do casaco do filho, do filho que tinha o rosto contorcido de dor e não podia se defender. Atirou-o para a frente, para que suas mãos caíssem sobre o tampo da credência e golpeou novamente seus dedos com a bengala.

Fechei os olhos. "Abra-os, veja o que ele está fazendo. Há instrumentos feitos de madeira e há os que são feitos de carne e sangue. Veja o que ele está fazendo comigo."

— Pai, pare com isso! — exclamou a mulher. Eu a via pelas costas, uma criatura frágil, trêmula, com pescoço de cisne e braços nus no vestido Império de seda dourada.

Stefan deu um passo atrás, revelando o atordoamento, a agonia. E continuou recuando, arregalando os olhos para o sangue que corria dos dedos golpeados.

O pai conservava a bengala erguida para atingi-los de novo.

Mas agora era o rosto de Stefan que se alterava; parecia impossível ter havido um dia compaixão naquela máscara de raiva e desejo de vingança.

— Faz isso comigo! — Ele agitou as mãos inúteis, sangrentas. — Faz isso com minhas mãos!

Atônito, o pai também recuou, mas a expressão de seu rosto continuava cada vez mais dura e inflexível. As portas da sala estavam cheias de gente que olhava, irmãos, irmãs, criados, eu não sabia.

— Para trás, Vera! — gritou o velho para a jovem que tentou acudir.

Stefan voou contra o pai, usando o que sobrava para usar, o joelho. Chutou o homem com força contra o esmalte quente da estufa; depois levantou a bota para lhe dar um pontapé no meio das pernas. As mãos do velho soltaram a bengala e ele caiu de joelhos, tentando se proteger.

Vera gritou.

— Faz isso comigo! — exclamou Stefan. — Faz isso comigo, faz isso comigo! — O sangue jorrava de suas mãos.

O chute seguinte atingiu o homem sob o queixo, derrubando-o como um saco de batatas sobre o tapete. Stefan deu um novo pontapé; desta vez a bota atingiu de lado a cabeça do pai. O chute foi repetido.

Virei para o lado. Não queria ver, não queria. "Não, por favor assista comigo." Foi tão carinhoso, tão suplicante. "Ele está morto, você sabe, morto ali no chão, mas naquele momento eu não sabia. Veja, chutei-o de novo. Olhe. O joelho não se levanta, embora o golpe o atinja no mesmo lugar onde o soco de sua mãe acertou. Dei um pontapé no estômago, veja... Talvez já estivesse morto desde o chute no queixo, eu nunca soube."

Parricida. Parricida. Parricida.

Homens avançaram, mas Vera se virou bruscamente, estendendo as mãos para bloquear a passagem.

– Não, não vão encostar um dedo em meu irmão!

Isso deu a Stefan um instante para desviar os olhos do corpo do pai, e nesse instante, com as mãos ainda pingando sangue, correu para a porta mais próxima, atropelando e tirando do caminho criados atônitos, descendo ruidosamente a escada de mármore.

As ruas. Isto é Viena?

Conseguiu em algum lugar uma capa e ataduras para as mãos. Era um vulto furtivo, resvalando junto aos muros. A rua era antiga, tortuosa.

"Oh, nobre prostituta, o que acha disso? Eu tinha algum dinheiro no bolso. Mas os modernos tinham iluminado Viena. E eu matara meu pai. Matara meu pai."

Era Graben, hoje desaparecido (soube por causa do serpentear das ruas), o lugar onde Mozart tinha vivido, um bairro de contínua agitação durante o dia. Mas era de noite, tarde da noite. Stefan esperou nas sombras até aparecer um homem (um brusco irromper de ruído) que saíra de uma taberna.

O homem trancou a porta, deixando lá dentro um mundo aconchegante, cheio de falatório e risos, da fumaça dos cachimbos, do cheiro de café e cerveja.

– Stefan! – sussurrou, atravessando a rua e pegando Stefan pelo braço. – Saia de Viena. Pode levar um tiro a qualquer momento. O próprio czar deu a ordem a Metternich, por escrito. A cidade está cheia de soldados russos.

– Eu sei, Franz – disse Stefan, chorando como uma criança. – Eu sei.

– E suas mãos, o que houve com elas? – o homem perguntou.

– Oh, nada grave, nada de muito grave. Estão tortas, destroncadas, quebradas, fora do lugar. O mal está feito, acabou. – Continuou imóvel, olhos erguidos para uma pequena faixa de céu. – Oh, Senhor Deus, como isso pôde acontecer, Franz, como? Como pude chegar a este ponto? Um ano atrás estávamos todos juntos no salão de baile, tocávamos. Até o Maestro estava lá, dizendo que gostava de ver o movimento dos nossos dedos! Como?

– Stefan, me diga... – pediu o jovem chamado Franz. – Não chegou a matá-lo, não é? Estão mentindo, criando uma imagem... Alguma coisa aconteceu, mas Vera diz que eles têm, injustamente...

Stefan não conseguiu responder. A boca estava contorcida, os olhos apertados. Não teve coragem de responder. Soltou-se da mão do amigo e correu, a capa ondulando com força atrás dele, as botas estalando nas pedras arredondadas do calçamento.

Correu, correu e nós o seguimos. Até que se tornou um ponto na noite, até que as estrelas fecharam o seu arco sobre tudo e a cidade desapareceu.

Aquilo era um bosque escuro, mas um bosque novo, juvenil, com pequenas árvores, ainda mal cobertas de folhas, e com folhas fazendo ruído ao serem esmagadas pelas botas de Stefan. Através de muitos livros e de muita música, eu conhecia os Bosques de Viena desde os tempos de escola, e conhecia bem. Lá na frente havia um lugarejo para onde Stefan avançou furtivamente, apertando a imundície das mãos cheias de ataduras e sangue, fazendo uma careta de vez em quando por causa da dor, mas procurando ignorá-la. Entrou pela rua principal, chegando a uma pequena praça. Era tarde, todas as lojas estavam fechadas e as ruazinhas, tão graciosamente antiquadas, pareciam saídas de um livro de gravuras. Apertou o passo, mas não se desviou do caminho. Deparou-se, então, com o portão de um pequeno pátio, um portão sem ferrolhos. Entrou sem que ninguém o visse.

Como parecia insignificante aquela arquitetura rural em comparação com os palácios onde tínhamos testemunhado tantos horrores.

No ar fresco da noite, impregnado do aroma dos pinheiros e das estufas queimando docemente, Stefan ergueu os olhos para uma janela iluminada.

Um estranho canto vinha lá de dentro, um terrível berreiro, mas muito feliz, cheio de prazer. Um homem surdo cantava.

Eu conhecia aquele lugar, conhecia através de desenhos, sabia que era o lugar onde Beethoven tinha vivido e composto. Quando nos aproximamos, vi o que Stefan viu ao subir a pequena escada: o Maestro lá dentro, balançando na escrivaninha, mergulhando a pena no papel, sacudindo a cabeça, batendo o pé e rabiscando as notas, parecendo delirar em seu precioso e seguro canto do universo, onde os sons podiam ser combinados como os homens de bons ouvidos jamais aconselhariam ou sequer tolerariam.

O cabelo do grande homem estava manchado, matizado de um tom grisalho que eu não vira antes, o rosto marcado de varíola estava muito vermelho, mas a expressão era descontraída e pura, sem qualquer franzido de ressentimento. Balançou de um lado para o outro; anotou. Cantava aquela marcha dolorosa, bem marcada, que certamente confirmava um caminho para ele.

O jovem Stefan aproximou-se da porta, abriu-a e entrou, espreitando sobre os ombros do Maestro, com as mãos enfaixadas atrás das costas dele. Então deu um passo à frente e caiu de joelhos segurando o braço de Beethoven.

– Stefan! – O grito foi alto e áspero. – Stefan, o que é que há?

Stefan curvou a cabeça, irrompeu em lágrimas e, de repente, num movimento involuntário, ergueu a mão enfaixada, avermelhada, como para alcançar e tocar no Maestro.

– Suas mãos! – disse o Maestro num tom frenético. Levantou-se, derrubando o tinteiro quando estendeu o braço sobre a escrivaninha. O caderno de conversação, não, o quadro-negro, foi isso que procurou. Eram os companheiros de seus anos de surdez, através dos quais falava com as pessoas.

Mas então baixou os olhos horrorizado e viu que ambas as mãos de Stefan estavam incapacitadas para pegar uma caneta ou um giz. O jovem continuava ajoelhado, aflito, implorando perdão com tremores e movimentos de cabeça.

– Stefan, suas mãos, o que fizeram com você, meu Stefan?

Stevan levantou a mão pedindo que ele falasse baixo, levantou-a em desespero. Mas era tarde demais. Em seu pânico protetor, Beethoven fizera outros correrem para a sala.

Stefan tinha de escapar. Abraçou o Maestro por um instante, beijou-o com força na boca e correu para uma porta dos fundos no momento exato em que a porta a seu lado se escancarou.

Fugiu mais uma vez, enquanto Beethoven ficou urrando de dor.

Um pequeno quarto: uma cama de mulher.

Com suas calças justas e uma camisa limpa, Stefan estava deitado, enroscado, a cabeça mergulhada no travesseiro, a boca aberta, o rosto suado mas quieto.

Ela, uma mulher robusta com traços de menina, atarracada, muito parecida comigo, mas jovem, amarrava novas ataduras em suas mãos. Sem dúvida sentia um extremo carinho por aquele semblante imóvel, pelas mãos machucadas que segurava. Mal conseguia conter as lágrimas. Era uma mulher que o amava.

– Deve sair de Viena, príncipe – falou naquele alemão suave e cultivado dos vienenses. – Tem de sair!

Ele não se mexeu. Seus olhos deixaram entrar um pouco de luz ou talvez tenham apenas deixado escapar um pedacinho de branco. Era como o rosto da morte, mas ele respirava.

– Stefan, escute o que estou dizendo! – A voz da moça ganhou um tom de intimidade. – Vão enterrar seu pai amanhã, com grande pompa. O corpo será depositado na tumba de Van Meck, e você sabe o que querem fazer... Pretendem enterrar o violino com ele.

Primeiro Stefan abriu os olhos, fitando a vela ao lado da mulher, prestando atenção no prato de cerâmica onde já se formara uma poça de cera. Depois virou a cabeça e olhou para ela. A cabeceira da cama, onde se recostava, era uma tábua de madeira grossa e ordinária. Sem dúvida, era o lugar mais pobre a que já nos levara. Um quarto modesto, no sobrado de uma loja, talvez.

– Enterrar o violino – disse ele, fitando-a com olhos sem brilho. – Berthe... você disse...?

– Sim, ficará enterrado com ele até seu assassino ser encontrado e os restos mortais serem levados para a Rússia. É inverno agora, não poderiam fazer a viagem até Moscou. E apesar de tudo que aconteceu, Schlesinger, o comerciante, deu o dinheiro para a coisa. Como você vê, eles estão lhe armando uma cilada. Acham que vai aparecer para salvar o violino.

– É uma estupidez – respondeu Stefan. – Uma loucura. – Sentou-se na cama, erguendo o joelho, fazendo o pé protegido pela meia marcar mais uma cova no velho colchão. O cabelo acetinado caía despenteado pelos ombros. – Uma cilada! Enterrar o violino num caixão com ele!

– Psiu, não grite, não seja tolo! Acham que vai querer roubá-lo antes do enterro. Se isso não acontecer, vão deixá-lo no túmulo até que resolva ir buscá-lo. É nesse momento que vão lhe deitar as garras. Se você não aparecer, talvez deixem o violino muito tempo com seu pai, pelo menos até o dia em que o encontrem e o executem pelo crime. Foi um ato cruel; seus irmãos e sua irmã estão muito transtornados, embora nem todos estejam com más intenções com relação a você.

– Sei que não... – murmurou, com ar pensativo, lembrando possivelmente de sua fuga. – Berthe!...

– Não pode imaginar o que os irmãos de seu pai falaram contra você. Foi deles essa idéia de vingança. O violino devia ser enterrado com o pai que você matou para que nunca, nunca mais pudesse tocá-lo. A imagem que fazem de você é de um fora-da-lei que roubaria o violino de Schlesinger.

– É o que eu faria – sussurrou.

Um barulho assustou os dois. A porta se abriu e um homenzinho de rosto redondo apareceu, um sujeito baixo e um tanto gordo, com uma pelerine preta e a camisa de linho geralmente usada pelas classes superiores. Parecia russo aquele homem de rosto tão cheio e olhos pequenos. Podia-se ver nele um russo de hoje. Carregava no braço uma grande capa preta, um traje novo que estendeu numa cadeira. A capa tinha um capuz.

Através de pequenos óculos com aros prateados, viu o rapaz na cama e viu a moça, que sequer se virou para cumprimentá-lo.

– Stefan – disse, tirando a cartola e alisando para trás os restos de cabelo grisalho que lhe cobriam a cabeça avermelhada –, estão vigiando a casa. Estão em cada rua. E Paganini, chegaram a abordá-lo na Itália com perguntas sobre a participação que tivera nisso. Ele negou que o conhecesse; disse que jamais se encontrara com você.

— Não podia fazer outra coisa — murmurou Stefan. — Pobre Paganini. Por que está me contando isso, Hans? Não me interessa.

— Stefan, trouxe uma capa para você, uma grande capa com capuz, e algum dinheiro para tirá-lo de Viena.

— Onde o conseguiu? — Berthe perguntou alarmada.

— Não importa — falou o homem, olhando-a de relance, com um certo desprezo. — Mas acredite que nem todos da família são impiedosos.

— Vera, minha irmã. Vi como se comportou. Quando tentaram me agarrar, ela se pôs na minha frente. Oh, a extrema generosidade de minha irmã!

— Vera acha que deve ir embora, para a América, para a corte portuguesa no Brasil, para qualquer lugar onde suas mãos possam se recuperar e onde possa viver. Aqui não existe mais vida para você! O Brasil fica muito longe, mas há outros países. A Inglaterra, por exemplo. Vá para Londres, mas saia do império dos Habsburgo, é sua única opção. Até nós, ao ajudá-lo, estamos correndo perigo.

— Esqueceu de tudo que ele fez por você? — indagou a jovem, furiosa. — Não vou abandoná-lo. — Cravou os olhos em Stefan, que tentou acariciá-la com as mãos enfaixadas, mas logo parou, como um animal com as patas no ar, os olhos bruscamente embotados de dor ou puro e simples desespero.

— Não, é claro que não — interveio Hans. — Ele é nosso rapaz, nosso Stefan, como sempre foi. Só estou dizendo que bastam alguns dias para eles o encontrarem. Viena não é assim tão grande. E com as mãos desse jeito, o que Stefan pode fazer? Por que se demora?

— Meu violino — declarou Stefan num tom embargado de dor. — É meu e não está comigo.

— Por que *você* não vai pegá-lo? — disse a mulher, para o homem baixo e um tanto gordo, olhando-o de relance. Ainda enrolava a gaze na mão esquerda de Stefan.

— Eu? Pegar o violino?

— Por que não entra naquela casa? Já fez isso antes. Vá dar uma olhada nas mesas de confeitos. Nos docinhos especiais. Deus sabe que quando há um funeral em Viena é um milagre que outras pessoas não morram de tanto comer doces. Entre com os padeiros para ver se tudo está bem com o bufê, é bastante simples. Depois vá na ponta dos pés para o andar de cima, entre na câmara do morto e pegue o violino. Eles o detêm? Diga que está à procura de alguém da família para pedir notícias, você gostava muito do rapaz. Todos sabem disso. Apanhe o violino!

— Todos sabem disso — repetiu. Essas palavras perturbaram o homem, que foi até a janela e olhou para a rua. — Sim, todos sabem que era com minha filha que Stefan, sempre que queria, passava as horas de farra.

– E me dava belos presentes por isso, coisas que ainda guardo e guardarei até o dia do meu casamento! – ela falou, com aspereza.

– Seu pai tem razão – disse Stefan. – Tenho de ir. Não posso continuar pondo vocês dois em perigo. Podem pensar em vir aqui, em vigiar...

– Nada disso – ela replicou. – Não há criado da casa ou comerciante ligado à família que não goste de você. Todos o colocam num pedestal. E também as mulheres francesas, esses trastes que chegaram com o conquistador, têm um fraco por você. Por isso estão sendo vigiadas, pois todos sabem da fama que tem entre elas. Assim como sabem que a filha do padeiro ficava em segundo plano... Mas é verdade o que diz meu pai, você tem de ir. Eu já tinha lhe dito isso, lembra? Precisa ir embora de Viena. Se não partir, será apanhado numa questão de dias.

Stefan estava mergulhado em pensamentos. Procurava apoiar seu peso na mão direita, mas logo percebeu o erro e tombou contra a madeira da cabeceira da cama. O teto era inclinado, a janela era minúscula no meio da parede grossa. Stefan parecia tão cheio de vigor no meio de tudo aquilo. Comprido demais, exasperado demais, brilhante e impetuoso demais para um cômodo tão pequeno.

Jovem imagem de meu fantasma, que cruzava amplos espaços e caminhava por avenidas largas.

A filha se virou para o pai.

– Entre na casa e pegue o violino!

– Está delirando! – respondeu o homem. – A paixão a fez perder a cabeça. Não passa da filha estúpida de um padeiro.

– Um padeiro que sonhava ser um nobre cavalheiro, com seu nobre café na Ringstrasse. Você, que não se atreve sequer...

– É claro que não – retrucou Stefan com autoridade. – Além disso, Hans não saberia distinguir um violino do outro.

– Já está colocado no caixão! – disse ela. – Eles me contaram. – Puxou o pano com os dentes, rasgando-o em dois, e deu outro nó apertado sob o pulso de Stefan. As ataduras já estavam ensangüentadas. – Pai, vá pegá-lo.

– No caixão! – Stefan sussurrou, cheio de desprezo. – Do lado dele!

Eu teria fechado meus olhos e ajudado Stefan, mas não tinha esse nível de controle sobre os corpos físicos daquele tempo. Além disso já pegara o violino, aquele do qual estavam falando. Estava em meus braços e pensei: então o instrumento, o instrumento que perseguimos numa história sangrenta estava nessa época, em torno, digamos, de 1825, colocado num caixão! Teria sido espargido com água benta ou isso só ia acontecer na hora dos últimos sacramentos e da missa de réquiem, dentro de uma igreja vienense com doces anjos dourados?

Até eu sabia que o homem não conseguiria pegar o violino. Mas ele lutava para se defender, diante dos dois e de si mesmo, rodando no quarto, andando de um lado para o outro, com reflexos de luz nos óculos e espichando os lábios.

– Ora, mas como? Não se pode entrar livremente num quarto onde um príncipe jaz, com todo aparato, em seu caixão...

– Berthe, ele está certo – Stefan falou calmamente. – Seria abominável se eu deixasse seu pai correr o risco. Além do mais, quando poderia fazer isso? Como conseguiria subir de peito aberto, tirar o violino dos braços do morto e escapar sem que ninguém o visse?

Berthe encarou o pai, o cabelo preto lhe emoldurando a palidez do rosto, os olhos suplicantes, mas espertos. Tinha longas pestanas e lábios grossos, fartos.

– Há horas, tarde da noite – disse ela –, em que o quarto vai estar quase vazio. Você sabe, quando as pessoas forem dormir. As poucas que ficarem, dizendo os rosários, fecharão com toda a probabilidade os olhos no meio das orações. Então, pai, o senhor entra para cuidar das mesas de doces. Nesse momento, até a mãe de Stefan vai estar dormindo.

– Não! – exclamou Stefan, mas a idéia tinha encontrado um terreno fértil. Levantou a cabeça, ansioso, absorvido pelo plano. – Ir até o caixão, pegar o violino, o violino que está com ele, o meu violino...

– Você não pode fazer isso – falou Berthe, com o pavor estampado no rosto. – Não dispõe de dedos para pegá-lo. Não pode chegar perto da casa.

Stefan ficou calado. Olhou rapidamente em volta, curvou-se de novo para olhar as mãos e ergueu bruscamente o corpo por causa da dor. Viu as roupas que estavam à sua espera. Viu a capa.

– Diga-me, Hans – perguntou de repente –, diga-me a verdade, foi Vera quem me mandou o dinheiro?

– Sim, e sua mãe sabe, mas vou pagar por isso se fizer comentários. Não faça alarde desta generosidade para qualquer outra pessoa que venha a lhe ajudar. Se o fizer, nem sua irmã nem sua mãe terão a possibilidade de me proteger.

Stefan sorriu amargamente e concordou com a cabeça. O pequeno Hans empurrou os óculos para cima do nariz achatado e perguntou:

– Sabia que sua mãe odiava seu pai?

– É claro – respondeu Stefan –, mas a dor que lhe causei agora foi muito pior que tudo que meu pai fez, não acha?

Não esperou que o homem encontrasse uma resposta. Passou os pés pelo lado da cama.

– Berthe, não posso calçar as botas.

– Onde vai? – ela perguntou, contornando rapidamente a cama para ajudá-lo. Ajudou-o a calçar cada bota e depois ajudou-o a ficar de pé. Deu-lhe a grande capa preta, de lã, nova e limpa, fornecida sem dúvida pela irmã.

O homenzinho gorducho ergueu os olhos para ele, cheio de pena e tristeza.

– Stefan, há soldados cercando a casa. Os guardas russos e a guarda particular de Metternich estão lá. Há policiais por todo lado. Escute o que estou dizendo.

Aproximou-se e tocou na mão ferida de Stefan, que estremeceu, encolhendo a mão machucada. O homem ficou imóvel, envergonhado e se desculpando.

– Não é nada, Hans. Você foi muito generoso. Eu lhe agradeço. Deus saberá protegê-lo, pois não foi você, afinal, quem matou meu pai. E minha mãe pôs sua bênção sobre todas as nossas ações, eu sei. Esta era a melhor capa de meu pai, forrada com pele de raposa russa, está vendo? Ela pensou realmente em mim. Ou será que foi Vera quem lhe deu a capa?

– Foi Vera! Mas escute o que estou dizendo. Parta esta noite de Viena. Se for apanhado na casa, não terá direito sequer a um julgamento! Tomarão providências para que seja morto antes de falar qualquer coisa ou antes que alguém possa dizer que viu seu pai espancá-lo.

– Já estou sendo julgado – disse Stefan, tocando na capa com a mão enfaixada. – Eu o matei.

– Siga meu conselho e parta de Viena. Procure um cirurgião que possa cuidar de seus dedos. Talvez ainda possam ser salvos. Existem outros violinos para um homem que toca como você. Atravesse o mar, vá para o Rio de Janeiro, para a América do Norte. Ou vá para o Oriente, para Istambul, por exemplo, onde ninguém lhe fará perguntas. Não tem amigos na Rússia? Não conhece os amigos de sua mãe?

Stefan balançou a cabeça, sorrindo.

– Todos, sem exceção, são primos do czar ou seus filhos bastardos – retrucou com um riso breve. Era a primeira vez, naquela vida fantasmagórica, que eu via o jovem Stefan rir de verdade. Por um instante pareceu despreocupado e, como costuma acontecer nesses momentos com as pessoas, a felicidade tomou conta de todos os traços do seu rosto e transformou-o num homem perfeitamente radiante.

Estava profundamente grato ao homenzinho que se agitava a seu lado. Suspirou e olhou ao redor do quarto. Parecia o gesto de despojamento de alguém que podia morrer de uma hora para outra e olhava para todas as coisas, mesmo as mais simples, com amorosa atenção.

Berthe amarrou os babados do peito da camisa e levantou-lhe as golas, ajeitando-as sobre o pescoço. Deu também o laço na gravata branca, de seda. Depois pegou um cachecol preto, de lã, que enrolou em seu colarinho, levantando o cabelo penteado, brilhante, e deixando-o cair de novo. Um cabelo comprido, mas aparado.

– Deixe-me cortá-lo... – ela disse. Mais um disfarce?

– Não... não precisa. Ninguém vai me ver embaixo da capa e do capuz. Não posso perder mais tempo. Olhe, é meia-noite. Provavelmente o longo velório já começou.

– Não pode fazer isso! – ela gritou.

– Mas farei! Vão me denunciar?

A idéia deixou atônitos a ela e ao pai. Os dois balançaram a cabeça, silenciosa e obviamente assegurando que não o fariam.

– Adeus, querida, pena que não tenha nada para lhe dar, nenhuma lembrança para deixar com você...

– Está me deixando com tudo que eu poderia querer – ela respondeu com brandura. Havia resignação em sua voz. – Deu-me algumas horas preciosas, com que outras mulheres só poderão sonhar e das quais só poderão saber lendo nas histórias.

Stefan sorriu outra vez. Nunca, em nenhuma circunstância, eu o vira tão perfeitamente à vontade. E me perguntei se as mãos que sangravam não doíam, pois as ataduras já estavam em mau estado.

– A mulher que pôs minhas mãos no lugar – falou para Berthe, insistindo no assunto – ficou com meus anéis em pagamento, com todos eles. Não pude impedi-la. Em seu quarto, Berthe, tive um último lugar aconchegante para passar a noite e um último momento de descanso. Vou embora, Berthe, me dê um beijo. Hans, não posso lhe pedir uma bênção, mas um beijo sim.

Os três se abraçaram. Stefan estendeu os braços, como se pudesse levantar a capa com as mãos naquele estado, mas Berthe correu para pegá-la e, junto com o pai, colocou-a em seus ombros, enfiando-lhe o capuz na cabeça.

Eu morria de medo. Sabia o que estava por vir. E não queria ver.

13

*V*estíbulo de uma grande casa. Os inevitáveis ornamentos do barroco alemão, madeira dourada, dois murais, um defronte ao outro, um homem, uma mulher, com perucas empoadas.

Stefan tinha conseguido entrar com as mãos enfiadas na capa. E ainda falara severamente em russo com os guardas, que ficaram confusos, desorientados na frente daquele homem bem vestido que viera apresentar os seus respeitos à família.

– Herr Beethoven está aqui? Está aqui agora? – perguntou Stefan num russo estridente. Um divertimento. Os guardas só falavam alemão. Por fim apareceu um dos homens da guarda pessoal do czar.

Stefan fez o jogo com perfeição, sem mostrar as mãos enfaixadas, executando uma profunda mesura russa, a capa arrastando à sua volta nos ladrilhos do chão, o lustre no alto iluminando o vulto sombrio, quase monástico.

– Vim a mando do conde Raminsky de São Petersburgo – falou em russo –, para apresentar minhas condolências. – A segurança e o porte foram perfeitos. – Vim também transmitir uma mensagem a Herr van Beethoven. Herr Beethoven compôs um quarteto para mim, que me foi enviado pelo príncipe Stefanovsky. Ah! Peço que me conceda alguns momentos com meu bom amigo. Não tinha a intenção de incomodar a família a uma hora dessas, mas fui informado que a vigília se prolongaria por toda a noite e que poderia vir.

Stefan já estava a caminho da porta.

Um grande ar de formalidade tomou conta dos guardas russos, sendo imediatamente adotado pelos oficiais alemães e pelos criados de cabeleira postiça.

Os criados foram atrás dos guardas, depois passaram à frente para abrir as portas.

– Herr Beethoven já foi para casa há algum tempo, mas posso acompanhá-lo até o aposento onde o príncipe repousa – respondeu o agente russo, com óbvio, reverente temor daquele mensageiro alto e majestoso. – Talvez eu devesse acordar...

– Não. Como já expliquei, não quero incomodar ninguém a esta hora – replicou Stefan, olhando ao redor como se nada lhe fosse familiar nos espaços suntuosos da casa.

Começou a subir a escada; a pesada capa com forro de peles dançava graciosamente logo acima dos calcanhares das botas.

– A jovem princesa foi minha amiga de infância – disse ele, olhando pelo ombro para o guarda russo que acelerava o passo para acompanhá-lo. – Virei visitá-la numa hora mais adequada. Quero apenas deitar os olhos sobre o velho príncipe e fazer uma prece.

O guarda russo começou a falar, mas tinham chegado à porta certa. Era tarde demais para palavras.

A câmara mortuária. Imensa, as paredes repletas daqueles arabescos brancos entre bordas douradas que faziam os aposentos de Viena se parecerem muito com creme batido; pilastras ascendendo com rendilhados dourados; uma longa fileira de janelas externas, cada uma com seu arco arredondado sob uma moldura dourada, refletindo-se nos espelhos do lado oposto; nos fundos do aposento, portas duplas, como aquelas por onde entramos.

O caixão jazia sobre uma grande plataforma, protegida por cortinas de um magnífico veludo pregueado. Bem ao lado da urna, numa pequena cadeira dourada instalada sobre a plataforma, havia uma mulher de cabeça inclinada, dormindo. Sua nuca exibia uma única volta de contas pretas e o vestido tinha o estilo Império, de cintura alta, embora fosse rigorosamente um vestido de luto preto.

Toda a plataforma estava empilhada e cercada por belos buquês de flores. Espalhadas por todo o aposento, jardineiras de mármore abrigavam solenes ramalhetes de lírios e uma profusão de rosas melancólicas, que se tornavam parte da espantosa decoração.

Cadeiras de estilo francês, pintadas de branco, estavam dispostas em fileiras e o suntuoso estofamento de tecido adamascado num tom verde-escuro ou vermelho contrastava vivamente com as toscas molduras brancas fabricadas na Alemanha. Velas ardiam, isoladas, em candelabros ou no grande lustre que pendia do teto, um volumoso objeto de vidro e dourados, semelhante ao que caíra na casa de Stefan, cheio de crostas de cera pura e branca.

Mil e uma chamas palpitavam timidamente no silêncio.

Nos fundos do aposento, havia uma fileira de monges. Rezavam o rosário em latim, *sotto voce*, em uníssono. Não levantaram os olhos quando o vulto encapuzado entrou e caminhou na direção do caixão.

Num comprido sofá dourado duas mulheres dormiam, a mais nova, de cabelos pretos, nitidamente com os traços de Stefan, encostando a cabeça no ombro da outra. Ambas vestiam ricos vestidos pretos e, naquele momento, tinham arriado os véus. Um pingente se destacava no pescoço da mais velha, cujo cabelo era branco e prateado. A mais moça se mexeu como se estivesse discutindo com alguém, mas não acordou, nem mesmo quando Stefan passou na frente dela, embora a alguma distância.

"Minha mãe."

O meloso guarda russo não se atreveu a deter o altivo aristocrata que se aproximava, decidido, do esquife.

Junto à porta aberta, com perucas de rabicho e uniformes pré-napoleônicos de cetim azul, os criados tinham os olhos foscos, como se fossem bonecos de cera.

Stefan parou diante da plataforma. Dois degraus acima, na pequena cadeira dourada, a mulher dormia com o braço no caixão.

"Minha irmã Vera. Minha voz treme? Olhe como ela pranteia a morte do pai. Vera! E olhe dentro do caixão."

Nossa visão levou-nos para perto. Fui inundada pelo perfume das flores, o aroma profundamente embriagador dos lírios e de outras espécies. Velas de cera, o mesmo tênue e penetrante aroma da pequena capela da rua Prytania da minha infância, aquela cápsula de santidade e salvação onde nos ajoelhamos com a mãe no parapeito cheio de ornamentos, ante as exuberantes palmas-de-santa-rita em cima do altar, suplantando em muito nossos pequenos ramos de lantanas.

Tristeza. Oh, coração, tamanha tristeza.

Só podia pensar naquilo que via na minha frente, em mais nada. Torcia para que a tentativa de Stefan desse certo, mas estava petrificada de medo. A figura encapuzada subiu calmamente os primeiros dois degraus da plataforma. Era insuportável a batida de meu próprio coração. Nenhuma das minhas memórias podia suplantar aquela dor, aquele mal, aquele medo do que estava por acontecer, medo da crueldade e de ver sonhos se estilhaçando.

"Olhe para meu pai. Veja o homem que destruiu minhas mãos."

O cadáver tinha uma aparência cruel, embora estivesse mirrado, murcho, insignificante. A morte acentuara os ângulos, fizera sulcos profundos no rosto, além de tornar os traços eslavos mais evidentes. Talvez o nariz estreito se devesse ao trabalho do agente funerário, que também avermelhara demais os lábios com ruge, lábios caídos, sem o sopro de vida que os faria dar aquele meio sorriso que o morto exibira tão facilmente antes de ser dominado pela raiva ou estar próximo dela.

Um rosto muito pintado e o corpo excessivamente coberto de peles, jóias, veludo e fitas coloridas, suntuoso à maneira russa, onde tudo deve brilhar para expressar valor. As mãos, com todos os seus anéis, jazendo como uma coisa pastosa no peito, seguravam um crucifixo.

Mas ao lado dele, aninhado no cetim, encontrava-se o violino, o *nosso* violino, sobre o qual pendia a mão adormecida de Vera.

– Stefan, não! Como vai conseguir pegá-lo? – sussurrei em nossa vigilante escuridão. – Ela está encostando nele. Stefan!

"Ah, como receia por minha vida quando contempla este velho quadro! Você não me devolve o violino, mas me veja agora morrer por ele."

Tentei virar a cabeça. Ele me obrigou a olhar. Arraigados no meio da cena, nada nos seria poupado. Apesar de nossa forma invisível, senti seu coração bater, como senti o aperto, o tremor e o suor de sua mão quando ele me virou a cabeça.

– Olhe – foi tudo que pôde me dizer. – Olhe para mim durante os últimos segundos de minha vida.

O vulto de capa e capuz subiu os dois últimos degraus da plataforma e baixou a cabeça. Os olhos sombrios, fatigados, vítreos contemplaram o cadáver do pai. Então, saiu de baixo da capa aquela mão com ataduras e sem polegar, que levantou o instrumento e o arco, trazendo-os para o peito, onde foram rapidamente escorados pela outra mão mutilada.

Vera acordou.

– Stefan, não! – murmurou, fazendo um gesto desesperado para ele ir embora, movendo bruscamente os olhos de um lado para o outro, como uma advertência.

Ele se virou.

Vi a movimentação. Os irmãos chegaram pelas portas das outras câmaras. Um homem se precipitou para afastar a irmã em pânico. Ela ainda estendeu os braços para Stefan. Dava gritos estridentes.

– Assassino! – gritou o homem que atirou a primeira bala. Ela não atingiu apenas o peito de Stefan, mas também o violino. Ouvi a madeira estilhaçar.

Stefan estava dominado pelo terror.

– Não, não faça isso! – gritou Stefan. – Não! – Ele e o violino foram atingidos por um tiro atrás do outro. Houve um movimento de fuga. Stefan correu para o centro do aposento, enquanto continuavam a crivá-lo de balas, balas que vinham agora não apenas de cavalheiros muito bem vestidos, mas também dos guardas, balas que despedaçavam o violino e a ele.

Estava rubro o rosto de Stefan. Mas nada parecia deter a figura que contemplávamos. Nada.

Vimos sua boca aberta lutando para respirar, os olhos se estreitarem, a capa flutuando quando ele se precipitou pela escada. E vimos o arco e o violino a salvo em seus braços, sem sangue, sem sangue! Mas ninguém procurava salvar aquela forma que se evaporava de suas mãos – e olhe agora!

As mãos.

As mãos estavam livres, inteiras e não precisavam de ataduras. Tinham novamente dedos perfeitos e longos, que agarravam com força o violino.

Stefan curvou a cabeça quando atravessou a porta da frente – eu me assustei. A porta estava trancada e ele nem tinha reparado. O estampido das armas, os gritos cresceram numa saraivada de dissonâncias e depois morreram atrás dele.

Stefan corria pela rua escura, os pés batendo com força nas pedras brilhantes e irregulares do calçamento. De vez em quando baixava os olhos para certificar-se de que o violino e o arco estavam a salvo em sua mão. De repente deu à corrida toda sua energia juvenil e a velocidade aumentou. Correu, correu até deixar para trás as pedras arredondadas das ruas do centro da cidade.

As luzes eram uma mancha no escuro. Seria mesmo neblina o que rodeava aqueles lampiões? Casas despontavam numa escuridão sem relevos.

Finalmente parou, incapaz de ir mais adiante. Com a capa enrolada atrás, servindo de almofada para a cabeça, tomou fôlego apoiado num muro lascado, onde a tinta descascava, fechando os olhos por um instante. O violino e o arco estavam em segurança e ilesos em seus dedos sem cor. Respirou várias vezes profundamente, olhando para os lados, muito nervoso, para ver se alguém o perseguia.

A noite não tinha ecos. Vultos se moviam no escuro, mas vagos demais, longe demais das luzes sobre uma porta ou outra. Será que Stefan reparava na bruma que fazia anéis pelo chão? Isso era comum no inverno de Viena? Grupos de vultos o contemplavam. Acharia ele que não passavam de vagabundos rondando pela noite da cidade?

Correu mais uma vez.

Atravessou a grande, cintilante Ringstrasse, com fileiras de lampiões e as multidões extremamente indiferentes da madrugada. Só parou de novo quando já estava a caminho do campo aberto, e foi então que, pela primeira vez, viu suas mãos restauradas, mãos sem ataduras, curadas... junto do violino. Levantou-o contra o céu, contra a luz dos foscos lampiões da cidade e viu que o instrumento não fora danificado. Estava inteiro, sem um arranhão. O Strad longo. Dele! Com o arco que tanto amava!

Olhou para trás, para a cidade que tinha abandonado. Da lombada onde se achava, podia vê-la entregar docemente suas opacas luzes de inverno às nuvens cada vez mais baixas. Estava confuso, exaltado, atônito.

E nos tornamos materiais. Os cheiros dos bosques de pinheiros e o ar frio, misturados à distante fumaça das chaminés das lareiras, nos cercavam.

Estávamos no bosque, não muito longe de Stefan, mas excessivamente distantes para consolar aquela imagem de mais de cem anos atrás, parada ali, com o vapor da respiração escapando no frio, segurando com extremo cuidado o instrumento. Seus olhos espreitavam o mistério que deixara para trás.

Algo estava terrivelmente errado; ele sabia disso. Algo estava tão monstruosamente errado que ele foi tomado por uma tremenda apreensão.

Meu Stefan espírito, meu guia e companheiro, deu um gemido baixo, mas não a figura distante. A figura distante conservava a nitidez das cores, conservava uma vibrante materialidade e examinava as roupas em busca das feridas. Examinou a cabeça e o cabelo. Tudo intacto. No lugar.

– Ele é um fantasma, foi o que se tornou desde o primeiro tiro – falei eu, suspirando ligeiramente –, mas não sabe disso!

Levantei os olhos para meu Stefan, depois para aquele vulto ao longe que, pela expressão do rosto e falta de pose, parecia o mais inocente, o mais desamparado, o mais jovem dos dois. O espectro do meu lado engolia em seco, mas seus lábios estavam úmidos.

– Você morreu naquela câmara – declarei.

Senti uma dor muito aguda correr por dentro de mim e só tive vontade de amá-lo, de conhecê-lo completamente com minha alma, de abraçá-lo. Virei-me e beijei-o no rosto. Ele curvou a cabeça para ganhar mais beijos, encostando a testa fria e dura na minha, e então apontou o distante e recém-nascido fantasma lá embaixo.

O distante e recém-nascido fantasma examinava as mãos curadas e o violino.

– *Requiem aiternam dona eis Domine* – disse meu companheiro num tom amargo.

– As balas estraçalharam você e o violino – retruquei.

O distante Stefan levantou a cabeça e começou a avançar freneticamente pelo meio das árvores. Olhava a toda hora para trás.

– Meu Deus, está morto, mas não sabe.

Meu Stefan, com a mão em meu pescoço, apenas sorriu.

Uma jornada sem um mapa ou destino.

Nós o seguíamos na louca caminhada; ali estava a hedionda bruma da "terra desconhecida" de Hamlet.

Fui presa de um violento calafrio. Em minha memória, achava-me ao lado do túmulo de Lily... Ou seria o de minha mãe? Isso acontecia naquele tempo monstruoso, sufocante, antes do remorso começar, quando tudo é horror. Olhe para ele, está morto e vaga, vaga.

Através de aprazíveis cidadezinhas alemãs, com tetos inclinados e ruas tortuosas, nós o seguimos. Estávamos de novo sem corpo e ancorados apenas na perspectiva que compartilhávamos. Ele atravessava grandes campos desertos e entrava de novo na floresta de luzes dos lugarejos. Ninguém o via! Mas ele podia escutar o sussurro dos espíritos se reunindo e tentava ver o que se movia em cima, embaixo, ao lado.

Manhã.

Ao descer a rua principal de uma pequena cidade, aproximou-se do balcão do açougueiro e falou com o homem, que não pôde vê-lo nem ouvi-lo. Depois tocou no ombro de uma mulher que cozinhava lá dentro, tentou sacudi-la, mas embora Stefan visse o próprio gesto com suficiente clareza, ainda que no meio de um profundo conflito entre vontade e fato, a mulher nada sentiu.

Chegou um padre, usando uma batina preta, comprida, e dando bom-dia aos primeiros fregueses. Stefan segurou-o, mas o padre não pôde vê-lo nem ouvi-lo.

Ficou descontrolado diante da barulhenta multidão da aldeia, depois austero, tentando desesperadamente raciocinar.

Agora, com maior clareza, viu os mortos rondando por perto. Viu o que só podiam ser fantasmas, tão irregulares e fragmentadas eram suas formas humanas. Fitou-os como um vivo teria feito: apavorado.

Fechei com força os olhos; via o pequeno retângulo do túmulo de Lily. Via os punhados de terra batendo no caixãozinho branco. "Triana, Triana, Triana!", gritava Karl, enquanto eu repetia sem parar: "Estou com você!" E Karl dizia: "Ainda não acabei meu trabalho, está incompleto, veja, Triana, não existe livro, não foi concluído, não... Olhe, onde estão os papéis? Me ajude, está tudo perdido..."

Não, afaste-se de mim.

Contemple este vulto olhando para as outras sombras que se aproximavam, como se sua roupagem vistosa as atraísse. Ele tinha medo e examinava as faces evanescentes. De vez em quando, gritava num tom de súplica os nomes dos mortos que tinha conhecido na infância; depois, com uma expressão desvairada, os olhos rodando nas órbitas, caía em silêncio.

O barulho que fazia não era ouvido por ninguém.

Gemi, e quem estava a meu lado me agarrou com força, como se também para ele fosse difícil suportar a visão de sua própria alma indefesa, enfiada na capa, nítida e bela, com um cabelo que cintilava, no meio de uma multidão tão pouco recortada na sombra quanto ele próprio, que assistia à cena comigo.

Lá embaixo, Stefan foi aos poucos se acalmando. As lágrimas hesitavam, dando aos olhos a grandiosa e lustrosa autoridade que possuem as lágrimas imóveis. Levantou o violino, fitou-o. Encostou-o no ombro. Começou a tocar. Fechou os olhos e deixou que seu terror se extravasasse numa dança louca, que teria arrancado aplausos do próprio Paganini. Foi um protesto, um lamento, um canto fúnebre e, lentamente, abrindo os olhos enquanto o arco se movia, enquanto a música apoderava-se impetuosamente de mim e de meu fantasma, percebeu que ninguém que estivesse vivo na praça daquele lugarejo, ou em qualquer outro lugar, perto ou longe dali, poderia vê-lo ou ouvi-lo.

Por um momento parou e quase desvaneceu. Segurando o violino com a mão direita e o arco com a esquerda, ergueu os punhos até os ouvidos e curvou a cabeça, mas quando o colorido se escoou dos contornos de seu corpo, ele estremeceu de cima a baixo e arregalou os olhos. O ar à sua volta rodopiou com espíritos cada vez mais visíveis.

Ele balançou a cabeça e torceu a boca como uma criança chorando.

– Maestro, Maestro! – exclamou. – O senhor está isolado em sua surdez e eu estou isolado de toda escuta! Maestro, estou morto! Estou tão sozinho, agora, Maestro, quanto o senhor! Maestro, eles não podem me ouvir! – As palavras foram gritadas.

Passaram-se dias?

Anos?

Agarrei-me ao Stefan que me guiava naquele mundo sombrio. Tremendo, embora não estivesse realmente frio, contemplei o vulto caminhar de novo, aproximando de vez em quando o violino da orelha e tocando frenéticas seqüências de notas, para logo parar, num acesso de raiva, cerrando os dentes, sacudindo a cabeça.

Viena de novo, talvez. Eu não sabia. Uma cidade italiana? Podia ser Paris. Eu não sabia. O estudo e a imaginação tinham misturado demais em minha mente os detalhes daquela época.

Ele caminhava.

O céu se tornava menos uma referência de algo natural que um dossel para uma existência à margem da natureza, um grande tecido negro, um véu de luto, com estrelas cuidadosamente espalhadas, como diamantes, sobre sua superfície. Talvez lembrasse, depois do alvorecer, uma cortina turva.

O caminhante parou num cemitério de túmulos exuberantes. Estávamos de novo invisíveis, perto dele. Olhou para os túmulos, leu as inscrições, e aproximou-se da tumba de Van Meck. Leu o nome do pai. Limpou a grossa crosta de barro e musgo que cobria a lápide.

O tempo não se prendia mais aos grandes ou pequenos relógios. Tirou seu relógio do bolso e olhou, mas o mostrador não tinha mais qualquer significado para ele.

Outros espíritos se juntaram na áspera escuridão, curiosos, atraídos por seus movimentos firmes e colorido brilhante. Ele examinava seus rostos.

– Pai? – murmurou. – Pai?

Os espíritos recuaram, como balões no vento agrupados em vagos conjuntos, balões que podiam ser puxados para a direita ou para a esquerda com um simples golpe nas cordas que os prendiam à terra.

Naquele momento, a percepção plena tomou conta de seu rosto. Estava morto, mais do que definitivamente morto. Não meramente morto, mas com certeza isolado de qualquer outro fantasma do seu tipo!

Esquadrinhava o ar e a terra em busca de outro espectro consciente como ele – tão arrojado, tão cheio de angústia. Nada encontrava.

Será que agora enxergava as coisas como eu e meu Stefan?

"Sim, eu e você estamos vendo agora o que vi naquele momento – o que vi, sabendo apenas que estava morto, mas sem saber qual era o sentido de ainda caminhar pela terra, sem saber o que podia fazer com a desgraça daquela condenação. Sabia apenas que me deslocava de um lugar para outro, que nada me atava, nada me constrangia, nada me consolava. Sabia apenas que me tornara ninguém!"

Vagamos para uma pequena igreja, no meio da missa. Uma igreja de estilo alemão, mas de uma simplicidade anterior ao domínio de Viena pelo rococó. Arcos góticos ascendiam dos florões das colunas. As pedras eram largas e sem polimento. Não passava de uma paróquia de gente do campo, onde a quantidade de cadeiras era muito pequena, quase nada.

Sua aparência espectral não se alterara. Ele ainda era uma imagem vigorosa e policromática.

Víamos a distante cerimônia no altar, sobre o qual havia um dossel vermelho-sangue, sustentado por santos góticos: imagens corroídas, esquálidas, veneráveis, desajeitadamente postadas ali como escoras.

Na frente do alto crucifixo, o padre ergueu a hóstia branca, redonda e consagrada, a substância mágica, o corpo e o sangue miraculosamente palatáveis. Pude sentir o cheiro do incenso. Sininhos tocavam. Os fiéis murmuravam em latim.

O fantasma de Stefan olhava friamente para eles, trêmulo, como ficaria um homem condenado à forca na frente dos estranhos que fossem assistir à sua execução. Só que não havia forca.

E ele voltou para o vento lá fora, para subir uma encosta, para fazer a caminhada que eu imaginava quando ouvia o Segundo Movimento da *Nona* de Beethoven, a marcha insistente. Cada vez mais para o alto por entre os bosques; ele caminhava sempre subindo. Achei que estava vendo neve e depois chuva, mas não tinha certeza. Em certo ponto, as folhas pareceram rodopiar à sua volta e ele parou sob uma ducha de folhas amarelas. Mais adiante, cruzou a estrada fazendo sinais para uma carruagem, mas a carruagem não tomou conhecimento dele.

– Como a coisa começou? – perguntei. – Como encontrou um caminho? Como se transformou neste monstro poderoso e obstinado que me tortura? – Na escuridão que nos cobria, senti o rosto dele, e sua boca.

"Oh, pergunta desalmada! Você está com meu violino. Fique quieta, veja! Ou me dê agora o instrumento! Acho que ainda não viu o bastante para se convencer que ele é meu, que só pertence a mim, que fui eu que, à custa de meu próprio sangue, cruzei com ele a linha divisória e o trouxe para esta esfera. Você se apodera dele e eu não consigo libertá-lo. Os deuses, se existem, são maus, ou não permitiriam que acontecesse uma coisa dessas. O Deus do Céu é um monstro. Tire suas lições do que vê."

– Tire você, Stefan – retruquei, agarrando o violino ainda com mais força.

Na intensa escuridão onde perambulávamos, ele ainda conservava os braços a meu redor, a testa em meu ombro. E a falta desesperada que sentia do violino veio à superfície. Gemeu, como se confessasse a dor num código muito íntimo, que incluiu suas mãos sobre as minhas e os dedos tocando na madeira, nas cordas do instrumento, mas sem procurar puxá-lo. Senti os lábios se moverem nos meus cabelos, encontrarem a curva da orelha, e mais – senti-o se apertar contra mim, ansioso, mas trêmulo, indeciso. O calor cresceu dentro de mim; parecia bastar para aquecer a mim e a ele.

Olhei de novo para o jovem espírito que vagava.

Caía neve.

O jovem espírito contemplava a neve e via que ela não tocava em sua capa, nem em seu cabelo. Os flocos pareciam passar voando; ele levantava as mãos para pegá-los. Sorria.

Seus pés faziam um rangido ao avançar sobre a neve. Mas seria isto uma coisa realmente provocada por ele ou mera sensação que proporcionava a si mesmo através da vontade e da expectativa? A capa comprida, com o capuz jogado para trás, era uma sombra escura na neve que o vento espalhava, e os olhos dele piscavam, ante o dilúvio branco e silencioso que vinha do céu.

De repente um fantasma o assustou, uma mulher, nevoenta caminhante que saíra da floresta com a mortalha e o sudário do túmulo, disposta sem dúvida a ameaçá-lo. Stefan lutou contra ela, mas ficou muito impressionado. Embora tenha conseguido afugentá-la com uma única pancada do braço, teve arrepios de medo e saiu correndo. A neve se tornava mais espessa; por um instante, achei que não conseguiria mais vê-lo, mas logo ele apareceu, nítido, melancólico, em nossa frente.

De novo o cemitério, cheio de túmulos grandes e pequenos. Stefan parara junto dos portões. Espreitava o que havia lá dentro. Viu um espectro errante, rondando de um lado para o outro, falando sozinho como um humano demente. Era uma coisa cheia de filamentos, de cabelo eriçado e membros ondulantes.

Esticou o braço e empurrou o portão. Teria sido apenas sua imaginação? Ou continuava forte o bastante para fazer aquela coisa material se mexer? Não levou a especulação além deste ponto. Meramente ultrapassou as grades altas, pontiagudas, e avançou pela trilha fria, onde a neve ainda não chegara, embora todas as folhas caídas estivessem quebradiças, avermelhadas e amareladas.

À frente, havia um pequeno grupo de vivos na beira de um túmulo humilde, cuja lápide não passava de uma simples pirâmide. Choraram e finalmente foram embora, com exceção de um deles, uma mulher idosa que, a caminho do portão, encontrara um lugar para sentar na beira de uma sepultura mais ricamente adornada, ao lado da esmerada estátua de uma criança morta! Uma criança morta! Fiquei extasiada.

A criança morta era de mármore e tinha uma flor na mão. Vi minha filha sendo novamente sepultada – uma rápida visão; não havia estátua no túmulo de Lily e seu cemitério ficava em outro século. Mas nosso fantasma errante estava ali parado, contemplando a distante figura de luto. A mulher usava um pequeno chapéu preto, com fitas compridas de cetim, e uma saia muito armada, de uma época bem à frente dos dias em que Vera, num vestido estreito, precipitara-se por uma sala para salvar o irmão.

Será que o fantasma percebia que tinham se passado décadas? Ele meramente fitou a mulher e avançou para a frente dela, testando sua invisibilidade e balançando a cabeça em profunda meditação. Já teria se resignado ao extremo horror de uma existência sem sentido?

De repente seus olhos caíram sobre o túmulo ao redor do qual o grupo de vivos tinha se reunido! Viu o nome isolado gravado na pirâmide.

Eu também vi.

Beethoven.

Quem estava nos túmulos deve ter acordado com o grito que brotou dos lábios do jovem Stefan! Mais uma vez, agarrando o instrumento com uma das mãos e o arco com a outra, levou os punhos à cabeça.

— Maestro! Maestro! — bradou repetidas vezes.

A mulher de luto nada ouviu, nada percebeu. Não viu o fantasma se atirando no chão barrento, cavando a terra com as mãos, deixando o violino tombar.

— Maestro, onde está o senhor? Para onde foi? Quando o senhor morreu? Estou sozinho! Maestro, é Stefan, me ajude. Seja meu defensor diante de Deus! Maestro!

Agonia.

Angor animi.

O Stefan a meu lado tremia, e a dor em meu peito se espalhou como fogo pelo coração e pulmões. O rapaz estava estirado no chão na frente do túmulo abandonado, entre as flores que a mulher tinha deixado lá. Soluçava. Batia com o punho na terra.

— Maestro! Por que não fui para o inferno? É isto o inferno? Maestro, onde estão os fantasmas dos condenados, é isto a condenação? Maestro, o que eu fui fazer? Maestro... — agora era o remorso, o puro remorso. — Maestro, meu amado Maestro, meu amado Beethoven.

Os soluços eram secos e mudos.

A mulher de luto não parava de olhar para a lápide com o nome Beethoven. Através de seus dedos, muito devagar, passavam as contas de um rosário simples, preto e prateado. O tipo grave de rosário usado pelas freiras quando eu era pequena. Vi seus lábios se moverem. Tinha um rosto estreito, eloqüente, e quase fechava os olhos enquanto rezava. Os cílios eram grisalhos, pouco visíveis, e o olhar fixo, como se estivesse realmente meditando sobre os Mistérios Sagrados. Qual deles, naquele momento, estaria sendo contemplado por aqueles olhos?

Ela não ouvia gritos de ninguém; estava sozinha aquela humana; e estava sozinho o espírito. E as folhas se espalhavam, amarelas, em volta deles. E as árvores apontavam braços fracos e nus para o céu inútil.

Por fim, Stefan recuperou o controle. Ficou de joelhos, depois em pé e apanhou o violino, livrando-o dos pedaços de folha e da terra que havia nele. Tinha a cabeça curvada, numa perfeita confissão de dor.

A mulher parecia estar rezando há um tempo infinito. Quase pude ouvir suas preces. Dizia suas Hail Marys em alemão. Chegara à conta 54, à última Hail Mary, ou Ave-Maria, da última década. Olhei para a estátua de mármore a seu lado. Estúpida, estúpida coincidência, ou estaria a cena sendo apresentada daquela maneira, com a criança de mármore e a mulher de luto, graças à conivência do meu fantasma? E o rosário, um rosário como o que eu e Rosalind tínhamos destroçado durante uma briga após a morte de nossa mãe: "É meu!"

"Não seja tão presunçosa e tola. Isto foi exatamente o que aconteceu! Acha que arranquei de sua mente as desgraças que me desnorteavam a alma e me transformavam no que eu sou? Estou lhe mostrando quem sou eu, sem nada inventar. Existe tanta agonia dentro de mim que não há lugar para a imaginação; ela foi soterrada por um destino que devia ensiná-la a ter medo e compaixão. Devolva meu violino!"

– *Você* aprendeu a ter compaixão com esse destino? – perguntei. – Você que quer enlouquecer as pessoas com sua música?

Seus lábios tocaram no meu pescoço, a mão pousou com força em meu braço.

O jovem fantasma sacudia as folhas da capa com forro de peles, vendo com olhos vidrados elas caírem no chão, exatamente como poderia fazer um homem vivo. E então se virou de novo para o nome:

Beethoven.

Estendeu o braço para pegar o violino e o arco. Desta vez, quando levantou o instrumento e começou a tocar, escolheu um tema familiar, um tema que eu sabia inteiramente de cor, o primeiro tema musical que tinha decorado na vida. Era a melodia principal do primeiro e único *Concerto* de Beethoven para violino e orquestra – aquela fascinante, fascinante e animada canção que parecia repleta demais de felicidade se levarmos em conta o Beethoven das sinfonias heróicas e dos quartetos místicos, uma melodia que mesmo uma palerma sem talento como eu conseguiu decorar numa única noite, quando viu um velho gênio executá-la.

Stefan a interpretava suavemente, exprimindo não a dor, mas uma pura e simples homenagem ao Maestro. Para o senhor, Maestro, a música que compôs, esta viva melodia escrita para o violino quando o senhor era jovem, antes de ser atingido pelo horror do silêncio, que o isolou do mundo e o obrigou a compor num vácuo onde toda música era monstruosa.

Eu podia ter cantado a melodia com ele. Com que perfeição ascendia das cordas e como aquele distante fantasma se deixava levar, o corpo oscilando de forma quase imperceptível, o arco ondulando para dentro e fora do tema, apoderando-se das partes orquestrais para fazê-las voltar ao solo, exatamente como fizera, muito tempo atrás, com outro trecho de música para Paganini ouvir.

Por fim ele chegou à parte que chamam de "cadência", quando o violinista deve pegar dois temas, ou todos os temas, e tocá-los juntos, quando os temas colidem ou se entrelaçam numa orgia de invenção. Soube desencadeá-la – vigorosa, brilhante, mas cheia de doce serenidade. Seu rosto estava tranqüilo, resignado. Ele tocava, tocava e, gradualmente, fui sentindo meu próprio corpo fraquejar nos braços de Stefan. Percebi que finalmente compreendia o que eu mesma tentara lhe dizer:

A saudade é sóbria. A saudade não grita. A saudade só vem muito tempo depois do horror ante a visão do túmulo, do horror na cabeceira da cama. A saudade é sóbria e é impassível.

Calma. Ele chegara ao fim. A nota ficou pairando no ar, depois morreu. Só a floresta continuou cantando, em surdina, como lhe era habitual, a música de minúsculos instrumentos orgânicos, variados demais para serem contados: pássaros, folhas, o grilo sob a samambaia. O ar estava nublado, brando, úmido, pegajoso.

– Maestro – ele murmurou –, possa a Luz Eterna Brilhar Sobre o Senhor... – Enxugou o rosto. – Possa sua alma e as almas de todos os Fiéis que se Foram descansar em Paz.

A mulher de luto se levantou devagar, sob o peso do chapeuzinho preto e da enorme saia, do assento ao lado da criança de mármore. Foi na direção dele! Podia vê-lo! E de repente lhe estendeu os braços.

– Obrigada, belo rapaz – agradeceu em alemão –, que tocou com tanta perfeição e sentimento!

Ele se limitou a olhá-la.

Estava com medo. O jovem fantasma estava com medo. Olhava perplexo para ela. Não se atrevia a falar. A mulher passou a mão no rosto dele e falou de novo:

– Um jovem tão abençoado. Obrigada pelo que me deu neste dia, inesquecível dentre tantos outros. Também amo esta música. Sempre a amei. Quem não gosta da música de Beethoven é um covarde.

Ele parecia incapaz de responder.

A mulher retirou-se de modo cortês, desviando os olhos para devolver a Stefan sua privacidade e seguindo seu caminho pela trilha.

– Obrigado, senhora! – ele gritou por fim.

A mulher se virou, saudou-o com a cabeça e disse:

– Ah, talvez eu tenha feito, neste dia tão especial, minha última visita a este campo! Você sabe, muito em breve vão transferir o túmulo. Ele será colocado no novo cemitério, ao lado de Schubert.

– Schubert! – murmurou Stefan.

Levou um choque, mas se controlou.

Schubert morrera jovem. Mas como ele, segregado simulacro de um homem vivo, vagando pelo éter, poderia saber de uma coisa dessas?

Aquilo não precisava ter sido dito em voz alta. Agora todos sabiam, todos nós – o jovem fantasma, a mulher da recordação, o fantasma que me segurava e eu. Schubert, artífice de tantas canções, tinha morrido jovem, três anos ou menos depois de visitar Beethoven no leito de morte.

Estupefato, o jovem fantasma viu-a deixar o cemitério.

– E assim a coisa começou! – sussurrei olhando para o fantasma visível, para o poderoso fantasma. – O que levou aquele espírito à visibilidade? Posso aceitar a mulher sentada ao lado da criança de mármore, mas como explicar o dom misterioso e secreto que permitiu que ela cruzasse a fronteira da morte? Sabe a resposta? Alguma vez já refletiu sobre lições desse tipo?

Ele não iria me responder.

14

Ele não deu resposta.

O atemorizado e jovem fantasma esperou até a mulher estar fora de vista e então, afastando-se um passo do túmulo, levantou a cabeça para o trecho de céu que podia ver, um céu de inverno em Viena, quase um nevoeiro sujo. Depois, com ar solene, lançou mais um olhar para a tumba.

Ao seu redor, mais densa e maliciosamente que antes, agrupavam-se mortos desgrenhados, desorientados. Oh, a visão daqueles espíritos!

"Vejo alguém a quem possa apelar? Acha que sua Lily vaga nesta escuridão, ou seu pai, sua mãe? Não. Olhe agora para o meu rosto. Veja o que o reconhecimento traz e o isolamento cristaliza. Onde estão os mortos iguais a mim, sejam quais forem seus pecados e o meus? Nem mesmo monstros executados por crimes indiscutíveis se apresentam para me apertar a mão. Fico à parte de todos esses, de todas essas aparições que você vê. Olhe para meu rosto. Olhe e veja como a coisa começou. Olhe com raiva."

– *Você* é que tem de encarar tudo isso – gritei. – É assim que *você* evolui!

Vi-o só por um instante. Um vulto parado. O rosto mais duro, um desprezo pelos mortos informes que perambulavam, os olhos frios caídos sobre o túmulo.

Crepúsculo.

Outro cemitério surgira à nossa volta; era novo, com túmulos mais grandiosos, com mais ostentação, e certamente em algum lugar se encontrava o mausoléu – ah, sim, lá estava, dedicado a Schubert e Beethoven, a disposição das estátuas esculpidas na pedra sugerindo uma amizade entre os dois, embora eles mal tivessem se conhecido em vida. Diante dos monumentais pedregulhos, o jovem e visível Stefan tocava uma impetuosa sonata de Beethoven, elaborando o vaivém de sua execução. Era assistido por uma multidão de mulheres jovens, enfeitiçadas, uma delas chorando.

Chorando. Podia ouvi-la chorar. Podia ouvi-la chorar; isso se misturava ao grito do violino e a face do fantasma se tornava tão dolorosa quanto a dela. Enquanto a mulher apertava as mãos contra o corpete do vestido, como se a dor a sufocasse, ele fazia o violino sangrar as notas mais longas, o que levava ao desmaio as outras mulheres que o contemplavam.

Lembravam os adoradores de Paganini no Lido. E aquele mágico violinista, agora completamente trajado conforme as modas do final do século e sem dúvida anônimo para elas, continuava tocando para os vivos e os mortos, erguendo os olhos para fitar a mulher que chorava.

– Você precisou da dor dessa mulher, nutriu-se dela! – falei. – Foi daí que tirou sua força. Parou com sua extravagante, doida, rangente canção de mortos e tocou uma melodia generosa para que pessoas como ela pudessem vê-lo.

"Está falando sem pensar e está errada. Generosidade, não me diga! Quando fui generoso? E você? Está sendo generosa ficando com o meu violino? É generosidade o que sente quando contempla este espetáculo? Não me alimentei da dor da mulher, mas sua dor lhe abriu os olhos e os olhos me viram, assim como os olhos das outras também se abriram. A canção brotou de mim, de meu talento, um talento que nasceu como coisa natural em minha vida e que naturalmente se adestra e se cultiva. Você não tem esse dom. E pegou o violino! Está me roubando exatamente como meu pai, exatamente como o fogo que ia queimar o violino queria roubá-lo de mim!"

– E do princípio ao fim dessa sua choradeira continua agarrado a mim. Sinto seus lábios. Sinto os beijos. Sinto os dedos em meus ombros. Por quê? Por que o carinho enquanto cospe raiva no meu ouvido? Por que esta mistura de amor e ódio? O que tenho de bom para lhe dar, Stefan? Já disse, encare você mesmo sua própria história. Não vou lhe devolver um instrumento que vai usar para enlouquecer as pessoas. Pode me mostrar o que quiser. Não vou devolver.

Ele sussurrou em meu ouvido.

"Isso a faz pensar em seu falecido marido? Quando as drogas o deixaram impotente e ele ficou tão humilhado? Lembre da expressão dele, da fisionomia transtornada, do brilho frio dos olhos. Ele a odiou. Você sabia que a doença estava finalmente em marcha.

"Não abraço você porque a ame. Com ele também era assim. Abraço porque você está viva. Seu marido a considerava uma tola dentro de uma bela casa que ele enchia de bugigangas, de pratos de Dresden, de escrivaninhas gravadas com desenhos extravagantes, com tampa de correr e incrustações de bronze dourado; ele erguia o cristal da França diante dos seus olhos e limpava os lustres; entulhava sua cama de almofadas com brocados nas pontas.

"E somando isso à sua vocação para o heroísmo, você engolia, engolia o fato de ter se casado com aquele homem enfermo, um homem frágil, e ter deixado sua querida irmãzinha Faye sair vagando pelo mundo. Não a levou a sério, não a impediu. Não a viu pegar o diário do pai e virar, virar, virar as páginas! Não a viu olhando do fundo do sótão para a porta do quarto onde você e Karl, seu novo marido, estavam deitados na cama. Não viu o constrangimento, quando ela se sentiu deslocada na própria casa paterna por aquele novo drama – Karl, o homem rico que você alimentava tão exatamente como eu tenho alimentado sua angústia. Não a viu mergulhar numa depressão de órfã quando se defrontou com as palavras de frustração, julgamento e condenação que o pai escrevera. Não enxergou a dor de Faye!"

– Você enxerga a minha? – indaguei, tentando lhe tirar a máscara. – Enxerga minha dor? Afirma que seu sofrimento é maior, pois abateu seu pai com as próprias mãos. Sem dúvida, não tenho talento para crimes desse tipo, assim como não tenho talento para o violino. Mas com certeza compartilhamos o talento para sofrer e para o luto, assim como compartilhamos a paixão pela grandeza, pelo extremo mistério da música. Acha que pode extorquir compaixão de mim me forçando a entrar em recordações insuportáveis de Faye? Você me dá aversão, coisa morta! Sim, eu vi a dor de Faye, sim! Eu vi, eu vi e deixei que partisse, deixei, deixei-a ir, deixei que fosse embora! Tinha me casado com Karl. E isso magoava Faye. Ela precisava de mim!

Chorando, tentei me soltar. Mas não pude me mexer. Só consegui proteger o violino e afastar a cabeça. Queria chorar sozinha. Queria chorar para sempre. Só queria chorar, só queria os sons que eram eternamente, que seriam para sempre o eco do choro, como se o choro fosse o único som que trouxesse verdade ou mérito.

Stefan me beijou sob o queixo e desceu pelo pescoço. Seu corpo falava da ternura de uma ânsia, falava da doçura e de uma paciência dócil, os dedos pegaram meu rosto num gesto reverente e, como que envergonhado, ele curvou a cabeça. Disse meu nome com uma voz sufocada:

"Triana!"

– Vi a energia que conseguiu tirar do amor – declarei –, do amor pelo Maestro. Quando começou a enlouquecer as pessoas, a fazê-las sentir o sofrimento? Ou será que essa reviravolta ocorreu especialmente para mim, Triana Becker, a mulher sem nada de especial e sem talento que mora no chalé branco da avenida; certamente não fui a primeira. A quem você presta serviços? Por que me desperta dos sonhos que têm aquela beleza de mar? Acha que está servindo ao homem cuja lápide lhe trouxe uma dor tão pungente que o fez adquirir forma material?

Ele gemeu como se estivesse me implorando para parar.

Eu ainda não terminara.

– Acha que estava servindo ao Deus a quem rezava? Quando começou a produzir dor se a dor disponível não era aguda o bastante para produzir você?

Outra cena tomava forma. Bondes chocalhando nos trilhos. Uma mulher de vestido longo deitada nas curvas sensuais de um canapé – chamemos Arte Moderna. A moldura da janela tinha aquele traçado livre que caracterizava a época. Do lado havia uma vitrola, com a agulha bojuda em silêncio e o prato cheio de pó.

Era Stefan quem tocava.

A mulher ouvia com lágrimas brilhando, oh, sim, as indispensáveis lágrimas, as eternas lágrimas, não importa, afinal, que as lágrimas sejam tão freqüentes nesta narrativa quanto qualquer palavra trivial usada no dia-a-dia. Que a tinta vire lágrimas. Que o papel amoleça com elas.

A mulher ouvia com lágrimas brilhando e contemplava o jovem de casaco curto, corte moderno, que tocava um instrumento celestial. Stefan não abrira mão do cabelo acetinado e escorrido que jogava de um lado para o outro, embora a essa altura já soubesse que podia perfeitamente alterar sua aparência.

Uma melodia exuberante, cujo nome eu não sabia, talvez uma composição do próprio Stefan. Caía na dissonância que já marcava as primeiras música de nosso século. Trazia umas espirais de som e uma pulsação, um trovejante protesto da natureza e da morte. Ela chorava com a cabeça recostada numa almofada de veludo verde. Era uma criatura elegante, uma pintura de vidraça mesmo com o vestido simples, os sapatos de ponta, os pequenos e delicados anéis de cabelo ruivo.

Stefan parou, pousou o fino armamento perto de si e fitou a mulher com ternura. Depois se aproximou, para sentar-se a seu lado nas curvas do canapé. Beijou-a. Assim como acontecia comigo, Stefan lhe era visível e palpável. E o cabelo liso caía sobre ela da mesma maneira como agora, nos vagos limites da escuridão onde assistíamos à cena, caía sobre mim.

Conversou com a mulher num alemão mais atual, mais fácil para meus ouvidos.

– Há muitos anos – dizia ele –, o grande Beethoven teve uma amiga, uma pessoa tristonha, chamada Antoine Brentano. Tinha um extremo carinho por ela. Beethoven, que amava tanta gente, também a amou. Psiu... não dê crédito às mentiras que inventaram sobre ele. Beethoven amou muitas mulheres. E quando madame Brentano estava sofrendo, ele penetrava em sua casa vienense sem dar uma palavra a ninguém. Sentava-se ao piano e tocava horas a fio para consolá-la. As melodias corriam pelas salas, abran-

dando, suavizando-lhe a dor. E então ele se retirava assim como tinha vindo, em silêncio, sem um único aceno. Ela o amava por isso.
– Como eu amo você – retrucou a jovem.
Já estaria morta; há muito tempo talvez. Ou seria muito velha.
– Conseguiu enlouquecê-la?
"Não sei! Veja. Será que não admite a profundidade disto?"
Ela ergueu os braços nus e passou-os em volta do fantasma, em volta de alguma coisa sólida, aparentemente masculina, aparentemente apaixonada por ela, ardente para sua carne mimada, ardente para as lágrimas que foram lambidas por uma língua espectral. O gesto de Stefan foi tão subitamente monstruoso que todo o quadro escureceu.
Lamber os olhos dela, as lágrimas salgadas, lamber os olhos. Pare com isso!
– Solte-me! – exclamei. Empurrei-o. Chutei-lhe os pés com o salto do sapato. Joguei a cabeça para trás e ouvi o som de meu crânio batendo no dele. – Solte-me!
"Me dê o violino e solto você! Olhos. Os olhos de Lily ainda estão numa jarra? Deixou que a desfigurassem, se lembra, e por quê, para ter certeza que não foi você quem a matou por algum ato de negligência ou de estupidez? Olhos. Lembra? Olhos, os olhos de seu pai; estavam abertos quando ele morreu e a tia Bridget lhe disse: não quer fechá-los, Triana? Tentou lhe explicar que era uma honra fechar os olhos dele e mostrou como você devia pôr a mão..."
Lutava, mas não conseguia me soltar.
Então entrou uma música, repleta de tambores, uma coisa bárbara e lúgubre, ainda que lá atrás se erguesse o som do violino.
"Deu pelo menos uma olhada nos olhos de sua mãe no dia em que a deixou partir para a morte? Ela morreu de um ataque, sua menina tola! Podia ter sido salva, não estava velha, só estava com uma náusea mortal da vida, de você, daquelas filhas imundas e do marido, assustado como uma criança!"
– Pare!
Vi bruscamente meu captor. Estávamos visíveis. A luz se acumulava à nossa volta. Ele se afastara de mim. Eu segurava o violino e fixava os olhos nele.
– Vá para o inferno com todas as suas visões! – gritei. – Sim, sim, confesso que matei todos eles, um por um, pode me condenar! Se Faye está morta, caída na laje de uma calçada, a responsável sou eu! Sim, sou eu! Mas o que faria se eu lhe devolvesse o violino? Ia fazer mais alguém perder a cabeça? Ia comer suas lágrimas? Tenho aversão a você. Minha música era

minha alegria. Minha música era pura transcendência! O que é a sua além de mesquinharia e maldade?

– E por que não? – ele respondeu, chegando perto, agarrando-me pelo pescoço, fincando as mãos traiçoeiramente em minha garganta. Não tolerava ser tocada naquele ponto delicado ao redor da nuca, mesmo por alguém que eu amasse. Mas não me dei por vencida diante do truque; procurei me livrar.

– Teria o vigor necessário para me matar? – perguntei. – Carrega também, neste vácuo onde caminha, o poder de matar como matou seu pai? Faça isso. Talvez estejamos às portas da morte e você seja o deus que segura a balança para me pesar o coração. É assim que se dá o ajuste de contas? É assim que se faz o balanço das coisas que acalentei na vida?

– Não! – ele estava abalado, chorando de novo. – Não. Olhe para mim! Não vê o que sou? Não vê o que aconteceu comigo? Não entende? Estou perdido. Estou sozinho. Qualquer um que caminhe no vazio no mesmo passo que eu caminha sozinho como eu! Nós, que somos assombrações visíveis e poderosas, porque certamente deve haver mais alguém além de mim, não podemos comungar um com o outro... Trazer sua Lily? Eu o faria se pudesse! Sua mãe? No estalo de um dedo, se soubesse como: sim, venha, console a filha que pranteou a mãe a vida inteira, e tão inutilmente. Com você, viajando com você para esta dor do passado, com você do lado de fora da casa que ardia, a casa de meu pai, vi pela primeira vez a sombra de Beethoven! O fantasma dele! Ele apareceu *por sua causa, Triana!*

– Ou porque queria detê-lo, Stefan – repliquei, abrandando a voz. – Porque queria disciplinar sua magia, seu poderoso e natural encantamento. O violino é apenas madeira e você é carne como eu sou carne, não importa que só um esteja vivo. O problema é que você é feito de imperdoável cobiça...

– Não! – ele sussurrou. – Não cobiça. Nunca.

– Me deixe em paz. Não me importa se isto é loucura, sonho, feitiçaria. Quero ir para bem longe de você!

– Não pode.

Senti a mudança. Estávamos nos dissolvendo. Só o violino tinha forma em meus braços. Desaparecemos de novo. Não tínhamos mais individualidade. O cenário surgiu; a música lúgubre nos atingiu.

Havia um homem de joelhos, tapando os ouvidos com as mãos, mas o violino de Stefan não o deixava em paz. Suplantava os homens seminus, com pele de café, que batiam tambores e não tiravam os olhos do maligno violinista, alguém que eles temiam, mas que acompanhavam marcando o ritmo.

Outra cena espocou. Uma mulher batendo com o punho na pertinaz forma fantasmagórica de Stefan e ele tocando sem parar uma melodia fúnebre, chorosa.

Depois apareceu um pátio de escola com grandes árvores frondosas. As crianças dançavam, formavam um anel em torno de Stefan, o violinista. Era como se ele estivesse tocando uma flauta mágica. Uma professora gritava, procurando tirar as crianças de perto dele, mas o incessante *cantabile* do violino me impedia de ouvir o que ela dizia.

E o que era aquilo agora? Vultos se abraçando no escuro, sussurros me atingindo o rosto. Vi Stefan sorrir, mas a mulher que se entregava a ele tapou aquele vislumbre da sua expressão.

"Amá-las, fazê-las perder a cabeça, no final era sempre a mesma coisa, pois elas morriam! E eu não. Eu não. O violino é meu tesouro imortal e se não devolvê-lo vou arrancá-la desta vida, vou mergulhá-la de vez, para sempre, neste meu inferno."

Mas tínhamos chegado a algum lugar. As manchas no escuro desapareceram. Corria um teto sobre nossas cabeças. Era um corredor.

– Espere, olhe! Essas paredes brancas... – disse eu, tremendo de apreensão e com uma terrível sensação de *déjà vu*. Conheço isso.

Azulejo branco, encardido, e lá estava o timbre demoníaco do violino. Agora já não parecia música, mas uma tortura dissonante, brutal.

– Vi este lugar num sonho – falei. – As paredes de azulejos brancos, olhe, esses armários de metal! Olhe, os grandes motores! E o portão, olhe!

Por um instante precioso, diante do portão enferrujado, voltou a beleza extasiante do sonho, o sonho que tivera não apenas a tenebrosa galeria subterrânea, com aquele portão e o túnel, mas também o belo palácio de mármore e, antes disso, o grandioso mar. Os espíritos que dançavam na espuma não me pareceram abjetos como os espectros que, horrorizados, tínhamos visto, mas coisas livres e saudáveis, florescendo na luminosidade pura do rolo das ondas. Ninfas da própria vida. Rosas no chão. "Vou vê-las agora."

Mas tudo que via era o portão levando ao túnel escuro. E enquanto as máquinas zumbiam, ele tocava o violino no túnel. E ninguém falava. E ali estava o homem morto, não, não, estava morrendo agora, olhe, morrendo, os pulsos sangrando!

– Ah, foi você que o levou a este ponto, não foi? E isto é para eu aprender que devo lhe entregar o violino? Nunca!

"Só trouxe à superfície a música que ele próprio tinha na cabeça. Eu a resgatei! Não passou de um jogo. De você eu teria arrancado toda a música do Maestro e do Pequeno Gênio Mozart, mas você gostou muito do que eu tocava. A música não era uma dádiva para você, sua mentirosa! A música era autopiedade. A música mantinha uma relação incestuosa com a morte! Já enterrou em sua mente a irmãzinha Faye? Depositou-a sem um nome num necrotério? Já preparou para ela um funeral vistoso, espalhafatoso? Com o dinheiro de Karl poderá comprar uma bela urna para sua irmã, uma irmã tão deprimida e sozinha sob a sombra do pai morto, sua irmãzinha, vendo seu novo marido tomar o lugar dele na casa, sim, uma chama abençoada que você abandonou com tanta facilidade!"

Virei-me no aperto invisível dos braços dele. Atirei com força meu joelho contra seu corpo, talvez com a mesma força com que ele chutara o próprio pai. Empurrei-o com as duas mãos. Vi um lampejo de seu rosto.

Todas as imagens nos abandonaram. Não havia mais azulejos brancos ou zumbido de máquinas. Até o mau cheiro tinha desaparecido, e também a música. A ausência de ecos nos informou que estávamos num lugar fechado.

Deu um salto para longe aquele Stefan que se aproximara de mim em Nova Orleans. Foi como se estivesse caindo. Mas logo se atirou de novo contra meu corpo, esticando as mãos para o violino.

– Não, não vai pegá-lo. – Chutei-o de novo. – Não vai, não vai mesmo! Não vai fazer isso com mais ninguém, o violino está em minhas mãos. O próprio Maestro lhe perguntou por que ainda rondava neste mundo. Por quê, Stefan? Você me deu a música, sim, e me deu a perfeita absolvição para confiscar a origem dessa dádiva.

Ergui o violino e o arco em ambas as mãos. Levantei o queixo.

Stefan levou os dedos aos lábios.

– Triana, estou implorando. Já nem sei mais o que você está dizendo. Nem o que eu estou dizendo. Mas lhe imploro. O violino é meu. Morri por ele. Pego o violino e vou para bem longe de você. Abandono você. Triana!

Era uma calçada de pedra sob meus pés? Que fantasia lúcida nos cercaria agora? O que mais seria revelado? O contorno de prédios na bruma. O cortar do vento.

– Chegue de novo perto de mim, em carne e osso, e juro que esmago o violino na sua cabeça!

– Triana! – ele exclamou, chocado.

– Prefiro quebrar esta coisa. Pode ter certeza.

Segurei com mais força o violino e o arco. Quando os brandi na direção de Stefan, ele perdeu o equilíbrio e cambaleou para trás, ferido, com medo.

– Não, não faça isso – suplicou. – Triana, por favor, por favor, me devolva o violino. Não sei como o pegou. Não sei que justiça é essa, que ironia. Você me enganou. Você o roubou de mim. Triana! Oh, Deus, você, justamente você!

— Por que justamente eu, meu querido?

— Porque você... você tem ouvidos para todas as melodias e todos os temas...

— Sem dúvida você me trouxe melodias e temas. Recordações também. Achei muito caro o custo do espetáculo.

Ele balançou a cabeça num protesto frenético e inútil.

— É como se seu ouvido desse uma nova vida às canções, um novo vigor. Levantei os olhos do lado de fora da janela, vi a sua expressão, senti o que você chama de amor e não consigo lembrar...

— Acha que essa tática vai me comover? Já disse que tenho minha absolvição. Não me assombra mais. Tirei o seu violino como se tivesse tirado seu pênis. Mesmo que nem todas as regras do jogo sejam conhecidas, o fato é que ele está em minhas mãos e você não tem força suficiente para resgatá-lo.

Baixei a cabeça. *Era* uma calçada dura. Era um ar frio.

Eu corria. Era o barulho de um bonde?

Sentia o impacto, nas solas de meus sapatos, das pedras da calçada. A atmosfera era desagradável, áspera, glacial. Não conseguia ver nada além do céu esbranquiçado, das árvores esquálidas e sem folhas, dos prédios que lembravam, com suas transparências, fantasmas enormes.

Corria, corria. As articulações dos pés me doíam; os dedos dos pés estavam dormentes. O frio fazia meus olhos desperdiçarem as primeiras lágrimas. O peito doía. Correr, correr para fora deste sonho, para fora desta visão. Encontre a si mesma, Triana.

De novo o barulho de um bonde, luzes. Parei, o coração martelava.

De repente minhas mãos ficaram tão frias que começaram a doer. Agarrei o violino e o arco com a mão esquerda, soprei ar quente nos dedos da mão direita para aquecê-los e, ao aproximar os dedos da boca, senti os lábios rachados, gélidos. Deus! Era o frio do Inferno. O vento atravessava minhas roupas.

Eram ainda as roupas simples e leves que eu estava usando quando Stefan me carregou. Uma túnica de veludo, seda.

— Acorde! – gritei. – Procure se situar. Volte para seu lugar! Dê um fim a este sonho. Acabe com ele!

Quantas vezes eu já voltara da fantasia, do devaneio, do pesadelo para me descobrir a salvo em minha cama de quatro colunas, em meu quarto octogonal com o tráfego da avenida correndo lá fora? Se isto é loucura, quero-a longe de mim!

Seria melhor viver com toda a agonia de Stefan!

Mas era sólido demais!

Surgiram edifícios modernos. Um bonde com reboque deu a volta nos trilhos e se aproximou, lustroso, lembrando os bondes atuais de Nova Orleans. Vi uma coisa brilhante bem à minha frente; era apenas um quiosque, aberto apesar do inverno, os postigos repletos de revistas coloridas.

Quando corri em sua direção, meu pé tropeçou no trilho do bonde. Eu conhecia aquele lugar. Caí e só salvei o violino me jogando de lado, fazendo o cotovelo bater no calçamento.

Fiquei de pé.

Já vira antes o letreiro que apareceu lá em cima.

HOTEL IMPERIAL. Era a Viena de meu próprio tempo, da minha própria época, a Viena de hoje. Eu não podia estar lá, não, impossível! Não podia despertar em qualquer lugar, só no lugar onde o sonho começava.

Bati com os pés, dancei em círculos. Acorde!

Mas nada se alterou. O dia raiava, a vida ia voltando à Ringstrasse. Stefan desaparecera por completo e cidadãos comuns caminhavam nas calçadas. O porteiro saiu de dentro do hotel, o fantástico hotel que hospedara reis e rainhas, além de celebridades como Wagner e Hitler (para o inferno com os dois) e Deus sabe quem mais nos quartos majestosos que um dia eu vira de relance. Deus, é isso mesmo. Estou aqui. Você me deixou aqui.

Um homem falou comigo em alemão.

Eu caíra sobre o quiosque, derrubando a parede de revistas. Ficamos estatelados, todos nós, os rostos nas revistas e a mulher estabanada, vestindo uma absurda seda de verão, segurando um violino e um arco.

Mãos firmes me pegaram.

– Por favor, desculpe – falei em alemão. E logo em inglês. – Sinto muito, muito, sinto muitíssimo, não pretendia... Oh, por favor...

Minhas mãos. Não podia mexê-las. Minhas mãos estavam congelando.

– O jogo é esse? – gritei, sem me importar com os rostos ao meu redor. – Fazê-las congelar até morrer, fazer comigo o que seu pai fez com você! Bem, não vai conseguir!

Queria bater em Stefan. Mas só conseguia ver pessoas bastante comuns, sem nenhuma pretensão de ser nada além de perfeitamente reais.

Levantei o violino. Levantei-o até o queixo e comecei a tocar.

Mais uma vez. Desta vez para sondar, desta vez para saber, desta vez para elevar minha alma e descobrir se um mundo real a receberia. Ouvi a música, fiel a meus desejos mais íntimos e inocentes, ouvia-a brotar com amor e confiança. Numa névoa, o mundo real era como o mundo real devia ser numa névoa: quiosque, pessoas reunidas, um pequeno carro parando perto de mim.

Tocava. Não me preocupava. Minhas mãos ficavam mais quentes com a execução, pobre Stefan, pobre Stefan. Minha respiração soltava vapor no ar frio. Tocava, tocava. A dor sensata não procura se vingar da vida.

De repente meus dedos se enrijeceram. Eu estava com muito frio, realmente com muito frio.

– Por que a senhora não entra? – perguntou o homem ao meu lado. Outros se aproximaram. Vi uma jovem com o cabelo penteado para trás. – Entre, entre – diziam.

– Mas entrar aonde? Onde estamos? Quero minha cama, minha casa, acordaria se soubesse como voltar para minha cama e minha casa.

Náusea. Aquele mundo estava escurecendo como num crepúsculo e eu estava ficando dormente de frio, estava perdendo a consciência.

– O violino, por favor, o violino, não o peguem – falei. Não podia sentir minhas mãos, mas podia vê-lo, podia ver sua madeira de valor inestimável. Havia luzes na minha frente, dançando como as luzes sabem fazer na chuva, só que não havia chuva.

– Sim, sim, querida. Deixe-nos ajudá-la. Você segura o violino. Nós a seguramos. Você está bem agora.

Um homem idoso estava parado na minha frente, fazendo sinais, comandando quem me rodeava. Um senhor de respeito, um senhor europeu de cabelos grisalhos e barba, mas com uma fisionomia estranha, como se viesse do remoto, do mais remoto passado de Viena, antes das guerras terríveis.

– Deixem o violino comigo – pedi.

– O precioso instrumento não sairá de seus braços, querida – respondeu a mulher. – Chamem o médico imediatamente. Vamos levantá-la. Devagar, tomem cuidado com ela! Vamos cuidar de você, meu bem.

A mulher guiou-me através de portas de molas que iam se fechando sozinhas. Um choque de luz e calor. Náusea. Vou morrer, mas não acordarei.

– Onde estamos? Que dia é hoje? Minhas mãos, preciso aquecê-las, preciso de água quente.

– Vamos cuidar de você, menina, tudo bem, fique tranqüila, vamos ajudá-la.

– Meu nome é Triana Becker. De Nova Orleans. Telefonem para lá. Chamem o advogado da família, Grady Dubosson. Peçam que ele me ajude. Triana Becker.

– Vamos telefonar, meu bem – declarou o senhor de cabelos grisalhos. – Vamos cuidar de tudo. Agora descanse. Podem levá-la. Deixem-na segurar o violino. Não a machuquem.

– Sim... – disse eu, achando que a luz da vida ia se apagar de repente, achando que aquilo já era a própria morte, a morte que vinha num emaranhado de fantasia, esperanças irrealizáveis e prodígios sórdidos.

Mas a morte não veio. E eles foram carinhosos, gentis.

– Estamos a seu lado, querida.

– Sim, mas quem são vocês?

15

A suíte real. Vasta, branca e dourada, as paredes forradas com brocados num tom castanho. No alto, círculos beges de gesso. Uma beleza tão calmante. Os inevitáveis arabescos de creme batido ao longo dos tetos, um grande ornamento oval em cada canto. A cama era moderna em tamanho e solidez. Filigranas de ouro galopavam acima dela. Colchas brancas se acumulavam sobre mim – uma suíte para a Princesa de Gales ou uma milionária doida.

Estava semi-adormecida, um sono ralo, fatigado demais, uma teia de ansiedade impedindo uma queda voluptuosa, um sono melindroso no qual cada voz é aguda e roça os poros da pele.

O aquecimento era moderno e gostoso. O calor se derramava de aquecedores ocultos, ou muito discretos, e enchia toda a enorme extensão do quarto. Para abrir as janelas, repletas de adereços suntuosos, seria preciso primeiro abrir as vidraças, depois abrir de novo as vidraças – tinham vidraças duplas, o que ajudava a manter do lado de fora o frio de Viena.

– Madame Becker, o conde Sokolosky deseja que fique hospedada aqui.

– Já lhe disse o meu nome? – perguntei. Não me lembrava de ter mexido antes os lábios. Olhando para o lado, vi o duplo castiçal de ouro. Dois globos de luz ardiam brilhantes contra o gesso e pendiam enfeites do metal cintilante. – A generosidade do cavalheiro não é necessária – falei, tentando articular bem as palavras. – Por favor, se não se importa, telefone para o homem de quem falei... Grady Dubosson, meu advogado.

– Já demos todos os telefonemas, madame Becker. Estão lhe mandando recursos em dinheiro. E mr. Dubosson está vindo a seu encontro. Suas irmãs lhe mandam lembranças. Estão muito aliviadas por saber que está a salvo aqui.

Há quanto tempo estava lá? Dei um sorriso. Tinha me ocorrido a cena fascinante de uma antiga versão cinematográfica de *A Christmas Carol*, de

Dickens. Alastair Sim, o ator britânico, fazia um Scrooge saltitante, que acordava um homem diferente na manhã de Natal. "Não sei quanto tempo fiquei entre os espíritos." Feliz, final feliz.

Havia uma escrivaninha branca, uma cadeira com um tom azul muito escuro no forro de seda e na madeira dos pés, uma planta de hastes bastante altas. As finas persianas da janela estavam abertas para deixar entrar a luminosidade cinzenta.

— Mas o conde implora que seja sua hóspede. Ouviu-a tocar o Stradivarius.

Arregalei os olhos.

O violino!

Estava a meu lado, estendido na cama. Minha mão repousava sobre as cordas e o arco. Era marrom-escuro e, aninhado no travesseiro perto de mim, brilhava contra o linho branco.

— Sim, está aí, senhora — apontou a mulher num perfeito inglês, enriquecido ainda pelo sotaque austríaco. — Bem a seu lado.

— Sinto muito por estar dando esse trabalho.

— A senhora não dá trabalho algum. O conde tem contemplado o violino, sem encostar nele, é claro. Não o faria sem a sua permissão. — O sotaque austríaco era realmente mais suave que o alemão, mais fluido. — O conde coleciona esses instrumentos e implora que seja sua hóspede. Seria uma honra para ele, madame. Quer alguma coisa para jantar?

Stefan estava no canto.

Sombrio, arqueado, lívido, como se toda cor tivesse dele se esvaído, me olhando. Um vulto desbotado pela bruma.

Suspirei. Sentei na cama, apertando o violino contra mim.

— Não evapore, Stefan, não se torne um deles! — falei.

Sua fisionomia, com um ar de tristeza e derrota, não se alterou. Era uma imagem borrada e trêmula, encostada na parede, a face se destacando contra o lambri damasco, os pés cruzados no assoalho. Uma imagem pousada na névoa e na sombra.

— Stefan! Não deixe isso lhe acontecer. Não vá embora.

Olhei para os lados, procurando os mortos desaparecidos, as sombras sinistras, as almas insensatas.

— Está falando comigo, madame Becker? — indagou a mulher alta, olhando por sobre o ombro.

— Não, é só um fantasma — respondi. Por que não acabar logo com isso? Por que não dizer? Provavelmente, entre aqueles gentis austríacos, eu já tinha me qualificado como uma louca do mais alto grau. E daí? — Não estou falando com ninguém, a não ser, é claro, a não ser que esteja vendo um homem ali naquele canto.

Ela procurou, mas não viu ninguém. Voltou a me olhar. Sorriu. Estava pouco à vontade, preocupada com a cortesia, sem saber o que fazer comigo.

– É apenas o frio, os ensaios, a viagem – eu disse. – Não preocupe o conde, meu anfitrião, com isso. Meu advogado está vindo?

– Tudo está sendo feito pela senhora – retrucou a mulher. – Sou Frau Weber. Este é nosso zelador, Herr Melniker.

Apontou para a direita. Era uma bela mulher, garbosamente alta, com o cabelo preto puxado num coque para longe do rosto jovem. Herr Melniker era um rapaz de olhos frios e azuis, que me olhou ansiosamente.

– Madame...

Frau Weber tentou fazê-lo calar com uma inclinação de cabeça e um aceno da mão, mas ele insistiu.

– Madame, a senhora sabe como entrou na Áustria?

– Tenho um passaporte. Meu advogado vai trazê-lo.

– Sim, madame. Mas como chegou até aqui?

– Não sei.

Virei-me para Stefan, sombrio, tomado pelo desespero, o rosto sem cor. Só os olhos, ao me encararem, ganharam vida.

– Frau Becker, não está lembrada de uma coisa que a senhora... – O homem parou.

– Talvez ela deva comer algo agora – disse Frau Weber –, quem sabe uma sopa. Temos uma excelente sopa, e vinho. Não gostaria de tomar um pouco de vinho?

Ela se calou. Os dois ficaram imóveis. Stefan só olhava para mim.

Pancadas chegando cada vez mais perto. Um homem que mancava usando uma bengala. Eu conhecia o som. E não tive má impressão das batidas no chão, dos passos arrastados, das pancadas... pancadas.

Estiquei o corpo. Frau Weber se apressou a arrumar os travesseiros em minhas costas. Baixei os olhos e me vi usando um blusão acolchoado de seda, amarrado no pescoço e, embaixo dele, uma túnica muito fina de flanela branca. Um despojamento na roupa. Estava modesta.

Vi minhas mãos vazias e, me dando conta de que largara o violino, agarrei-o bruscamente, segurei-o contra o peito.

Meu trágico fantasma não fez qualquer movimento precipitado. Nem se mexeu.

– Madame, não se assuste. Quem está na sala de estar é o conde. Poderia, por favor, deixá-lo entrar?

Vi-o através das portas abertas, portas bege, com um forro grosso de couro, portas duplas, talvez para abafar qualquer som quando quisessem isolar um aposento do outro. Lá estava com a bengala de madeira. Era o homem de cabelos grisalhos, com barba branca e bigode, que eu vira na calçada lá embaixo, uma figura antiquada mas sem dúvida agradável, evocando tão divinamente o Velho Mundo, lembrando velhos e veneráveis atores dos filmes em preto-e-branco.

– Você está bem, minha filha? – perguntou, graças a Deus em inglês. Estava muito distante. Como eram grandes aqueles espaços, grandes como os espaços do palácio de Stefan.

Rajadas de vento. Labaredas. O Velho Mundo.

– Sim, estou bem, obrigada – respondi. – E satisfeita por falar inglês. Meu alemão é péssimo. Agradeço a gentileza que está tendo comigo. Não quero, de maneira alguma, representar um peso para o senhor.

Bastava dizer isso. Grady podia pagar as despesas. Grady podia esclarecer tudo. É uma das vantagens de ter dinheiro; as explicações ficam por conta dos outros, Karl tinha me ensinado isso. Mas como eu podia dizer que não precisava da hospitalidade, da boa vontade daquele homem? Se bem que era preciso esclarecer alguns detalhes importantes e delicados.

– Entre, por favor – falei. – Sinto muito, sinto...

– Do que está se desculpando, minha filha? – ele perguntou.

Mancando, aproximou-se da cama. Só então vi a plataforma onde a cama se encontrava, com arabescos gravados na madeira. E vi também, lá atrás, o lustre do outro aposento. Sim, o Hotel Imperial era um palácio.

O homem usava uma espécie de medalhão em volta do pescoço e um casaco de veludo preto, que estava torto nos ombros. A barba branca parecia escovada.

Stefan não se movia. Eu olhava para Stefan, Stefan me olhava. Mágoa e frustração. Percebia, pelo ângulo da cabeça, seu jeito de se apoiar na parede, como se as poucas partículas que lhe sobravam também pudessem experimentar a fadiga, quem sabe até experimentá-la principalmente agora, quando estavam unidas de forma mais precária. Seus lábios se mexiam um pouco enquanto ele me olhava. Um rosto falando com outro rosto. O dele falando com o meu.

Herr Melniker correra para pegar uma grande cadeira para o conde, com estofamento de veludo azul, uma das muitas cadeiras com pernas douradas e brancas espalhadas pelos inevitáveis motivos rococós do assoalho.

O conde sentou-se a uma distância conveniente.

E um aroma agradável chegou até mim.

– Chocolate quente – exclamei.

– Sim – respondeu Frau Weber, colocando a xícara nas minhas mãos.

– É muito gentil. – Apertei o violino com o braço esquerdo. – Deixe, por favor, o pires ali.

O velho homem me fitava com ar de adoração e fascínio, do modo como os homens idosos me olhavam quando eu era uma menina pequena, do modo como uma velha freira tinha me olhado no dia da minha primeira comunhão. Eu me lembrava bem de seu rosto enrugado, da expressão extasiada... Foi no velho Hospital da Misericórdia, aquele que deitaram abaixo. Estava com o antigo hábito, toda vestida de branco, e me dissera: "Você está pura no dia de hoje, tão pura." Tinham me levado para visitar os hospitais; era o que acontecia na época com quem fazia a primeira comunhão. Onde eu colocara aquele rosário?

Vi a xícara de chocolate tremendo em minha mão. Virei a cabeça para a direita, para Stefan.

Tomei um gole; estava na temperatura ideal. Tomei a xícara inteira do chocolate cremoso, adoçado com chantilly. Sorri.

– Viena... – exclamei.

– Possui um tesouro fabuloso, minha filha – replicou o homem unindo as sobrancelhas.

– Oh, senhor, eu sei, é um Stradivarius, um Strad longo, e este arco, que também é feito de pau-de-pernambuco.

Stefan contraiu os olhos. Mas não tinha meios de reagir. "Como tem coragem?"

– Não, senhora, não estou me referindo ao violino, embora jamais tenha visto um instrumento tão especial, muito mais perfeito que qualquer um dos violinos que comprei ou que me foram oferecidos. Estou me referindo ao talento que revelou em sua interpretação, ao modo como tocava lá fora, à música que nos fez sair do hotel. Foi um... um cândido êxtase. O tesouro é esse.

Eu estava com medo.

"Devia estar. Afinal, como conseguiria fazer isso sozinha? Sem a minha ajuda? Voltou para seu próprio mundo com o instrumento? Não é possível, não tem talento. Viajou nos navios de meu encantamento e agora vai rastejar de novo. Você não é nada."

– É o que vamos ver – respondi a Stefan.

Os outros trocavam olhares. Com quem eu estava falando no canto vazio do quarto?

– Digamos que é um anjo – disse eu, erguendo os olhos para o conde e apontando para o canto. – Está vendo ali em pé, o anjo?

O conde passou os olhos pelo quarto. Eu também. Vi, pela primeira vez, a fantástica penteadeira com espelhos móveis, do tipo que uma senhora adoraria ter, muito mais requintada que aquela que eu tinha em casa. Vi a cor de ferrugem e o azul pastel dos tapetes orientais. Vi, outra vez, as finas e claras persianas que tapavam a janela, sob a vistosa ondulação dos recortes nos brocados de seda.

— Não, minha querida — retrucou o conde. — Não estou vendo. Posso lhe dizer meu nome? Permite que eu seja também o seu anjo?

— Talvez devesse — respondi, tirando os olhos de Stefan e me concentrando no conde. O homem tinha uma cabeça volumosa e o cabelo solto. Já mostrava aquela brancura de pérola da idade avançada, mas os olhos, azuis como os do jovem Melniker, conservavam um tom ardente e perspicaz sob os cílios brancos. — Talvez... Gostaria que o senhor fosse um anjo bom, pois acho que aquele anjo é mau.

"Como pode dizer tantas mentiras? Roubou meu tesouro. Partiu meu coração. Juntou-se às fileiras dos que me fizeram sofrer assim."

De novo, nenhum movimento nos lábios do fantasma, assim como a postura abatida também não se alterava, aquele ar miserável e indolente da fraqueza, da coragem perdida.

— Stefan, não sei como ajudá-lo. Se ao menos soubesse o que fazer, o que fazer...

"Ladra."

Os outros murmuraram.

— Frau Becker — falou a mulher —, este cavalheiro é o conde Sokolosky. Perdoe-me por não ter feito uma apresentação adequada. Ele mora aqui em nosso hotel há muito, muito tempo e está muito feliz em tê-la conosco. Os aposentos em que nos encontramos raramente são abertos ao público, por isso podemos reservá-los para uma ocasião como esta.

— Que ocasião?

— Querida — o conde interrompeu-a, mas com muita gentileza e a liberdade calma, sem malícia, da idade avançada. — Tocaria de novo para mim? É impertinência da minha parte fazer este pedido?

"Não! É apenas inútil, absurdo!"

— Oh, não agora — o conde se apressou a acrescentar. — Agora está doente, precisa se alimentar, descansar, esperar que seus amigos venham ao seu encontro. Quando se sentir melhor. Se pudesse tocar só um pouco mais... daquela música para mim. Daquela música.

— E como o senhor descreveria essa música, conde? — perguntei.

"Vamos, diga a ela, senão como ela vai saber?"

— Silêncio! — Olhei irritada para Stefan. — Se o violino é seu, por que não consegue resgatá-lo? Por que ele continua em meu poder? Oh, não importa, perdoe-me, perdoe tudo isso. Perdoe esse modo de falar em voz alta com imagens inventadas e de sonhar estando acordada...

— Não, não faz mal nenhum — replicou o conde. — Não fazemos perguntas aos que são talentosos.

– Sou assim tão talentosa? O que o senhor ouviu?
Stefan sorriu com agressivo desprezo.
– Sei o que eu ouvia quando estava tocando – falei, me desculpando –, mas me diga, se não se importa, o que o senhor escutou.
O conde assumiu um ar meditativo.
– Uma coisa extraordinária. E absolutamente original.
Deixei-o falar.
– Uma coisa clemente? – continuou. – Uma coisa mista, cheia de êxtase e amarga dureza. – Fez uma pausa antes de prosseguir. – Foi como se Bartók e Tchaikovsky tivessem entrado dentro da senhora e se transformado numa só pessoa, o Moderno amável e o Moderno trágico. Havia, em sua música, um mundo se abrindo para mim... o mundo de muito tempo atrás, anterior às guerras, quando eu era menino, quando era novo demais para guardar lembranças tão sublimes. Mas consegui me lembrar daquele mundo. Consegui.
Enxuguei o rosto.
"Vá em frente, diga a ele, não acha que pode repetir a dose, não é? Não sabe fazer. Eu sei. Você não pode."
– Será que não? – desafiei Stefan. Ele empinou o corpo, cruzou os braços. No meio de sua raiva, cintilou um contorno mais nítido.
– Oh, é sempre uma oportunidade de criar agonia, não é? Pequena ou grande, não importa. Olhe-se no espelho, como você brilha agora! Agora que me encheu a cabeça de dúvidas! E se seu próprio desafio estiver me dando forças?
"Nada pode lhe dar a força necessária. O violino, que por ora está além de meu poder, é madeira sem vida em suas mãos, é galho seco, é um instrumento obsoleto que não pode tocar."
– Frau Weber – falei.
Ela me contemplava com ar de espanto, atirando um olhar ansioso no canto do quarto, aparentemente vazio, e voltando depressa a me fitar com um aceno protetor da cabeça, um ar de desculpas.
– Sim, Frau Becker.
– Teria um penhoar que eu pudesse vestir, algo discreto e solto? Quero tocar agora. Minhas mãos estão quentes, estão muito quentes.
– Talvez seja cedo demais – disse o conde. Inclinando-se pesadamente sobre a bengala, e tateando pela mão de Melniker, precisava fazer força para ficar de pé. Transbordava de expectativa.
– Sim, sim, está aqui – anuiu Frau Weber apanhando a peça de roupa que estava nos pés da cama, um largo e simples penhoar branco de lã.
Virei-me na cama e pisei no chão. Estava descalça, mas a madeira do

assoalho era quente. Com a barra da túnica de dormir me batendo nos pés, ergui a cabeça para o teto, apreciando sua esplêndida moldura, seus ornamentos, experimentando o fascínio daquele teto no majestoso quarto de sonho.

Segurava o violino.

Fiquei de pé. Frau Weber pôs o penhoar em minhas costas e enfiei cuidadosamente o braço direito na manga comprida, folgada; depois, trocando de mão o violino e o arco, introduzi o braço esquerdo no lugar adequado.

Havia chinelos ali, mas não os quis. O chão era macio.

Caminhei na direção das portas abertas. Não parecia adequado tocar no quarto, deparar-me no quarto com a revelação ou com a derrota.

Entrei na espaçosa sala de estar e, deslumbrada, virei-me para apreciar o retrato colossal da Grande Imperatriz Maria Theresa. Escrivaninha, cadeiras, sofás magníficos. Flores. Olhe! Todas essas flores viçosas. Como as flores dos mortos.

Fiquei olhando as flores.

– São de suas irmãs, madame. Não abri os cartões, mas sua irmã Rosalind telefonou. Sua irmã Katrinka também. Foram elas que me pediram para lhe dar um chocolate quente.

Sorri, depois dei um risinho curto.

– Nenhuma outra irmã tentou falar comigo? – perguntei. – Não lembra de algum outro nome? Uma irmã chamada Faye?

– Não, senhora.

Fui para a mesa do centro onde estava o grande vaso de flores e examinei os botões amontoados, desordenados. Não sabia o nome de uma única planta, uma única espécie, nem mesmo das flores que pareciam corriqueiros lírios cor-de-rosa e que estendiam seus tentáculos grossos e cobertos de pólen.

O velho conde caminhara até o sofá, com a ajuda do rapaz. Ao me virar e olhar para a direita, descobri que Stefan se deslocara para a porta do quarto.

"Vá em frente, para o fracasso! Vai se reduzir a pó. Vai se reduzir a pó e ser levada pelo vento. Quero ver isso. Quero ver você desistir por vergonha!"

– Oh, Deus – exclamei, levando aos lábios a mão direita e com mais reverência do que os franceses dizem *Mon Dieu*. Era uma verdadeira prece. – Qual é o primeiro passo? Qual é a fórmula, o método? Como a gente lida com o que não sabe?

"Não desista!", foi a intromissão de outra voz.

Chocado, Stefan se virou. Vi a raiva explodir em seu rosto.

Virei-me de um lado para o outro na sala. Vi o conde, maravilhado, vi a confusa Frau Weber, o tímido Melniker e vi o fantasma que se aproximava, que estava realmente abrindo as portas que conduziam à sala. Pelo que sei, os outros viram as portas se abrindo, mas não puderam ver o fantasma. Devem ter pensado que era uma corrente de ar.

O fantasma veio caminhando a passos largos, com as mãos atrás das costas. Segundo dizem, era assim que andava quando estava vivo. Vinha sujo, como se tivesse saído do túmulo, com rendas manchadas, esfarrapadas, e até fragmentos do gesso da máscara mortuária no rosto.

A porta da sala de estar ficou aberta para o vestíbulo. Vi os vivos se reunindo ali.

Maestro. Partiu-se o coração de Stefan. Suas lágrimas chegaram.

Oh, senti tanta pena de Stefan!

Apesar do tom de voz familiar, o Maestro foi decidido e implacável.

– Stefan, é irritante que me faça vir aqui para isto! Que me faça vir até esta época para isto! Triana, toque o violino para mim. Simplesmente toque.

Vi o vulto pequeno e obstinado atravessar o aposento.

– Oh, acho que é uma esplêndida loucura ver o senhor aqui! – retruquei. – Ou talvez seja meramente a inspiração.

O fantasma se acomodou numa cadeira e me olhou furioso.

– Conseguirá mesmo me ouvir? – perguntei.

– Oh Deus, Triana! – falou com gestos bruscos. – Não continuo surdo depois de morto! Não fui para o Inferno. Não teria vindo aqui se estivesse surdo. – Seu riso foi alto e áspero. – Era surdo quando estava vivo. Não estou vivo agora. Como podia estar? Agora toque o violino. Faça isso. Para fazê-los tremer! Para fazê-los pagar por cada palavra rude que ouviu, por cada culpa. Ou faça pelo que quiser. – Aprumou-se. – Não importa a razão. Uma forma extravagante de vingança ou de amor. Falar com Deus ou com a parte mais refinada de si mesma. Apenas toque a música.

Stefan chorava. Eu olhava de um para o outro. Os seres humanos que estavam no quarto não me interessavam. Achei que nunca mais iam me interessar.

Mas logo percebi que era antes de mais nada para eles que eu tinha de tocar.

– Vamos, toque – disse Beethoven, num tom mais compassivo. – Não pretendi parecer tão ríspido. Pode acreditar. Stefan, você é meu discípulo órfão.

Stefan tinha virado a cabeça para o batente da porta, tinha levantado o braço para apoiar a testa contra ele. Tinha levado embora a expressão de seu rosto.

A desconcertada audiência mortal esperava.

Olhei para o rosto de um por um, tentando enxergar os mortais e não os fantasmas. Meu olhar atravessou o aposento e viu aqueles que aguardavam no vestíbulo. Herr Melniker adiantou-se para fechar a porta.

– Não, deixe aberta.

Comecei.

Aquele instrumento leve, perfumado e sagrado não parecia diferente. O artesão que o moldara não poderia saber que estava criando, a partir das cascas das árvores, um objeto mágico, assim como não poderia imaginar quanto poder estava libertando da madeira que se curvava sob o calor e à qual ele procurava dar uma determinada forma.

Que eu volte à capela, mãe! Que eu volte a Nossa Mãe do Perpétuo Socorro. Que eu me ajoelhe com você ali, na inocente escuridão, antes da dor. Que eu segure sua mão e não lhe diga como lamento que tenha morrido, mas simplesmente e apenas que a amo, que a amo agora. Dou-lhe meu amor nesta canção, como as canções que sempre cantávamos na procissão de maio, as canções que você amava. E Faye, Faye voltará para casa, Faye de algum modo virá para conhecer seu amor, ela virá, eu creio, minha alma o sabe.

Oh, mãe, quem podia pensar que a vida tinha tanto sangue dentro dela? Quem podia imaginar? Afinal, só nos preocupamos com o que nos atinge. Toco para você, toco sua canção, toco a canção de sua saúde e vigor, toco para o pai, para Karl, e um dia terei o poder de tocar para o próprio sofrimento. Anoitece agora e estamos neste refúgio sereno, entre santos conhecidos. As ruas estarão cheias de uma luz suavemente declinante quando estivermos voltando para casa, eu e Rosalind pulando na sua frente, olhando para trás, vendo seu rosto sorridente, oh, quero me lembrar disto, quero sempre me lembrar desses olhos grandes, muito castanhos, desse sorriso repleto da mais pura sensação de segurança. Mãe, não ia acontecer nada e ninguém ia fazer nada, não é? Foi a perda de todas nós. A culpa existirá sempre; resta saber se haverá alguma possibilidade de conseguirmos, um dia, enxergar além dela.

Veja, erga os olhos para esses galhos de carvalho que passariam a minha vida inteira se enroscando no alto! Olhe para as lajotas cheias de musgo por onde andamos! Olhe para o céu, naquele tom púrpura que só em nosso paraíso ele pode ter! E sinta o calor dos lampiões, do aquecedor a gás, do retrato do pai no console da lareira, "Papai na Guerra".

Agora compreendemos e nos enroscamos, afundando para sempre na cama. Que não é um túmulo. Agora eu sei que o sangue pode vir de muitas coisas. Há sangue e sangue. Estou sangrando por vocês, sim, estou sangrando (e não de má vontade) como vocês sangraram por mim.

E que todo esse sangue se reúna...

Baixei o instrumento. Estava molhada de suor. Tinha um formigamento nas mãos e meus ouvidos estavam atormentados com o barulho das mãos que batiam palmas.

O velho conde ficou de pé. Os que estavam no vestíbulo tinham se amontoado na sala.

– Toda essa música está se perdendo no vento – disse o conde.

Procurei os fantasmas. Não estavam lá.

– Vamos, temos de gravá-la. É uma música natural, não foi aprendida. É um dom especialíssimo, que não cobrou o preço habitual.

O conde me beijou no rosto.

– Onde está você, Stefan? – murmurei. – Maestro?

Não vi ninguém, só as pessoas reunidas a meu redor.

Então a voz de Stefan em meu ouvido; sua respiração em meu ouvido.

"Ainda não acertamos as contas, sua menina má, roubando meu violino! Este talento não é seu! Não é. Isto é bruxaria."

– Não, não, você está errado – retruquei –, não foi bruxaria, foi uma coisa sem ponto de apoio, sem esforço, solta como os pássaros noturnos que voam, no crepúsculo, numa grande rajada que passa embaixo da ponte. E você, Stefan, foi meu professor.

O conde me beijava. Será que tinha ouvido minhas palavras?

"Mentirosa, mentirosa, ladra."

Fiz um círculo com a cabeça. Não havia dúvida. O Maestro tinha desaparecido por completo. Não me atrevia a chamá-lo de volta. Não me atrevia a tentar, mesmo porque não sabia como evocá-lo, assim como não sabia evocar Stefan.

– Maestro, ajude-o – sussurrei.

Encostei a cabeça no peito do conde. Senti o cheiro da pele antiga, um cheiro agradável, de uma velhice familiar. Lembrava a pele de meu pai antes dele morrer. Senti o doce perfume do talco que sem dúvida estava sob as roupas. Seus lábios eram úmidos, macios como o cabelo grisalho.

– Maestro, não deixe o Stefan aqui, por favor...

Agarrava o violino. Segurava-o com força com ambas as mãos. Com força, força.

– Está tudo bem, minha querida menina – falou o conde. – Oh, o que você nos deu!

16

O que você nos deu. O que foi aquilo, aquela orgia de som, aquele transbordamento tão natural que não me fez duvidar? Aquele transe onde eu podia me deixar levar, vendo meus dedos saltitarem com avidez, encontrando as notas e as deixando escapar com certos golpes da minha vontade?

O que era este dom, deixar a música me cercar à medida que ela se desdobrava, vê-la crescer, tombar sobre mim, me envolver com o carinho de quem veste um bebê para deitá-lo no berço? Música. Toque. Não pense. Não duvide. Mas se você pensa e duvida, não acalente a dúvida nem a preocupação. Apenas toque. Toque do modo como quer tocar e descubra o som.

Absolutamente deslumbrada por estar em Viena, minha querida Rosalind chegou com Grady Dubosson. Antes de irmos embora, puseram à nossa disposição o Theater an der Wien, e pude tocar naquele lugar pequeno, mas cheio de adornos e cores, onde Mozart tinha tocado, onde *A flauta mágica* fora apresentada. Um prédio onde Schubert tinha vivido e composto, um teatrinho apertado, mas glorioso, com os balcões dourados se empilhando, de forma íngreme e perigosa, até o teto. Depois tocamos na grandiosa e austera Casa de Ópera de Viena, a poucos passos do hotel, e o conde nos levou para conhecer sua casa de campo, uma enorme e velha construção de um só pavimento, o mesmo tipo de casa de campo possuída outrora por um irmão do Maestro, que assinava como "Johann van Beethoven, proprietário rural" e a quem Beethoven, numa carta, tinha tão engenhosamente respondido: "Ludwig van Beethoven, proprietário cerebral".

Dei um passeio nos Bosques de Viena, uma doce e melodiosa floresta. Eu era uma estrela viva ao lado de minha irmã.

Na América, os intelectuais falavam da obra de Karl. O livro sobre São Sebastião estava em provas numa ótima editora, pela qual Karl tinha um grande apreço. Houve imediata aceitação.

Estava livre do problema do livro. Tudo saíra a contento; Karl não poderia ter desejado um resultado melhor.

Roz e Grady viajavam comigo. A música me pertencia e os concertos vinham um atrás do outro. Grady passava os dias no telefone, tratando dos contratos.

O dinheiro ia para fundações voltadas para os que haviam morrido injusta e barbaramente nas guerras. Antes de mais nada os judeus, por uma simples questão de justiça ou em memória de minha bisavó, que rejeitara a identidade judaica para viver como católica na América. Ajudávamos também várias obras de caridade.

Fizemos a primeiras gravações em Londres.

Mas antes disso houve São Petersburgo, Praga e os inúmeros concertos feitos casualmente na rua, dos quais eu estava sempre ávida como uma garota de escola de danças que rodopiasse sob cada lampião. Eu os adorava.

Sempre que me sentia abatida, rezava as contas do rosário de meus anos de infância, doces anos, banhada pelas amenas sombras dos mortos. Só levava em conta os Mistérios felizes. "E o Anjo do Senhor revelou-se a Maria, e ela concebeu do Espírito Santo."

Fazia isso com um intrépido e imaculado vigor infantil, que desconhecia a derrota.

Em Nova Orleans, a produção do livro de Karl foi cara, a impressão de cada ilustração a cores supervisionada pessoalmente pelos melhores especialistas nas publicações do gênero.

Passava minhas noites provando ótimos lençóis. E ao despertar, contemplava cidades esplêndidas.

Suítes reais entraram na ordem do dia para mim e Rosalind. Glenn logo se juntou a nós. Havia mesas rolantes, forradas com toalhas de linho que iam até o chão, atravancadas com serviços de prata e garfos pesados. Vagávamos nos limites das grandes escadarias, dos compridos corredores com tapetes orientais.

Mas nunca deixei o violino escapar. Não podia segurá-lo eternamente, seria loucura, mas nunca tirava os olhos dele. Fitava-o sentada na banheira, temendo que a qualquer momento fosse arrebatado por alguma mão invisível e jogado num vácuo.

À noite me deitava a seu lado. Enrolava uma, duas, três vezes o violino e o arco num macio cobertor de lã, um cobertor de bebê, que ficava preso a meu corpo por correias de couro que eu não mostrava a ninguém. Na maior parte do dia ele ficava em meus braços ou ao lado de minha cadeira.

Não havia alteração no violino. As pessoas que o examinaram declararam que era um instrumento sem preço, autêntico. Pediam para tocá-lo, mas eu não podia permitir. O que, aliás, não era considerado um comportamento egoísta, mas apenas o exercício de um direito.

Quando Katrinka e Martin, seu marido, nos encontraram em Paris, compramos casacos e vestidos finos para ela, além de livros de bolso de todo gênero e sapatos de salto alto que nem eu nem Roz teríamos coragem de usar. Mandamos Katrinka manter o equilíbrio pelo grupo. Katrinka riu.

Ela enviava para as filhas, Jackie e Julie, pacotes e mais pacotes de coisas lindas. Parecia ter se livrado de um grande e trágico fardo. Do passado, pouco ou nada foi dito.

Glenn procurava livros antigos e gravações de estrelas do jazz europeu. Rosalind não parava de rir. Martin e Glenn foram juntos a velhos e famosos cafés, como se pudessem realmente encontrar Jean-Paul Sartre se olhassem com cuidado. Martin ficou muito tempo grudado no telefone, fechando o recibo de sinal de uma casa que estava vendendo em Nova Orleans, até eu lhe implorar, em nome de todos, que assumisse a gerência de nossa interminável jornada.

Grady estava aliviado; como sempre, precisávamos muito dele.

Risos. Leopold e o pequeno Wolfgang teriam algum dia se divertido assim? Não vamos esquecer daquela menina, daquela irmã que diziam tocar tão bem quanto o irmão de prodigioso talento. Ela preferira se casar e gerar crianças em vez de sinfonias e óperas.

Ninguém poderia ser mais feliz que nós com o pé na estrada.

O riso era mais uma vez nosso idioma natural.

E por causa de tanto riso, quase nos expulsaram do Louvre. Não era que não gostássemos da Mona Lisa; gostávamos, mas estávamos empolgados demais, explodindo de vida demais. Podíamos ter beijado os estranhos, mas isto seria censurável e fomos mais sensatos: abraçamos e beijamos um ao outro.

Glenn caminhava à nossa frente, sorrindo encabulado e depois rindo também, porque era felicidade demais para se desprezar.

Em Londres, meu ex-marido, Lev, chegou com a esposa, Chelsea (que um dia fora minha amiga e agora era praticamente uma irmã), os gêmeos de cabelo preto (sérios, bem-comportados) e o alto, louro e belo filho mais velho, Christopher. Chorei ao ver este rapaz, cujo riso me fazia pensar em Lily.

Lev sentava na primeira fila das salas de concerto para me ver tocar. E eu tocava por Lev, pelos dias felizes. Mais tarde, ele ia dizer que tudo lembrava a embriaguez daquele piquenique de anos atrás, embora fosse mais arriscado, mais ambicioso, mais plenamente concretizado. Eu estava deslumbrada com o amor antigo. Com o amor perene. Lev trouxe para a coisa um clima acadêmico e sutil.

Combinamos que voltaríamos a nos encontrar em Boston.

Aquelas crianças, aqueles garotos cheios de vida, pareciam ser, de alguma forma, descendentes meus, descendentes da antiga perda, da antiga luta e do renascimento de Lev. Eu fizera parte de tudo isso. Não podia encará-los como sobrinhos?

Dei um concerto atrás do outro. Em Manchester, Edimburgo, Belfast. Sempre em benefício dos judeus que sofreram com a guerra, dos ciganos, dos católicos em luta na Irlanda do Norte, dos que sofriam da doença que matara Karl ou do câncer do sangue que matara Lily.

Pessoas nos ofereciam outros violinos. Não tocaríamos este excelente Strad num evento especial? Aceitaríamos este Guarneri? Não gostaríamos de adquirir este Strad curto com um ótimo arco Tourte?

Eu aceitava os presentes. *E comprava outros violinos.* Olhava-os com uma curiosidade febril. Como soariam? Qual seria a sensação de tocá-los? Não podia tirar pelo menos uma notinha do Guarneri? De cada um deles?

Olhava-os, empacotava-os e os carregava conosco, mas nem encostava a mão neles.

Em Frankfurt, comprei outro Strad, um Strad curto, excelente, comparável ao meu, mas não me atrevi a tanger as cordas. Achava-se à venda e não havia ninguém que cuidasse dele; foi muito caro, mas o que era o dinheiro em minha gloriosa e ilimitada prosperidade?

Violinos e arcos viajavam com as bagagens. Mas o Strad longo, o meu Strad, esse eu levava nos braços, primeiro enrolado em veludo e finalmente numa capa especial, juntamente com o arco. Jamais o confiaria a uma maleta. Carregava-o na capa para todo lado.

Procurava os fantasmas.

Via a luz do sol.

Minha madrinha, tia Bridget, encontrou-se conosco em Dublin. O frio não lhe agradou e a fez voltar a toque de caixa para o Mississippi. Foi muito engraçado.

Tia Bridget gostava muito da música, batia palmas, batia os pés enquanto eu tocava, o que deixava os outros na sala, galeria, auditório, teatro, onde quer que fosse, um tanto chocados. Mas tínhamos um acordo. Eu queria que ela fizesse isso.

Muitos primos e outras tias vieram se juntar a nós na Irlanda e depois em Berlim. Fiz a peregrinação até Bonn e tive um calafrio na porta da casa de Beethoven.

Encostei a cabeça nas pedras frias e chorei como Stefan havia chorado no túmulo.

Muitas vezes eu citava os temas do Maestro, as melodias do Pequeno Gênio ou do Russo Maluco e neles mergulhava para abrir minhas próprias comportas. Os críticos, porém, nunca ou raramente reparavam, tamanha era a minha dificuldade de passar qualquer coisa que não saísse exclusivamente de dentro de mim. Tocava absolutamente sem qualquer controle ou disciplina.

Era um êxtase contínuo, que nada alterava. Qualquer tolo era obrigado a aceitar a coisa como ela era; seria preciso estar muito transtornado para encará-la com prudência ou a ela adicionar qualquer dor preconcebida.

Havia momentos especiais. Quando a chuva fina caía em Covent Garden, quando eu caminhava em círculos ao luar, quando os carros me esperavam atravessar parados no sinal e os faróis fumegavam na bruma, como se também eles respirassem, tudo que eu podia fazer era ser feliz. Nada para questionar. Sentir cada momento pelo que ele era. Sentir. Talvez um dia, de um ponto de observação distante e privilegiado, pudesse me lembrar. Tudo pareceria tão fantástico, colorido e celestial quanto as visitas à capela, quanto estar nos braços da mãe enquanto ela virava as páginas do livro de poemas, quanto estar perto de um abajur que não traz qualquer perigo de fogo porque a casa está vazia.

Fomos a Milão. A Veneza. A Florença. O conde Sokolosky juntou-se a nós em Belgrado.

Eu tinha uma simpatia toda particular pelas casas de ópera. Não era preciso que me pagassem para tocar nelas, bastava que me garantissem o espaço. Eu mesma sabia me recompensar, pois cada noite era diferente, imprevisível; cada noite era uma alegria e a dor ficava confinada, com toda a segurança, dentro da alegria. Cada noite era gravada por técnicos que esticavam fios finos pelo palco e corriam de um lado para o outro com microfones e fones de ouvido.

Gostava de ver o rosto de quem me aplaudia. Quando a música chegava ao fim, olhava e procurava ver realmente cada face, encontrar o calor de cada face, sem perder nenhuma. Não escapulia correndo para me encolher, para me fechar na dor, na timidez, num passado que seria uma concha e eu um caracol, fraco demais para ficar muito tempo fora dela, preso demais a um velho rastro de feiúra, cheio demais de aversão por si mesmo.

Uma costureira em Florença aprontou-me belas saias de veludo, soltas, e túnicas leves, de ótima seda, com mangas-balão que deixavam meus braços livres quando eu tocava. Roupas que não ofendiam o rigor nem lhe quebravam o encanto, mas disfarçavam o excesso de peso que eu tanto odiava. De qualquer modo, nas matérias que a TV exibia sobre mim e que as pessoas me obrigavam a ver, eu parecia um borrão de cabelo e cores somado a um borrão de som. Glorioso.

Mas quando chegava a hora, quando pisava na frente das luzes, quando olhava para a escuridão onde o palco mergulhava, sabia que os sonhos eram meus.

Sem dúvida, a música era às vezes sombria. O rosário tem os Mistérios Alegres, Gloriosos e Dolorosos. Mãe, durma. Fique quieta. Cubra-se bem. Lily, feche os olhos. Pai, agora acabou, é o que diz sua respiração e as meninas de seus olhos. Feche-os. Meu Deus, será que podem ouvir minha música?

Estava procurando um palácio de mármore muito especial e custei a perceber, enquanto passava por tantos teatros em Veneza, Florença ou Roma, que o palácio de mármore de meus estranhos sonhos devia ser uma casa de ópera. A suspeita surgiu com a memória da escadaria central. Era uma estrutura, um desenho que eu via se repetir em todas aquelas salas esplêndidas, construídas com pompa e abnegação. Um lance central de degraus subia até uma plataforma, onde se bifurcava, à esquerda e à direita, para levar ao mezanino uma compacta multidão coberta de jóias.

Onde ficava aquele palácio nos sonhos, tão cheio de diferentes padrões de mármore que poderia rivalizar com a própria Basílica de São Pedro? O que significava o sonho? O fato de Stefan me deixar ver a cidade do Rio de Janeiro, cenário do último crime que cometera antes de se aproximar de mim, o fato de ter encontrado um espinho agudo em minha alma relacionado com aquele lugar fora apenas mais um transbordamento de sua alma atormentada? Ou seria uma trama adicional, emendada às memórias dele por minha própria fantasia, onde um esplêndido mar coberto de espuma engendrava incontáveis fantasmas dançantes?

Não vi em lugar algum uma casa de ópera como aquela, com aquele emaranhado de beleza.

Em Nova York, apresentei-me no Lincoln Center e no Carnegie Hall. Tocava sem interrupções, sem estar sujeita a uma grade de intervalos. Mesmo que se esgotasse o tempo previsto para uma determinada performance, eu podia continuar tocando, tornando cada vez mais complexo o fluxo da melodia. Isso dava maior profundidade a cada execução e a possibilidade de tratar cada tema com mais fluidez.

Não suportava, no entanto, ouvir meus discos. Martin, Glenn, Rosalind e Katrinka cuidavam dessas coisas. Rosalind, Katrinka e Grady tratavam dos contratos, dos compromissos.

Minhas fitas ou discos eram um artigo incomum. Ofereciam a música de uma mulher sem educação musical, incapaz de ler qualquer coisa numa partitura além de dó-ré-mi-fá-sol-lá-si-dó, alguém que nunca tocava duas vezes a mesma composição, muito provavelmente porque seria incapaz de repeti-la. E era isto que os críticos estavam sempre prontos a salientar. Como dar valor a realizações desse tipo, improvisações que, no tempo de

Mozart, só poderiam ser conservadas se fossem registradas com papel e tinta, mas que hoje eram gravadas e preservadas para sempre, com a mesma reverência prestada à "música séria"!

"Realmente nada de Tchaikovsky, realmente nada de Shostakovich! Realmente nada de Beethoven! Realmente nada de Mozart!"

"Quem gosta de uma música pastosa, açucarada como um xarope de mel, poderá sem dúvida saborear as improvisações de miss Becker. Alguns, porém, hão de querer da vida algo mais que xaropadas."

"Ela é autêntica; provavelmente maníaco-depressiva em termos técnicos, epilética talvez, só seu médico poderia dizer com certeza. Obviamente não sabe como faz o que faz, mas o efeito, sem a menor dúvida, é hipnótico."

Os elogios eram eletrizantes (naturalidade pura, gênio da música, feiticeira, maga) e igualmente distantes das raízes da música dentro de mim, do que eu sabia, do que eu sentia. Vinham, no entanto, como beijos no rosto, causando ondas de emoção no séquito de pessoas que me acompanhavam. Muitas citações eram estampadas na embalagem de nossos discos e fitas, que agora vendiam milhões de cópias.

Mudávamos de um hotel para outro. Por capricho, para atender a um convite, por distração às vezes, por pura extravagância.

Grady nos advertira contra esse estilo esbanjador. Mas teve de admitir que as vendas dos discos já haviam ultrapassado a renda deixada por Karl. A renda já quase dobrara graças aos investimentos, mas os discos também podiam continuar vendendo cada vez mais.

Não havia por que economizar. Não tínhamos preocupações. Katrinka se sentia segura! Quando voltaram a Nova Orleans, Jackie e Julie foram para as melhores escolas; depois começaram a sonhar com a Suíça.

Acabamos em Nashville.

Eu queria ouvir os rabequistas da música *country* e tocar para eles. Procurei o gênio do *country*, a jovem Alison Krauss, de cuja música eu gostava muito. Queria deixar flores na sua porta. Talvez ela reconhecesse o nome Triana Becker.

Meu som, no entanto, tinha tão pouco de *country* quanto de gaélico. Era um som europeu, um som vienense e russo, um som heróico, um som barroco; era uma mistura de todos esses sons adicionada ao clima de arrebatamento dos músicos clássicos de cabelos longos. Não importa que o visual desses homens tenha sido adotado por hippies que se pareciam com Jesus Cristo – eu pertencia aos antigos.

Era uma violinista.

Era uma virtuose.

Tocava o violino. O lugar dele era em minhas mãos. Eu o amava. Amava. Amava.

Não precisava encontrar a brilhante Leila Josefowicz, nem Vanessa Mae, nem minha queridíssima Alison Krauss. Nem o grande Isaac Stern. Não tinha nervos para esse tipo de coisa. Só precisava dizer a mim mesma: eu sei tocar.

Eu sei tocar. Talvez um dia eles ouçam Triana Becker.

Risos.

Soavam pelos quartos de hotel onde nos reuníamos para beber champanhe, para comer sobremesas cheias de chocolate e creme chantilly, e onde à noite eu me deitava no chão, olhando para o lustre do modo como gostava de fazer em casa. E toda manhã, toda noite...

... Toda manhã ou noite, ligava para casa e perguntava se havia alguma notícia de Faye, minha irmã perdida, minha querida irmã perdida. Fiz referência a ela quando dei entrevistas nas escadarias dos teatros de Chicago, Detroit, San Francisco...

– ... nossa irmã Faye. Há dois anos não temos notícias dela.

O escritório de Grady em Nova Orleans recebia trotes de pessoas que não eram Faye e que não a tinham visto. Não sabiam descrever com precisão seu corpinho de proporções graciosas, o sorriso efervescente, os olhos amáveis, as mãozinhas tão fortemente, tão cruelmente marcadas com polegares pequenos por aquele álcool que envenenara o líquido escuro onde ela lutara para sobreviver, tão miúda, tão frágil.

Às vezes eu tocava para Faye. Andava com a pequena Faye num chão de lajotas, nos fundos da casa da avenida St. Charles. Faye estava com o gato nos braços, distraída, sorridente, irresistível duende esquecendo da mulher embriagada do lado de dentro, das brigas cheias de gritos, do barulho da mulher vomitando atrás de uma porta de banheiro. Tocava para Faye que andava no pátio e gostava de ver a chuva secando nas lajotas ao sol. Faye que conhecia segredos como esse, enquanto os outros brigavam e faziam acusações.

Às vezes a viagem ficava difícil para quem me acompanhava. Porque eu não conseguia parar de tocar o Strad longo. Estava maluca, disse Glenn. Chamaram o dr. Guidry. Em certo ponto, meu cunhado Martin sugeriu que me fizessem alguns testes para saber se eu estava usando drogas. Katrinka gritou com ele.

Não havia drogas. Não havia vinho. Havia música.

Era como uma reprise do violinista de *The Red Shoes*. Eu tocava, tocava, tocava até todo mundo na suíte adormecer.

Certa vez tive de ser retirada do palco. Uma operação de resgate, acho, pois eu não parava, não parava, e as pessoas não paravam de clamar por bis. Desmaiei, mas logo voltei a mim.

Descobri um filme magistral, *Immortal Beloved*, em que o grande ator Gary Oldman parecia ter captado aquele Beethoven que eu cultuara a vida inteira e que tinha visto de relance em minha loucura. Eu olhava dentro dos olhos do grande Gary Oldman. Ele captava a transcendência. Captava o heroísmo com que eu sonhava, o isolamento que conhecia, a perseverança que transformara no meu ofício de cada dia.

– Vamos encontrar Faye! – disse Rosalind. Nos salões-restaurantes dos hotéis, repassávamos juntas todas as coisas boas que tinham acontecido. – Você tem feito tanto barulho que Faye não pode deixar de ouvir. Ela voltará! E agora vai querer ficar conosco...

Katrinka começou de repente a fazer gracejos pesados e a contar piadas. Agora, nada conseguia lhe quebrar o entusiasmo: nem os impostos, nem as contas, nem o envelhecimento, nem a morte, nem onde as meninas poderiam fazer um curso universitário, nem se o marido estaria ou não gastando demais o nosso dinheiro – nada a perturbava.

Porque no meio de tanto sucesso e liberalidade tudo podia ser acertado ou resolvido.

Era o Sucesso Moderno. Um sucesso que só pode ser conhecido em nosso tempo, suponho eu, quando as pessoas nos quatro cantos do mundo podem gravar, ver e ouvir (tudo ao mesmo tempo) as improvisações de uma violinista.

Estávamos convencidos de que Faye devia compartilhar isso conosco. De certa forma, em algum lugar, ela já estava integrada a nosso grupo, pois não parávamos de lhe estender a mão. Faye, venha para casa. Faye, não se faça de morta. Faye, onde está você? Faye, é muito divertido andar nas limusines e os quartos são lindos; é divertido abrir caminho entre a multidão até a entrada do palco, é divertido.

Faye, a platéia nos dá amor! Faye, agora o frio acabou para sempre.

Certa noite, numa varanda em Nova York, parei atrás da estatueta de um grifo; se não me engano foi quase no último andar de um hotel, Ritz ou Carlton, não sei. Via o Central Park lá embaixo. O vento era frio como em Viena. Pensava na mãe. Lembrei de uma vez em que me pedira para rezar o rosário com ela. Falou então de seu vício de beber, um assunto que nunca mencionou com qualquer outra pessoa. Disse que era uma ânsia no sangue, uma coisa que já vinha do pai dela, e do pai do pai dela. Reze o rosário. Fechei os olhos e lhe dei um beijo. "A Agonia no Jardim".

Na rua, naquela noite, toquei para ela.

Logo completaria 55 anos. Outubro estava perto e esta seria a minha idade.

E finalmente (como eu sabia que ia acontecer) o inevitável momento chegou.

Como Stefan fora gentil, como fora perfeitamente impulsivo e insensato ao redigir aquilo com sua mão tão especial de fantasma! Será que entrara no corpo de um ser humano para escrever?

Ninguém nos dias de hoje tem uma caligrafia tão perfeita, desdobrada em fortes e sucessivos golpes de uma pena antiga, molhada numa suntuosa tinta roxa e... gravada num pergaminho, nada mais nada menos, ou, se quisermos, no tipo mais adequado de papel vegetal que podemos atualmente encontrar para se parecer com um pergaminho.

Ele não guardava segredos.

"Stefan Stefanovsky, seu velho amigo, tem o prazer de convidá-la para um concerto beneficente no Rio de Janeiro. Esperando contar com sua presença, lembra que a senhora e família terão todas as despesas pagas no hotel Copacabana Palace e se coloca, desde já, à sua inteira disposição para maiores detalhes ou providências. Por favor, quando lhe for conveniente, ligue a cobrar para os números abaixo."

Katrinka tratou dos detalhes ao telefone.

– Em que teatro? Teatro Municipal?

Parece moderno, asséptico, pensei.

"Eu lhe daria Lily se pudesse."

– Você não quer ir, não é? – perguntou Roz, que tomara a quarta cerveja e já estava alegre e alta, com o braço à minha volta. Apoiada nela, eu cochilava e olhava pela janela. Estávamos em Houston, sem dúvida uma cidade tropical, com um teatro de ópera, um grande balé e platéias muito calorosas, que aceitavam sem reservas as nossas performances.

– Eu não iria – replicou Katrinka.

– Não ir ao Rio de Janeiro? – exclamei. – Mas é um lugar lindo. Karl queria ir. Para completar a pesquisa do livro. Seu santo, São Sebastião, seu...

– Área acadêmica – comentou Roz.

Katrinka riu.

– Bem, o livro dele é assunto encerrado – disse Glenn, marido de Roz. – Está sendo distribuído agora. Grady diz que tudo está correndo esplendidamente bem.

Ele empurrou os óculos para cima do nariz, sentou e cruzou os braços. Olhei o bilhete. Ir ao Rio.

– Posso ver o que seu rosto está dizendo; não vá!

Apenas contemplava o convite; minhas mãos estavam suadas e trêmulas. A caligrafia dele, seu nome completo.

– Por que estão dizendo isso? – perguntei. – Qual é o problema?

Troca de olhares.

— Ela não lembra agora, mas vai lembrar — falou Katrinka.

— A mulher que lhe escreveu, sua velha amiga de Berkeley, aquela que disse...

— Que Lily tinha reencarnado no Rio? — perguntei.

— Sim — disse Roz —, vai ficar angustiada se for lá. Lembro quando Karl quis ir. Você disse que sempre teve vontade de conhecer aquela cidade, mas simplesmente não conseguiria suportar, está lembrada? Ouvi quando contou a Karl...

— Não me lembro de ter contado — respondi. — Só me lembro que não fomos, e ele queria ir. Agora quem quer sou eu.

— Triana — replicou Martin —, não vai encontrar a reencarnação de Lily em parte alguma.

— Ela sabe muito bem — interveio Roz.

O rosto de Katrinka estava cheio de uma deprimente e bem conhecida aflição. Eu não queria ver aquilo.

Katrinka tivera muita intimidade com Lily. Naquela época, Roz não esteve conosco em Berkeley e em San Francisco. Mas Katrinka tinha estado na cabeceira da cama, ao lado do caixão, no cemitério — tinha passado por tudo aquilo.

— Não vá — insistiu Katrinka numa voz pastosa.

— Vou por outra razão — respondi. — Não creio que Lily esteja lá. Acho que, se ela renasceu, certamente não precisa de mim. Ou já teria...

Parei. As dolorosas e odiosas palavras dele voltavam:

"Ficou com ciúmes, ciúmes porque sua filha se revelou a Susan e não a você, admita! O raciocínio foi esse. Por que Lily não a procurou? Perdeu a carta, nunca respondeu, mesmo sabendo que Susan estava sendo sincera, mesmo sabendo que ela gostava muito de Lily e que acreditava realmente..."

— Triana?

Levantei a cabeça. Roz tinha nos olhos um antigo brilho de medo, medo como o que conhecemos nos maus tempos, antes de termos tudo que queríamos na nossa frente.

— Não, não se preocupe, Roz. Não estou à procura de Lily. Este homem... Devo alguma coisa a ele — falei.

— A quem, a esse tal de Stefan Stefanovsky? — perguntou Katrinka. — As pessoas com quem falei não sabem sequer quem é ele. Falei que o convite era sério, mas não têm a menor idéia do tipo de homem que...

— Eu o conheço bem — respondi. — Não se lembra? — Levantei da mesa. Peguei o violino, que nunca ficava a mais de dez centímetros de mim e estava pousado ao lado da cadeira.

— O violinista de Nova Orleans! — exclamou Roz.
— Sim, chama-se Stefan. É quem ele é. E quero ir. Além disso... dizem que é um lugar lindo.
Por que não? Não era o lugar do sonho? Lily teria sabido escolher o Paraíso.
— Teatro Municipal... Um nome sem graça — comentei. Alguém já ouvira falar daquele teatro?
— É uma cidade perigosa — insistiu Glenn. — Matam uma pessoa para roubar os tênis. Está cheia de pobres que constroem seus barracos nas encostas dos morros. Copacabana? Tudo ali foi construído há décadas...
— É bonito — murmurei.
As palavras não foram ouvidas. Segurei o violino. Tangi as cordas.
— Oh, por favor, não comece a tocar agora, vou perder o juízo — disse Katrinka.
Dei uma risada. Roz também.
— É bonito, mas não a toda hora — Katrinka apressou-se a declarar.
— Está bem. Mas quero ir. Tenho de ir. Stefan me pediu.
Disse que não precisavam me acompanhar, mas todos embarcaram comigo para o Brasil. Ao entrar no avião, já estavam ansiosos para ver o mundo exótico e lendário da floresta tropical, das praias imensas, do Teatro Municipal, um nome que parecia indicar apenas um determinado auditório urbano.
É claro que não era nada disso.
Você sabe.
O Brasil não é outro país. É outro mundo, onde os sonhos assumem formas diferentes, as pessoas se comunicam todo dia com espíritos e santos e deuses africanos se fundem em altares dourados.
Você sabe o que eu descobri. É claro...
Estava com medo. Os outros viam. Percebiam. O medo me fazia pensar em Susan, pensar sem parar em Susan, não apenas na carta, mas no que me dissera depois da morte de Lily. Depois da morte de minha filha, ela me disse que Lily sabia que ia morrer. Sempre quis proteger Lily daquele segredo, mas ela tinha dito a Susan: "Sabe de uma coisa, eu vou morrer." E ria, ria. "Eu sei porque minha mãe sabe, e minha mãe está com medo."
Mas lhe devo isso, Stefan. Devo a seus assaltos sombrios a própria essência da minha energia. Não posso recusar isso a você.
Forçava o sorriso. E não revelava meus pensamentos. Falar normalmente de uma criança morta não era uma coisa tão difícil. Há muito tempo tinham parado de me perguntar como eu chegara a Viena. Não estabeleciam qualquer relação com o violinista louco.

Assim, fomos em frente. Havia risos de novo, e o medo por baixo, como o medo das sombras no fundo escuro da casa quando a mãe bebia, quando os bebês dormiam suando de calor, quando eu tinha medo que a casa pegasse fogo e eu não conseguisse tirá-los dali, e nosso pai que estava fora, eu não sabia onde, e meus dentes batiam, embora fizesse calor e os mosquitos rondassem na escuridão.

17

Estávamos sonolentos, entorpecidos pelo longo vôo para o sul, que cruzou o equador e sobrevoou o Amazonas a caminho do Rio de Janeiro, mas ficamos deslumbrados quando as vans que nos levavam atravessaram um túnel comprido e escuro, sob as matas tropicais da montanha do Corcovado. Tamanho esplendor, o Cristo de granito lá em cima, com os braços abertos! Tinha de ver aquele Cristo antes de irmos embora.

Agora eu sempre carregava o violino numa nova capa de veludo roxo, com forro almofadado, uma proteção mais segura para andar no ombro.

Poderíamos ver sem pressa todas as maravilhas do lugar, como o morro do Pão de Açúcar e os velhos palácios dos Bragança que foram para lá com medo de Napoleão, não sem motivo, pois ele lançava suas armas contra Portugal, assim como contra a Viena de Stefan.

Alguma coisa encostou no meu rosto. Percebi um suspiro e cada pêlo de meu corpo ficou em pé. Não me mexi. A van dava solavancos.

Quando saímos do túnel, o ar era fresco; o céu imenso e de um profundo azul.

Assim que mergulhamos no movimento de Copacabana, senti arrepios nos braços, como se Stefan estivesse a meu lado. Senti alguma coisa roçar em meu rosto e apertei a capa de veludo, macia e segura, que guardava o violino. Tentei repelir aquele capricho dos meus nervos e descobrir o que havia à minha volta.

Copacabana era repleta de altos edifícios, lojas ao longo das calçadas, camelôs, homens e mulheres de negócios com passo firme, turistas passeando. Tinha a vibração da Ocean Drive em Miami Beach, da área central de Manhattan ou da Market Street, de San Francisco, ao meio-dia.

– Mas as árvores! – comentei. – Olhe, por todo lado, essas árvores enormes!

Erguiam-se retas, viçosas, abrindo-se em leques de grandes folhas verdes, desenhando uma sombra límpida e gostosa no meio do calor tropical.

Não imaginava que pudesse haver coisas tão verdes e exuberantes numa cidade tão povoada. E aquelas árvores estavam por todo lado, brotando do pó das calçadas, impassíveis sob as sombras que os edifícios projetavam na rua.

– Amendoeiras, miss Becker – explicou nosso guia, um rapaz alto e magro, muito pálido, com cabelo amarelo e cristalinos olhos azuis. Chamava-se Antônio. Falava com o sotaque que eu ouvira no sonho. Era português.

Estávamos lá. Estávamos certamente no lugar do mar espumante e do palácio de mármore. Mas como se revelariam?

Senti um grande choque de calor quando chegamos à praia; as ondas não estavam muito altas, mas aquele era exatamente o mar de meus sonhos. Podia ver seus limites mais distantes de um lado e de outro, os braços esticados das montanhas que o separavam das muitas outras praias da cidade do Rio de Janeiro.

Antônio, nosso guia de voz amável, falou das inúmeras praias que se estendem para o sul, ao longo do Atlântico, mas essa era especial, porque ficava numa cidade de 11 milhões de habitantes. Montanhas se erguendo abruptamente da terra. Quiosques, com teto de sapê, vendendo refrigerantes ao longo da praia. Por todo lado, ônibus e carros disputando espaço, disparando quando encontravam uma brecha. E o mar, o mar era um vasto oceano verde e azul, realmente sem limites, e sabíamos que existem, além do horizonte, outros morros que não podíamos ver. Aquele mar era o mais belo porto criado por Deus.

Rosalind estava extasiada. Glenn tirava fotos. Katrinka fitava um tanto apreensiva a fileira interminável de homens e mulheres que, vestidos de branco, andavam na extensa faixa de areia bege. Eu nunca encontrara uma praia tão ampla, tão bonita.

Lá estava a calçada decorada, que vira de relance nos sonhos. O estranho desenho, percebi então, era um cuidadoso mosaico.

Nosso guia, Antônio, falou do homem que pavimentara com aqueles mosaicos as calçadas da comprida avenida Atlântica, que acompanhava a praia. Queria que fossem vistos do ar. Falou dos muitos pontos que devíamos conhecer, falou da quentura do mar, da festa de reveillon e do carnaval, dizendo que tínhamos de voltar nesses dias especiais.

O carro virou à esquerda e o hotel surgiu à nossa frente. O Copacabana Palace é um grandioso prédio no velho estilo, todo branco, com sete andares e um amplo terraço no segundo piso, sobre uma impecável fileira de arcos romanos. Sem dúvida, o salão de convenções e os salões de baile achavam-se atrás daqueles enormes arcos. O agradável revestimento branco da fachada tinha um ar de dignidade britânica.

Era o barroco, um fraco e último eco do barroco. Muitos edifícios modernos se erguiam ao seu redor, mas sem afetá-lo.

No meio da rampa circular que levava à portaria do hotel, havia amendoeiras com folhas grandes, largas e muito verdes, mas nenhuma dessas árvores atingia um tamanho excessivo; era como se a própria natureza as conservasse numa escala humana. Olhei para trás. As árvores se estendiam em ambas as direções do bulevar. Eram as mesmas encantadoras árvores das ruas movimentadas.

Era impossível *apreciar* devidamente tudo aquilo. Eu estremecia, segurando o violino.

E olhe, o céu sobre o mar, com que rapidez ele se transforma, como as vastas massas de nuvens se movem depressa! Oh, Deus, como o céu se revolve!

"Gosta daqui, meu bem?"

Fiquei rígida. Ensaiei um pequeno riso defensivo, mas logo percebi que ele me tocava. Como se tivesse encostado os nós dos dedos em meu rosto. Senti alguma coisa me dar um puxão no cabelo. Detestei aquilo. Não encoste a mão em meu cabelo comprido. É um véu. Não me toque!

– Não comece a ter maus pensamentos! – disse Roz. – Isto é lin-do!

Entramos no clássico acesso circular e fizemos a volta diante da entrada principal. A recepcionista saiu para nos receber. Era uma inglesa muito bonita, chamada Felice, que foi educada e fascinante desde o primeiro momento. Os ingleses sempre me pareceram uma espécie preservada da moderna obsessão com a eficiência, que avilta o resto do mundo.

Saltamos da van e recuei um pouco pela rampa para ter uma visão completa da fachada do hotel.

Vi a janela sobre o principal arco do salão de convenções.

– É meu quarto, não é?

– Oh, sim, miss Becker – assentiu Felice. – Fica bem no centro do prédio, bem no meio do hotel. É a suíte presidencial, como nos pediu. E temos suítes no mesmo andar para todos os seus hóspedes. Vamos, sei que deve estar cansada. É tarde da noite para a senhora, e aqui estamos ao meio-dia.

Rosalind dançava de alegria. Katrinka já dera uma olhada na joalheria das proximidades, onde se encontravam as valiosas esmeraldas do Brasil. Reparei que o hotel tinha alas com outras lojas. Havia uma pequena livraria cheia de títulos em português. Aceitava American Express.

Um exército de boys caiu sobre nossas bagagens.

– Está fazendo muito calor – comentou Glenn. – Vamos, Triana, vamos entrar.

Era como se eu tivesse congelado.

"Por que não, querida?"

Olhava para a janela, para a janela que vira no sonho quando encontrei Stefan pela primeira vez. Sabia que, olhando por aquela janela, veria a praia e as ondas, ondas agora tranqüilas, mas que talvez não demorassem a se erguer para criar aquela espuma. Nada do que eu imaginara fora exagero.

Fomos levados para dentro do hotel. No elevador, fechei os olhos. Senti-o do meu lado e sua mão me tocou.

– E então? Por que escolheu exatamente este lugar? – sussurrei. – Por que aqui é melhor?

"Por causa dos aliados, minha querida."

– Triana, pare de falar sozinha – pediu Martin. – Todos vão pensar que está realmente louca.

– E o que isso importa agora? – disse Roz.

Cuidaram de nós, nos guiaram, nos distribuíram pelos quartos, nos deram refrescos e palavras amáveis.

Entrei no living da suíte presidencial. Fui de imediato para a pequena janela quadrada. Já a conhecia. Conhecia o jeito de abrir. Abri.

– Aliados, Stefan? – perguntei num tom muito baixo, como se estivesse murmurando Ave-Maria-cheia-de-graça. – E quem seriam eles, e por que aqui? Por que vi este lugar na primeira vez em que nos encontramos?

Nenhuma resposta, só o puro sopro da brisa, a brisa que nada podia macular, que passou por mim para inundar o quarto, transbordar sobre o mobiliário convencional e sobre o tapete escuro, a brisa que começava a jorrar além da imensa praia, além dos vultos sombrios que se moviam devagar nas areias ou na tranqüila, suave rebentação. As nuvens pendiam majestosamente do céu.

– Você conhece *tudo* que eu sonhei, Stefan?

"É o meu violino, meu amor. Não quero magoá-la. Mas tenho de recuperá-lo."

Os outros estavam ocupados com as bagagens, com as janelas, com as vistas que cada um conseguia ver; carrinhos de serviço foram trazidos para a suíte.

É o ar mais puro, pensei, o mais refinado que já respirei em toda a vida. Deixei os olhos resvalarem pela água até a íngreme montanha de granito que se erguia bruscamente do azul. Vi perfeitamente o brilho do horizonte.

Felice, a recepcionista, aproximou-se de mim. Apontou para os rochedos distantes. Deu seus nomes. Os ônibus roncavam lá embaixo, entre nós e a praia. Que mal havia? Os blusões brancos, de manga curta, eram usados por tanta gente que pareciam o traje típico do país. Vi peles de todas as cores. Atrás de mim, suaves vozes em português entoavam a sua canção.

– Quer que eu pegue o violino? Talvez possa...
– Não, ele fica comigo – respondi.
Ele riu.
– Ouviu isso? – perguntei à inglesa.
– Ouve alguma coisa? Oh, depois de fechar as janelas, o quarto é muito silencioso. Tenho certeza de que vai gostar.
– Foi uma voz, um riso.
– Não pense naquelas coisas – disse Glenn, tocando em meu cotovelo.
– Ah, quero realmente que me desculpe – falou uma voz. Virei-me e vi uma bela mulher de pele escura, cabelos ondulados, olhos verdes cravados em mim. A mistura racial ultrapassava todas as fronteiras já imaginadas da beleza. Era alta e tinha os braços nus, o cabelo comprido como Cristo, o sorriso feito de dentes brancos e de um batom vermelho-sangue.
– Desculpar?
– Oh, não precisamos falar nisso agora – respondeu Felice apressadamente.
– Saiu nos jornais – explicou a deusa de cabelo ondulado, suspendendo as mãos como se implorasse perdão. – Miss Becker, a senhora está no Rio. As pessoas acreditam em espíritos e gostam muito da música que toca. Suas fitas têm entrado aos milhares no país. Aqui as pessoas têm uma vida espiritual muito intensa e não pretendem lhe fazer mal.
– O que saiu nos jornais? – Martin perguntou. – Que ela está hospedada neste hotel? Do que está falando?
– Não, todo mundo já imaginava que a senhora ficaria neste hotel – explicou a mulata alta, de olhos verdes. – Estou me referindo à triste história de que veio aqui à procura da alma de sua filha, miss Becker... – Estendeu a mão. Apertou a minha.
Ao calor do toque, os arrepios cruzaram cada circuito de meus nervos. Achei que ia desmaiar quando olhei no fundo de seus olhos.
Havia nisso tudo alguma coisa horrivelmente eletrizante. Horrivelmente é a palavra certa.
– Miss Becker, nos perdoe, mas não pudemos abafar os rumores. Sinto muito por este incômodo. Os repórteres já estão lá embaixo...
– Bem, eles terão de ir embora – declarou Martin. – Triana precisa dormir. Nosso vôo durou mais de nove horas. Ela precisa dormir. O concerto é amanhã à noite, um intervalo quase insuficiente...
Virei-me e olhei para o mar. Sorri, depois virei para trás e segurei as mãos da jovem.
– Vocês são um povo místico – falei. – Um povo católico, africano, e índio também; de uma profunda riqueza espiritual, pelo que ouvi dizer.

Como se chamam os rituais, aqueles que as pessoas praticam? Não estou me lembrando...

– Macumba e candomblé – respondeu ela encolhendo os ombros, grata por meu perdão. Felice, a britânica, permanecia à distância, transtornada.

Onde quer que nos encontrássemos, e por mais alegria que houvesse, tenho de admitir que sempre existia alguém transtornado à minha volta. Agora era aquela inglesa, com medo que eu fosse alvo das mais impossíveis afrontas.

"Impossíveis? E sua filha, acha que ela está aqui?"

– É você quem diz – respondi a meia voz, de olhos baixos. – Essa moça não é sua aliada, não tente me fazer acreditar nisso.

As pessoas se retiraram. Martin esperou-as sair.

– O que acha que devo dizer àqueles malditos repórteres?

– A verdade – respondi. – Uma velha amiga disse que Lily tinha reencarnado neste lugar. – Virei-me de novo para a janela e para o gostoso sopro do vento. – Oh, Deus, veja este mar, veja! Se Lily tivesse mesmo de voltar, o que não acredito, por que não num lugar como este? E já reparou como eles falam? Naqueles últimos anos, Lily gostava muito de umas crianças brasileiras que moravam perto de nós, eu já tinha lhe contado isso?

– Eu as conheci – disse Martin. – Estava lá. Aquela família tinha vindo de São Paulo. Mas não quero que fique deprimida com essas coisas.

– Diga a eles que estamos procurando Lily, mas não pretendemos encontrá-la em qualquer ser humano. Fale alguma coisa simpática, algo que ajude a encher o auditório onde vamos tocar. Vá até lá.

– Todos os ingressos foram vendidos – declarou Martin. – Não quero deixá-la sozinha.

– Só vou conseguir dormir quando escurecer. Isto é demais, grandioso demais, absolutamente esplêndido. Você está cansado, Martin?

– Não, não muito. Por quê, o que quer fazer?

Eu pensei. Rio...

– Quero subir a floresta tropical – falei –, ir até o alto do Corcovado. Veja como o céu está claro. Não temos tempo de fazer isso antes do anoitecer? Quero ver o Cristo lá em cima, com os braços abertos. Gostaria que pudéssemos vê-lo daqui.

Martin tomou as providências pelo telefone.

– É um pensamento agradável – disse eu – achar que Lily pudesse voltar a viver e merecesse uma vida longa num lugar como este. – Fechei os olhos e pensei nela, em minha luminosa menina, calva e sorridente, aconchegada em meus braços, a golinha branca do vestido xadrez virada para cima. "Fofura", era assim que a chamávamos por causa do adorável corpinho redondo. Tinha ficado gorducha com os esteróides.

Ouvi seu riso tão claramente como se ela estivesse cavalgando no peito de Lev, que estava deitado na grama fria de um jardim florido, em Oakland. Naquele dia, Katrinka e Martin é que tinham nos levado. A foto estava em algum lugar, talvez com Lev – Lev deitado de costas e Lily sentada em seu peito, o rostinho redondo sorrindo para o céu. Katrinka tinha tirado muitas fotos, maravilhosas fotos.

Oh, Deus, pare com isso.

Risos.

"Não pode tornar as coisas mais fáceis, não, não pode. Dói demais e você acha que talvez Lily a deteste, pois deixou-a morrer. Talvez sua mãe pense a mesma coisa. E aqui está você, na terra dos espíritos."

– Tira sua força deste lugar? É um tolo. O violino é meu. Prefiro queimá-lo a deixar que caia em suas mãos.

Martin chamou o meu nome. Sem dúvida estava parado atrás de mim, vendo-me falar com as paredes, ou talvez o vento abafasse as palavras.

O carro estava pronto. Antônio nos aguardava. Ia nos levar ao terminal do bondinho. Tínhamos dois guarda-costas, ambos policiais de folga, contratados para nossa segurança. O trenzinho nos levaria através da floresta tropical. Depois seria preciso subir alguns degraus até o pedestal do Cristo, no cume da montanha.

– Tem certeza que não está cansada demais para isso? – perguntou Martin.

– Estou entusiasmada. Adoro este ar, este mar, tudo à minha volta...

Sim, Antônio respondia, dava tempo de fazer o passeio. Ainda tínhamos cinco horas de luz do dia. Mas olhe, as nuvens, o céu estava escurecendo, não era um dia dos melhores para o Corcovado.

– É o meu dia – disse eu. – Vamos. Me deixe ir na frente com você – falei com Antônio. – Quero ver tudo.

Martin e os dois guarda-costas entraram atrás.

Mal tínhamos começado a andar quando reparei nos inevitáveis repórteres, carregados de câmeras, amontoados na porta. Havia um pequeno grupo numa acerba discussão com Felice, a recepcionista inglesa, que não deu conta de que estávamos a uma distância para poder ouvir.

Eu não sabia muita coisa sobre o trem do Corcovado, exceto que era antigo, como os bondes de madeira de Nova Orleans, e que era puxado montanha acima como os elétricos com cremalheira de San Francisco. Já tinha ouvido, acho, que às vezes era perigoso viajar nele. Mas nada disso tinha importância.

Saltamos correndo da van para o trem, que ia sair naquele momento da estação. A bordo, só alguns grupos dispersos de pessoas, que pareciam na maior parte europeus. Ouvi gente falando em francês, espanhol e, como não podia deixar de ser, no melodioso e angélico português.

– Meu Deus – exclamei –, vamos realmente penetrar na floresta.

– Sim – assentiu Antônio, o guia –, a floresta acompanha toda a subida da montanha. É uma bela floresta, mas não é a floresta nativa...

– Continue. – Maravilhada, estiquei os braços para a terra nua, procurando tocar nas samambaias alojadas nas fendas. Viajávamos muito perto da encosta. Estiquei o pescoço e vi as árvores se debruçando sobre os trilhos.

Os outros passageiros conversavam e sorriam.

– Aqui havia uma plantação de café, mas um dia chegou ao Brasil um homem rico, achando que a floresta tropical devia ser trazida de volta. Ele a replantou. Esta é a nova floresta, que não tem mais de 50 anos, mas é a floresta tropical do Rio, é a nossa floresta. Fez isso por nós. Tudo que está vendo foi cuidadosamente replantado por ele.

Parecia tão selvagem e imaculado quanto qualquer outro paraíso tropical que eu já tivesse visto. Meu coração saltava do peito.

– Você está aqui, seu filho da puta? – murmurei para Stefan.

– O que você disse? – perguntou Martin.

– Estou falando comigo mesma, rezando meu rosário, dizendo as Ave-Marias por nossa boa sorte. Mistérios Gloriosos: "Jesus se Levanta dos Mortos."

– Oh, você e suas Ave-Marias!

– O que está querendo dizer? Olhe, a terra é vermelha, absolutamente vermelha! – Não parávamos de subir; através de profundos cortes na montanha, fazendo lentamente uma curva atrás da outra e sempre nos mantendo no mesmo nível das árvores úmidas, densas, sonolentas.

– Ah, estou vendo a neblina chegar – falou Antônio com um sorriso triste e num tom de desculpas.

– Não faz mal – repliquei. – Assim também é fascinante, de qualquer maneira é fascinante, você não acha? Quando faço isto, quando avanço por uma montanha em direção ao céu e ao Cristo, posso livrar minha mente de outras coisas.

– Isso é bom – comentou Martin, que acendera um cigarro. Katrinka não estava lá para mandar que o jogasse fora. Antônio não fumava, mas não se importava e pareceu educadamente surpreso quando Martin lhe perguntou se não era proibido fumar.

O trem fez uma parada; pegou uma mulher sozinha com vários embrulhos. Tinha a pele negra e usava sapatos moles e feios.

– Quer dizer que isto é como um bonde?

– Oh, mais ou menos – cantou a voz de Antônio. – Há pessoas que trabalham lá em cima, gente que vem das redondezas. Esta deve ter vindo de um lugar muito pobre...

– Favelas – disse Martin. – Já ouvi falar, não queremos entrar em nenhuma.

– Não será preciso.

Risos de novo. Obviamente mais ninguém ouviu.

– Então, está completamente sem forças, não é? – sussurrei. Empurrei a janela para baixo. Debrucei-me na janela aberta, ignorando as advertências de Martin. Vi os galhos cobertos de folhas se aproximando, senti o cheiro de terra. Falava no vento. – Não pode se tornar visível, não pode fazer com que mais ninguém o escute, não é?

"Estou guardando o melhor de mim para você, meu amor, você que deu passos corajosos para os claustros de minha alma, quando eu ainda tocava em seu quarto, cantando suas vésperas, fazendo tanger, dentro de mim, um carrilhão que eu mesmo ainda não ouvira. Por você serei um obreiro de novos milagres."

– É um mentiroso, um trapaceiro – falei sob o barulho do trem. – Fazendo companhia a fantasmas esfiapados?

O trem parou novamente.

– Aquele prédio... – perguntei. – Olhe, há uma bonita casa ali à direita, o que é aquilo?

– Ah, bem, sim... – Antônio deu um sorriso. – Podemos vê-la na descida. Acho melhor telefonar. – Puxou um pequeno celular. – Se quiser, mando a van subir e nos encontrar ali. Antigamente era um hotel. Hoje está abandonado.

– Oh, sim – falei –, preciso ver isso. – Olhei para trás, mas tínhamos feito a curva. Subíamos mais e mais.

Finalmente chegamos à última parada, onde havia uma multidão de turistas esperando para voltar. Pisamos na plataforma de cimento.

– Ah, sim, bem... – disse Antônio. – Agora vamos subir a escadaria para o Cristo.

– Subir a escadaria! – Martin proclamou.

Atrás de nós, os guarda-costas caminhavam lado a lado, abrindo os paletós cáqui, de modo que nós e todo mundo podíamos ver os coldres nos ombros e os revólveres pretos. Um deles deu-me um sorriso amável e respeitoso.

– Não é tão mau – comentou Antônio. – São muitos e muitos degraus, mas não são contínuos, sabem como é, há lugares onde se pode parar a cada... como se diz?... a cada estágio. E podemos comprar alguma coisa gelada para beber. Quer mesmo levar o violino sozinha? Não quer que eu...

– Ela sempre o leva sozinha – declarou Martin.

– Tenho de ir até o topo – avisei. – Uma vez, quando era criança, vi isto num filme, o Cristo com os braços abertos. Como se estivesse num crucifixo.

Tomei a frente.

Como era gostoso, as pessoas descontraídas e andando devagar, as pequenas lojas vendendo bugigangas e latas de refrigerantes, gente sentada preguiçosamente nas mesinhas de metal espalhadas aqui e ali. Tanta coisa doce naquele belo calor, embora a neblina agitasse a montanha com rolos brancos.

– São nuvens – disse Antônio. – Estamos nas nuvens.

– Majestoso! – gritei. – Veja que parapeito, de tamanho bom gosto. Italiano, não é? Martin, veja, aqui tudo é misturado, o velho e o novo, o europeu e o que veio de fora da Europa...

– Sim, este parapeito é muito antigo e os degraus, olhe, não são íngremes.

Cruzamos um patamar atrás do outro.

Caminhávamos agora numa atmosfera branca, perfeitamente densa. Podíamos enxergar um ao outro, podíamos ver nossos pés e o chão, praticamente mais nada.

– Oh, isto não é o Rio – retrucou Antônio. – Não, não, tem de voltar quando estiver fazendo sol. Não vai ver nada.

– Onde fica o Cristo, em que direção? – perguntei.

– Miss Becker, estamos exatamente embaixo da estátua. Recue um pouco e olhe para cima.

– Para ver que estamos nos céus – eu disse.

"E nos Infernos."

– Para mim é tudo névoa – falou Martin, mas me atirou um sorriso amistoso. – Você tem razão, é um país fantástico, uma cidade fantástica. Apontou para a direita, onde surgira um grande buraco, por onde pudemos ver a metrópole lá embaixo, maior que Manhattan ou Roma, esparramada em nossa frente. A abertura se fechou.

Antônio apontou para cima.

E subitamente aconteceu um milagre, pequeno, comum, mas maravilhoso. O gigantesco Cristo de pedra apareceu no meio da névoa branca, a poucos metros de nós, a face bem lá no alto, os braços rigidamente abertos, não para abraçar, mas para serem crucificados; depois a imagem sumiu.

– Ah, bem, continuem olhando – Antônio apontou de novo.

Uma brancura imaculada cobria tudo, e então, de repente, por entre nítidos fiapos de bruma, a imagem apareceu de novo. Tive vontade de chorar, comecei a chorar.

– Cristo, Lily está aqui? Diga-me! – sussurrei.

– Triana – Martin chamou.

– Todos têm o direito de rezar, mas não quero que ela esteja aqui. – Recuei. Quando as nuvens se abrissem e fechassem de novo, queria ver melhor aquele meu Deus.

– Ah, apesar do dia nublado, talvez não seja tão mau quanto pensei – disse Antônio.

– Oh, não, é divino! – exclamei.

"Acha que isto vai ajudá-la? Acha que será como naquela noite, quando tirou o rosário de baixo dos travesseiros depois que a deixei?"

– Será que ainda existe em sua mente algo que possa esconder? – falei quase sem mexer os lábios, quase transformando as palavras num murmúrio sem sentido. – Não tirou nenhuma lição de nossa sombria jornada? Ou será que já está completamente desnaturado, como aqueles espectros, aquela escória que costumava andar atrás de você? Eu não devia estar vendo o Rio que você conhece, não é? Você desejava ardentemente que eu ficasse absorvida por minhas memórias. Está ressentido por eu estar gostando tanto daqui? Por que continua escondido? A força está em declínio e você tem raiva, raiva...

"Estou à espera do momento supremo de sua humilhação."

– Ah, eu devia ter imaginado – murmurei.

– Gostaria que não rezasse as Ave-Marias em voz alta – disse Martin cautelosamente. – Isso me faz lembrar de minha tia Lucy, que nos obrigava a ouvir o rosário no rádio, toda tarde, às seis horas, ajoelhados durante 15 minutos nos tacos do assoalho!

– Isto é muito católico – comentou Antônio, rindo. Estendeu os braços, tocou no meu ombro e no de Martin. – Vai chover, meus amigos. Se querem chegar ao hotel antes da chuva, temos de tomar o trem agora.

Esperamos as nuvens se abrirem mais uma vez. O grande e severo Cristo tornou a aparecer.

– Se Lily estiver em paz, Senhor – falei –, não precisa me dizer nada.

– Espero que não acredite nessa merda – disse Martin.

Antônio ficou chocado. Obviamente não podia saber com quanta ênfase as pessoas de meu círculo familiar imediato me repreendiam diária e continuamente.

– Acredito que, onde quer que Lily esteja neste momento, ela não precisa de mim. Acredito que o mesmo se aplica a todos os mortos.

Martin não ouviu.

Mais uma vez o Cristo aparecia lá em cima, os braços duros como se estivesse no crucifixo, na ponta do rosário.

Corremos para o trem.

Nossos guarda-costas, reclinados no parapeito, amassaram as latas de refrigerante e, jogando-as rapidamente no recipiente de lixo, vieram atrás de nós.

A bruma estava úmida quando chegamos ao trem.

– Saltamos na primeira parada? – perguntei.

– Oh, sim, não podemos deixar passar – respondeu Antônio. – Mandei o carro nos esperar lá. É uma estrada muito íngreme, mas é mais fácil descer que subir. Com o carro não precisamos nos apressar e não fará mal se chover, é claro. Mas lamento que o céu não esteja limpo...

– Adoro o céu assim.

Quem costumava usar aquela primeira parada do trem? A parada que ficava ao lado do hotel abandonado?

Havia um estacionamento. Alguns, sem dúvida, preferiam a estrada e subiam em carrinhos potentes que ficavam estacionados ali; depois tomavam o trem para o cume. Além dos carros, não existia nada para servir de abrigo a uma pessoa.

O vasto hotel cor de terra parecia sólido, mas seu estado era de completo abandono.

Eu olhava fascinada para ele. As nuvens ali não estavam tão baixas e pude ter a vista da cidade e do mar que aquelas janelas tapadas um dia dominaram.

– Ah, que lugar...

– Sim, bem... – disse Antônio. – Houve planos, muitos planos, e talvez... Veja! Ali, olhe através da cerca.

Vi uma trilha de jardim, vi um pátio, contemplei os descascados postigos cor de terra que cobriam as janelas, vi o terraço com ladrilhos. Fazia pensar... Eu podia, realmente podia... Se quisesse...

Um impulso cresceu dentro de mim, algo que não sentira em qualquer outro ponto de nossas viagens, o impulso de construir um belo refúgio naquele lugar, para vir de vez em quando, de Nova Orleans, respirar o ar daquela floresta. Parecia não haver sobre a terra lugar mais bonito do que o Rio de Janeiro.

– Vamos – alertou Antônio.

Passamos o hotel. Um grosso parapeito de cimento nos protegia de um precipício. Mas podíamos ver agora a grande altura do prédio e como se debruçava sobre o vale. Fiquei emocionada com tamanha beleza. Lá embaixo, as bananeiras iam mergulhando em linha reta, descendo a encosta da montanha. Pareciam estar presas a uma mesma raiz ou tronco e seguir-lhe o curso. Por todo lado a opulência da vegetação nos alcançava e as árvores balançavam sobre nossas cabeças. Atrás de nós, do outro lado da estrada, a floresta era íngreme, escura e exuberante.

– Isto é o Céu.

Fiquei em silêncio. Para que todos tivessem essa certeza. Só um momento. Perguntas eram desnecessárias. Era uma questão de gestos. Os homens se afastaram, fumando seus cigarros, conversando. Não podia ouvi-los. Ali o vento não soprava como no pico. As nuvens desciam, mas rarefeitas e devagar. Tudo estava quieto, calado. Viam-se lá embaixo milhares e milhares de casas, edifícios, ruas, e mais adiante a delicada, a plácida beleza da infinita água azul.

Lily não estava lá. Lily se fora, tão certamente quanto o espírito do Maestro se fora, tão certamente quanto a maioria dos espíritos se vão, como o espírito de Karl, como tão certamente o espírito da mãe. Lily tinha coisas melhores a fazer do que se aproximar de mim, para me consolar ou me atormentar.

"Não tenha tanta certeza."

– Tenha cuidado com seus truques – sussurrei. – Já aprendi com você a jogar com a dor. Posso fazer isso de novo. Não me engana com facilidade, já devia saber disso.

"O que vai ver congelará seu sangue. Vai largar o violino, vai implorar para eu pegá-lo, vai deixá-lo cair! Vai se afastar de tudo que tem admirado! Não está preparada para tanto."

– Acho que estou – repliquei. – Não esqueça que eu os amava muito, que conheci todos eles muito bem, até nos menores e últimos detalhes dos leitos de morte. Os rostos e formas estão perfeitamente gravados em minha memória. Não tente fazer uma cópia deles. Só aumentaria o fosso entre nós.

Ele suspirou. Houve um abandono, um recuo, uma ânsia que me arrepiou os braços e a nuca. Acho que ouvi o ruído de um choro.

– Stefan, tente, tente não se agarrar a mim ou a...

"Maldita seja. Vá para o Inferno!"

– Stefan, por que me escolheu? Não havia outros que amassem como eu a morte, ou a música?

Martin tocou em meu braço. Apontava. A alguma distância além da estrada, Antônio nos chamava.

Era uma longa descida. Os guarda-costas continuavam vigilantes.

A névoa, agora, era bastante úmida, mas o céu clareava. Talvez fosse assim que acontecesse. A névoa se mistura com a chuva e se torna transparente.

Em nossa frente havia uma pequena clareira e, ao longe, uma velha fonte de concreto. O que vi em seguida parecia ser um monte de sacos plásticos jogados fora, talvez sacolas de supermercado ou de drogaria. Formavam um círculo e eram de um azul muito forte. Nunca vira sacos daquela cor.

– São as oferendas – explicou Antônio.

– De quem?

– Das pessoas da macumba e do candomblé. Está vendo? Cada saco contém uma oferenda para um deus. Um tem arroz, outro alguma outra coisa, milho, por exemplo. Repare que formam um círculo, está vendo? Havia velas aqui.

Estava fascinada. Mas não fui invadida por qualquer sentimento do sobrenatural, apenas pelo espanto diante da obra de seres humanos, diante do prodígio da fé, do prodígio da própria floresta criando uma pequena capela verde para a estranha religião brasileira, tão mesclada com santos católicos que ninguém jamais conseguiu destrinchar seus variados rituais.

Martin fazia perguntas. Há quanto tempo tinham estado lá? O que aquilo significava?

Antônio lutava com as palavras... Um ritual de purificação.

– Isso salvaria *você*? – murmurei. Falava com Stefan, é claro.

Não houve resposta.

Ao nosso redor só a floresta, que cintilou quando a nuvem de chuva pairou sobre ela. Apertei com força os braços ao redor da capa do violino, para que não entrasse qualquer umidade, e fitei os tocos das velas e o círculo dos estranhos sacos de plástico fortemente azuis. E por que não sacos azuis? Por que não? Os candeeiros dos templos na Roma antiga eram diferentes dos candeeiros de uma residência? Sacos azuis de arroz, de milho... para espíritos. O círculo ritual. As velas.

– Vocês sabem, uma pessoa fica... no centro – dizia Antônio, revirando seu inglês. – Talvez para ser purificada.

Nenhum rumor de Stefan. Nenhum sussurro. Olhei através do emaranhado verde acima de mim. A chuva me cobria silenciosamente o rosto.

– É hora de ir embora – avisou Martin. – Você tem de dormir, Triana. Não esqueça de nossos anfitriões. Têm a incrível pretensão de apanhá-la cedo no hotel. Parecem extremamente orgulhosos desse Teatro Municipal.

– É uma casa de ópera – explicou Antônio, num tom suave – e bastante grande. Muitas pessoas gostam realmente de conhecê-lo. E no concerto vai estar apinhado de gente.

– Sim, sim, quero ir cedo – respondi. – Está coberto de mármore, um belo mármore, não é?

— Ah, então já sabe alguma coisa sobre ele — disse Antônio. — É esplêndido.

O carro nos levou de volta debaixo de chuva.

Antônio riu e confessou que, embora servisse há anos de guia em excursões como aquela, nunca tinha visto a floresta tropical debaixo de chuva.* Também para ele aquilo era um verdadeiro espetáculo. Eu estava rodeada de beleza e não sentia mais medo, pois achei que sabia o que Stefan pretendia fazer. E um pensamento, quase um plano, ia tomando forma em minha mente.

Ele me ocorrera pela primeira vez em Viena, quando toquei para as pessoas do Hotel Imperial.

Não ia dormir.

A chuva caía forte sobre o mar.

Tudo ficou cinzento e depois escuro. Luzes brilhantes definiam os amplos limites da avenida, em Copacabana.

Talvez tenha cochilado um pouco no quarto com ar refrigerado, pintado em tons pastel, vendo a luz pardacenta do abajur ofuscar as janelas.

Fiquei horas deitada naquele quarto da suíte presidencial. Sob pálpebras mal fechadas, espreitava um pedaço de mundo, que parecia real, onde um relógio fazia tique-taque.

Passara os braços em volta do violino e me enroscara sobre ele. Segurava-o como minha mãe me segurava, como eu segurava Lily, como eu e Lev, e eu e Karl, nos aninhávamos um no outro.

Um dia, em pânico, quase peguei o telefone para chamar Lev, o marido de que tão estupidamente abrira mão, o marido que já estava legalmente casado com outra. Não, aquilo só o faria sofrer, ele e Chelsea.

Pense nos três garotos. Além disso, o que me fez pensar que Lev voltaria? Ele não deixaria Chelsea e os filhos. Não devia fazer isso, e eu não devia mais pensar no assunto, muito menos esperar que a coisa acontecesse.

Karl, fique comigo. Karl, o livro está em boas mãos. Karl, o trabalho está feito. Trouxe de volta o vulto fatigado e confuso da escrivaninha. "Descanse, Karl, todos os papéis estão em ordem agora."

Houve uma pancada alta.

Acordei.

Devia ter adormecido.

Atrás das janelas, o céu era limpo e negro.

Uma janela tinha se escancarado no living ou na sala de jantar da suíte. Eu a ouvia balançar, bater. Era a janela do living, a janela que ficava bem no centro do hotel.

---

* Geralmente, em inglês, a floresta tropical é chamada de *rain forest*, floresta chuvosa. (N. do T.)

De meias curtas, com o violino nos braços, atravessei o quarto escuro, entrei no living e senti o golpe forte e purificador do vento. Olhei para fora.

O céu estava limpo e salpicado de estrelas. A areia era dourada sob as luzes elétricas que cobriam toda a extensão da avenida.

O mar rugia na vastidão da praia.

O mar rolava em ondas vítreas, incontáveis, caindo umas sobre as outras. Por um instante, sob as luzes, o enrolar de cada onda ficou quase verde, mas de repente a água se tornou escura e a grande dança das figuras de espuma despontou em minha frente.

Vi acontecer uma, duas vezes. Vi acontecer à minha direita, à esquerda. Olhe! Estava acontecendo por toda a praia, com cada onda.

Observava grandes conjuntos de dançarinos, um atrás do outro. Iam se erguendo a cada onda, com os braços estendidos para a costa, ou para as estrelas, ou para mim, eu não sabia.

Às vezes a onda era tão extensa, de espuma tão densa, que se abria em oito ou nove formas ágeis e graciosas, com cabeças, braços, cinturas que se curvavam antes de afundarem e o próximo grupo rolar sobre eles.

– Vocês não são as almas dos condenados ou dos que receberam a salvação – eu disse. – Oh, vocês são apenas belas! Belas como na noite em que as vi num sonho profético. Como a floresta tropical na montanha, como as nuvens cruzando a face de Deus.

"Lily, você não está aqui, minha querida, já não está presa a qualquer lugar, nem mesmo a um lugar tão bonito quanto este. Eu ia sentir se você estivesse aqui, não ia?"

E veio de novo aquele pensamento, aquele plano quase terminado – aquela prece quase concebida para rechaçar Stefan.

Puxei uma cadeira e sentei perto da janela. O vento jogava meu cabelo para trás.

Cada onda engendrava os dançarinos, e era sempre diferente, cada grupo de ninfas era diferente, como eram diferentes meus concertos (se existia um padrão comum a todos eles, só os gênios da teoria do caos poderiam dizer). De vez em quando um dançarino chegava muito alto, como se um par de pernas o estivesse preparando para um longo salto.

Vi aquilo até de manhã.

Não precisava dormir para tocar. E de qualquer modo estava louca. Ficar ainda mais louca só poderia ajudar.

Amanheceu e a veloz agitação recomeçou. As pessoas encheram a rua, as lojas abriram as portas, apareceram os ônibus. Gente nadava nas ondas. Continuei na janela, com a capa do violino jogada no ombro.

Um barulho me assustou.

Virei-me num salto. Mas era apenas o boy que acabara de entrar. Trazia um buquê de rosas nos braços.

– Bati várias vezes, madame.

– Não faz mal, não ouvi por causa do vento.

– Há jovens lá embaixo. A senhora significa tanto para eles. Vieram de muito longe para vê-la. Desculpe, madame.

– Não se preocupe, não me incomodo. Vou segurar as rosas e acenar. Vão me reconhecer quando me virem com as rosas. E eu vou conhecê-los.

Fui até a janela.

O sol brilhava na água. Num instante os descobri, três moças altas e magras, dois rapazes. Esquadrinhavam a fachada do hotel, usando as mãos para proteger os olhos do sol. Um deles viu. Viu a mulher com franja e cabelos castanhos segurando as rosas vermelhas.

Levantei a mão para acenar. Dei adeus, adeus. Vi-os pular de um lado para o outro.

– Há uma música brasileira, um clássico – falou o boy. Ele não parava de mexer no pequeno refrigerador ao lado da janela. Conferia a temperatura e o que havia para beber.

Os garotos lá embaixo saltavam de alegria. Atiravam beijos.

Sim, beijos.

Eu atirava beijos.

Recuei. Atirando beijos até sentir que a coisa tinha perdido a graça. Então fechei a janela. Virei para o lado com as rosas nos braços e o violino como uma corcunda nas costas. Meu coração saltava pela boca.

– A música... – disse ele. – Acho que também era famosa na América. Diz assim: "Rosas, rosas, rosas."

18

Era o corredor com a chave grega em mosaico no chão, as largas e grossas volutas de ouro, o mármore marrom.

– Muito bonito, sim, oh, Deus – exclamou Roz –, nunca tinha visto um lugar assim. Tudo isso é mármore? Olhe, Triana, o mármore vermelho, o verde, o branco...

Eu sorria. Sabia. Via.

– Estava guardado a sete chaves em sua memória – sussurrei para meu secreto fantasma. – Quando correu para minha cama não tinha a menor intenção de me obrigar a ver isso, não é?

Os outros devem ter achado que eu estava cantarolando. Stefan não me respondeu. E senti uma pena terrível dele. Oh, Stefan!

Estávamos parados embaixo da escada. À esquerda e à direita ficavam as figuras de bronze. Os parapeitos eram de um mármore verde e límpido como o mar sob o sol da tarde, os corrimões eram quadrados, grossos, os degraus se ramificavam como provavelmente acontece em todos os teatros de ópera. Começamos a subir e vimos lá de cima as portas de entrada, três portas com pesadas vidraças sob bandeiras raiadas em semicírculo.

– As pessoas virão realmente hoje à noite?

– Sim, sim – respondeu Mariana, a mais miúda –, elas virão. A lotação está esgotada. Já temos gente esperando do lado de fora. Por isso é que entramos por baixo, pela porta lateral. E temos uma surpresa para você, uma surpresa especial.

– O que pode ser mais grandioso que isto? – perguntei.

Subimos juntas a escada. Katrinka ficou subitamente deprimida, triste. Vi seus olhos encontrarem os de Roz.

– Se ao menos Faye estivesse aqui! – disse ela.

– Não diga isso – falou Roz. – Só vai fazê-la pensar em Lily.

– Senhoras – declarei –, fiquem tranqüilas, quando estou acordada não paro de pensar em Lily e em Faye.

Katrinka ficara de repente abalada e Martin se aproximara para pôr os braços em volta dela, para não deixar que insistisse no assunto, para de alguma forma, enquanto fingia lhe prestar apoio, envergonhá-la e discipliná-la.

Quando viramos e começamos a subir pelo lado esquerdo, vi o grande mezanino e as três magníficas janelas envidraçadas.

A voz baixa de Mariana me dava os nomes das pinturas, exatamente como fizera no sonho. Caminhando a meu lado, a simpática Lucrécia sorria e também fazia comentários, pois cada pintura tinha um significado na música, na poesia ou no teatro.

– E ali, lá embaixo, há murais naquele salão – comentei.

– Sim, sim, e no da outra ponta, você tem de ver...

Parei vendo o sol se derramar por aqueles retratos pintados em vidro, apreciando as beldades rechonchudas e seminuas, cercadas por grinaldas e cortinas, erguendo emblemas que indicavam sua significação.

Levantei, levantei bem a cabeça e vi as pinturas lá no alto. Achei que minha alma estava morrendo silenciosamente dentro de mim e só importava agora o que tinha importância no sonho. Não importava como tinha chegado àquele lugar nem por quê, só que o lugar existia. Alguém o tirara do nada e lá estava o lugar dos sonhos, tranqüilo à nossa espera, com sua fantástica grandeza.

– Gosta dele? – Antônio perguntou.

– Mais do que conseguiria dizer – respondi com um suspiro. – Veja, ali em cima, as placas redondas na parede, os rostos de bronze, aquele é Beethoven.

– Sim, sim – disse Lucrécia num tom gracioso –, estão todos aí, os grandes compositores de ópera. Verdi, está vendo? Ah, está vendo Mozart? Está vendo ali o... o... dramaturgo...

– Goethe.

– Mas vamos, não queremos que se canse. Podemos lhe mostrar mais alguma coisa amanhã. Venha ver nossa surpresa especial.

Risos ao redor. Katrinka enxugou o rosto, olhando furiosa para Martin. Glenn sussurrou para Martin deixá-la em paz.

– Eu mesmo fiquei a noite inteira acordado pensando em Faye – retrucou Glenn. – Deixe que ela chore.

– Acho que agora você é que está querendo chamar atenção – disse Martin.

Peguei a mão de Katrinka. Senti que ela se agarrava a mim.

– Que surpresa? – perguntei a Lucrécia e Mariana. – O que é, minhas queridas?

Descemos juntos a magnífica escada, entre o brilho das vidraças e do mármore, entre detalhes e mais detalhes de ouro, tudo incorporado a um dossel de esplêndida harmonia. Era uma coisa feita pelo homem, mas parecia rivalizar com o próprio mar com seus fantasmas inquietos, saltitantes, com a própria floresta sob a chuva, onde as bananeiras desciam, desciam, desciam pelas encostas.

– Por aqui, venham todos, venham por aqui... – comandou Lucrécia. – Vão ter uma incrível surpresa.

– Acho que sei o que é – disse Antônio.

– Mas não é só isso que está pensando.

– Em que está pensando? – perguntei.

– Oh, no mais belo restaurante do mundo, e fica aqui, embaixo do teatro de ópera.

Acenei com a cabeça e sorri.

O palácio persa.

Tivemos de sair do teatro para entrar no restaurante e, de repente, nos vimos cercados pelo azulejo azul vitrificado, pelas colunas com touros abatidos, de patas amarradas, por Dario na fonte matando o leão, por todas aquelas prateleiras onde os copos cintilavam como cintilavam os cristais nas estantes do palácio em chamas de Stefan.

– Agora, se não se importam, deixem-me chorar – disse Roz. – É minha vez de chorar. Olhem, estão vendo a luminária persa? Oh, Deus, quero ficar aqui para sempre.

– Sim, na floresta – murmurei. – No velho hotel em ruínas, uma parada antes dos pés do Cristo.

– Que chore à vontade – replicou Martin de mau humor, olhando para a esposa.

Mas Katrinka estava radiante.

– Oh, é majestoso! – disse ela.

– A intenção era reproduzir o palácio de Dario, estão vendo?

– Olhe, as pessoas comem tranqüilamente no meio de tudo isso – disse Glenn em voz baixa. – Dê uma olhada nas mesas, estão tomando café e comendo tortas.

– Também queremos tomar café e comer tortas.

– Mas primeiro vou mostrar a verdadeira surpresa. Venham por aqui – disse Lucrécia fazendo sinal. Eu já sabia o que era.

Já sabia quando passamos o velho balcão de madeira trabalhada e entramos no corredor. Ouvi os enormes motores.

– Fornecem a refrigeração e o aquecimento do prédio – explicou. – São muito velhos.

– Deus, aqui cheira mal – comentou Katrinka.

Vi o azulejo branco, passamos pelos armários de metal. Circundamos os grandes motores, com suas antigas e gigantescas hélices, como os motores dos velhos navios. Continuamos seguindo; a conversa ao nosso redor era amena e agradável.

Vi o portão.

– Nosso segredo! – disse Mariana. – É um túnel subterrâneo!

– Verdade? É isso mesmo? – exclamei, rindo com prazer, confirmando minha expectativa. – Onde vai dar?

O portão se aproximava. Minha alma doía. A escuridão estava lá, do outro lado das barras enferrujadas de ferro onde pousei a mão direita, e de onde a tirei suja, suja.

Havia um brilho de água no chão de cimento.

– Vai dar num palácio. Num palácio que fica bem do outro lado da rua. Antigamente, quando o teatro de ópera começou a funcionar, era possível ir e vir pelo túnel secreto.

Encostei a testa nas barras de ferro.

– Adoro isto, não vou voltar para casa – disse Roz. – Ninguém me fará voltar. Triana, quero dinheiro para ficar aqui.

Glenn sorriu e balançou a cabeça.

– Pode pegar o dinheiro, Roz – assenti.

Olhei no escuro.

– O que está vendo? – perguntou Katrinka.

– Não sei!

– Bem, é frio, úmido e há alguma coisa pingando – falou Lucrécia.

Será que ninguém via o homem estendido com os olhos abertos e o sangue escorrendo dos pulsos? Ninguém via o alto fantasma de cabelo preto, de braços cruzados, recostado na parede escura, encarando todos nós?

Ninguém via nada? Só Triana Becker, a louca?

"Continue. Vá em frente. Suba esta noite no palco. Toque meu violino. Mostre sua feitiçaria perversa."

O moribundo se ajoelhou, atordoado, perplexo, o sangue pingando no ladrilho. Depois ficou de pé para se juntar ao companheiro, àquele fantasma que o fizera perder o juízo e depois se aproximara de mim, aquele fantasma que trouxera à superfície a música dele, composta com as memórias mais nítidas de sua alma, uma alma de tecido delicado, que fora obrigada a deixar que tudo transbordasse.

Não. Fora um indício de pânico.

Os outros conversavam. Era hora das tortas, do café, do descanso.

Sangue. Correndo dos pulsos do morto. Correndo pela calça quando ele tropeçou em minha direção.

Ninguém mais via.

Olhei atrás do cadáver que cambaleava. Vi agonia no rosto de Stefan. Tão jovem, tão perdido, tão desesperado. Com tanto medo de, mais uma vez, sofrer uma completa derrota.

19

Eu sempre ficava séria antes de um concerto. Por isso ninguém reparou. Ninguém disse uma palavra. Havia tanta generosidade e opulência... Velhos camarins, banheiros com bonitos azulejos *art deco*, murais com nomes desconhecidos e murais cujo significado já tinham feito a gentileza de me explicar.

A tranqüilidade tomou conta de mim. Sentei com o violino no grande e incrível templo de mármore. Esperei. Ouvi o grande teatro começando a encher. Um leve trovão na escadaria. O rumor crescente das vozes.

De repente ouvi a pancada de meu coração, vaidoso e ávido... para tocar.

E o que vai fazer aqui? O que for possível, pensei. Então se repetiu um pensamento, uma imagem que talvez eu devesse aprisionar em minha mente, como a pessoa aprisiona um Mistério do Rosário para dizê-lo e afugentá-lo depois – a imagem da *Coroa de Espinhos*. Nada que Stefan pudesse fazer conseguiria me debilitar. Mas o que era aquele terrível e doloroso amor por ele, aquela tristeza terrível, aquela pena dele, tão profunda, tão incômoda quanto a pena que eu sentira de Lev, de Karl ou de qualquer um dos outros?

Encostei minha cabeça na cadeira de veludo, deixando a nuca rolar na moldura de madeira e segurando a capa do violino. Gesticulei dizendo que não queria água, nem café, nem alguma coisa para comer.

O auditório já estava cheio, dizia Lucrécia.

– Recebemos muitos donativos.

– E receberão mais – retruquei. – É um lugar magnífico; nunca deixem que entre em ruína. Não este teatro, com tanta criatividade.

Com as vozes ligeiramente em surdina, Glenn e Roz não paravam de falar sobre a mistura do colorido tropical com o formato barroco, sobre a combinação de esvoaçantes e sofisticadas ninfas européias com uma arrojada complacência ao nível dos mármores, dos desenhos decorativos, dos pisos de parquete.

– Gosto muito... das roupas de veludo que está usando – comentou a amável Lucrécia. – O poncho e a saia são duas peças muito bonitas, miss Becker.

Concordei com a cabeça e murmurei um agradecimento.

Agora estava na hora de atravessar os fundos do palco, um espaço melancólico, imenso, sombrio. Estava na hora de escutar meus pés batendo no tablado e levantar, levantar a cabeça para as cordas, as roldanas, as cortinas no alto, as rampas, os homens olhando com atenção para baixo, e crianças, sim, até crianças lá em cima, como se tivessem entrado furtivamente no teatro e se escondido ali. À direita e à esquerda as pavorosas coxias estavam cheias de grandes cenários de ópera. Colunas pintadas. Tudo que se via, por mais que parecesse real, verdadeira pedra, era apenas pintura.

E assim o mar era verde quando a onda quebrava e o parapeito de mármore, também pintado de verde, parecia muito com o mar.

Espiei pela cortina.

O primeiro piso estava lotado. Cada poltrona de veludo vermelho continha um ocupante impaciente. Programas (meras anotações sobre o fato de ninguém saber o que eu ia tocar, como ia tocar ou quando ia parar, coisas assim), programas vibravam no ar. E as jóias refletiam as luzes do lustre. E três grandes balcões se erguiam um sobre o outro, todos transbordando de vultos que avançavam com dificuldade para seus lugares.

Havia gente formal, vestida de preto, havia vestidos alegres, havia gente com roupas de trabalhador, lá no alto.

Nos camarotes à esquerda e à direita do palco estavam as autoridades a quem eu fora apresentada, embora não me lembrasse de um único nome. Nada havia a lembrar e eu não esperava fazer mais do que me propusera a fazer, mais do que aquilo que só eu podia fazer:

Tocar a música. Tocar durante uma hora.

Dê isso a eles. Depois irão se derramar pelo mezanino. Vão falar sobre a "sofisticada virtuose", como eu passara a ser conhecida, ou sobre a americana de estilo selvagem, ou sobre a mulher atarracada, coberta com um veludo brilhante, lembrando muito uma criança prematuramente envelhecida, arranhando as cordas como se lutasse com a música que tocava.

Nenhum vestígio de um tema. Nenhum vestígio de uma direção. Só aquele pensamento em minha mente, um pensamento que brotava de algum lugar sob a forma de música.

Só a admissão, por meu mais profundo eu, do que já estava espalhado dentro de mim, daquelas Contas do Rosário de minha vida, daqueles estilhaços de morte, culpa, arrebatamento e raiva, daqueles cacos de vidro sobre os quais eu me deitava toda noite e que me faziam acordar com cortes nas mãos. Aqueles meses de música eram um intervalo de sonho que nenhum ser humano poderia esperar que durasse, que nenhum ser humano tinha direito de esperar do Céu.

Sorte, fortuna, fama, destino.

Atrás da beirada da enorme cortina do palco, contemplei os rostos na primeira fila.

– E esses sapatos de camurça, esses sapatos pontudos, eles não machucam? – perguntou Lucrécia.

– É um momento péssimo para mencionar isso – falou Martin.

– Não, é apenas uma hora no palco – respondi.

O rumor do teatro abafava nossas vozes.

– Dê-lhes 45 minutos – disse Martin –, e ficarão mais do que satisfeitos. Todo o dinheiro está indo para a fundação que mantém a casa.

– Qual é, Triana – replicou Glenn num tom indolente –, não há ninguém que não queira dar palpite.

– Pode crer, irmão – assenti com um riso baixo.

Martin não ouvira. Estava tudo bem. Katrinka sempre ficava tremendo nesses momentos. Roz tinha se instalado lá atrás, na coxia. Montara como um caubói numa cadeira, com o encosto para a frente, cruzando os braços sobre ele e abrindo confortavelmente as pernas enfiadas na calça preta. Era assim que ia me ouvir. Por fim, toda a família recuou para as sombras.

Uma calmaria parecia ter envolvido os técnicos.

Senti o ar frio produzido pelas máquinas na parte de baixo.

Gente tão bonita, rostos tão bonitos, indo do mais louro ao mais negro, rostos com uma configuração de traços que eu nunca vira em parte alguma. E tantos rostos de gente jovem, de gente muito jovem, como o grupo que trouxera as rosas.

Não havia orquestra para alertar e, de repente, sem pedir autorização a ninguém, sem qualquer aviso, sem ninguém para me ver no escuro além do homem da iluminação com o spot superior, caminhei para o centro do palco.

Meus sapatos fizeram um som cavernoso nas tábuas empoeiradas.

Caminhei devagar, dando tempo para o spot descer e cair sobre mim.

Fui até a beira do palco e olhei para os rostos enfileirados à minha frente.

Ouvi o silêncio cair sobre o teatro, como se todo ruído tivesse sido urgentemente dragado dali.

Com algumas tosses, com alguns sussurros finais, todo barulho cessou.

Virei-me e ergui o violino.

E então, com um choque, percebi que não estava absolutamente no palco, mas no túnel. Podia cheirá-lo, podia senti-lo, podia ver. As grades estavam bem ali.

Agora seria a grande luta. Curvei a cabeça contra o que sabia que era o violino, não importava o feitiço que o tirava da frente de meus olhos, não importavam os sortilégios que me arrastavam para aquele túnel sujo, com sua água empoçada.

Levantei o arco que eu sabia que tinha de estar em minha mão.

"Coisas-fantasmas? Os brinquedos de um espírito? Como você sabe?"

Iniciei com um grande golpe para baixo, caindo no que se tornara para mim o estilo russo, de longe o mais doce e o que abria um espaço maior para a tristeza.

Naquela noite, aquele estilo teria de expandir e carregar a onda de melancolia. Ouvi as notas claras, cintilantes, caindo como moedas no escuro.

Mas via o túnel.

Uma criança caminhava em minha direção através da água, uma criança de cabeça calva, com um vestido rodado e cheio de enfeites.

– Você está condenado, Stefan – murmurei sem mexer os lábios. – Toco para você, minha bonita filha.

– Mamãe, me ajude.

– Toco para nós, Lily.

Ela estava parada no portão, apertando o rostinho contra a ferrugem das grades de ferro, agarrando-as com os dedinhos gorduchos. Seu lábio se espichou.

– Mamãe! – gritou angustiada. Balbuciou como fazem os bebês e as crianças pequenas. – Mamãe, sem ele eu nunca a teria encontrado! Mamãe, preciso de você!

Mau, espírito mau. A música entrou num tom de protesto e sedição. Deixe passar, deixe a raiva passar.

Sabe muito bem que é mentira, seu espírito idiota, não é minha Lily.

– Mamãe, ele me trouxe para você! Mãe, ele me encontrou. Mãe, não faça isto comigo, mamãe!

– Mamãe! Mamãe!

A música se precipitava, embora meus olhos estivessem arregalados para um portão que eu sabia que não estava lá, para uma imagem que eu sabia que não estava lá, mas que era tão dolorosamente perfeita que me deixava sem fôlego. Fiz força para respirar. Fiz o ar entrar com um golpe do arco. Toque sim, toque por Lily, como se Lily estivesse realmente ali, como se Lily pudesse voltar, como se pudéssemos virar as páginas e, sim, voltar como se a coisa não estivesse acabada.

Karl apareceu. Caminhou devagar na direção de Lily. Pousou as mãos em seus ombros. Meu Karl. Já magro devido à doença.

— Triana — disse ele num murmúrio áspero. Sua garganta já fora machucada pelos tubos de oxigênio que ele tanto odiava e que, por fim, passaria a recusar. — Triana, como pode ser tão insensível? Posso vagar, sou um homem, já estava morrendo quando nos encontramos, mas esta é sua filha.

Não estava lá! Não estava, embora a música fosse real. Podia ouvi-la e parecia que jamais eu conseguira chegar àquelas alturas. Subia a montanha, como se a montanha fosse o Corcovado, e olhava por entre as nuvens.

Mas ainda os via.

E agora meu pai estava ao lado de Karl.

— Meu bem, desista. Não pode fazer isso. É muito feio, é pecado, é errado. Triana, desista. Desista. Desista!

— Mamãe — falou minha menina com uma careta de dor. O vestido rodado, cheio de enfeites, foi o último vestido que passei para ela, para ela no caixão. Meu pai tinha dito que iam...

Não... As nuvens atravessam agora a face do Cristo e não importa se Ele é a Palavra Encarnada ou uma estátua feita amorosamente de pedra, não interessa, o que interessa é a postura — os braços abertos, para receber os pregos ou para abraçar, não sei...

Assombrada, vi minha mãe. Moderei o andamento; estava implorando alguma coisa a eles, estava falando com eles, estava acreditando neles, cedendo a eles?

Ela se aproximou do portão de ferro, com o cabelo preto puxado para trás do jeito que eu gostava, com os lábios apenas tocados pelo mais esbranquiçado batom, exatamente como se fosse real. Havia, no entanto, um ódio sinistro em seus olhos. Ódio.

— Você é egoísta, você é perversa, é detestável! — ela disse. — Acha que me fez de tola? Acha que não me lembro? Cheguei chorando naquela noite, assustada, e você também estava com medo, agarrada a meu marido no escuro, e ele me disse para ir embora, e você me ouvia chorar. Acha que mesmo a mãe pode perdoar isso?

De repente um soluçar assustado brotou de Lily. Ela se virou e levantou os punhos.

— Não bata na mamãe!

Oh, Deus. Tentei fechar os olhos, mas Stefan estava bem ali, em minha frente, com as mãos no violino.

Não podia arrancá-lo de mim, nem sacudi-lo, nem fazer com que eu errasse alguma nota. Continuei tocando aquele caos, aquele horror, aquela...

"Aquela verdade, diga logo. Diga logo. São pecados comuns, só isso, ninguém está dizendo que espatifou-os com uma bomba. Você não é uma criminosa a ser caçada em ruas escuras, nem alguém que goste de perambular entre mortos. São pecados comuns, e é isso que você é, comum, comum e suja, pequena, sem este talento que roubou de mim, sua vagabunda, sua puta! Devolva o que me pertence."

Lily soluçava. Correu para ele, bateu nele. Puxou-lhe o braço.

– Pare com isso, deixe minha mãe em paz. Mamãe! – Ela sacudia os braços.

Por fim olhei bem nos olhos dela, olhei bem nos olhos dela e toquei aqueles olhos, toquei, sem levar em conta o que ela dizia, e ouvi as vozes de todos eles, vi-os caminhar, e levantei a cabeça. Não tinha uma sensação de andamento, só de que a música se movia.

Não vi o teatro que tão desesperadamente queria ver; não vi o grupo de fantasmas que tão desesperadamente ele colocara à minha frente; olhei para o alto, olhei para longe e contemplei a floresta tropical em sua chuva celestial. Vi as árvores sonolentas, vi o velho hotel, vi e toquei sua música e a música dos galhos chegando até as nuvens, do Cristo com os braços abertos, das arcadas do velho hotel, das janelas com postigos amarelos manchados de chuva e chuva e chuva.

Toquei tudo isso, e depois o mar, oh, sim, o mar, não menos assombroso, aquele mar se agitando, engrossando, reluzente, aquele mar impossível com seus dançarinos-fantasmas.

– É isso que vocês são! Oh, se fossem mesmo reais...

– Mamããããeee! – ela gritou. Gritou como se estivesse sendo insuportavelmente ferida por alguém.

– Triana, pelo amor de Deus! – exclamou meu pai.

– Triana – disse Karl. – Que Deus a perdoe.

Ela gritou de novo. Não pude suportar aquela melodia do mar, aquela convocação das ondas triunfantes, e ela se fundiu novamente em raiva, saudade e exaltação; oh, Faye, onde você está, como pôde ir embora; oh, Deus, Pai, você nos deixou sozinhas com a mãe, mas não vou... não vou... Mamãe...

Lily gritava de novo!

Eu ia perder o juízo.

A música se encapelava.

A imagem. Houve um pensamento, um simples pensamento não de todo formado, um pequeno pensamento. Ocorreu naquele instante, veio acompanhado de uma feia visão do sangue brilhando no pano branco, no pano caído ao lado do aquecedor chamejante, sangue menstrual, sangue coalhado de formigas, e do talho sangrando na cabeça de Roz quando eu bati a porta depois que o rosário rompeu, e do sangue que eles não paravam, não paravam de tirar do pai, de Karl, de Lily, e Lily chorando, Katrinka chorando, e o sangue da cabeça da mãe quando ela caiu, o sangue, o sangue nas roupas de cama e no colchão quando ela não usava absolutamente nada e sangrava, sangrava sem cessar.

E o pensamento era o seguinte:

Você não pode negar os erros. Não pode negar o sangue que está em suas mãos ou em sua consciência! Não pode negar que a vida está cheia de sangue, que a dor é sangue, que o erro é sangue.

Mas há sangues e sangues.

Só um certo sangue vem das feridas que infligimos a nós mesmos e uns aos outros. Flui brilhante e acusador, ameaça levar consigo a própria vida do ferido, este sangue... Como cintila, como se comemora este sangue sagrado, sangue que foi Sangue de Nosso Senhor, que foi o Sangue dos Mártires, o sangue no rosto de Roz e o sangue em minhas mãos (o sangue dos erros).

Mas há outro sangue.

Há o sangue que flui de um útero de mulher. E que não é o sinal da morte, mas a marca de uma fonte grande e fértil – um rio de sangue que pode, eventualmente, formar de sua substância seres humanos completos; é um sangue vivo, um sangue inocente, e isso era tudo que havia naquele pedaço de pano – miserável, imundo e fervilhando de formigas – só aquele sangue, fluindo, fluindo, como se uma mulher estivesse deixando escapar toda sua força secreta e misteriosa de gerar filhos, todo o poderoso fluido que pertence a ela e só a ela.

E era com este sangue que eu sangrava naquele momento. Não com o sangue das feridas que ele me infligia, não com o sangue de seus golpes e chutes, não com o sangue de seus dedos arranhando e tentando pegar o violino.

Era com esse sangue que eu tocava, deixando que a música fosse esse sangue, jorrasse como esse sangue. Este era o sangue que eu imaginava no cálice erguido durante a Missa, na hora da Consagração; o sangue vigoroso, doce e feminino, o sangue inocente que podia, na época certa, formar o recipiente de uma alma, este sangue dentro de nós, o sangue que engendra, o sangue que cria, o sangue que reflui e flui, sem sacrifício ou mutilação, sem perda ou ruína.

Escutava agora minha própria música. Escutava e parecia que a luz ao meu redor tinha ficado absurdamente mais forte. Eu não queria uma luz tão brilhante, mas quanto fascínio naquela luz, uma luz que subia até os refletores que eu sabia existirem no alto!

Abrindo os olhos, não vi apenas o grande salão cheio de filas e filas de rostos. Vi também Stefan, a luz estava bem atrás dele, que me estendia os braços.

– Olhe, Stefan! – falei. – Olhe para trás, Stefan! Stefan!

Ele se virou. Havia um vulto na luz, um vulto baixo, atarracado, fazendo sinal para Stefan com grande impaciência: venha! Dei à música um último impulso.

"Stefan, vá! A criança perdida é você! Stefan!"

Eu não podia mais tocar.

Stefan cravou os olhos em mim. Praguejou. Mostrou-me os punhos cerrados. Mas sua expressão se alterou. Sofreu uma completa, aparentemente inconsciente transformação, e ele me encarou com olhos arregalados, assustados.

A luz ficou bem mais fraca quando ele se aproximou, a luz virou uma sombra sinistra e continuou se esvaindo enquanto ele pairava sobre mim. Acabou se transformando numa escuridão não mais substancial que as sombras nas coxias.

A música estava acabada.

Vi a platéia se levantar em bloco. Outra vitória. Como, meu Deus? Como? Três fileiras de pé bastariam para remunerar aquela algazarra do violino, que era minha única linguagem.

O salão tremia com os aplausos.

Outra vitória.

Nenhuma visão ou ruído daqueles fantasmas imaginários.

Alguém se aproximara para me tirar do palco. Eu fitava os rostos, acenando com a cabeça. Não decepcione, arrebate a platéia com os olhos, em toda a extensão do teatro, da esquerda à direita. Erga os olhos para os balcões mais altos, depois para os camarotes, não levante os braços num gesto de vaidade, apenas se curve, torne a se curvar e murmure agradecimentos. Eles vão entender. Agradecimentos de minha alma sangrando.

Vi-o num último e fosco lampejo de luz, perto de mim, confuso, curvado, quase invisível, sumindo. Uma coisa infeliz, miserável. Mas o que era aquele ofuscamento? Aquela estranha surpresa em seus olhos? Ele se fora.

Fui agarrada mais uma vez por outras pessoas, oh, felizarda, garota de sorte, ser possuidora de mãos tão prestativas, tão generosas. Oh ventura, fortuna, fama e destino!

"Stefan, você podia ter entrado na luz. Stefan, você devia ter ido!"

Chorei, chorei nos bastidores.

O que todo mundo considerou absolutamente normal. As câmeras disparavam, os repórteres escreviam. Era total a paz do meu coração ante aqueles que eu perdera... Com exceção de Faye... e de Stefan.

20

Fui até o teatro Amazonas, em Manaus, porque era um lugar especial, que eu tinha visto num filme. *Fitzcarraldo* era o nome do filme, feito por um diretor alemão, Werner Herzog, hoje falecido. Na época infernal que se seguiu à morte de Lily, eu e Lev passamos uma noite calma no cinema, sem brigar, um fazendo realmente companhia ao outro.

Não me lembro da trama, só da casa de ópera, das histórias que ouvira sobre o boom da borracha e do luxo do teatro, que era esplêndido, embora nada na terra pudesse se comparar àquele palácio no Rio de Janeiro.

Tinha de dar imediatamente outro concerto. Era preciso. Tinha de ver se os fantasmas voltariam. Tinha de ver se a coisa estava acabada.

Houve uma pequena controvérsia antes de partirmos para o estado do Amazonas.

Grady telefonou e insistiu para que voltássemos a Nova Orleans.

Não nos dizia por quê, mas repetia sem parar que devíamos voltar para casa. Por fim, Martin pegou o fone e, com seu jeito quase desaforado, exigiu que ele explicasse o motivo daquilo.

– Olhe, se Faye está morta, pode nos dizer. Simplesmente diga. Não precisamos voar até Nova Orleans para saber da notícia. Conte agora.

Katrinka estremeceu.

Após uma longa pausa, Martin tapou o fone.

– É sua tia Anna Belle.

– Gostamos muito dela – disse Roz –, vamos lhe mandar um monte de flores.

– Não, ela não morreu. Ela diz que Faye lhe telefonou.

– Tia Anna Belle? – indagou Roz. – Tia Anna Belle fala com o Arcanjo Miguel quando está tomando banho. Pede que ele a ajude a não cair na banheira e quebrar novamente os quadris.

– Passe o telefone – pedi.

Todos se aproximaram.

Era o que eu suspeitava. Tia Anna Belle, já então com mais de 80 anos, achou que tinha recebido uma chamada no meio da noite. Nenhum número para contato. Nem lugar de origem.

– Disse que mal podia ouvir a menina, mas tinha certeza que era Faye. Mensagem? Não havia nenhuma.

– Quero ir já para casa – declarou Katrinka.

Discuti muito com Grady. Uma voz truncada, supostamente de Faye, nenhum recado, nenhuma origem, nenhuma informação. A conta de telefone? A caminho. Mas a conta estava uma bagunça porque tia Anna Belle perdera seu cartão e alguém em Birmingham, no Alabama, fizera uma porção de chamadas com ele.

– Bem, mande alguém tomar conta disso – falou Martin. – É preciso ficar atento ao telefone de tia Anna Belle e ao telefone de Triana, para o caso de Faye ligar.

– Vou para casa – disse Katrinka.

– Para quê? – perguntei. Pousei o fone no gancho. – Para ficar dia e noite sentada ao lado do telefone, achando que ela vai ligar?

Minhas irmãs me olharam.

– Já sei – murmurei. – Não sabia antes, mas agora sei. Estou com muita raiva dela.

Silêncio.

– Por ela ter feito o que fez.

– Não diga nada de que venha a se arrepender mais tarde – retrucou Martin.

– Talvez seja mesmo Faye – interveio Glenn. – Escutem, estou muito curioso e pronto para ir embora. Não me importo de voltar para a avenida St. Charles 2524 e esperar um telefonema de Faye. Eu vou. Vocês continuem a viagem. Só acho que não estou disposto a fazer companhia a tia Anna Belle. Triana, vá para Manaus. Com Martin e Roz.

– Sim, vai ser o último lugar – concordei. – Gosto muito desta terra, e já que viemos até aqui... vou até Manaus. Preciso ir.

Katrinka e Glenn acabaram ficando.

Martin ficou para organizar o concerto beneficente em Manaus. Roz também me fez companhia, e ninguém se esqueça de Faye. O vôo para Manaus durou três horas.

O teatro Amazonas era uma jóia – menor, sem dúvida, que a grandiosa construção de mármore no Rio, mas esplêndido, e muito estranho, com folhas de café gravadas em ferro, com as poltronas de veludo que eu vira em *Fitzcarraldo*, com os murais dos índios. Um abraço envolvente do barroco com a arte e a tradição nativas, associados pelo arrojado e doido barão da borracha que construiu o teatro.

Parecia que, à semelhança de Nova Orleans, tudo, ou quase tudo, naquele país era feito por alguma personalidade singular e excêntrica, não por uma consciência ou força coletiva.

Foi um concerto fantástico. Nenhum fantasma apareceu. Absolutamente nenhum. E agora a música obedecia a um comando. Mesmo quando se tornava mais emaranhada, eu podia sentir o comando fluindo, não se afogando nela. Eu tinha um fio condutor. E não temia os tons mais profundos.

Havia uma igreja de São Sebastião numa praça. Enquanto a chuva caía, fiquei uma hora sentada lá dentro, pensando em Karl e numa porção de coisas, pensando como a música tinha saído, como agora eu podia realmente me lembrar do que tinha tocado, ou pelo menos ouvir um pálido eco do que tinha tocado.

No dia seguinte, passeei com Roz pelo porto. A cidade de Manaus era tão exótica quanto o próprio teatro de ópera; lembrava o porto de Nova Orleans nos anos 40, quando eu era muito pequena e nossa cidade era um verdadeiro porto, onde havia, em cada doca, navios como aquele que eu estava agora vendo.

Balsas transportavam centenas de trabalhadores de volta aos lugarejos onde moravam. Camelôs vendiam coisas para os marinheiros levarem no bolso, como pilhas de lanterna, fitas cassete e canetas esferográficas. Nos tempos de minha infância, vendiam-se isqueiros com decalques de mulheres nuas. Era o artigo mais barato que se podia comprar junto ao prédio da alfândega.

Nenhum telefonema dos Estados Unidos.

Era de mau agouro? Era bom? Nada significava?

Em Manaus, o rio Negro corria à nossa frente. Na volta, vimos do avião o encontro das águas pretas e brancas que formam o Amazonas.

Havia um bilhete à nossa espera quando entramos no Copacabana Palace. Abri sem a menor dúvida de que leria uma notícia trágica. Achei que ia desmaiar e senti um enjôo no estômago.

Mas não dizia respeito a Faye.

Fora escrito com mão firme, numa velha e trabalhada caligrafia, numa caprichosa caligrafia do século XVIII:

Preciso vê-la. Suba até o velho hotel. Prometo que não tentarei machucá-la. Seu Stefan.

Desconcertada, fitava o bilhete.

– Vá para a suíte – pedi a Roz.

– Que está havendo com você?

Não deu tempo de responder. Com o violino na capa, jogado no ombro, tive de descer correndo a rampa do hotel para pegar Antônio, que acabara de nos trazer do aeroporto.

Embarcamos sozinhos no trem, sem guarda-costas, mas o próprio Antônio era um homem de respeito e não tinha medo de ladrões. Não havia, aliás, nenhum de tocaia. Mesmo assim, ele fez uma ligação no celular. Um dos guarda-costas subiria a montanha para se encontrar conosco no hotel. Estaria lá em poucos minutos.

Viajei em rigoroso silêncio. Várias vezes abri o bilhete. Relia as palavras. Era a letra de Stefan, era a assinatura de Stefan.

Meu Deus.

Saltamos na parada do hotel, a última antes do Cristo, e pedi que Antônio me esperasse na margem da linha, na plataforma onde as pessoas tomavam o trem. Disse que não tinha medo de ficar sozinha naquela floresta. Além disso, ele me ouviria gritar se eu precisasse de ajuda.

Subi passo a passo a encosta e me lembrei, de repente, com um sorriso apertado, do Segundo Movimento da *Nona* de Beethoven. Acho que o escutei em minha cabeça.

Stefan estava no muro de cimento à beira do precipício. Usava aquelas indefiníveis roupas negras. O vento lhe agitava o cabelo. Parecia vivo, sólido, um homem comum apreciando a vista: a cidade, a selva, o mar.

Parei a uns três metros dele.

– Triana – disse, se virando. Só irradiava ternura. – Triana, meu amor. – Jamais vira uma expressão tão pura em seu rosto.

– Qual é o truque, Stefan? – perguntei. – O que é isso agora? Será que alguma força maléfica lhe ensinou a maneira de tirar o violino de mim?

Eu o ofendera. Foi como se o golpeasse bem no meio dos olhos. Quando ele se recuperou vi mais uma vez, sim, mais uma vez suas lágrimas brotarem. O vento lhe dividia em camadas de fios o cabelo negro e comprido; as sobrancelhas se juntaram quando curvou a cabeça.

– Também estou chorando de novo – falei. – Achei que o riso tinha se tornado nossa linguagem, mas agora vejo novamente as lágrimas. O que posso fazer para contê-las?

Stefan fez sinal para eu chegar mais perto.

Não podia recusar, e foi então que senti seu braço em volta de meu pescoço. Mas ele não fez qualquer movimento para se apoderar daquela capa de veludo que eu puxara para o peito e que abraçava com carinho.

– Stefan, por que não foi embora? Por que não entrou na luz? Não viu a luz? Não viu quem estava lá, acenando, esperando para guiá-lo?

– Sim, eu vi. – Ele recuou.
– Então, o que o mantém aqui? Por que novamente tanta vitalidade? Quem paga agora por isto com memórias ou pranto? O que está fazendo? Empostando sua educada voz de tenor, sem dúvida adestrada em Viena, tão requintada como seu estilo ao violino...
– Silêncio, Triana... – Era um tom humilde. Sereno. Seus olhos estavam apenas calmos, pacientes. – Nunca paro de ver a luz, Triana. Vejo sempre. Vejo agora. Mas Triana... – Seus lábios tremeram.
– O que foi?
– Triana, e se, se quando eu entrar naquela luz...
– Deus, vá! Pode ser pior que o purgatório que me mostrou? Não acredito. Eu vi. Senti o calor. Eu vi.
– Triana, e se, se quando eu for, o violino for junto comigo?
Demorou um segundo para se fazer a conexão, para um olhar nos olhos do outro. Então eu também vi a luz, que não era parte de qualquer coisa em volta dela. O final da tarde conservava seu clarão radiante, a floresta sua tranqüilidade. A luz só aderia a ele e vi seu rosto se alterar de novo, transcender a raiva, a exaltação, o pranto ou pura e simplesmente a confusão.
Finalmente eu tinha resolvido. E ele sabia.
Ergui a capa com o violino e o arco, estendi os braços e pousei o instrumento nas mãos dele.
Stefan ainda levantou as mãos para dizer não, não!
– Talvez não! – murmurou. – Triana, tenho medo.
– Eu também, jovem Maestro. E também ficarei com medo quando morrer.
Ele se virou, olhou para longe de mim, como se encarasse um mundo que eu não conseguiria avaliar. Vi apenas uma radiância, uma crescente claridade que não agredia meus olhos nem minha alma, que só me fazia sentir amor, um amor intenso e confiante.
– Adeus, Triana – disse ele.
– Adeus, Stefan.
A luz se fora. Fiquei parada na estrada, na floresta tropical, junto ao hotel em ruínas. Fiquei olhando para as paredes manchadas, para a cidade lá embaixo, de arranha-céus e casebres, estendendo-se por quilômetros e quilômetros de montanhas e vales.
O violino se fora.
A capa estava vazia em minhas mãos.

21

Não fazia sentido chamar a atenção de Antônio para o fato de o violino ter desaparecido. Nosso guarda-costas chegara com a van.

Eu segurava a capa como se o violino ainda estivesse lá dentro. E descemos a montanha em silêncio. O sol se derramava pelas janelas que se abriam entre as altivas folhas verdes, atirando flechas purificadoras sobre a estrada. O ar fresco tocava-me o rosto.

Meu coração transbordava de alguma coisa que eu não sabia o que era. Não exatamente. Amor, oh sim, amor, amor e espanto, sem dúvida, mas não só isso, alguma coisa mais, um certo medo de tudo que se estendia à frente, medo da capa vazia do violino, medo por mim mesma e medo por todos que eu amava e todos que agora dependiam de mim.

Remoí vagos pensamentos racionais enquanto corríamos pelas ruas do Rio. Quando chegamos ao hotel, era quase noite. Escapuli da van, acenando para meus leais companheiros, e entrei. Não parei sequer no balcão para ver se havia algum recado.

Minha garganta estava apertada. Não conseguia falar. Só tinha uma coisa a fazer. Perguntar a Martin sobre os outros violinos que levávamos conosco, o Strad curto que tínhamos comprado ou o Guarneri. E ver o que acontecia.

Oh, coisas pequenas, amargas, que deixam pendente o destino de toda uma alma e todo o universo conhecido por essa alma. Não queria ver os outros. Mas tinha de me encontrar com Martin, tinha de encontrar os violinos.

Quando as portas do elevador se abriram, ouvi todos eles falando muito alto, rindo.

Por um instante não consegui interpretar aquele barulho.

Atravessei o corredor e bati na porta da suíte presidencial.

– Sou eu, Triana, abram!

Foi Glenn quem puxou a porta. Estava em delírio.

– Ela está aqui, está aqui! – gritou.

– Veja, querida – disse Grady Dubosson –, simplesmente a colocamos no avião e a trouxemos para cá. Só esperamos que carimbassem o passaporte.

Vi seu perfil contra a janela distante, a cabeça pequena, o corpo pequeno, o pequeno sopro de um ser, Faye. Só Faye era assim miúda, assim delicada, e tinha aquele perfeito equilíbrio de formas, como se Deus gostasse tanto de fazer duendes ou crianças pequenas e meigas quanto coisas crescidas.

Faye usava a jaqueta jeans desbotada e a inevitável, a característica saia branca. O cabelo ruivo estava cortado curto. Não podia ver seus traços no clarão do crepúsculo que entrava pela janela.

Faye correu para os meus braços.

Fechei os braços em volta dela e apertei. Como era pequena, realmente pequena, talvez com a metade de meu peso! Tão pequena que poderia ser esmagada como um violino.

– Triana, Triana, Triana! – ela gritava. – Você pode tocar violino. Pode tocar. Tem o dom!

Eu a observava. Não conseguia falar. Queria amá-la, queria saudá-la, queria que fluísse de mim um calor como aquele que a luz trouxera para Stefan na estrada da floresta. Mas naquele instante me limitei a contemplar o rostinho esperto, os belos e cintilantes olhos azuis, e a pensar: está a salvo, não está morta, não está no túmulo, está aqui e está ilesa.

Novamente estávamos todos juntos.

Roz aproximou-se com espalhafato, jogando os braços em torno de mim, mas logo baixou a cabeça e a voz.

– Eu sei, eu sei, eu sei, devíamos estar furiosos, devíamos gritar com ela, mas Faye está de volta, está bem, envolveu-se em alguma aventura perigosa, mas voltou para casa! Triana, ela está aqui. Faye está conosco.

Concordei com a cabeça. E desta vez, ao abraçar Faye, beijei seu rosto delicado. Senti sua cabecinha, pequena como uma cabeça de criança. Senti a leveza, a fragilidade, mas também uma terrível energia dentro dela, nascida da água turva do útero, da casa escura, da mãe cambaleante, do caixão que baixou na terra.

– Eu a amo – sussurrei. – Faye, eu a amo.

Ela recuou com um passo de dança. Como gostava de dançar. Uma vez, quando as quatro irmãs, que estavam separadas, se encontraram na Califórnia, ela dançou em círculos e deu pulos de contentamento ao nos ver reunidas. Como estávamos reunidas agora, quando ela saltitava em volta do quarto. Acabou pulando sobre a mesinha de madeira, a mesa do café – não era a primeira vez que a via fazer esse truque. Sorriu, os olhinhos flamejantes, o cabelo ruivo na luz que vinha da janela.

– Triana, toque o violino para mim. Para mim. Por favor. Para mim. Para mim.

Nenhum arrependimento? Nenhuma desculpa?

Nenhum violino.

– Martin, quer pegar os outros instrumentos? O Guarneri. Acho que o Guarneri está afinado e pronto para tocar. Há também um bom arco no estojo.

– Mas o que aconteceu ao Strad longo?

– Devolvi-o – murmurei. – Por favor, não discuta comigo agora. Por favor.

Ele saiu resmungando.

Só então vi Katrinka, aflita, de olhos vermelhos, sentada no sofá.

– Estou feliz por tê-la de volta – comentou com um timbre torturado, selvagem. – Mas você não sabe... – Como Trink tinha sofrido.

– Faye tinha de ir. Estava na hora de sair pelo mundo! – falou Glenn com a fala arrastada, generosa. Virou-se para Roz. – Faye tinha de fazer o que fez. O importante é que está em casa. Ela conseguiu.

– Oh, não precisamos discutir o assunto esta noite – retrucou Roz. – Toque para nós, Triana, mas não uma daquelas horríveis danças de bruxas, essas eu não suporto mais.

– Não vamos nos colocar no lugar dos críticos – disse Martin fechando a porta. Trazia o violino Guarneri. Era o que mais se aproximava de meu Strad.

– Vamos, toque alguma coisa para nós, por favor – falou Katrinka com a voz entrecortada, o deslumbramento nos olhos, irremediavelmente magoada e aliviada quando olhava para Faye.

Faye continuava em cima da mesa, me olhava. Parecia haver uma frieza em torno dela, uma dureza, algo que não indicava qualquer preocupação conosco, algo que talvez dissesse: "Minha dor era maior do que imaginam." Era exatamente isso que temíamos quando ligávamos apavorados para os necrotérios e dávamos sua descrição. Quem sabe ela não estaria apenas querendo dizer: "Minha dor foi tão grande quanto a de vocês."

Estava ali, viva.

Peguei o novo violino. Acabei rapidamente de afiná-lo. A corda do mi estava muito frouxa. Rodei a cravelha. Suavemente. Aquele instrumento não era tão bom quanto meu Strad longo, nem tão conservado, mas fora muito bem... restaurado, como se costuma dizer. Estiquei o arco.

E se não houvesse música?

Senti um nó na garganta. Olhei para a janela. Acho que tive vontade de ir até lá e contemplar o mar, sentindo a alegria da volta de Faye, sem ter de encontrar uma maneira de dizer que não fazia mal que tivesse sumido, sem ter de discutir quem era a culpada, quem estava cega, quem pouco ligava.

Em especial, *não* gostaria de saber se conseguiria tocar.

Mas esse tipo de coisa nunca acontecia em função de uma opção minha. Pensei em Stefan na floresta.

"Adeus, Triana."

Ajustei a corda de lá, depois o ré e o sol. Agora podia fazer isso sem ajuda. Na realidade, com um único toque já consegui atingir quase o tom perfeito.

Estava pronto. Até agora o violino tinha correspondido. Lembrei-me do dia em que me fora apresentado e tocado para mim. Era um som mais baixo, mais difuso que o som do Strad, um pouco parecido com o som de violão, talvez mais vigoroso. Não conhecia as particularidades dos violinos daquele tipo. O objeto do meu amor era o Strad.

Faye se aproximou e levantou a cabeça.

Acho que quis dizer alguma coisa, mas não pôde, como eu também não pude. Você está viva, pensei outra vez, está conosco e temos a chance de lhe dar segurança.

– Quer dançar? – perguntei.

– Sim! – disse Faye. – Toque Beethoven para mim! Toque Mozart! Toque qualquer um deles!

– Toque uma música alegre – falou Katrinka –, você sabe, uma daquelas canções bonitas e felizes.

Eu sabia.

Levantei o arco. Meus dedos desceram rapidamente, avançando sobre as cordas, o arco disparou. Era a canção feliz – alegre, livre, feliz canção que brotou animada e exuberante, que brotou perfeita do violino, tão perfeita, tão vibrante, tão diferente aos meus ouvidos devido à troca da madeira, que eu quase dancei. Rodava arrebatada pelo instrumento, jogando o corpo para a frente, para os lados, e só de uma forma vaga, pelo canto do olho, vendo-as dançar: Roz, Katrinka e Faye, minhas irmãs.

Eu tocava, tocava. A música fluía.

E naquela noite, quando elas dormiam, quando os quartos estavam silenciosos, quando mulheres altas, esbeltas, caminhavam à venda no bulevar, peguei o violino, o arco e fui até a janela que ficava bem no meio do hotel.

Vi lá embaixo o espetáculo das ondas fantásticas. Vi-as dançar como nós tínhamos dançado.

Toquei para elas – com segurança e desembaraço, sem medo e sem raiva. Toquei para elas uma canção de agonia, uma canção de júbilo, uma canção de glória.

Fim

conclusão: 14 de maio de 1996
1:50
segunda conclusão: 20 de maio de 1996
9:25
último repasse: 7 de janeiro de 1997
2:02

Anne Rice

markgraph

Rua Aguiar Moreira, 386 - Bonsucesso
Tel.: (21) 3868-5802   Fax: (21) 2270-9656
e-mail: markgraph@domain.com.br
Rio de Janeiro - RJ